BASTEI
LÜBBE

Von W. E. B. Griffin sind bei
BASTEI-LÜBBE erschienen:

PHILADELPHIA-COPS

13 625 Band 1 – Männer in Blau

In Vorbereitung:
13 657 Band 2 – Sonderkommando (Juni 1995)
13 677 Band 3 – Das Opfer (September 1995)

SOLDATEN-SAGA

13 173 Band 1 – Lieutenants
13 181 Band 2 – Captains
13 196 Band 3 – Majors
13 203 Band 4 – Colonels
13 209 Band 5 – Green Berets
13 217 Band 6 – Generals
13 289 Band 7 – Die neue Generation
13 325 Band 8 – Die Flieger

DAS MARINE-CORPS

13 335 Band 1 – Shanghai
13 355 Band 2 – Wake Island
13 369 Band 3 – Von Pearl Harbor nach Guadalcanal
13 389 Band 4 – Inferno im Pazifik
13 424 Band 5 – Die Beobachter von Buka Island
13 478 Band 6 – Hölle auf den Salomonen
13 612 Band 7 – Geheimauftrag Buenos Aires

W.E.B. GRIFFIN

Männer in Blau

Ins Deutsche übertragen
von Joachim Honnef

PHILADELPHIA COPS

BASTEI LÜBBE

BASTEI-LÜBBE-TASCHENBUCH
Band 13 625

Erste Auflage:
März 1995

Deutsche Lizenzausgabe 1995
Bastei-Verlag Gustav H. Lübbe
GmbH & Co., Bergisch Gladbach
Originaltitel: Men in Blue
Lektorat: Rainer Delfs
Titelbild: Sebastian Boada/
Norma Agency, Barcelona
Umschlaggestaltung:
Quadro Grafik, Bensberg
Satz: KCS GmbH,
Buchholz/Hamburg
Druck und Verarbeitung:
Brodard & Taupin, La Flèche,
Frankreich
Printed in France

ISBN 3-404-13625-X

Der Preis dieses Bandes
versteht sich einschließlich der
gesetzlichen Mehrwertsteuer.

Für Sergeant Zebulon V. Casey (i. R.)
Abteilung ›Interne Angelegenheiten‹
Polizeibezirk der Stadt Philadelphia.
Er weiß, warum.

Liebe Leser,

mit den beiden mehrteiligen Serien SOLDATENSAGA und DAS MARINE-CORPS habe ich versucht, ein genaues Porträt der militärischen Gemeinschaft zu zeichnen. Mit PHILADELPHIA-COPS schrieb ich eine ganz neue Serie, die auf einem meiner Lieblingsthemen basiert, der faszinierenden und komplexen Welt der Gesetzesvertreter.

Die Polizei und das Militär haben viele gemeinsame außergewöhnliche Merkmale: erstaunliche Tapferkeit, Loyalität und Kameradschaft verbinden ihre Männer und Frauen wie bei keinem anderen Beruf der Welt.

Ich hoffe, daß die Leser von SOLDATENSAGA und DAS MARINE-CORPS mein Interesse an der Polizei teilen – vom Cop auf der Straße über die Kriminalbeamten bis zum Polizeichef. Und ich hoffe, diese Bücher fangen die Welt der Polizei ein und zeigen den Streß und die Probleme, denen diese mutigen Männer und Frauen an jedem Tag ihres Lebens ausgesetzt sind.

Herzlichst Ihr

W. E. B. Griffin

1

Ich glaube, das wird meine erste Affäre mit einem verheirateten Mann, dachte die langhaarige, langbeinige Blondine, hin und her gerissen zwischen Erregung und Besorgnis.

Ihr Name war Louise Dutton, und sie spitzte nachdenklich die Lippen und neigte unbewußt den Kopf zur Seite, während sie über diese unmögliche Möglichkeit nachdachte.

Sie saß am Steuer eines gelben, sechs Jahre alten Cadillac-Kabrios, dessen Verdeck heruntergeklappt war, und fuhr dreißig Stundenkilometer schneller als die erlaubte Höchstgeschwindigkeit auf der mittleren Spur des Roosevelt Boulevard, der durch das Zentrum von Nordost-Philadelphia nordwärts zur Grenze des Bucks County führt.

Louise Dutton war fünfundzwanzig, wog hundertfünfzehn Pfund, und ihr blondes Haar war echt – ein genetisches Geschenk ihres Vaters. Sie hatte vor drei Jahren auf der University of Chicago graduiert (Bakkalaureus Englisch). Ein Jahr lang hatte sie als Reporterin in Cedar Rapids, Iowa, bei der Zeitung *Clarion* gearbeitet; ein halbes Jahr als Nachrichtenredakteurin bei KLOS-TV (Channel 10) in Los Angeles, Kalifornien; und elf Monate lang als Reporterin vor der Kamera bei WNOG-TV (Channel 7) in New Orleans, Louisiana. In den letzten fünf Wochen war Louise Mitmoderatorin der ›Nine's News‹ bei WCBL-TV (Channel 9), Philadelphia: dreißig Minuten Lokalnachrichten um 18 Uhr vor den überregionalen Nachrichten um 18 Uhr 30 und wieder um 23 Uhr.

Ein verrücktes Szenario kam ihr in den Sinn.

Sie würde wegen zu schnellen Fahrens festgenommen werden. Vorzugsweise von einem der tollen Highway Patrolmen. Er würde mit seiner glänzenden Lederjacke und seiner Waffe im Holster des patronengesicherten Gurts zu dem Wagen stolzieren.

»Wo brennt's, Süße?« würde Mister Macho mit Revolver und Abzeichen fragen.

»Eigentlich«, würde sie sagen und mit den Wimpern klimpern, »bin ich unterwegs zu einem Rendezvous mit Captain Moffitt.«

Captain Richard C. ›Dutch‹ Moffitt war der Chef der Philadelphia Highway Patrol.

Und der Cop, der sie wegen zu schnellen Fahrens gestoppt hatte, würde ihr glauben und sie zutiefst beeindruckt weiterfahren lassen, oder er würde ihre Behauptung anzweifeln und fragen, wo denn das Rendezvous stattfinden sollte. Sie würde es ihm sagen, und vielleicht folgte er ihr dann dorthin, um zu sehen, ob sie die Wahrheit sagte. Das wäre sogar noch besser. Vielleicht wäre es Dutch Moffitt peinlich, weil einer seiner Männer wußte, daß er sich mit einer Blondine in einem Restaurant traf.

Nein, es wird ihm nicht peinlich sein, sagte sie sich. *Es wird ihm gefallen.* Der Cop würde Captain Dutch Moffitt zuzwinkern, und Dutch würde bescheiden mit den Schultern zucken. Dutch erwartete, daß ihm blonde junge Frauen nachliefen.

Ich verliere den Verstand, dachte Louise Dutton.

War das bei meiner Mutter auch so? Eines Tages tauchte mein Vater auf, und sie wurde verrückt?

Fahre ich deshalb zu diesem Rendezvous und unter diesen Umständen? Weil Dutch Moffitt mich an meinen Vater erinnert?

Stimmt es, daß alle kleinen Mädchen ein schändliches heimliches Verlangen haben, mit ihrem Vater ins Bett zu gehen? Sehe ich in Dutch Moffitt einen Vaterersatz?

Voraus zur Linken entdeckte sie den Treffpunkt – oder war ›Ort des Stelldicheins‹ die treffendere Formulierung?

Das Waikiki Diner war nach dem Äußeren zu schließen nicht gerade das Philadelphiaer Gegenstück von Arnaud's oder sogar Brennan's; es wirkte mehr wie das Golden Kettle in Cedar Rapids; wie ein größerer Imbiß im Vergleich zu einem Spitzenrestaurant.

Louise Dutton bog auf die Abbiegespur, bremste, um den Verkehr passieren zu lassen, und bog dann vom Roosevelt Boulevard ab – zu schnell. Sie zuckte zusammen, als der Cadillac schlingerte und über die Bordsteinkante fuhr.

Der Cadillac war ihr Geschenk zum Abschluß des Studiums. Oder eines der Geschenke. Ihr Vater hatte ihr einen Scheck überreicht und gesagt, sie könne sich einen Wagen aussuchen.

»Ich hätte lieber deinen«, sagte sie. »Wenn ich den haben kann.«

Er schaute sie einen Augenblick lang verwirrt an, und dann verstand er. »Das gelbe Kabrio? Es ist drei Jahre alt. Ich wollte es schon loswerden.«

»Dann kann ich es haben?« fragte sie. »Es ist kaum benutzt.«

Er schaute sie wieder einen Moment an, verstehend, wie sie fand, und sagte dann: »Selbstverständlich. Ich werde dir den Wagen bringen lassen.«

Sie hatte ihn geküßt und ›Danke, Daddy‹ gesagt, und er hatte sie umarmt.

Louise Duttons Vater war nicht mit ihrer Mutter verheiratet und war es nie gewesen. Sie war ein uneheliches Kind, ein Bastard; aber die Realität war nie so schlimm gewesen – und war es nicht –, wie die meisten Leute annahmen, wenn sie die Fakten hörten. Sie war als kleines Mädchen mit den Fakten konfrontiert worden. Sachlich und nüchtern hatte man ihr erklärt, daß es Gründe gab, aus denen ihr Vater und ihre Mutter nicht heiraten konnten, und daß der Vater nicht bei ihr leben und sie nicht so oft sehen konnte, wie sie es gern hätte. So waren die Dinge, und sie würden sich nicht ändern. Sie haßte nicht einmal die Frau ihres Vaters oder ihre Halbbrüder und -schwestern.

Nicht, daß ihr Vater sie als eine Last betrachtete, als einen Fehltritt, der nie hätte passieren dürfen. Je älter sie wurde, desto öfter sah sie ihn. Er verbrachte Weihnachten mit seiner Familie, während Louise an den Feiertagen mit ihrer Mutter und deren Mann zusammen war, und sie nannte beide Männer ›Daddy‹. Soweit sie wußte, hatten sich die beiden nie kennengelernt, und sie hatte niemals die Familie ihres Vaters gesehen, nicht einmal von weitem.

Als sie neun oder zehn gewesen war, hatte ihr Vater immer ein paar Tage vor oder nach Weihnachten mit ihr verbracht. Er hatte sie auch im Laufe des Jahres ein paarmal holen lassen, um ein paar Tage oder eine Woche mit ihr zu verbringen, und er hatte sie immer als ›meine Tochter‹ vorgestellt.

Sie war Studentin im ersten Semester, als er sie für zehn Tage zum Tiefseefischen nach Baja California mitnahm. Sie flog nach Los Angeles, übernachtete in seinem Strandhaus in Malibu und fuhr dann mit ihm in dem gelben Kabrio nach Mexiko. Es waren wundervolle zehn Tage, und er wußte, weshalb sie sich das gelbe Kabrio wünschte.

Sie fragte sich, was seine Frau und ihre Halbgeschwister über sie dachten, und schließlich wurde ihr klar, daß sie in der gleichen Lage waren wie sie. Stanford Fortner Wells III., Aufsichtsratsvorsitzender von Wells Newspapers Inc., tat, was ihm verdammt beliebte. Sie hatten einfach Glück, daß das, was ihm verdammt beliebte, fast ausnahmslos liebenswürdig, rücksichtsvoll und von ehtischen Grundsätzen geleitet war.

Vielleicht war das leichter, wenn man soviel Geld geerbt hatte, und vielleicht wäre es nicht so liebenswürdig, rücksichtsvoll und von ethischen Grundsätzen geleitet, wenn er Versicherungsvertreter oder Autoverkäufer wäre, aber das war er nun mal *nicht*. Er hatte siebzehn Zeitungen und drei Radiosender von seinem Vater geerbt und daraus einunddreißig Zeitungen, vier Fernsehsender und vier (größere) Rundfunksender gemacht.

Das einzige, was ihr Vater falsch gemacht hatte, war Louises Ansicht nach, daß er als verheirateter Mann eine Frau geschwängert hatte, mit der er nicht verheiratet war. Er hatte seine Saat auf einem verbotenen Acker gesät. Aber sogar dann hatte er das Anständige getan. Er hatte nicht seine Frau und die Kinder verlassen, um mit einer viel jüngeren Frau zusammenzuleben, und er hatte sie, Louise, nicht im Stich gelassen. Er hätte sehr leicht ›angemessene finanzielle Vereinbarungen‹ treffen und sich nie wieder sehen lassen können. Sie liebte und bewunderte ihren Vater, und wenn Leute das nicht verstanden, dann zum Teufel mit ihnen.

Louise fand einen Parkplatz, parkte das gelbe Kabrio und ging zum Waikiki Diner. Es standen keine Wagen auf dem Parkplatz, die wie neutrale Polizeifahrzeuge aussahen, was bedeutete, daß Dutch Moffitt entweder in seinem Privatwagen gekommen oder noch nicht da war.

Sie stieß die Tür des Waikiki auf und trat ein. Drinnen war es größer, als das Gebäude von außen wirkte. Es war wie ein L angelegt. Im kürzeren Teil des L gab es eine Theke mit gepolsterten Barhockern und eine Reihe von Polsterbänken an der Wand. Neben der Tür, bei der Vereinigung der beiden Teile des L, befanden sich die Kasse und eine Bar mit ein paar Hockern, aber die Bar diente offenbar hauptsächlich als Durchreiche für Speisen und als Buffet. Der längere Teil des L war breiter, und er war das Restaurant. Es gab dort vielleicht vierzig Tische, wie Louise schätzte, plus Sitznischen an den Wänden.

Dutch Moffitt war nicht da.

Sie dachte: *Captain Richard C. ›Dutch‹ Moffitt, Chef der Highway Patrol des Philadelphia Police Department, hat noch nicht die Zeit gefunden, das Waikiki Diner mit seinem Besuch zu beehren.*

»Kann ich was für Sie tun?« fragte eine Kellnerin. Sie war dürr, hatte orangefarbenes Haar, zuviel Make-up und ging hart auf die Sechzig zu.

»Ich bin mit jemandem verabredet«, sagte Louise.

»Möchten Sie einen Tisch?« Die Kellnerin führte Louise ins Restaurant. Louise sah, daß eine der Sitznischen, von der aus sie die Tür neben der Kasse sehen konnte, leer war, und sie schlüpfte hinein. Die Kellnerin ging ein halbes Dutzend Schritte weiter, bis ihr klar wurde, daß ihr niemand folgte.

Dann machte sie offensichtlich verstimmt kehrt und legte eine große Speisekarte vor Louise hin.

»Möchten Sie einen Cocktail oder was, während Sie warten?«

Louise wollte keinen Alkohol, der ihren Verstand noch mehr benebelte, als er bereits war. Sie bestellte Kaffee.

Sie schaute sich im Restaurant um und fand, daß es das häßlichste war, das sie jemals besucht hatte. Falsche Tiffany-Lampen, große Ventilatoren, die von Plastiknachbildungen hölzerner Deckenbalken herabhingen. Die Bänke in den Sitznischen waren mit purpurfarbenem Vinyl überzogen, auf dem Sterne abgebildet waren. An der Wand gegenüber ihrer Sitznische hing ein schreckliches Gemälde, auf dem Mädchen in wallenden Gewändern und Jungen mit etwas, das wie Windeln aussah, um etwas herumtanzten, was vielleicht der Tempel der Athene sein sollte.

Der Kaffee wurde in einer dicken Tasse serviert, die mit zwei aufgemalten Palmen und der Aufschrift ›Waikiki Diner Roosevelt Blvd Phila Penna‹ geschmückt war.

Captain Richard C. ›Dutch‹ Moffitt kam herein, als Louise sich an dem überraschend heißen Kaffee fast die Lippen verbrannt hatte und die Tasse schnell abstellte.

Er war gerade durch die Tür bei der Kasse eingetreten, als ein kleiner, schmächtiger Mann mit einem großen Schnurrbart auf ihn zuging. Der Mann, der einen Nadelstreifenanzug trug, reichte dem Captain die Hand, lächelte und zeigte eine Menge Goldkronen.

Dutch erwiderte das Lächeln und zeigte kräftige, weiße Zähne. Und dann sah er Louise, und sein Lächeln wurde strahlend. Er hob die Augenbrauen und ging zu ihr.

»Hallo«, sagte Dutch und nahm ihr gegenüber Platz.

»Hi«, erwiderte Louise.

»Dies ist der Hausherr«, sagte Dutch und nickte zu dem schnurrbärtigen Mann hin. »Teddy Galanapoulos.«

»Es ist mir ein Vergnügen. Alle Freunde von Captain Moffitt . . .«

»Hallo«, unterbrach Louise. Galanapoulos sprach mit leichtem griechischen Akzent, und das war eine Erklärung für die um den Parthenon tanzenden Mädchen in den Gewändern und die Knaben mit Windeln.

»Sie sind wunderschön«, sagte Dutch.

»Danke«, erwiderte Louise und spürte, wie ihr das Blut in die Wangen stieg. Sie erhob sich. »Entschuldigen Sie mich bitte?«

Als sie aus der Damentoilette zurückkehrte, wo sie – wütend auf sich selbst – ihre Frisur und ihr Make-up überprüft hatte, war Dutch auf ihren Platz gewechselt. Er saß jetzt auf der Bank mit dem purpurfarbenen Vinylüberzug. In der gewaltigen Hand hielt er ein Glas Whisky. Ein breiter goldener Ehering funkelte am Ringfinger.

Captain Moffitt stand auf.

Sie hatte ihn bisher noch nie in Zivilkleidung gesehen. Er trug einen blauen Blazer über einem gelben Strickhemd. Das Hemd spannte sich um seine breite Brust, und der Blazer saß ebenfalls eng um die breiten Schultern.

»Behalten Sie Platz«, sagte Louise. »Dort gefällt es Ihnen anscheinend besser.«

»Ich bin Polizist«, sagte er. »Cops sitzen nicht gern mit dem Rücken zur Tür.«

»Tatsächlich?« fragte sie. Sie wußte nicht, ob er sie aufzog oder nicht.

»Tatsächlich«, sagte er und fügte hinzu: »Ich wußte nicht, was Sie trinken.«

»Das überrascht mich nicht«, sagte Louise.

Sie hatte ihn vor zwei Tagen kennengelernt.

Bürgermeister Jerry Carlucci, der nie eine Gelegenheit ausließ, um sein Bild in die Zeitungen oder ins Fernsehen zu bringen, hatte einen neu asphaltierten Abschnitt des Schuylkill Expreßway wiedereröffnet, indem er feierlich ein Band zerschnitten hatte. Louise, die zu dieser Zeit nichts Besseres zu tun gehabt hatte, war mit dem Team aus Kameramann, Produktionsleiter und Reporter mit von der Partie gewesen, ursprünglich mit der Absicht, die Reportage vor der Kamera selbst zu machen.

Als sie dort eingetroffen war und gesehen hatte, daß es sich um viel Lärm um nichts handelte, hatte sie sich entschlossen, den Reporter nicht um seinen Job zu bringen. Aber anstatt zu gehen, war sie dageblieben für den Fall, daß der Bürgermeister mal wieder aus der Rolle fiel. Mayor Carlucci neigte dazu (beim jüngsten Zwischenfall hatte er ein Ratsmitglied als ›ungebildeten Nigger‹ bezeichnet), und *das* würde eine Story geben.

Sie wies den Kameramann an, den Bürgermeister von seiner Ankunft bis zu seiner Abfahrt zu filmen.

Der Bürgermeister fuhr für gewöhnlich stilvoll durch die Stadt, in einer schwarzen Cadillac Limousine, der zwei neutrale Polizeiwagen mit seinen Leibwächtern – Polizisten in Zivil – vorausfuhren.

Ein dritter Wagen hinter den beiden neutralen Polizeiwagen stoppte genau bei Louise. Die Fahrertür wurde geöffnet, und Captain Richard C. ›Dutch‹ Moffitt stieg aus. Er war ein großer Mann und in Uniform. Die Highway Patrol trug andere Uniformen als der Rest des Philadelphia Police Department.

Die Highway Patrol hatte vor Jahren als Polizeiabteilung für die Verkehrskontrolle begonnen und war mit Motorrädern ausgerüstet worden. Sie hatte die Motorradfahrerkluft – Lederjacke, lederne Kniehose und schwarze Ledergamaschen – auch behalten, als sie die Motorräder gegen Streifenwagen getauscht hatte – nur bei feierlichen Anlässen verzichtete sie darauf –, und war zu einer Eliteeinheit innerhalb der Polizei geworden, die im gesamten Stadtgebiet in hochkriminellen Gebieten eingesetzt wurde.

Im Nachrichtenraum bei Channel 9 wurde die Philadelphia Highway Patrol als ›Carlucci's Commandos‹ bezeichnet, und zwar in respektvollem Tonfall, wenn auch widerwillig, wie Louise bemerkt hatte.

Louise Dutton stand so nahe bei Captain Richard C. Moffitt, daß die den Geruch seiner Lederjacke wahrnahm und roch, daß er Pfefferminzkaugummi gekaut hatte. Ihre Augen waren auf Höhe seines Abzeichens, über das ein blaugolden gestreiftes Band geheftet war, auf dem ein halbes Dutzend Sterne funkelten. Es war, wie Louise richtig annahm, eine Art Auszeichnung. Auszeichnungen, Mehrzahl, und die Sterne symbolisierten mehrfache Verleihungen.

Captain Moffitt zwinkerte ihr zu, und dann legte er die Hand auf die Wagentür und stellte sich auf die Zehenspitzen, um zu Bürgermeister Carluccis Limousine zu schauen. Louise sah, daß er einen Ehering trug, und sie wandte den Kopf, um zu sehen, wonach er Ausschau hielt. Zwei Polizisten in Zivil bahnten einen Weg für den Bürgermeister durch die Menge zu den mit Flaggen bedeckten Sägeböcken, wo das Band durchgeschnitten werden würde. Dann schaute er auf sie hinab.

»Ich habe Sie im Fernsehen gesehen«, sagte er. »Ich bin Dutch Moffitt.«

Sie gab ihm die Hand und nannte ihren Namen.

»Sie sehen in natura besser aus, Louise Dutton«, sagte er.

»Darf ich Ihnen eine Frage stellen, Captain Moffitt?«

»Na klar.«

»Einige Leute, die ich kenne, bezeichnen die Highway Patrol als Carlucci's Commandos. Was halten Sie davon?«

»Diese Leute können mich mal am Arsch lecken«, sagte er ohne Zögern und sachlich.

»Kann ich Sie zitieren?«

»Das können Sie, aber ich bezweifle, daß Sie das im Fernsehen sagen können«, erwiderte er und lächelte auf sie hinab.

»Sie arroganter Bastard!«

»Weil Sie gerade erst in die Stadt gekommen sind, möchte ich Ihnen gern erklären, was die Highway Patrol macht«, sagte er. »Und warum das die Ganoven und Schwulen ärgert.«

Sie bedachte ihn mit ihrem, wie sie hoffte, geringschätzigsten Blick.

»Ich werde sogar was zu trinken und ein Essen ausgeben«, sagte er.

»Warum rufen Sie mich nicht an?« fragte Louise und setzte ihr strahlendstes Lächeln auf. »Bei mir zu Hause natürlich. Ich möchte nicht, daß sich beim Sender herumspricht, daß ich mit einem von Carlucci's Commandos trank und aß. Schon gar nicht mit einem verheirateten. Es war nett, mit Ihnen zu reden, Captain.«

Sie erhielt nicht die Antwort, die sie erwartet hatte.

»Sie sprühen wirklich vor Temperament«, sagte er anerkennend.

Louise stürmte wütend davon. Sie sagte sich zuerst, daß er arrogant genug war, sie anzurufen, obwohl sie ihm ihren Sarkasmus förmlich über den Kopf gegossen hatte. Sie fand einen – wie ihr später klar wurde – kindischen Trost in dem Gedanken an das Telefonsystem beim Sender. Bei all den Spinnern und Verrückten im TV-Land konnte man nicht einfach Channel 9 anrufen und mit Louise Dutton verbunden werden. Aber vielleicht stellte man einen Captain der Polizei durch, und was dann?

Sie kehrte zum Studio zurück, ging zur Cheftelefonistin und erklärte ihr, daß sie aus Gründen, die sie nicht näher nennen könne, nicht mit einem Captain Moffitt von der Polizei sprechen wolle, wenn er anrief. »Sagen Sie ihm bitte, ich bin nicht im Haus.«

Der arrogante Bastard würde früher oder später die Botschaft verstehen.

Und er konnte sie unmöglich zu Hause anrufen. Im Studio würde man ihm nicht sagen, wo sie wohnte, und sie hatte eine geheime Telefonnummer.

Heute, vor drei Stunden, hatte das Telefon in ihrem Apartment geklingelt, gerade als sie unter die Dusche getreten war.

Sie wußte, daß es nicht ihr Vater sein konnte; er hatte sie um zehn Uhr angerufen, sie geweckt und gefragt, wie es ihr ging. Jeder sonst konnte warten. Wenn die Atombombe hochgegangen wäre, hätte sie davon gehört.

Das Telefon hatte immer weiter geklingelt, und schließlich, hin und her gerissen zwischen Ärger und zunehmender Besorgnis, daß sich irgendeine große Story entwickelt hatte, war sie naß und tropfend zum Telefon neben ihrem Bett gegangen und hatte den Hörer abgenommen.

»Hallo?«

»Alles in Ordnung?«

Es klang echte Besorgnis in Captain Dutch Moffitts Stimme mit, aber das wurde ihr erst klar, nachdem sie ihn angeschnauzt hatte.

»Warum sollte nicht alles in Ordnung sein?«

»Es hat schon Überfälle und Schlimmeres gegeben«, sagte er.

»Wie kommen Sie an meine Telefonnummer?« fragte Louise, und dann fiel ihr eine andere Frage ein. »Woher wußten Sie, daß ich zu Hause bin?«

»Ich schickte einen Streifenwagen vorbei. Man sagte mir, daß das gelbe Kabrio in der Garage steht.«

Louise hob den Blick und sah das Spiegelbild ihres nackten Körpers in der Glastür ihres Kleiderschranks. Sie fragte sich, was Captain Dutch Moffitt denken würde, wenn er sie sehen könnte.

Sie schüttelte den Kopf und spürte, wie ihr das Blut in die Wangen stieg.

»Was wollen Sie?« fragte sie.

»Ich will Sie sehen.«

»Das ist absurd.«

»Ja, ich weiß«, sagte er. »Ich kann mir früh frei nehmen, um sechzehn Uhr. Da ist ein Restaurant namens Waikiki Diner am Roosevelt Boulevard Ecke Harbison. Treffen Sie mich dort, sagen wir um sechzehn Uhr fünfzehn.«

»Unmöglich«, sagte Louise.

»Warum unmöglich?«

»Ich muß arbeiten«, sagte sie.

»Nein, das müssen Sie nicht. Lügen Sie mich doch nicht an, Louise.«

»Zum Teufel, Dutch!«

»Sechzehn Uhr fünfzehn«, sagte und legte auf.

Und sie hatte wieder ihren nackten Körper im Spiegel betrachtet und gewußt, daß sie um sechzehn Uhr fünfzehn im Waikiki Diner sein würde.

Und hier war sie, schaute in die Augen eines verheirateten Mannes und wurde sich plötzlich darüber klar, daß eine Affäre mit ihm, im Bett oder sonstwie, das letzte auf der Welt war, was sie wollte.

Was habe ich mir nur dabei gedacht? Es war völlig verrückt, hierherzufahren!

»Ich bin Polizist«, sagte er. »Es war nicht schwierig für mich, herauszufinden, wo Sie wohnen und welche Telefonnummer Sie haben.«

»Ich denke, ich nehme einen Scotch mit Soda«, sagte Louise. »Johnnie Walker Black.«

Er schob ihr sein Glas zu.

»Ich bestelle einen neuen«, sagte er.

Es war ungehobelt und gewiß unhygienisch, aber sie nahm das Glas, aus dem er schon getrunken hatte, und nippte daran, während er zur Bar winkte und einen anderen Scotch bestellte.

Warum habe ich das getan? dachte sie, und dann fand sie die Antwort. *Weil ich nicht wußte, was ich tun soll, um mich nicht noch mehr zur Närrin zu machen, als ich das bereits getan habe. Wie komme ich aus dieser Sache heraus?*

Der schnurrbärtige griechische Besitzer des Restaurants servierte den Scotch sofort persönlich.

»Wir haben anscheinend wenigstens eines gemeinsam«, sagte Dutch Moffitt. »Wir mögen Scotch.«

»Toll!« sagte sie.

»Entspannen Sie sich, Louise«, sagte er. »Ich werde Ihnen nichts tun.«

Sie sah ihn wieder an, hielt seinem Blick einen Moment stand und schaute dann fort. »Ich weiß nicht, warum ich hergekommen bin«, sagte sie. »Aber nur, um eines zu klären: Ich weiß jetzt, daß es ein Fehler war.«

Dutch Moffitt setzte zu einer Erwiderung an, doch bevor er etwas sagen konnte, ertönte eine männliche Stimme.

»Guten Tag, Captain Moffitt, schön, Sie zu sehen.«

Der Ärmel einer Anzugjacke schob sich vor Louises Gesichtsfeld.

»Hallo, Angelo«, sagte Moffitt.

Als der Arm weggezogen wurde, blickte Louise auf.

Ein gutaussehender Mann mit dunklem Teint – ein Italiener, nach dem ›Angelo‹ zu schließen –, der gut rasiert war und nach Eau de Toilette duftete, stand beim Tisch.

»Mein Vater fragte gerade heute morgen nach Ihnen«, sagte der Mann namens Angelo.

»Wie geht es Ihrer Mutter, Angelo?« fragte Moffitt.

»Sehr gut, danke«, sagte Angelo.

»Grüßen Sie sie.«

Angelo lächelte Louise an und schaute dann zu Moffitt.

»Stellen Sie mich dieser reizenden Lady vor?«

»War schön, Sie zu sehen, Angelo«, erwiderte Moffitt.

Angelos Wangen wurden eine Spur dunkler, und er ging fort.

»Was war das?« fragte Louise. »Einfach schlechte Manieren oder . . .«

»Das war Angelo Turpino«, fiel ihr Moffitt ins Wort. »Sie wollen ihn nicht kennenlernen.«

»Warum nicht?«

»Er ist ein Gangster«, sagte Moffitt. »Nein. Korrektur. Er ist ein gemachter Mann. Die Werte verschieben sich. Vor ein paar Jahren hätte dieser schleimige kleine Scheißer nicht mal zu einem Pickel auf dem Hintern eines gemachten Mannes getaugt.«

»Was meinen Sie mit ›gemachter Mann‹?«

Er schaute sie an und blickte wieder in ihre Augen.

»Wenn jemand eine Karriere beim organisierten Verbrechen beginnt, ist es sein höchstes Trachten, ein gemachter Mann zu werden«, sagte Moffitt spöttisch. »Ein gemachter Mann ist sozusagen einer, der akzeptiert wird, der alle Rechte und Privilegien als anerkannter Meister in seinem Gewerbe genießt. Man könnte vielleicht sagen, daß er so etwas wie einen Doktortitel hat, sozusagen ein Doktor Mob ist«.

»Wollen Sie damit sagen, er ist in der Mafia?«

»Wir nennen es die ›Familie‹«, sagte Moffitt.

»Was tat er, um ›gemacht‹ zu werden?«

»Vor ungefähr sechs Wochen wurde Vito Poltaro, auch bekannt als ›Vizepräsident‹ – nach den Initialien V.P. –, im Kofferraum seines Wagens in einem Parkhaus in der Innenstadt hinter dem Bellevue-Stratford Hotel gefunden. Der arme Vito hatte zwei .22er Kugellöcher im Hinterkopf. Man fand Fünf-Dollar-Scheine in seinem Mund, in den Ohren, den Nasenlöchern und einer anderen Körperöffnung. Das ist das Zeichen für Gier. Ich denke, daß Angelo der Täter war. Eine Woche nachdem das Organisierte Verbrechen Vito fand, hörte es, daß Angelo in New York gewesen und als gemachter Mann zurückgekehrt war.«

Louise zweifelte nicht daran, daß stimmte, was Moffitt erzählte.

»Das Organisierte Verbrechen fand die Leiche?« fragte sie. »Das verstehe ich nicht.«

»Es gibt eine Abteilung, die ›Organisiertes Verbrechen‹ genannt wird, weil sie versucht, Leute wie Angelo im Auge zu behalten«, erklärte Captain Moffitt.

Sie schauten sich wieder in die Augen. Louise wich seinem Blick aus.

»Sie wollen nicht über den Mob reden, nicht wahr?« fragte er.

»So ist es«, sagte sie.
»Worüber sollen wir dann sprechen?«
»Vielleicht über Ihre Frau?« platzte Louise heraus.
Er senkte den Kopf, zuckte mit den Schultern und schaute sie wieder an.
Und dann sagte er: »O Scheiße!«
Sie sah, daß er über ihre Schulter schaute.
Sie wollte den Kopf wenden.
»Drehen Sie sich nicht um!« sagte er, ruhig, aber sehr eindringlich.
Captain Moffitt erhob sich von der Polsterbank und schritt auf die Tür zu. Er ging geschmeidig, fast schleichend.
Sie wollte sich umwenden, aber sie dachte an seine Ermahnung und tat es nicht. Und dann konnte sie ihn schwach in der Glasverkleidung eines Servierwagens sehen. Sie sah, wie er eine Seite des Blazers zur Seite schob und dann eine Waffe in der Hand hielt.
Jetzt wandte sie erschreckt den Kopf.
Er hielt die Waffe mit der Mündung nach unten neben seinem Bein. Und er ging zur Registrierkasse.
Dort war ein junger Mann, ein blasser dünner Typ mit langem, blondem Haar. Er trug eine Jacke mit Reißverschluß, hielt eine braune Papiertragetasche in der Hand und streckte sie der Kassiererin hin, als wolle er sie ihr überreichen.
Und dann war Dutch Moffitt bis auf drei Schritte heran und hob die Hand mit der Waffe.
Sie konnte ihn trotz der Geräuschkulisse im Waikiki Diner deutlich hören.
»Leg den Ballermann auf die Theke, Sohn«, sagte Dutch. »Ich bin Polizeibeamter. Ich möchte dich nicht erschießen müssen.«
Der Typ blickte zu ihm, und sein Gesicht wurde sogar noch bleicher. Er leckte sich über die Lippen, und es sah aus, als ob er die Papiertragetasche sinken lassen würde. Und dann knallte es, fünf- oder sechsmal, wie die Explosion von Knallfröschen.
»O Scheiße«, sagte Dutch Moffitt, mehr traurig als ärgerlich.
Das Glas der Verkleidung des Servierwagens zerklirrte, Fla-

schen im Regal hinter der Bar zerbarsten, und Flüssigkeit spritzte.

Dutch packte den dünnen Jungen am Kragen seiner Jacke und schleuderte ihn wild durch den Raum. Dann machte er drei Schritte zur Tür des Restaurants. Er schob sie mit der Schulter auf und ging hindurch; und im nächsten Augenblick hielt er die Waffe mit beiden Händen, zielte und feuerte, immer wieder.

Das Krachen der Schüsse war ohrenbetäubend, schockierend, und Louise hörte eine Frau schreien und jemanden fluchen.

Der dünne blonde Junge rannte durch den Mittelgang. Sie erhaschte einen Blick auf sein Gesicht. Er sah krank aus.

Louise stand auf und lief zur Kasse.

Dutch war draußen. Er kniete neben einer Gestalt, die auf dem Boden lag. Louise dachte, es wäre ein anderer blonder Junge, doch dann drehte Dutch die Gestalt auf den Rücken, und Louise sah Lippenstift und eine Damenbrille mit roter Fassung.

»Er rannte ins Restaurant«, rief Louise. Als Dutch keine Antwort gab, schrie sie seinen Namen. Er wurde auf sie aufmerksam, und sie wies hin und wiederholte: »Er rannte ins Restaurant. Der blonde Junge.«

Dutch erhob sich und ging schnell an ihr vorbei. Sie folgte ihm.

Der griechische Besitzer des Waikiki Diner tauchte auf.

»Er lief durch die Küche, dieser Hurensohn«, berichtete er.

Dutch nickte.

Er schob seinen Revolver ins Holster und nahm das Telefon der Kassiererin, das auf Zigarren und Schokoriegel gefallen war, als die Glastheke zerklirrt war.

Er wählte eine Nummer.

»Hier ist Captain Moffitt, Highway Patrol«, sagte er. »Ich bin am Roosevelt Boulevard im Waikiki Diner. Brauche Unterstützung. Überfall mit Schießerei und Verletzten. Ich bin getroffen. Eine männliche Person, weiß, Anfang Zwanzig, flüchtete zu Fuß in unbekannte Richtung. Langes, blondes Haar, braune Jacke mit Reißverschluß. Nein! Verdammt! Roosevelt Boulevard Ecke Harbison.«

Er legte den Hörer auf, lächelte Louise beruhigend zu und hob die Stimme.

»Es ist vorbei, Leute«, sagte er. »Kein Grund mehr zur Sorge. Bleiben Sie einfach sitzen und essen Sie zu Ende.«

Er wandte sich wieder Louise zu und schaute sie an.

»Dutch, ist alles in Ordnung?« fragte sie.

»Klar«, sagte er. »Mir geht's prima.«

Und dann schwankte er und taumelte rückwärts, bis er gegen die Wand stieß.

Sein Gesicht war jetzt totenbleich.

»Es war ein gottverdammtes Mädchen«, sagte er überrascht mit kaum hörbarer Stimme.

Und dann brach er zusammen.

»Dutch!« schrie Louise und lief zu ihm.

Er ist ohnmächtig geworden! Das ist alles, er ist nur ohnmächtig geworden!

Und dann sah sie seine Augen, und es war kein Leben mehr darin.

»Oh, Dutch!« schrie Louise auf. »Oh, Dutch!«

Philadelphia liegt in der Mitte des New York-Washington-Korridors, eines der am dichtesten besiedelten Gebiete des Landes.

Wenn man von William Penns Statue auf der City Hall an der Broad und Market Street in der Innenstadt Philadelphias einen Kreis von hundert Meilen zieht, liegt Harrisburg im Westen; die Außenbezirke von Washington, D.C., im Süden; fast ganz Delaware und die New Jersey-Küste im Südosten und Osten; die Spitze von Manhattan Island im Nordosten; und fast berührt der Kreis noch Scranton, Pennsylvania, im Norden.

In diesem Kreis mit einem Radius von hundert Meilen liegen bedeutende Städte: Baltimore, Maryland; Camden, Trenton, Elizabeth, Newark und Jersey City, New Jersey; plus viele etwas kleinere Städte wie Atlantic City, New Jersey; Wilkes-Barre, Pennsylvania; Wilmington, Delaware; New Brunswick,

New Jersey; York, Lancaster, Reading, Allentown, Bethlehem und Hazleton, Pennsylvania; plus die Stadtbezirke Manhattan, Brooklyn und Richmond (Staten Island) von New York City.

Über vier Millionen Leute leben in diesem statistischen Gebiet von Philadelphia und Umgebung, und etwas über zwei Millionen innerhalb der Stadtgrenze. 1973 sorgten ungefähr achttausend Polizisten für die öffentliche Sicherheit in der ›Stadt der brüderlichen Liebe‹.

Das Verwaltungsgebäude der Polizei an der Vine Street in der Innenstadt Philadelphias ist das, was man in einer anderen Stadt als ›Polizeipräsidium‹ bezeichnet hätte. In Philadelphia ist es bei der Polizei und der Öffentlichkeit als ›Das runde Haus‹ bekannt.

Der Architekt, der das Gebäude plante, schaffte es, mit seiner Begeisterung für das Runde die Leute der Stadt anzustecken, die für die Genehmigung des Projekts zuständig waren. Es gibt keine geraden Flure; die inneren und äußeren Wände, sogar die der Aufzüge, sind gewölbt.

Die Funk- und Telefonzentrale des Philadelphia Police Department befindet sich im zweiten Stock des runden Gebäudes. In der Zentrale sitzen Reihen von zivilen Angestellten, durchsetzt von wenigen Polizeibeamten, an Telefonen und Funkgeräten, nehmen Anrufe von Bürgern und Funkbotschaften von den Polizeifahrzeugen ›auf der Straße‹ entgegen und geben amtliche Befehle an Polizeifahrzeuge durch.

Es gibt zweiundzwanzig Polizeibezirke in Philadelphia, und jeder hat die Aufgabe, für die öffentliche Sicherheit in seinem Gebiet zu sorgen. Jeder Polizeibezirk verfügt über Streifenwagen und Kastenwagen, die mit Funk ausgerüstet sind. Zusätzlich gibt es sieben Abteilungen von Kriminalbeamten, die ihre Büros in Distriktgebäuden haben, jedoch der Hierarchie einer Kriminalpolizei unterstellt sind, statt dem Distriktchef. Sie haben ihre eigenen, mit Funk ausgerüsteten Polizeifahrzeuge.

Auch die Philadelphia Highway Patrol, die ihr eigenes Hauptquartier hat, ist mit ihren Fahrzeugen an das Funknetz angeschlossen; mit den Fahrzeugen der Abteilungen Verkehr, Unfall und Jugendgericht; mit der Flotte der Abschleppwagen der Polizei; und mit den Fahrzeugen der verschiedenen Spezialeinheiten, wie zum Beispiel der Einheit K-9, der Wasserschutzpolizei, der Sittenpolizei, des Rauschgiftdezernats und der Abteilung Organisiertes Verbrechen und anderen.

Und darüber hinaus ist es natürlich nötig, die Kommunikation mit den Fahrzeugen auf der höheren Ebene des Philadelphia Police Department aufrechtzuerhalten, mit dem Polizeichef und seinem Stab, dessen Stellvertretern und ihren Stäben, den leitenden Kommissaren und ihren Stäben und einer Fülle von anderen ranghohen Polizeibeamten.

Bei mehr als tausend Polizeifahrzeugen ›auf der Straße‹ rund um die Uhr war es nötig, durch sorgfältige Planung nach Erprobung und Irrtümern ein System zu entwickeln, das sofortigen Kontakt zum richtigen Zeitpunkt mit dem richtigen Fahrzeug ermöglicht. Der Polizeichef ist nicht wirklich daran interessiert, sofort von jedem Autounfall in Philadelphia zu erfahren. Ebensowenig ist eine Anfrage der Flughafenpolizei nach einem Gefangenenwagen zum Abholen von drei randalierenden Betrunkenen auf dem Flughafengelände wichtig für einen Kriminalbeamten, der einen Mordverdächtigen in einer Gasse abseits der North Broad Street sucht.

Was die Polizei anbetrifft, ist Philadelphia in sieben geographische Bezirke eingeteilt, und jeder wird von einem Inspector geleitet. Jeder Bezirk hat seine eigene Funkfrequenz. Die Wagen von Kriminalbeamten und die anderer ermittelnder Abteilungen (Rauschgift, Organisiertes Verbrechen et cetera) haben Funkanlagen, die auf dem H-Band operieren. *Alle* Polizeifahrzeuge können auf eine Frequenz für einen Notfall umgeschaltet werden, die J-Band genannt wird.

Ein Streifenwagen im Sechzehnten Bezirk hat zum Beispiel die Frequenz F-1 eingeschaltet, die es ihm erlaubt, mit seinem Bezirk (West) in Verbindung zu stehen. Wenn die Besatzung auf F-2 umschaltet, kann sie auf dem gesamten J-Band empfangen und senden.

Ein hohes Tier der Polizei kann mit anderen hohen Tieren der Polizei Funkverbindung aufnehmen, oftmals auf der Frequenz der Kriminalbeamten oder der anderer Abteilungen, an denen er ein persönliches Interesse hat. Normale Polizeiwagen müssen durch die Vermittlung miteinander per Funk verbunden werden; es ist verboten, von Wagen zu Wagen zu sprechen. Funkverkehr von Wagen zu Wagen ist nur auf dem J- und H-Band erlaubt.

›Funkdisziplin‹ muß strikt eingehalten werden. Sonst würde es ein Chaos in der Kommunikation geben.

Durch die Betätigung eines Schalters kann ein Vermittler in der Funkzentrale eine Funkbotschaft an jedes mit Funk ausgerüstete Fahrzeug, von einem Polizeischiff auf dem Delaware River über die Hunderte Polizeiwagen auf Streifenfahrt bis zum Wagen des Polizeichefs senden.

Das geschieht, wenn ein Lämpchen auf einer Konsole aufleuchtet und ein Operator einen Schalter betätigt und sagt: »Polizeifunk« und die rufende Partei sagt: »Beamter braucht Unterstützung. Schußwaffengebrauch.«

Nicht jeder Anruf mit solch einer Ankündigung ist begründet. Die klugen Jungs haben Krimis im Fernsehen gesehen und kennen das Spiel; und zehn- oder zwölfmal pro Tag sagen sie sich, daß es eine gute Möglichkeit zum Beleben eines sonst langweiligen Nachmittags ist, zu beobachten, wie eine Schar von Polizeiwagen mit rotierenden Lichtern und heulenden Sirenen zu einer bestimmten Straßenecke rast.

Die Leute, die Anrufe entgegennehmen, sind jedoch nicht von gestern, und manchmal *wissen* sie, ob dieser Anruf ernst ist. Sie hören es am Klang der Stimme oder am Tonfall des Anrufers.

Die Frau, die Captain Richard C. ›Dutch‹ Moffitts Anruf aus dem Waikiki Diner entgegennahm, war Mrs. Leander Polk, achtundvierzig, eine mollige schwarze Lady, die seit neunzehn Jahren diesen Job machte.

»Lieutenant!« rief sie, nur um seine Aufmerksamkeit zu wecken, nicht um nach Erlaubnis zu fragen. Dann betätigte sie den entsprechenden Schalter.

Zwei Pieptöne, das Zeichen für einen Notruf, wurden in jedem Polizeifunkgerät in Philadelphia gesendet.

»Roosevelt Boulevard und Harbison«, sagte Mrs. Polk deutlich. »Das Waikiki Diner. Polizist braucht Hilfe . . .«

Sie wiederholte diese Botschaft und fuhr dann fort: »Überfall, Schießerei und Verletzte.« Sie wiederholte das und sagte dann schnell zu dem Lieutenant, der bei ihrem Arbeitsplatz eingetroffen war: »Captain Moffitt rief an.«

Und dann sprach sie ins Mikrofon: »Alle, die in Richtung Harbison und Roosevelt fahren, informieren über einen Überfall in dieser Gegend. Ausschau halten nach einer weißen männlichen Person, langes blondes Haar, braune Jacke, Fluchtrichtung unbekannt, bewaffnet mit Schußwaffe.«

Und dann wiederholte sie das.

2

Highway 2-B war ein Wagen der Philadelphia Highway Patrol, der südwärts auf dem Roosevelt Boulevard fuhr und soeben in den Oxford Circle einbog. Der Streifenwagen war besetzt mit Sergeant Alexander Dannelly und Officer David N. Waldron, der fuhr. Sergeant Dannelly und Officer Waldron hatten nur Minuten zuvor Captain Dutch Moffitt in todschicker Zivilkleidung ins Waikiki Diner gehen sehen.

Es war kurz nach sechzehn Uhr, und Captain Dutch Moffitt arbeitete für gewöhnlich bis siebzehn Uhr dreißig und oftmals länger. Und in Uniform.

»Der Captain ist offenbar auf einer sehr geheimen Undercover-Ermittlung«, sagte Sergeant Dannelly.

»Vielleicht ermittelt er unter der Bettdecke«, bemerkte Officer Waldron grinsend.

»Du hast eine schmutzige Phantasie, Officer Waldron«, sagte Sergeant Dannelly und grinste ebenfalls. »Schäm dich.«

»Wie wäre es mit einer Tasse Kaffee, Sergeant?« fragte Officer Waldron. »Im Waikiki gibt es prima Kaffee.«

»Du hast auch eine Neigung zum Selbstmord«, sagte Sergeant Dannelly. »Habe ich dir das schon gesagt?«

Zwei Pieptöne aus dem Funkgerät beendeten die Unterhaltung.

»Roosevelt Boulevard Ecke Harbison«, ertönte eine Frauenstimme. »Das Waikiki Diner. Polizist braucht Hilfe . . .«

»Allmächtiger!« stieß Officer Waldron hervor.

»Das muß der Captain sein«, sagte Dannelly.

»Überfall, Schießerei und Verletzte«, sagte die Frau in der Zentrale. »Alle, die in Richtung Harbison und Roosevelt fahren, informieren über einen Überfall in dieser Gegend. Ausschau halten nach einer weißen männlichen Person, langes blondes Haar, braune Jacke. Fluchtrichtung unbekannt, bewaffnet mit Schußwaffe.«

Als Sergeant Dannelly zum Mikrofon griff, ohne auf Befehle zu warten, hatte Officer Waldron bereits auf D-2 umgestellt und Blinklicht und Sirene eingeschaltet. Und dann gab er Gas.

»Highway 2-B fährt zum Tatort«, sprach Sergeant Dannelly ins Mikrofon.

Der Ford, dessen Motor aufheulte und dessen Reifen quietschten, beschleunigte auf dem Rest des Wegs auf dem Oxford Circle und raste zurück den Roosevelt Boulevard entlang in Richtung Waikiki Diner.

Die zweite Antwort auf den Notruf kam nur Sekunden später: »Zwei-null-eins fährt zum Waikiki Diner.«

Das war nicht die Wahrheit, die ganze Wahrheit und nichts als die Wahrheit. Zwei-null-eins reagierte nicht *sofort.*

Das Waikiki Diner befand sich auf dem Gebiet des Zweiten

Polizeidistrikts. Zwei-null-eins war ein Streifenwagen des Zweiten Polizeidistrikts, ein Ford Van.

Die Philadelphia Police antwortete im Gegensatz zu der Polizei in jeder anderen Großstadt auf alle Notrufe gleich welcher Art.

Brichst du dir ein Bein, *ruf die Cops!* Hat Onkel Harry einen Herzanfall, *ruf die Cops!* Bist du mit den Fingern in den Mixer geraten, *ruf die Cops!*

Eine ›grüne Minna‹ wird antworten und Sie ins Krankenhaus bringen. Nicht mit viel Komfort, denn in den Kastenwagen gab es nur eine Bahre und keine High-Tech-Apparate zur Lebensrettung. Aber man wird Sie so human wie möglich zum Krankenhaus bringen.

Diese Kastenwagen sind Polizeifahrzeuge, die von bewaffneten vereidigten Polizeibeamten gefahren werden, normalerweise von jungen, muskulösen Beamten, die noch nicht lange im Job sind. Oftmals wird Muskelkraft benötigt, wenn große, schwere Bürger Treppen hinuntergetragen werden oder randalierende Betrunkene gebändigt werden müssen. Bei diesem Dienst können junge Polizeibeamte eine Vorstellung davon gewinnen, wie es wirklich auf den Straßen aussieht.

Als der Notruf über Funk kam, parkte Zwei-null-eins vor Sid's Hamburgers an der Ecke Cottman und Summerdale Avenue, gegenüber der Northeast High School. Officer Francis Mason saß am Steuer, und Officer Patrick Foley hielt sich in dem Imbißladen auf, wo er Hamburger und zwei Dosen Cola bestellt hatte und dann auf die Toilette gegangen war. Patrick und Francis waren in der vergangenen Nacht auf einer Party gewesen und hatten sich das kostenlose Bier schmecken lassen. Das mußte Patrick auf Blase und/oder Darm geschlagen sein. Den ganzen Tag lief er auf die Toilette.

Officer Manson nahm das Mikro und meldete sich auf den Notruf hin. Dann schaltete er die rotierenden Blinklichter und die Sirene an, neigte sich über den Beifahrersitz und stieß die Tür auf. Neunzig Sekunden später – es kam ihm viel länger vor – tauchte Officer Foley im Laufschritt auf. Seine Miene wirkte gequält, und er befestigte noch den Waffengurt, bevor er in den Wagen sprang.

Officer Manson wendete auf der Summerdale Avenue und stoppte schlitternd an der Cottman Avenue. Er wartete, bis es eine Lücke im Verkehr gab, bog auf die Cottman Avenue ein und fuhr auf der linken Straßenseite dem Gegenverkehr entgegen, bis er sich endlich auf die rechte Spur einfädeln konnte.

»Ich glaube, ich muß schon wieder«, sagte Officer Foley.

Der Notruf war auch in einem Wagen empfangen worden, der auf dem Parkplatz des LaSalle College an der Twentieth Street Ecke Olney Avenue parkte, wo ein Team von WCBL-TV soeben Aufnahmen von einem Studentenprotest gemacht hatte. Nach einem Moment der Unentschlossenheit sagte Miss Penny Bakersfield, die Reporterin, dem Fahrer, daß da vielleicht etwas für die ›Nine's News‹ herausspringen könnte, wenn er schnell dorthin fahren konnte.

Highway 2-B wendete mit quietschenden Reifen von der nordwärts führenden mittleren Spur und dann auf den Parkplatz des Waikiki Diner.

Es waren keine Polizeifahrzeuge auf dem Parkplatz zu sehen. Das deutete darauf hin, daß der Anruf von Captain Dutch Moffitt gekommen war, der entweder in seinem neutralen Wagen oder in seinem eigenen Auto hier war.

Sergeant Dannelly stieß die Tür auf, bevor Highway 2-B schlingernd vor dem Restaurant stoppte. Mit gezogener Dienstwaffe rannte Dannelly in das Gebäude, gefolgt von Waldron.

Eine blonde Frau kniete neben Dutch Moffitt, der auf dem Boden saß und mit dem Rücken an der Wand lehnte. Dannelly schob die Frau zur Seite, sah Moffitts gebrochene Augen und zog die Hand zurück, mit der er nach dem Puls hatte tasten wollen.

»Er lief hinten raus«, sagte die Frau sehr leise.

»Ihm nach!« befahl Dannelly Waldron. »Ich gehe außen herum.«

Er richtete sich auf und rannte aus dem Restaurant. Er erkannte die Zeichen von Wut in sich – *ein verdammter elender Scheißkerl hat Dutch erschossen, den besten Captain, den ich kenne* –, und er zwang sich zur Ruhe.

Er stoppte, atmete zweimal tief durch und wollte dann um das Gebäude laufen. Dann besann er sich anders. Er rannte zum Wagen, dessen Türen noch offenstanden, schaltete das Funkgerät auf das J-Band und nahm das Mikrofon.

»Highway 2-B. Bitte alle Highway-Wagen auf J-Band schalten.«

Er wartete einen Moment, damit die Botschaft übermittelt werden konnte, und dann hielt er das Mikrofon wieder an den Mund.

»Highway 2-B an alle Highway-Wagen. Wir haben eine Schießerei bei Roosevelt Boulevard und Harbison, in die Highway eins verwickelt war. Alle Highway-Einheiten fahnden in dem Gebiet nach Verdächtigem. Zentrale, geben Sie bitte die Beschreibung des Verdächtigen durch?«

Er warf das Mikrofon auf den Sitz und lief zur Rückseite des Waikiki Diner. Er wußte, daß in der ganzen Stadt jeder Streifenwagen der Highway Patrol mit heulender Sirene zum Waikiki Diner fahren würde.

»Die Highway Patrol kümmert sich um ihre Leute«, sagte Sergeant Dannelly, obwohl niemand ihn hören konnte.

Die dritte Antwort auf den Notruf kam von einem neuen, hellblauen Ford LTD Brougham, der nordwärts auf dem Roosevelt Boulevard in Höhe des Backsteingebäudes mit den Büros der Sears, Roebuck & Company fuhr.

Nichts wies darauf hin, daß der LTD ein Polizeiwagen war. Als der Fahrer, Peter F. Wohl, ein großer Mann Anfang Dreißig mit einem tadellos sitzenden Glencheck-Anzug, sich entschied zu antworten, mußte er das Handschuhfach öffnen, um das Mikrofon herauszunehmen.

»Isaac dreiundzwanzig«, sprach er ins Mikrofon. »Ich fahre zum Tatort.«

Er drückte auf den Knopf im Lenkrad, der die Warnblinkanlage auslöste, und begann rhythmisch auf die Hupe zu drücken. Der LTD hatte weder Sirene noch rotierende Blinklichter.

›Isaac‹, war das Rufzeichen für ›Inspector‹. Peter F. Wohl war Staff Inspector. Bei den seltenen Anlässen, bei denen er eine Uniform anhatte, trug er das goldene Blatt, das identisch mit dem Rangabzeichen eines militärischen Majors war.

Ein Staff Inspector stand gleich über dem Captain und unter einem Inspector, der das Rangabzeichen eines Lieutenant Colonel trug. Es gab achtzehn davon, und Peter F. Wohl war der jüngste. Staff Inspectors zählten sich zu den besten Cops, und diejenigen, die wußten, was diese Männer wirklich taten, waren der gleichen Meinung.

Sie ermittelten bei Korruption in der Polizei, aber das war nicht alles. Und selbst das machten sie nicht auf die Art und Weise, wie die Leute dachten. Sie waren nicht interessiert an einem Cop, der zu Ostern einen Schinken von einem Metzger annahm, aber sie wurden hellhörig, wenn sie erfuhren, daß ein Captain mit einer Blondine, die nicht seine Frau war, in einem nagelneuen Buick nach Jersey fuhr und horrende Summen auf Pferde wettete.

Sie ermittelten wegen Korruption in der Stadtverwaltung; Betrug in der Stadt; Bestechung und Erpressung; Verbrechen mit politischem Zusammenhang. Sie ermittelten gegen das organisierte Verbrechen und führten eine Reihe anderer interessanter Ermittlungen durch; und ziemlich weit unten auf der Liste standen Ermittlungen gegen Polizisten, die krumme Dinge machten.

Peter Wohl (niemand hatte ihn jemals ›Pete‹ genannt, nicht einmal als Kind; selbst da hatte er etwas Würdevolles ausgestrahlt) entsprach nicht dem weltverbreitetem Klischee eines Polizisten. Man konnte ihn eher für einen Börsenmakler oder vielleicht für einen Ingenieur oder Anwalt halten. Für einen

Akademiker, mit anderen Worten. Aber er war Polizist. Er war Streifencop und sogar Corporal bei der Highway Patrol gewesen. Aber seit er Sergeant geworden war, nach nicht ganz sechs Jahren im Polizeidienst, und man ihn der Abteilung mit dem merkwürdigen Namen ›Ziviler Ungehorsam‹ zugeteilt hatte, war er Polizist in Zivil.

Es hieß, daß Peter Wohl es bestimmt bis nach oben schaffen würde, vielleicht sogar bis zur Spitze. Er hatte die Fähigkeiten und arbeitete hart, und er machte selten Fehler.

Gleich wichtig, er stammte aus einer langen Linie von Polizisten. Sein Vater hatte sich als Chief Inspector zur Ruhe gesetzt, und die Abstammungslinie ging noch weiter.

Die Wurzeln der Familie Wohl lagen in Hessen, Deutschland. Friedrich Wohl war ein Landwirt aus einem kleinen Dorf in der Nähe von Kassel gewesen, der in den Dienst als Grenadier des Hessen-Kassel-Regiments gepreßt worden war. Hauptsächlich um eine Universität zu finanzieren, die er gegründet hatte (und die nach ihm benannt war), in Gebäuden, die er von der römisch-katholischen Kirche in Marburg an der Lahn konfisziert hatte, verlieh Landgraf Philip seine Soldaten an Seine britische Majestät, Georg III. von England, der es in seinen nordamerikanischen Kolonien mit einer Rebellion zu tun hatte.

Irgendein Vorgänger von William Casey (einige sagen, es war Baron von Steuben, andere meinen, es war der Marquis de Lafayette) wies die Gründungsväter darauf hin, daß das Hessen-Kassel-Infanterieregiment des Landgrafen (wegen der Uniformen als ›Rotröcke‹ bekannt) aus erstklassigen Soldaten bestand, die der kontinentalen Armee große Schwierigkeiten bereiten konnten. Doch sie wiesen ebenfalls darauf hin, daß viele von ihnen zwangsweise ausgehoben worden und nicht sehr glücklich darüber waren, daß der Landgraf sie zwangsweise eingezogen hatte. Und daß viele von ihnen römisch-katholisch waren, die den Austritt des Landgrafen aus der Kirche und seine Konfiszierung von Kirchenbesitz als Ungeheuerlichkeit gegenüber der Heiligen Mutter Kirche betrachteten. Man nahm an, daß ein Angebot von hundertsechzig Morgen

Land, eine kleine Summe in Gold und ein Pferd eine Reihe von Rotröcken verlassen konnte, zu desertieren. Die Theorie wurde in die Praxis umgesetzt, und schließlich nahmen einhundert Rotröcke das Angebot an. Darunter war der Grenadier Friedrich Wohl, obwohl er nicht römisch-katholisch und freiwillig in den Dienst des Landgrafen getreten war.

Friedrich Wohls Farm, in der Nähe dessen, was jetzt Media ist, florierte. Als der Krieg von 1812 ausbrach, belieh er die Farm stark und nutzte das Geld, um in ein Kaperschiff zu investieren, das britische Schiffe ausrauben und ihm ein Vermögen einbringen sollte. Die *Determination* segelte mit flatternden Fahnen den Delaware River hinab, und man hörte nie wieder etwas davon.

Wohl verlor seine Farm und mußte sich und seine Söhne als Farmarbeiter verdingen.

Die Söhne zogen nach Philadelphia, wo sie sich ohne erkennbaren Erfolg in verschiedenen Gewerben versuchten und einige kleine Geschäfte eröffneten, die alle scheiterten. 1854, als das Gebiet von Philadelphia durch den Zusammenschluß aller kleinen Gemeinden von dreihundertsechzig Morgen zu einer Stadt von dreiundachtzigtausend Morgen wuchs, schaffte es Karl-Heinz Wohl, Friedrich Wohls jüngster Enkel, in das neugeschaffene Police Department aufgenommen zu werden.

Seither war mindestens ein Wohl im Philadelphia Police Department. Als Peter Wohl die Polizeiakademie absolviert hatte, saßen ein Captain, zwei Lieutenants und ein Detective, die entweder seine Onkel oder Cousins waren, mit Chief Inspector August Wohl im Auditorium und schauten bei Peters Vereidigung zu.

Eine lange Autoschlange staute sich vor ihm vor der Einfahrt in den Oxford Circle, und sie würde ihm wahrscheinlich nicht Platz machen, ganz gleich, ob seine Warnblinkanlage blinkte und wie oft er hupte. Er kochte vor Wut, bis der Weg frei war, gab Gas und raste durch den Kreis, und ein halbes Dutzend Bürger fragten sich, wo die Cops waren, wenn sie gebraucht wurden, um die Leute vor Idioten wie dem in dem hellbraunen Ford zu schützen.

Er erreichte die Kreuzung Harbison und Maggee. Die Ampel war rot und sprang auf gelb um, aber er dachte, er konnte schneller sein als der erste startende Wagen, gab Gas und zog auf die linke Spur, und dann mußte er hart auf die Bremse steigen, um nicht von einem Kastenwagen der Polizei gerammt zu werden, der aus einer Seitenstraße einbog.

Der Cop am Steuer des Kastenwagens schaute ihn giftig und wütend an, als er an ihm vorbeiraste.

Wohl folgte dem Wagen auf den Parkplatz des Waikiki Diner und stoppte dahinter.

Da stand ein Wagen der Highway Patrol mit beiden Türen geöffnet und mit der Schnauze zum Eingang, und Wohl erhaschte einen Blick auf einen Mann der Highway Patrol, der rannte, die Dienstwaffe mit der Mündung nach oben hielt und dessen Ziel offenbar die Rückseite des Gebäudes war.

Wohl stieg aus und ging auf das Restaurant zu.

»He, du da!« rief jemand. Es war der Fahrer des Kastenwagens. Er hielt seine Dienstwaffe in der Hand, und die Mündung wies himmelwärts.

»Polizei«, sagte Wohl, und als er die ungläubige Miene des jungen Cops sah, fügte er hinzu: »Inspector Wohl.«

Der Cop nickte.

Wohl ging weiter zum Eingang des Restaurants und stolperte fast über die Leiche einer jungen Person, die in einer Blutlache lag. Wohl fühlte schnell den Puls, stellte fest, daß es keinen gab, und bemerkte, daß es die Leiche einer jungen Frau war.

Er richtete sich auf und zog seine Waffe, einen Smith & Wesson .38 Special, aus dem Holster.

»Hierher, Officer!« rief jemand, und als Wohl sah, daß es Teddy Galanapoulos war, der Besitzer des Waikiki Diner, schlug er sein Jackett zurück und schob den Revolver zurück ins Holster. Was auch immer geschehen war, es war vorüber.

Teddys Ruf hatte nicht ihm gegolten, doch als er ihn sah, schaute er ihn neugierig und sogar mißtrauisch an, bis er ihn erkannte.

»Lieutenant Wohl«, sagte er.

Es war nicht der richtige Ort oder Zeitpunkt, um ihn zu korrigieren.

»Hallo, Mr. Galanapoulos«, sagte Wohl. »Was war los?«

»Ein verdammter Bengel erschoß Captain Moffitt«, sagte Teddy und wies über die Schulter.

Dutch Moffitt saß in Zivilkleidung zusammengesunken auf dem Boden und lehnte mit dem Rücken an der Wand. Eine Frau kniete neben ihm. Sie schluchzte, und während Wohl zuschaute, streckte sie zögernd die Hand aus und schloß sehr behutsam Dutchs Augen.

Wohl wandte sich zur Tür. Der Cop aus dem Kastenwagen kam herein, und auf dem Parkplatz trafen viele Polizeiwagen ein, stoppten mit quietschenden Reifen, und uniformierte Polizisten sprangen heraus.

»Stecken Sie Ihre Waffe weg«, befahl Wohl, »und holen Sie Ihre Bahre. Die Frau auf dem Parkplatz ist tot.«

Die Miene des jungen Cops spiegelte Enttäuschung wider, als er den Befehl befolgte.

Ein Sergeant der Highway Patrol, den Wohl nicht kannte, durchquerte schnell das Restaurant und schob seine Waffe ins Holster. Er schaute Wohl neugierig an.

»Ich bin Inspector Wohl«, sagte Wohl.

»Jawohl, Sir«, sagte Sergeant Alex Dannelly. »Es waren zwei, Sir. Dutch erwischte den, der ihn erschoß. Der andere, männlich, weiß, zwanzig bis fünfundzwanzig Jahre alt, blondes Haar, flüchtete durch das Restaurant und aus der Küche.«

»Haben Sie das über Funk durchgegeben?«

»Nein, Sir«, sagte Dannelly.

»Dann tun Sie es«, befahl Wohl. »Und dann sorgen Sie dafür, daß niemand den Laden verläßt, die Leute auf den Plätzen bleiben und keine Spuren zerstört werden.«

»Jawohl, Sir.« Der Sergeant ging zur Tür und winkte drei Polizisten herein.

Wohl ließ sich neben der Frau auf die Knie nieder und berührte sanft ihren Rücken.

»Mein Name ist Wohl«, sagte er. »Ich bin Polizeibeamter.«

Sie wandte den Kopf und schaute ihn an. Ihre Augen spiegelten Entsetzen wider, und Tränen rannen über ihre Wangen. Sie kam ihm bekannt vor. Und sie war nicht Moffitts Frau.

»Ich helfe Ihnen auf«, sagte Wohl sanft.

»Besorgen Sie eine Decke oder was«, sagte Louise Dutton fast flüsternd. »Decken Sie ihn zu, verdammt!«

»Teddy«, befahl Wohl, »besorgen Sie eine Tischdecke oder sonstwas.«

Er half der Frau auf die Füße.

Officer Francis Mason und Officer Patrick Foley kamen im Laufschritt mit der Bahre aus Wagen zwei-null-eins. Sie klappten die Bahre schnell auf und legten Dutch Moffitt ziemlich unsanft darauf. Wohl wollte ihnen die Tür öffnen, doch ein uniformierter Beamter kam ihm zuvor.

Das Heulen der Sirenen draußen war jetzt ohrenbetäubend. Er blickte durch die Glastür des Restaurants und sah überall Polizeiwagen. Ein weißer Transporter mit der Aufschrift WCBL-TV Channel 9 stoppte auf dem Parkplatz, eine Schiebetür glitt auf, und ein Mann mit einer Kamera auf der Schulter sprang heraus.

Wohl wandte sich an die Blondine. »Sie waren mit Captain Moffitt befreundet?«

Sie nickte.

Woher, zum Teufel, kenne ich sie? dachte Wohl.

»Warum hat man ihn weggetragen?« fragte sie. »Er ist tot, nicht wahr?«

Ich weiß nicht, warum, dachte Wohl. *Normalerweise werden die Toten am Tatort liegengelassen, damit die Jungs von der Mordkommission sich um alles weitere kümmern. Aber vermutlich will keiner zugeben, daß ein Kollege tot ist.*

»Ja, ich befürchte, er ist tot«, sagte Wohl. »Können Sie mir sagen, was passiert ist?«

»Er versuchte einen Überfall zu stoppen«, sagte Louise. »Und jemand schoß auf ihn. Ein Mädchen, sagte er.«

Ein stämmiger, rotgesichtiger Polizist mit weißem Hemd, auf dessen Schultern das Rangabzeichen des Captain zu sehen war, kam ins Restaurant.

Sein Name war Jack McGovern, und er war der Chef des Zweiten Distrikts. Er war bei der Highway Patrol Lieutenant gewesen, als Peter Wohl Corporal gewesen war. Er war zum Captain befördert worden, bevor Peter Wohl Captain geworden war, und sie hatten zusammen die Prüfung zum Staff Inspector gemacht. Peter Wohl hatte sie bestanden; Jack McGovern nicht.

McGovern hob die Augenbrauen, als er Wohl sah.

»Was ist passiert?« fragte er. »War das Captain Moffitt, den sie soeben raustrugen?«

»Ja, das war Dutch«, bestätigte Wohl. »Er geriet in einen Überfall.«

McGovern blickte ihn fragend an.

»Er ist tot, Jack«, sagte Wohl.

»Mein Gott.« McGovern bekreuzigte sich.

»Ich finde, Sie sollten sich um den Parkplatz kümmern«, sagte Wohl. »Sie sind in Uniform. Haben Sie die Frauenleiche gesehen?«

McGovern schüttelte den Kopf. »Eine Frau? Eine Frau hat Dutch erschossen?«

»Es waren zwei Täter«, sagte Wohl. »Einer flüchtete, Dutch erwischte den anderen. Ich weiß nicht, wer Dutch erschoß.«

»Er sagte, es war eine Frau«, sagte Louise Dutton leise.

Captain McGovern schaute sie an, seine Augenbrauen ruckten hoch, und dann blickte er zu Wohl.

»Diese Lady war mit Captain Moffitt zusammen, als es passierte«, sagte Wohl. Er wandte sich an Louise. »Ich muß telefonieren. Es dauert nur einen Augenblick.«

Sie nickte.

Wohl hielt Ausschau nach einem Telefon. Er sah, daß der Telefonhörer bei der Kasse auf dem Boden lag, und ging zum Münzfernsprecher an der Wand. Er warf einen Dime ein und wählte eine Nummer, die er auswendig kannte. »Büro des Commissioner, Sergeant Jankowitz am Apparat.«

»Peter Wohl, Jank. Lassen Sie mich mit ihm sprechen. Es ist wichtig.«

»Peter?« fragte Polizeichef Taddeus Czernick, als der Sergeant verbunden hatte. »Was ist los?«

»Commissioner, Dutch Moffitt geriet im Waikiki Diner am Roosevelt Boulevard in einen Überfall. Er wurde erschossen. Einen der Täter erwischte er, der andere entkam.«

»O Gott!« stieß Czernick hervor. »Der, den er erwischte, ist tot?«

»Ja, Sir. Es ist eine Frau, und eine Augenzeugin sagt, daß die Frau die tödlichen Schüsse auf ihn abgegeben hat. Ich traf soeben ein.«

»Wer ist sonst noch da?«

»Captain McGovern.«

»Mein Gott, Dutchs Bruder wurde ebenfalls erschossen«, sagte Czernick. »Erinnern Sie sich?«

»Ich hörte davon, Sir.« Und dann fügte er hinzu: »Sir, die Zeugin, eine junge Frau, war mit Dutch zusammen.«

Es folgte eine Pause.

»Und?« fragte der Polizeichef dann.

»Ich weiß es nicht, Sir«, sagte Wohl.

»Das war das andere Telefon, Peter. Wir wurden über Funk informiert«, sagte Czernick. »Wer ist die Frau, die Zeugin?«

»Ich weiß es nicht. Sie kommt mir irgendwie bekannt vor. Blond, jung, gutaussehend.«

»Verdammt!«

»Ich hielt es für besser, anzurufen, Sir.«

»Sie bleiben dort, Peter«, befahl der Polizeichef. »Ich rufe den Bürgermeister an und komme so schnell wie möglich dorthin. Tun Sie bezüglich dieser Frau, was Sie für richtig halten.«

»Jawohl, Sir«, sagte Wohl.

Der Polizeichef legte ohne ein weiteres Wort auf.

Wohl hängte den Hörer des Münzfernsprechers ein und fuhr in Gedanken mit der Hand über den Rückgabeschlitz. Es überraschte ihn, daß er Münzen berührte. Er nahm sie heraus, schaute sie an, und dann ging er zu Louise Dutton. »Alles in Ordnung mit Ihnen?«

Louise zuckte mit den Schultern.

»Eine wahre Tragödie«, sagte Wohl. »Er hinterläßt drei junge Kinder.«

»Ich weiß, daß er verheiratet war«, entgegnete Louise kalt.

»Würde es Ihnen etwas ausmachen, mir zu sagen, weshalb Sie zufällig mit ihm hier zusammen waren?« fragte Wohl.

»Ich bin vom WCBL-TV«, sagte Louise.

»Deshalb kam mir Ihr Gesicht bekannt vor«, sagte Wohl.

»Er wollte mir erzählen, was er davon hält, daß Leute die Highway Patrol als ›Carlucci's Commandos‹ bezeichnen«, sagte Louise vorsichtig.

Das ist Blödsinn, dachte Wohl. *Es war etwas zwischen den beiden.*

Wie auf ein Stichwort hin tauchte der Kameramann von Channel 9 an der Tür auf. Ein Polizist blockierte ihm den Weg.

»Guter Mann, wenn sie da drinnen ist, warum darf ich dann nicht auch dort rein?« protestierte der Kameramann.

Wohl ging zur Tür, entdeckte McGovern und hob die Stimme. »Jack, würden Sie bitte ein paar Sperren aufstellen lassen und die Leute fernhalten?«

Er sah McGovern an der Miene an, daß der Kameramann an den Polizisten vorbeigeschlüpft war, die McGovern bereits postiert hatte.

»Schafft diesen Typen weg«, sagte McGovern scharf zu einem Sergeant. »Den Fernsehknaben.«

Wohl wandte sich wieder an Louise.

»Es wäre sehr unangenehm für Mrs. Moffitt oder die Kinder, wenn sie davon durch das Fernsehen oder den Rundfunk erführen.«

Louise schaute ihn fast eine Minute lang verständnislos an.

»Ich weiß nicht, wie das in Philadelphia ist«, sagte sie dann. »Aber an den meisten Orten gibt es ein ungeschriebenes Gesetz, daß nichts, jedenfalls kein Name, über so eine Sache publik gemacht wird, bis die nächsten Angehörigen benachrichtigt worden sind.«

»Das trifft auch hier zu«, sagte Wohl. »Aber ich gehe immer gern doppelt auf Nummer sicher.«

»Okay«, erwiderte sie. »Ich kann beim Sender anrufen.«

»Das wüßte ich sehr zu schätzen«, sagte Wohl. Er hielt ihr Münzen für das Telefon hin.

Louise rief beim Sender an, und Leonard Cohen, der Chef der Nachrichtenredaktion, meldete sich.

»Leonard, hier ist Louise Dutton. Ein Polizist wurde getötet . . .«

»Im Waikiki Diner am Roosevelt Boulevard?« unterbrach Cohen. »Sind Sie dort?«

»Ja«, sagte Louise. »Leonard, die Polizei will nicht, daß seine Frau es aus dem Fernsehen oder Rundfunk erfährt.«

»Sie wissen, wer das Opfer war, Louise?«

»Ich war mit ihm zusammen«, sagte Louise.

»Sie haben es gesehen?«

»Ich will nicht, daß seine Frau es über den Sender erfährt«, sagte Louise.

»He, kein Problem. Natürlich nicht. Wir holen wie üblich die Genehmigung ein, wann wir es bringen können.«

»In Ordnung«, sagte Louise.

»Sagen Sie dem Team, daß es aufnehmen soll, was es kann, einige Außenaufnahmen, und dann kommen Sie her, und wir stellen es hier zusammen«, sagte Cohen. »Wir können das Material vielleicht als Einleitung zum Hauptbericht benutzen. Es ist nicht viel sonst passiert. Und Sie haben es *gesehen?«*

»Ja, ich sah es«, sagte Louise. »Ich werde vorbeikommen.« Sie hängte den Hörer ein.

»Ich sprach soeben mit dem Chef«, sagte sie zu Wohl. »Er sagte, er wird nichts bringen, bis es von der Polizei freigegeben wird. Er bittet um einen Anruf.«

»Ich werde mich darum kümmern«, sagte Wohl. »Vielen Dank, Miss Dutton.«

Sie zuckte mit den Schultern. »Wofür?« fragte sie bitter. Und dann: »Wie wird es seine Frau erfahren? Wer sagt es ihr?«

Wohl zögerte einen Moment mit der Antwort. »Es gibt ein Routineverfahren, das wir in solchen Fällen anwenden. Der Chef des Distrikts, in dem Captain Moffitt wohnte, wurde sofort benachrichtigt. Er wird zu Captain Moffitts Haus fahren und Mrs. Moffitt zum Krankenhaus bringen. Wenn sie dort eintreffen, werden der Bürgermeister und vielleicht der Polizeichef dort sein. Und vielleicht der Gemeindepriester. Sie werden es ihr sagen. Sie sind Freunde. Captain Moffitt stammt aus einer alten Polizistenfamilie.«

Louise Dutton nickte.

»Währenddessen werden die Mordkommission und die Spurensicherung hier eintreffen. Und weil Captain Moffitt ein ranghoher Polizeibeamter war, wird wohl auch der Leiter der Mordkommission herkommen.«

»Und sie fährt zum Krankenhaus, während über Funk darüber gesprochen wird, was hier passierte, wie? Gott, das ist brutal!«

»Das Funkgerät im Wagen wird abgeschaltet sein«, sagte Wohl.

Sie schaute ihn an.

»Wir lernen von unseren Fehlern«, sagte Wohl. »Dies ist nicht der erste Tod eines Polizisten. Captain Moffitts Bruder wurde ebenfalls im Dienst getötet.«

Sie hob fragend die Augenbrauen, sagte jedoch nichts.

»Die Beamten der Mordkommission werden Ihnen Fragen stellen wollen«, sagte Wohl. »Ich nehme an, es ist Ihnen klar, daß Sie eine besondere Zeugin sind, eine gute Beobachterin. Normalerweise würde man Sie ins Präsidium bringen . . .«

»O Gott«, sagte Louise Dutton. »Muß das sein?«

»Ich sagte ›normalerweise‹,« erwiderte Wohl. »Es gibt immer eine Ausnahme.«

»Weil ich bei ihm war? Oder weil ich bei WCBL-TV bin?«

»Wie wäre es mit einem bißchen von beidem?« gab Wohl zurück. »In diesem Fall werde ich Sie von einem Beamten nach Hause fahren lassen.«

Ich bin befugt, sie von hier wegzulassen, dachte Wohl. *Der Chef sagte, tun Sie bezüglich der Frau, was Sie für richtig halten. Aber ich brauche das nicht zu tun. Warum mache ich es?*

»Ich fahre nicht nach Hause«, sagte Louise Dutton. »Ich fahre zum Studio.«

»Ja, natürlich«, sagte Wohl. »Also zum Studio und dann nach Hause. Und in einer Stunde oder so, wenn sich die Dinge etwas beruhigt haben, werde ich Beamte zum Studio oder zu Ihnen nach Hause schicken und Sie zu Ihrer Aussage ins Präsidium holen lassen.«

»Ich brauche keinen, der mich irgendwohin fährt«, sagte Louise fast trotzig.

»Da bin ich anderer Meinung«, entgegnete Wohl. »Sie haben Schreckliches erlebt und sollten nicht selbst fahren. Und wir sind Ihnen zu Dank verpflichtet.«

Sie starrt mich an, als sehe sie mich zum ersten Mal, dachte Wohl.

»Ich habe Ihren Namen vergessen«, sagte Louise Dutton.

»Wohl, Peter Wohl.«

»Und Sie sind Polizeibeamter?«

»Ich bin Staff Inspector«, sagte er.

»Ich weiß nicht, was das ist«, bekannte sie. »Aber ich sah, daß Sie diesen Captain herumkommandierten.«

»Das wollte ich nicht«, wandte er ein. »Aber im Augenblick bin ich hier der ranghöchste Beamte.«

Sie atmete tief durch.

»Plötzlich fühle ich mich ein bißchen komisch«, sagte sie. »Vielleicht sollte ich wirklich nicht selbst fahren.«

»Es zahlt sich immer aus, vorsichtig zu sein.« Wohl ergriff ihren Arm und führte sie zur Tür. Er machte Captain McGovern auf sich aufmerksam und winkte ihn zu sich.

»Jack, dies ist Miss Louise Dutton von Channel nine. Sie ist sehr kooperativ. Können Sie mir ein paar Leute und einen Wagen besorgen, um sie zum Studio zu fahren und ihren Wagen ebenfalls zu fahren, und sie dann nach Hause zu bringen?«

»Jetzt erkenne ich Miss Dutton«, sagte McGovern. »Selbstverständlich, Inspector. Kein Problem. Wird erledigt. Es freut mich, daß ich Ihnen helfen kann, Miss Dutton.«

»Haben Sie den anderen geschnappt, den Jungen?« fragte Louise. »Noch nicht«, sagte Captain McGovern. »Aber wir werden ihn schnappen.«

»Und es war ein Mädchen, das Captain Moffitt erschoß?«

»Ja, Ma'am, es war ein Mädchen«, sagte Captain McGovern und wies zu der Leiche.

Louise schaute hin. Ein Mann in Zivil, aber mit einer Waffe an der Hüfte und deshalb bestimmt ein Polizist, fotografierte die Leiche aus allen Winkeln. Als er damit fertig war, malte ein anderer Polizist mit gelber Kreide den Umriß der Leiche auf den Asphalt des Parkplatzes.

»Wo steht Ihr Wagen, Miss Dutton?« fragte Wohl.

Louise konnte sich nicht erinnern, wo sie geparkt hatte. Sie schaute sich um, bis sie den Wagen entdeckte, und wies hin.

»Dort drüben, der gelbe.«

»Möchten Sie in Ihrem Wagen fahren oder im Streifenwagen?« fragte Wohl.

Louise dachte kurz nach. »In meinem Wagen.«

»Diese Beamten werden Sie zum Studio und dann nach Hause bringen, Miss Dutton«, sagte Wohl. »Bitte gehen Sie nirgendwo sonst hin, bis Sie Ihre Aussage bei der Mordkommission gemacht haben. Vielen Dank für Ihre Mitarbeit.«

Er hielt ihr die Hand hin, und sie ergriff sie.

Wohls erster Gedanke war beruflicher Natur. Ihre Hand war ein wenig feucht, was oftmals ein Symptom für Streß ist. Es war eine gute Idee gewesen, die junge Frau von einem Cop fahren zu lassen, ganz davon abgesehen, daß sie Gutes über die Polizei denken würde.

Der zweite Gedanke war privater Natur: Es war eine zarte Hand mit weicher und glatter Haut.

Es war nicht schwer zu erraten, was Dutch in Louise Duttons gesehen hatte. Aber was hatte sie in ihm gesehen? Sie war eine intelligente, gebildete Frau, kein naives Bauernmädchen, das einen großen, starken Polizisten in ehrfürchtiger Scheu anhimmelt.

Ein schwarzer Oldsmobile mit rotierendem Rotlicht fuhr auf den Parkplatz, als Louise Dutton gelbes Kabrio hinter einem blauweißen Streifenwagen auf den Roosevelt Boulevard einbog.

Chief Inspector of Detectives Matt Lowenstein, ein großer grauhaariger Mann Mitte Fünfzig, stieg auf der Beifahrerseite aus und ging zielstrebig zu McGovern und Wohl.

»Verdammte Schande«, sagte er. »Gottverdammte Schande. Ist der Geflüchtete gestellt worden?«

»Noch nicht, Sir«, sagte McGovern, »aber wir werden ihn fassen.«

»Jede männliche Person auf der Broad Street mit brauner Jacke und blondem Haar ist gestoppt worden«, sagte Wohl trocken. Lowenstein schaute ihn an und wartete auf eine Erklärung. »Ein Sergeant der Highway Patrol forderte über das J-Band alle Besatzungen von ihren Fahrzeugen dazu auf.«

Lowenstein schüttelte den Kopf. Er war wie Peter Wohl der Ansicht, daß das unnötig und sogar unklug war. Aber die Highway Patrol war die Highway Patrol, und wenn einer ihrer Leute in eine Schießerei verwickelt war, reagierte sie so. Außerdem war es jetzt ohnehin zu spät, noch etwas zu ändern.

»Ich hörte, wir haben eine Augenzeugin«, sagte Lowenstein.

»Ich schickte sie soeben nach Hause«, erklärte Wohl.

»Man hat sie hier befragt? Schon?«

»Nein. Ich sagte ihr, daß sie für die Befragung in etwa einer Stunde zu Hause abgeholt werden wird«, sagte Wohl.

Captain McGovern starrte ihn mit großen Augen an. Wohl hatte seine Befugnis überschritten, und für McGovern war klar, daß Chief Inspector Lowenstein ihn dafür zur Schnecke machen würde.

Aber Chief Inspector Lowenstein äußerte sich nicht einmal dazu.

»Jank Jankowitz versuchte Sie über Funk zu erreichen, Peter«, sagte er. »Als das nicht gelang, rief er mich an. Der Commissioner hält es für eine gute Idee, daß Sie beim Krankenhaus vorbeischauen. Wohin wurde er gebracht?«

»Ich weiß es nicht, Chief. Ich kann es herausfinden«, erwiderte Wohl.

Lowenstein nickte. »Wenn Sie den Commissioner dort verpassen, ist er auf dem Weg zu Mrs. Moffitt. Dann treffen Sie ihn dort.«

»Jawohl, Sir«, sagte Peter.

3

Bevor Leonard Cohen Chef der Nachrichtenredaktion von WCBL-TV geworden war, hatte er sich für einen erstklassigen Journalisten gehalten. Er hatte für Zeitungen gearbeitet, bevor sie etwas herablassend als ›Printmedien‹ bezeichnet wurden.

Für ihn war das Dumme bei den meisten der Leute im ›elektronischen Journalismus‹, daß nur wenige davon ihre Laufbahn mit der Arbeit für eine Zeitung begonnen hatten und folglich nicht in der Lage waren, die Spitze des Eisbergs einer echten Story zu erkennen, sofern sie nicht zufällig darüber stolperten, und manchmal nicht einmal dann.

Der Telefonhörer lag noch nicht auf der Gabel, nachdem Louise Dutton angerufen hatte, um sicherzustellen, daß der

Name des Polizisten, der erschossen worden war, nicht genannt wurde, bevor die Cops seine Witwe informieren konnten, als Leonard Cohen spürte, daß mehr an der Sache dran war, als Louise Dutton ihm gesagt hatte. Er ärgerte sich ein bißchen, weil er nicht nachgehakt hatte, als sie noch an der Strippe gewesen war.

Er legte den Telefonhörer auf und eilte in die technische Abteilung.

»Sind wir in Verbindung mit dem Transporter beim Waikiki Diner?« fragte er.

»Ich weiß nicht«, sage der Techniker. »Manchmal klappt es, manchmal nicht.«

»Stellen Sie es fest, verdammt!«

Penny Bakersfields Stimme klang metallisch und verzerrt über Kurzwelle, jedoch verständlich aus dem Lautsprecher.

»Ja, Leonard?«

»Penny, können Sie sehen, was Louise Dutton dort draußen macht?«

»Im Augenblick geht sie zu ihrem Wagen. Zwei Cops sind bei ihr.«

»Sagen Sie diesem – wie heißt er noch . . .?«

»Ned«, half sie aus.

»Sagen Sie Ned, daß er das filmen soll«, wies er sie an. »Er soll dort draußen aufnehmen, was er kann. Wenn er die Cops filmen kann, um so besser.«

»Darf ich fragen, warum?«

»Verdammt noch mal, Penny, tun Sie, was ich Ihnen sage! Und dann kommt ihr beide so schnell her, wie ihr könnt.«

»Sie brauchen mich nicht anzuschnauzen, Leonard«, sagte Penny.

Als Officer Mason und Officer Foley die Bahre mit Captain Richard C. Moffitt darauf in den Wagen Zwei-null-eins geschoben hatten, mußten sie sich entscheiden, in welches Krankenhaus der ›verletzte‹ Beamte der Highway Patrol transportiert werden sollte.

Für Officer Mason gab es keinen Zweifel daran, daß Moffitt tot war; er hatte im Dienst genug Tote und fast Tote gesehen, um den Unterschied zu kennen. Aber Moffitt war ein Cop, und ›verletzte‹ Cops wurden in ein Krankenhaus gebracht.

»Melde uns im Nazareth an«, sagte Officer Mason zu Foley. Während er Sirene und Rotlicht einschaltete.

Das Nazareth Hospital am Roosevelt Boulevard und Pennypack Circle war nicht das nächste Krankenhaus, aber nach Officer Masons Meinung die beste Wahl der verschiedenen Möglichkeiten. Vielleicht war Dutch Moffitt doch nicht tot.

Man erwartete sie bei der Notaufnahme des Nazareth Hospital, Ärzte, Schwestern und alles sonst, aber Dutch Moffitt war tot, basta.

Polizeichef Taddeus Czernick traf ein paar Minuten später ein, gefolgt von Wagen mit Bürgermeister Jerry Carlucci, Chief Inspector Dennis V. Coughlin und Captain Charley Gaft von der Abteilung ›Ziviler Ungehorsam‹. Officer Mason hörte, wie Captain Gaft seine Anwesenheit Chief Inspector Coughlin erklärte; bis vor einem Monat war er Chef von Dutch Moffitts Heimatdistrikt gewesen, und er fand, daß er kommen sollte, weil er Jeannie Moffitt sehr gut kannte.

Und dann tauchte Captain Paul Mowery, der Chef von Dutch Moffitts neuem Distrikt, auf. Er hielt für Jeannie Moffitt die Glastür zur Notaufnahme auf. Jeannie Moffitt war eine große, gesund aussehende Frau mit hellem Teint und rötlichbraunem Haar. Sie trug ein schlichtes Hauskleid aus Baumwolle und eine graue, nicht zugeknöpfte Strickjacke.

»Du mußt stark sein, Jeannie«, sagte Chief Inspector Coughlin. »Dutch ist tot.«

»Ich weiß es«, sagte Jean Moffitt fast sachlich. »Ich weiß es.« Und dann suchte sie in ihrer Handtasche nach einem Taschentuch und begann zu schluchzen. »O Gott, Denny? Was sage ich den Kindern?«

Coughlin legte einen Arm um sie, und Bürgermeister Carlucci und Polizeichef Czernick traten zu ihnen. Ihre Mienen spiegelten ihre Gefühle wider. Sie wollten etwas tun, irgend etwas, um zu helfen, aber sie konnten es nicht. Jean Moffitt gewann ihre Fassung wieder und fragte mit schwacher Stimme, ob sie ihren Mann sehen konnte, und die drei führten sie in eine mit Vorhängen versehene Kabine, in der die Ärzte offiziell Dutch Moffitt für tot erklärt hatten.

Einen Augenblick später wurde Jean Moffitt von Polizeichef Czernick und Captain Mowery aus der Kabine und aus der Notaufnahme geführt.

Chief Inspector Coughlin und der Bürgermeister, der sich die Nase schneuzte, schauten ihr nach.

»Schnappen Sie den Hurensohn, der das getan hat, Denny«, sagte der Bürgermeister.

»Jawohl, Sir«, erwiderte Coughlin leidenschaftlich. »Wir werden ihn schnappen.«

Der Bürgermeister und Chief Inspector Coughlin warteten, bis Captain Mowerys Wagen fortfuhr, und verließen dann die Notaufnahme.

Als der Cadillac des Bürgermeisters vom Parkplatz fuhr, mußte der Fahrer zweimal abrupt bremsen. Beim erstenmal, als ein ziviler, verschrammter Chevrolet, und beim zweitenmal, als ein Polizeiwagen mit Rotlicht und Sirene von der Straße auf den Parkplatz einbog. Lieutenant Louis Natali von der Mordkommission und Lieutenant Mike Sabara von der Highway Patrol waren eingetroffen.

Als Staff Inspector Peter Wohl fünf Minuten später in die Einfahrt zur Notaufnahme des Nazareth Hospital fuhr, überraschte es ihn nicht, drei andere Polizeiwagen plus den Kastenwagen des Zweiten Distrikts dort zu sehen. Einer der Wagen war abgesehen von der hellblauen Farbe identisch mit seinem. Einer war ein ziemlich verbeulter grüner Chevrolet, und der dritte war ein schwarzer Ford.

Als er in die Notaufnahme ging, konnte er die Wagen leicht den dort versammelten Leuten zuordnen. Der hellblaue LTD gehörte Captain Charley Gaft von der Abteilung ›Ziviler Ungehorsam‹. Neue zivile Fahrzeuge gingen in der Hierarchie der Polizei bis nach unten. Zuerst wurden sie Beamten im Rang von Inspector und darüber zugeteilt, dann – wenn es neuere Wagen gab – an Captains übergeben, die sie dann an Lieutenants abtraten. Ausnahmen wurden für Staff Inspectors und für einige Captains mit ungewöhnlichen Aufgaben gemacht, wie zum Beispiel bei Leuten wie Gaft, die neue Wagen erhielten.

Wohl war sich nicht über die genaue Funktion der Abteilung ›Ziviler Ungehorsam‹ im klaren. Sie war neu, eine von Taddeus Czernicks Ideen, und Gaft war zu ihrem ersten Chef ernannt worden. Wohl fand, daß der Name der Abteilung unpassend gewählt war, was immer sie auch tun mochte (alles, von Mord bis Spucken auf den Bürgersteig war praktisch ›ziviler Ungehorsam‹), und er war sich nicht sicher, ob Gaft die Stelle erhalten hatte, weil er ein hervorragender Beamter war oder weil man ihn taktvoll aus dem Distrikt entfernen wollte.

Der verschrammte neutrale Chevrolet gehörte Lieutenant Louis Natali von der Mordkommission, und der schwarze Ford mit den beiden zusätzlichen Antennen auf der Kofferraumhaube war offenbar der von Lieutenant Mike Sabara von der Highway Patrol. Nach Dutch Moffitts Tod war Sabara, der dienstälteste Beamte der Highway Patrol, der Chef, bis eine endgültige Entscheidung getroffen wurde.

Lieutenant Sabaras Miene verriet, daß er überrascht und nicht sonderlich glücklich war, Staff Inspector Wohl zu sehen. Sabara war Libanese mit dunkler, von Akne narbiger Haut. Er war ein stämmiger, kleiner, smarter und harter Polizist. Er war in Uniform, und die Lederjacke und die Ledergamaschen verstärkten noch sein bedrohlich wirkendes Äußeres.

»Hallo, Peter«, sagte Captain Gaft.

»Charley«, erwiderte Wohl und lächelte ihn und die anderen an. »Mike, Lou.«

Sie nickten und murmelten: »Inspector.«

»Sie haben soeben den Bürgermeister, den Commissioner und Chief Coughlin verpaßt«, sagte Captain Gaft. »Außerdem natürlich die arme Jeannie Moffitt.«

Das Gespräch wurde unterbrochen, als die Officers Foley und Mason eine Bahre mit einer Leiche, die mit einem Laken bedeckt war, über den Flur rollten.

»Moment bitte«, sagte Wohl. »Wo sind die persönlichen Dinge von Captain Moffitt? Und seine Waffe?«

Natali klopfte auf seine Aktentasche.

»Was haben Sie im Sinn, Inspector?« fragte Lieutenant Sabara.

»Natali, darf ich mir die Sachen bitte ansehen?«

»Was soll das heißen?« fragte Sabara.

»Das soll heißen, daß ich mir ansehen möchte, was Dutch in seinen Taschen hatte«, sagte Wohl.

»Warum?« fragte Sabara.

»Weil ich es möchte, Lieutenant«, erwiderte Wohl.

»Das klingt, als suchten Sie nach etwas, das nicht in Ordnung ist«, wandte Sabara ein.

»Es juckt mich nicht, wie es klingt, Mike«, entgegnete Wohl. »Ich möchte sehen, was Dutch in seinen Taschen hatte. Dutch und ich waren Freunde. Ich will mich vergewissern, daß er nichts in seiner Brieftasche hatte, was seine Frau nicht sehen sollte. Lassen Sie mich die Sachen sehen, Natali.«

Natali öffnete die Aktentasche, nahm einige Plastiktüten heraus und legte sie auf einen schmalen Tisch an der Wand. Wohl nahm eine der Plastiktüten, in der sich eine Brieftasche, Schlüssel, Münzgeld und andere kleine Dinge befanden, schüttete den Inhalt auf den Tisch und betrachtete alles sorgfältig. Er fand nichts, was auf eine Beziehung zu Miss Louise Dutton hinweisen konnte. Da waren drei Telefonnummern ohne Namen. Eine Telefonnummer stand auf der Rückseite einer Visitenkarte eines Verkäufers von einem Möbelgeschäft, und zwei Nummern waren auf Streichholzbriefchen geschrieben.

Wohl überreichte Natali die Visitenkarte und die Streichholzbriefchen.

»Ich nehme an, Sie hatten noch keine Zeit, diese Nummern zu überprüfen, Natali?«

»Ich wollte sie überprüfen lassen«, sagte Natali. »Aber es wäre kein Problem, das jetzt gleich zu tun.«

»Würden Sie das bitte veranlassen?« fragte Wohl.

Natali nickte und machte sich auf die Suche nach einem Telefon.

Sabara sah Wohl mit prüfendem Blick an.

»Was ist mit dem Flittchen, Peter?« fragte er. »Geht es darum?«

»Welches ›Flittchen‹, Mike?« entgegnete Wohl kühl.

Und dann spürte er, daß er dringend auf die Toilette mußte.

»Entschuldigen Sie mich«, sagte er.

Er fragte sich, ob er etwas Verdorbenes gegessen oder sich eine verdammte Grippe eingefangen hatte, und dann wurde ihm klar, daß es vermutlich eine Reaktion auf das war, was Dutch im Waikiki Diner widerfahren war.

Als er auf den Flur zurückkehrte, war Lieutenant Natali dort, aber die Bahre mit Dutch Moffitts Leiche war verschwunden. Durch die Glastür sah Wohl, daß die Bahre in den Kastenwagen geladen wurde.

»Die Telefonnummer des Möbelverkäufers ist die seines privaten Anschlusses«, berichtete Lieutenant Natali. »Eine der anderen Nummern ist die des Pfarrhauses von St. Aloysius, und bei der dritten Nummer handelt es sich um die eines Münztelefons in der 30th Street Station.«

Wohl nickte und nahm eine andere Plastiktüte. Darin waren ein Smith & Wesson Modell 36, ein fünfschüssiger ›Chief's Special‹, und vier Patronenhülsen.

»Nur vier Patronenhülsen?« fragte Wohl.

Natali schaute Captain Gaft an, bevor er antwortete. »Das waren alle, Inspector«, sagte er. »Ich entfernte sie am Tatort aus Captain Moffitts Waffe.«

Wohl schaute ihm in die Augen.

Für Wohl gab es keinen Zweifel, daß Natali log. Es gab eine fünfte, nicht abgefeuerte Patrone, und sie befand sich jetzt vermutlich in Natalis oder Sabaras Tasche. Und in einer halben Stunde würde sie im Delaware oder Schuykill River sein, wenn das nicht bereits der Fall war.

Das Philadelphia Police Department schrieb seinen Beamten

die Waffen vor. An uniformierte Beamte wurden sechsschüssige Revolver Smith & Wesson Modell 10 ›Military & Police‹ ausgegeben, mit denen .38er Special-Munition durch einen Vier-Zoll-Lauf verschossen wurde. Detectives erhielten sechsschüssige Revolver Colt ›Detective Special‹, die ebenfalls .38er Special-Munition durch Zwei-Zoll-Läufe verschossen. Sie waren kleiner und folglich leichter zu verbergen.

Ranghohe Beamte, Beamte mit Dienst in Zivil und Polizisten die dienstfrei hatten, durften Waffen ihrer Wahl tragen, entweder ihre Dienstwaffe oder eine Waffe, die sie sich selbst gekauft und mit ihrem Geld bezahlt hatten, vorausgesetzt, sie verschossen die .38er Special-Patrone. Diejenigen, die sich eine eigene Waffe kauften, wählten für gewöhnlich den Colt ›Detective Special‹ oder den Smith & Wesson Modell 36 ›Chief's Special‹, einen fünfschüssigen Revolver mit Zwei-Zoll-Lauf, oder den Smith & Wesson Modell 37, eine Version des Chief's Special mit Aluminiumrahmen.

All die stupsnasigen Smith & Wessons waren kleiner und somit leichter zu verbergen als die Colts. Abgesehen davon unterschieden sich die Colt-Revolver von den Smith & Wessons praktisch nur dadurch, daß sich ihre Trommel im Uhrzeigersinn drehte und die der Smith & Wessons entgegen dem Uhrzeigersinn. Und es waren einige Ruger-Revolver in Gebrauch gekommen und in jüngster Zeit einige Colt- und Smith & Wesson-Kopien, die in Brasilien hergestellt wurden.

Die Vorschriften erlaubten Polizisten keine Wahl der Munition. Im Dienst oder außer Dienst luden sie ihre Waffen mit ausgegebener Munition. Die vorgeschriebene Munition war die .38er Special-Patrone, die eine abgerundete Bleikugel abfeuerte, die 158 Gran wog.

Die .38er Special-Patronen von Remington, Winchester und Federal sind im wesentlichen identisch, und welche Patronenmarke vom Philadelphia Police Department ausgegeben wird, hängt davon ab, welche der drei großen Fabriken den günstigsten Preis anbot, wenn das jährliche Gebot gemacht wurde.

Diese Patrone ist so alt wie der .38er Special Revolver selbst, der auf die Jahrhundertwende zurückgeht. Die U.S. Army stellte fest, daß .38er Special-Patronen unzulänglich waren, um den Feind zu töten oder außer Gefecht zu setzen, und tauschte die Revolver lange vor dem Ersten Weltkrieg gegen die Colt Automatic Kaliber .45 und die entsprechende Patrone.

1937 wurde die Patrone .357 Magnum entwickelt. Trotz des Namens hat der .38er Lauf einen Durchmesser von .357 Zoll, und die neue Patrone feuerte die gleiche Kugel wie die .38er Special. Der Unterschied bestand darin, daß die .357 Patronenhülse ein paar Tausendstel eines Zolls länger war, so daß sie nicht in die Kammer eines .38er Special paßte, und daß sie die gleiche 158-Gran-Kugel mit dreimal so großer Geschwindigkeit feuerte wie der .38er Special. Es gab einige Übertreibungen. Es hieß, daß eine .357 Magnum-Patrone durch den Motorblock eines Autos schlug wie durch ein Blatt Papier. Einige behaupteten, daß sie einen Elefanten mit einem Schuß fällte. Das stimmte natürlich nicht. Aber diese Patrone war dreimal so wirkungsvoll wie eine .38er Special, wenn es darum ging, Leute außer Gefecht zu setzen. Es war für viele Polizisten die ideale Polizeipatrone. Ihrer Ansicht nach war nur eines daran auszusetzen: die Hitze, die beim Abfeuern einer Bleikugel bei der größeren Geschwindigkeit entstand, war so stark, daß die Außenseite der Kugel praktisch schmolz, wenn sie durch den Lauf flog, und eine dünne Bleischicht auf den Zügen hinterließ.

Es war lästig, diese Schicht zu entfernen, und wenn man es nicht sofort nach dem Schießen tat, beeinträchtigte das nicht nur die Treffgenauigkeit, sondern es führte auch dazu, daß der Lauf rostig und narbig wurde.

Das Problem wurde gelöst durch die Einführung der ummantelten Kugel, bei der ein Viertelzoll des hinteren Teils der Kugel mit einer Kupferlegierung umhüllt war. Dadurch wurde eine Bleischicht im Lauf vermieden, und es gab noch einen anderen Vorteil. Wenn die Kugel etwas traf, hielt die Ummantelung das Ende der Kugel zusammen, wodurch sich der vordere Teil verformte und eine größere Wunde verursachte.

Die .357 Magnum-Patrone war für viele Leute ein viel zu

schreckliches Todeswerkzeug. Nach Ansicht dieser Leute sollten Feuerwaffen nur als letztes Mittel benutzt werden, und dann, um den Missetäter zu *verletzen*, vorzugsweise an Arm oder Schulter, damit er vor Gericht gebracht, ins Gefängnis geschickt und für die Rückkehr in die Gesellschaft resozialisiert wurde. Wenn ein gesellschaftlicher Außenseiter seinen Frust über seine Unfähigkeit mit einer grausamen Welt zurechtzukommen, mit einem Banküberfall abreagierte und ein Polizist ihm mit einer .357 Magnum-Patrone in die Schulter schoß – mit einer Patrone, mit der man angeblich einen Elefanten fällen konnte –, dann wurde die Schulter weggeblasen, und dem Missetäter würde das von der Verfassung garantierte Recht auf Resozialisierung versagt bleiben.

Das durfte nach Ansicht der Befürworter der individuellen Gedanken- und Handlungsfreiheit nicht geschehen. Und diese Leute obsiegten in Philadelphia. Der Polizei von Philadelphia wurde verboten, sich mit der .357er Magnum oder einer anderen Patrone außer der .38er Special-Patrone zu bewaffnen. Um die Befolgung des Verbots sicherzustellen, wurde der Polizei von Chicago kategorisch verboten, eine Waffe zu tragen, in deren Kammer die .357er Magnum-Patrone paßte. Wer es dennoch tat, erhielt eine Disziplinarstrafe.

Aber wenn man erfahren und geschickt genug war, konnte man mit einer .38er Special-Patronenhülse Patronen machen, die an Geschwindigkeit und Durchschlagskraft sehr nah an die .357er Magnum-Patrone herankamen, indem man ummantelte .357er Kugeln benutzte. Der Trick bestand darin, die richtige Menge Pulver in die Hülse zu tun, genug, um die Geschwindigkeit zu steigern, aber nicht zuviel, damit die Trommel nicht wegflog, wenn man feuerte. Die Patronen setzten den Läufen der stupsnasigen Smith & Wesson hart zu, aber man schoß ja nicht ein paar hundertmal damit durch einen Lauf.

Nur eine Trommel, wenn es wichtig war.

Captain Richard C. Moffitt war nicht nur ein erfahrener und geschickter Mann im Herstellen solcher Patronen gewesen, sondern er hatte auch Staff Inspector Peter Wohl eine Schachtel davon geschenkt.

»Erzähl keinem, woher du sie hast, Peter.«

Für Peter Wohl stand jetzt fest, daß Dutch Moffitt, als es entscheidend gewesen war, weil seine Aorta verletzt und das Blut aus ihm herausgesprudelt war, vier selbstgemachte verbotene Patronen auf die Angreiferin abgefeuert hatte.

Ebenso gab es für ihn keinen Zweifel daran, daß Lieutenant Natali bei der Untersuchung von Dutchs Waffe im Waikiki Diner eine nicht abgefeuerte Patrone in der Trommel gefunden hatte und daß sie identisch mit den Patronen war, die Dutch ihm, Peter Wohl, geschenkt hatte. Und identisch mit den Patronen in seinem eigenen Smith & Wesson ›Bodyguard‹.

Es war möglich, daß niemand ›bemerken‹ würde, daß die Kugel, die aus der Leiche der noch nicht identifizierten weißen, weiblichen Verdächtigen entfernt wurden, ummantelt waren. Es war unwahrscheinlich, daß jemand die ummantelte Kugel in der nicht abgefeuerten Patrone vermißte. Dann hätte es Schwierigkeiten gegeben.

»Was ist mit der weiblichen Verdächtigen?« fragte Wohl. Er spürte Natalis Erleichterung, als er nicht weiter nach einer fünften Patrone fragte.

»Sie ist ein Junkie, Inspector«, sagte Natali. »Man hat jede Menge Einstiche an ihr gefunden. Ich rief beim Rauschgiftdezernat an, und man schickt Leute, um sie möglicherweise zu identifizieren.«

»Nun, ich nehme an, dann hat es keinen Sinn, hier herumzuhängen«, sagte Wohl.

Lieutenant Sabara und Captain Gaft schüttelten ihm förmlich die Hand. Wohl wußte, daß sie besorgt gewesen waren. Er hatte den Ruf, ein scharfer Hund zu sein. Lieutenant Natali nickte ihm nur zu.

Der Transporter mit Penny Bakersfield und dem Film traf eine Viertelstunde nach Louise Duttons Ankunft in Begleitung zweier Polizisten bei WCBL-TV ein. Für Leonard Cohen blieb genügend Zeit, um die Geschichte aus Louise Dutton herauszuholen und zu entscheiden, was er damit anfangen würde, bevor er sich das Bildmaterial genau anschauen konnte. Der Film war sogar noch besser, als er gehofft hatte. Da war eine Szene von ungefähr einer halben Minute, die genau zeigte, was er wünschte. Es war zu sehen, wie Louise in ihren Wagen stieg, der von einem Polizisten gefahren wurde, und dann hinter einem Streifenwagen vom Parkplatz des Waikiki Diner fuhr.

Cohen kürzte die Szene selbst auf genau zwanzig Sekunden, und dann setzte er sich an die Schreibmaschine und tippte den Off-Kommentar, den Penny ablesen würde.

»Dies ist eine Sondermeldung von ›Nine's News‹. Ein Captain der Polizei von Philadelphia starb heute nachmittag, als er einen Überfall verhinderte. Die Mit-Moderatorin von ›Nine's News‹, Louise Dutton, war Augenzeugin. Alle Einzelheiten in ›Nine's News‹ um achtzehn Uhr.«

Cohen erhielt mit weniger Schwierigkeiten, als er erwartet hatte, das Okay, daß der Dreißig-Sekunden-Spot alle halbe Stunde bis achtzehn Uhr eingeblendet wurde. Sie würden etwas Werbezeit verlieren, aber dafür hatten sie das, was in der guten alten Zeit als ›Knüller‹ oder ›Exklusivbericht‹ bezeichnet worden war.

Und dann half er Louise bei der Vorbereitung ihres Beitrags für die Achtzehn-Uhr-Nachrichten. Er dachte, er müßte das ebenfalls schreiben, aber sie hatte es bereits getippt und überreichte es ihm, als er zu ihr ging. Es war guter Stoff. Sie hatte ziemlich mitgenommen ausgesehen, was verständlich war, weil der Captain vor ihren Augen erschossen worden war, aber sie war anscheinend härter, als sie aussah.

Und vor der Kamera klappte es dann gleich beim ersten Mal. Perfekt. Ihre Stimme begann zweimal zu brechen, aber sie brachte sich gleich wieder unter Kontrolle, und ihre tränenfeuchten Augen waren einfach Spitze.

»Noch einmal?« fragte sie. »Ich habe das vermasselt.«

»Es ist prima so, wie es ist«, sagte Leonard Cohen; und er

ging zu ihr, wiederholte sein Kompliment und sagte ihr, daß er wünschte – darauf *bestand*, daß sie nach Hause fuhr, etwas zum Entspannen trank und anrief, wenn sie irgend etwas brauchte.

Dann setzte er sich wieder an die Schreibmaschine und schrieb, was Barton Ellison, der Moderator, sprechen würde, während die Szene lief, in der Louise in ihren Wagen stieg und von einem Cop heimgefahren wurde.

»Louise Dutton ist heute abend nicht bei mir im Studio«, würde Barton Ellison in erstem Tonfall sagen. »Sie wollte mit mir diese Sendung moderieren. Aber sie war Augenzeugin bei der Schießerei, bei der Captain Richard C. Moffitt von der Philadelphia Highway Patrol heute nachmittag ums Leben kam. Sie kennt das Gesicht des Gangsters, der zu diesem Zeitpunkt noch auf freiem Fuß ist. Louise Dutton steht unter Polizeischutz. Alle Einzelheiten und exklusiver Filmbericht in ›Nine's News‹ nach diesen Nachrichten.«

Ich hätte nach Hollywood gehen und Presseagent beim Film werden sollen, dachte Leonard Cohen.

Stanford Fortner Wells III. besaß weder eine Zeitung noch einen Radio- oder Fernsehsender in Philadelphia, Pennsylvania. Man mochte in Philadelphia an Sonntagen die Bürgersteige hochklappen, wie ein Komiker gesagt hatte, aber es war die viertgrößte Stadt der Nation. Es war ebenfalls ein ›guter Markt‹ im Sprachgebrauch der Medien, was bedeutete, daß Zeitungen und Rundfunk- und Fernsehsender viel Geld verdienten. Seit Wells Interesse an diesem Markt gefunden hatte, war keine der fünf Zeitungen der Stadt der brüderlichen Liebe *(Bulletin, Ledger, Herald, Inquirer und Daily News)* zu haben gewesen, und nur einer der fünf Fernsehsender hatte verkaufen wollen. Der geforderte Preis hatte in keinem Verhältnis zum wahren Wert gestanden.

Als Louise anrief und ihm sagte, daß sie ein Angebot von WCBL-TV in Philadelphia angenommen hatte, war deshalb keiner seiner Leute sofort verfügbar gewesen, der einen Bericht liefern konnte, was seine Tochter erwartete, wenn sie dort arbeitete.

In seiner ordentlichen, methodischen Art bereitete ›Fort‹ Wells eine Liste von Fragen vor, auf die er Antworten wünschte, und gab sie seiner Sekretärin, damit sie per Telex dem Verleger des *Call Chronicle* in Binghamton, New York, übermittelt wurde, nicht weil es die Zeitung in Wells Besitz war, die am nächsten bei Philadelphia war (das war sie nicht), sondern weil er wußte, daß Karl Kruger über seine Beziehung zu Louise Dutton im Bilde war. Karl Kruger würde die letzte Frage auf der Liste (Verfügbarkeit eines angemessenen Apartments in günstiger Lage zu WCBL-TV für fünfundzwanzigjährigen weiblichen Single) diskret überprüfen und wissen, was für eine besondere Bedeutung diese Frage für den Aufsichtsratsvorsitzenden von Wells Newspapers hatte.

Karl Krugers Bericht über Philadelphia, der drei Tage später per Telex eintraf, hätte die Werbeabteilung der Handelskammer und des Fremdenverkehrsamts von Philadelphia und dem Delaware Valley alles andere als erfreut. Mr. Kruger nahm richtig an, daß Stanford Fortner Wells III. wissen wollte, was mit Philadelphia *nicht* in Ordnung war; er wollte keine Liste mit den vielen kulturellen und industriellen Vorzügen haben.

Mr. Wells erste Reaktion auf den Bericht hätte die Handelskammer und das Fremdenverkehrsamt ebenfalls nicht erfreut. Nach dem, was er las, schätzte er, daß Philadelphia nicht schlimmer, sondern besser als andere amerikanische Großstädte und gewiß nicht so schlimm wie New York City war. Aber in den Köpfen der Leute war es eine Stadt wie Phoenix, Arizona, oder Saint Louis, Missouri, nicht die Wiege der Vereinigten Staaten und die viertgrößte Stadt der Nation. Mr. Wells dachte, wenn er in Philadelphia wäre (das heißt, wenn er dort eine Zeitung oder einen Fernsehsender besäße), würde er als erstes die Handelskammer und das Fremdenverkehrsamt vom Leiter an abwärts ausmisten und Leute anstellen, die wußten, wie man richtig Reklame für eine Stadt macht.

In Mr. Krugers Bericht stand nichts über ein Apartment. Mr. Wells wies seine Sekretärin an, Mr. Kruger anzurufen.

»Ich dachte mir schon, daß Sie vielleicht anrufen, Fort«, sagte Mr. Kruger. »Wie geht es?«

»Sie erwähnen nichts von einer Wohnung, Karl. Arbeiten Sie an diesem Punkt?«

»Ich glaube, ich habe das Richtige gefunden, aber ich hielt es für leichter, darüber am Telefon zu sprechen, als darüber zu schreiben«, sagte Mr. Kruger. »Haben Sie einen Augenblick Zeit?«

»Klar. Schießen Sie los.«

»Wie gut kennen Sie Philadelphia?«

»Ich ging dort auf Jagd nach Mädchen, als ich in Princeton war. Ich kenne die Stadt.«

»Sie hat sich viel verändert seit damals, nehme ich an«, sagte Kruger. »Kennen Sie die Gegend bei der Market Street vom Rathaus bis zur Brücke über den Delaware?«

»In der Nähe der Independence Hall?«

»Richtig. Nun, dieses ganze Gebiet, das ›Society Hill‹ genannt wird, ist ein ziemlicher Slum. Damit ist es sozusagen abwärts gegangen, seit Ben Franklin dort wegzog.«

»Können Sie irgendwann in nächster Zukunft zur Sache kommen?«

»Die Gegend wird saniert. Historische Fassaden werden erneuert, wenn nötig, und zwar im alten Stil. Sehr luxuriös. Zu den Baugesellschaften zählt die Daye-Nelson Corporation, was Sie vielleicht interessieren wird.«

Die Daye-Nelson Corporation war etwas wie die Wells Newspapers Incorporated. Stanford Fortner Wells III. wußte, daß Daye-Nelson in Philadelphia die Zeitung *Ledger,* den Fernsehsender WGHA-TV und eine Reihe von Wochenblättern in den Vororten besaß.

»Weiter, Karl«, sagte Fort Wells ungeduldig.

»Daye-Nelson sanierte ein paar Blocks von Society Hill«, erklärte Kruger. »Brach alle Innenwände heraus und legte Apartments an. Es sieht wie eine Reihe Häuser aus der Ära der

Revolution aus, aber sie sind jetzt horizontal geteilt statt vertikal. Drei einstöckige Apartments anstatt schmale dreistöckige Häuser. Können Sie mir folgen?«

»Erzählen Sie weiter«, sagte Wells.

»Beide Seiten dieser Straße, zwölf Häuser pro Seite, sind auf diese Weise in Schuß gebracht worden. Und die Eigentümer haben ihre Hausaufgaben gemacht und herausgefunden, daß die Straßen zwischen den Blocks nicht urkundlich der Stadt übertragen wurde. Mit anderen Worten, es ist eine Privatstraße. Es ist eigentlich mehr eine Gasse, aber die Eigentümer können die Öffentlichkeit ausschließen und tun das. Sie hängen eine Kette davor, und sie haben einen Wachmann, der sie nur für Anwohner herunterläßt oder für jemanden, der geschäftlich dort zu tun hat. Wenn man dort wohnt, erhält man einen Aufkleber für die Windschutzscheibe des Wagens. Wer keinen Aufkleber hat, darf nur passieren, wenn er beweist, daß er eine geschäftliche Verabredung hat oder sonstwie erwartet wird. Die Anwohner haben eine Art Portier auf der Straße.«

»Mit anderen Worten, sie ist sicher?«

»Ja«, fuhr Kruger fort. »Und sie rissen ein altes Lagerhaus ab und legten einen Park und einen Zufahrtsweg zu einer Tiefgarage an. Es ist zehn, elf Blocks von WCBL-TV entfernt, Fort. Es wäre ideal für Ihre . . .«

»*Tochter* ist das Wort, Karl«, fiel ihm Wells ins Wort. »Wieviel?«

»Es ist keine Sache des Geldes, sondern es geht darum, *wer* dort einzieht«, sagte Kruger. »Daye-Nelson will langfristige Mietverträge. Und ich bezweifle, daß sie an einen weiblichen Single vermieten wollen.«

»So?«

»Der Immobilienknabe sagte mir, sie haben ein Dutzend Apartments an Firmen vermietet, deren Chefs darin übernachten können, wenn sie in der Stadt bleiben müssen, wo sie wichtige Kunden einladen können – es gibt dort in der Nähe einen Hostessen-Service und ein paar Restaurants, die ins Haus liefern.«

»Wieviel, Karl?«

»Neunhundert pro Monat bei einem Mietvertrag von fünf Jahren mit jährlicher Anpassung an die Inflationsrate. Vorne blickt man auf den Fluß hinaus, und aus dem hinteren Fenster sieht man die Independence Hall, jedenfalls das Dach davon.«

»Rufen Sie den Immobilienmakler an, Karl. Sagen Sie ihm, daß Wells Newspapers das Apartment mietet. Ich werde das von Charley Davis dort abwickeln lassen. Rufen Sie gleich an.«

»Und wenn es Louise nicht gefällt?«

»Sie ist eine folgsame Tochter, Karl«, sagte Wells und lachte. »Die weiß, was ein Schnäppchen ist.«

Die Barriere zum Stockton Place bestand aus einem schwarz angestrichenen Schlagbaum aus Aluminium. Auf einem Schild, das an einer kurzen Kette von dem Schlagbaum hing, stand STOCKTON PLACE – PRIVATBESITZ – DURCHFAHRT VERBOTEN. Mit einem Knopfdruck im Wärterhäuschen konnte der Schlagbaum elektrisch gehoben und gesenkt werden.

Der Mann vom privaten Sicherheitsdienst drückte auf den Knopf, als er das gelbe Cadillac-Kabrio kommen sah. Der Wagen war zu weit entfernt, und der Sicherheitsmann konnte nicht den Aufkleber an der Windschutzscheibe sehen, aber es gab nicht so viele gelbe Cadillac-Kabrios, und er war überzeugt, daß es der von der attraktiven Blondine vom Fernsehen war, die er in Gedanken als ›6-A‹ bezeichnete.

Der Schlagbaum erhob sich. Erst als ihn der Wagen passierte und auf das Kopfsteinpflaster des Stockton Place fuhr, sah der Sicherheitsmann, daß er nicht von der Blondine, sondern von einem Cop gefahren wurde. Und daß ein Streifenwagen folgte.

Sein erster Gedanke war, daß man die Blondine bei einer Alkoholkontrolle erwischt hatte und die Polizei es für eine gute Öffentlichkeitsarbeit hielt, die Frau vom Fernsehen nur zu verwarnen und heimzufahren, anstatt sie zur Blutprobe mitzunehmen.

Als das Kabrio vor Nummer sechs stoppte und sie ausstieg, wirkte sie jedoch nicht betrunken, und sie ging um den Wagen herum und schüttelte dem Cop die Hand, der sie gefahren hatte. Und 6-A sah ohnehin nicht wie eine Frau aus, die sich betrank.

Er trat aus dem Wärterhäuschen und blieb beim erhobenen Schlagbaum stehen. Er hoffte, daß die Polizisten des Streifenwagens stoppen und guten Tag sagen würden und er dann fragen konnte, was los war.

Aber die Polizisten winkten ihm nur zu und hielten nicht an.

Louise Dutton schloß die Tür von 6-A hinter sich, indem sie sie mit dem Po zustieß. Sie seufzte und ging in ihr Schlafzimmer und von dort aus zum Badezimmer. Sie sah ihren BH und ihr Höschen auf dem Bett, wo sie es hingeworfen hatte. Ein ordinärer Baumwoll-BH und ein schlichtes Baumwollhöschen, *Unterwäsche,* die sie ausgezogen hatte, um schwarze, fast durchsichtige *Dessous* aus Seide anzuziehen, nachdem Captain Dutch Moffitt angerufen hatte und sie zu dem Rendezvous gefahren war.

Sie schaute in den Spiegel. Vor dem Verlassen des Studios hatte sie sich nicht abgeschminkt, und Tränen hatten das Make-up verdorben. Sie tauchte ein Kleenex in eine Dose Creme und begann sich abzuschminken.

Der Türgong ertönte, und sie fluchte.

Wer, zum Teufel, kann das sein?

Es war 6-B, der das Apartment neben ihrem bewohnte.

6-B war männlich, zumindest anatomisch. Er war Mitte Zwanzig, keine einssiebzig und brachte allenfalls sechzig Kilo auf die Waage. Er achtete sehr auf sein Äußeres und benutzte Chanel Nummer fünf, wie Louise vermutete. Sein Name war Jerome Nelson.

»Ich wollte schon bellen«, sagte Jerome Nelson und schwenkte eine Flasche Beefeater's Gin und eine Johnnie Walker Black Label. »Es ist Ihr freundlicher Bernhardiner auf einer Hilfsmission.«

Louise wollte niemanden sehen, aber sie brachte es nicht

übers Herz, Jerome Nelson fortzuschicken. Er war eher ein Mickerling als ein Bernhardiner, fand Louise, aber er hatte einen Hundeblick, und man gibt keinem Hündchen einen Tritt in den Hintern.

»Hallo, Jerome«, sagte sie. »Kommen Sie rein.«

»Gin oder Scotch?« fragte er.

»Ich möchte einen Scotch«, sagte sie. »Vielen Dank. Pur.«

»Das brauchen Sie mir natürlich nicht zu sagen«, rief er über die Schulter, während er zur Bar ging. »Und ich bin nicht nur ein wenig neugierig. Ich werde hier auf Ihrem Teppich vor Neugier sterben.«

Sie mußte lächeln.

»Sie haben gesehen, daß mich die Cops heimbrachten?« fragte sie. »Lassen Sie mich zu Ende abschminken.«

Er kam ins Badezimmer, als sie glaubte, den Rest der Schminke abgewischt zu haben, und lehnte sich gegen den Türpfosten.

»Sie haben etwas bei ihrem Ohr vergessen«, sagte er und stellte vorsichtig die beiden Gläser ab. »Jerome wird das beheben.«

Er tunkte ein Kleenex in die Creme und wischte bei ihrem Ohr herum.

»Das hätten wir«, sagte er dann. »Und jetzt erzählen Sie Mami alles!«

Sie lächelte ihn dankend an, nahm ihren Scotch und trank.

»Was immer es war, es war besser als die Alternative«, sagte Jerome.

»Was?«

»Die Cops brachten Sie heim und holten Sie nicht ab.«

»Ich war Zeugin bei einer Schießerei«, sagte Louise. »Ein Polizist versuchte einen Überfall zu verhindern und wurde erschossen.«

»Wie *schrecklich* für Sie«, sagte Jerome Nelson.

»Schrecklicher für ihn«, erwiderte Louise. »Und für seine Frau und Kinder.«

»Das klingt, als ob Sie ihn gekannt haben.«

»Ja«, sagte Louise, »ich kannte ihn.«

Sie trank noch einen Schluck Scotch und spürte, wie sich die Wärme in ihrem Magen ausbreitete.

Jerome wartete darauf, daß sie weitersprach.

Zum Teufel mit ihm!

Sie schob sich an ihm vorbei, ging ins Wohnzimmer, lehnte sich an die Wand neben dem Fenster und schaute zum Fluß.

Jerome schwebte förmlich ins Wohnzimmer.

»Eigentlich wollte ich Sie ohnehin besuchen«, säuselte er.

»Ach nein«, sagte Louise nicht besonders freundlich.

»Ich habe festgestellt, daß wir etwas Gemeinsames haben, und das wollte ich Ihnen sagen.«

Was, daß wir beide auf Männer scharf sind? dachte Louise und schämte sich ein wenig.

»Eigentlich schäme ich mich ein winziges bißchen«, sagte Jerome.

»So?« Sie wünschte, er würde gehen.

»Es wird Sie vermutlich überraschen, aber ich bin das, was man als neugierigen Nachbar bezeichnen kann«, sagte Jerome.

Ich kann ihm nicht böse sein oder jedenfalls nicht lange, weil er sich immer selbst heruntermacht, dachte Louise. *Er weckt den Mutterinstinkt in mir.*

»Tatsächlich?« sagte Louise spöttisch.

»Ich befürchte es«, sagte er. »Und ich dachte wirklich, ich wäre Ihnen auf die Schliche gekommen. Als Sie einzogen, meine ich.«

»Warum denn das, Jerome?«

»Weil ich weiß, daß dieses Apartment an Wells Newspapers vermietet ist«, sagte er. »Und weil Sie wirklich eine schöne Frau sind.«

Ich habe die Nase voll von diesem Kerl, dachte Louise.

»Kommen Sie zur Sache«, sagte sie kühl.

»So ging ich zu Daddy und sagte ›Daddy, weißt du was? Stanford F. Wells hat eine absolut tolle Blondine in 6-A versteckt‹.«

»Was, zum Teufel, soll das alles, Jerome?« fragte Louise ärgerlich.

»Und Daddy forderte mich auf, Sie zu beschreiben, und das tat ich, und dann erzählte er es mir«, sagte Jerome.

»Was erzählte er?«

»Was wir gemein haben«, sagte Jerome.

»Und zwar?«

»Daß unsere Daddys Zeitungen und Fernsehsender besitzen und Legenden zu ihren Lebzeiten sind, et cetera et cetera«, sagte Jerome.

»Mein Daddy ist, falls ich das noch nicht gesagt habe, Arthur J. Nelson, wie in Daye Bindestrich Nelson.«

Sie schaute ihn an, sagte jedoch nichts.

»Der Unterschied zwischen uns besteht natürlich darin, daß Ihr Daddy sehr stolz auf Sie und meiner genau das Gegenteil davon auf mich ist«, sagte Jerome.

»Warum sagen Sie das?«

»Was denken Sie? *Mein* Daddy weiß, daß die Aussichten für ihn, Großvater zu werden, ziemlich gering sind.«

»O Gott, Jerome«, sagte Louise.

»Ich habe natürlich keinem ein Wort gesagt und werde das auch nicht tun«, sagte Jerome. »Aber ich dachte, das ist vielleicht eine Basis, daß wir Freunde sind. Aber ich sehe Ihnen an, daß Ihnen das nicht gefällt und ich zu weit gegangen bin, und so nehme ich mein Zelt und trolle mich mit entsprechenden Entschuldigungen.«

»Ich wünschte, das würden Sie nicht tun«, hörte sich Louise sagen.

»Wenn jemand sauer auf mich ist, kann ich das ertragen«, sagte Jerome. »Bei Mitleid ist das jedoch etwas anderes.«

»Ich kannte den Cop, der erschossen wurde«, platzte Louise heraus. »Nicht nur flüchtig.«

»Sie waren *sehr gute Freunde,* mit anderen Worten«, sagte Jerome mitfühlend.

»Ja«, sagte sie, und dann korrigierte sie sich sofort. »Nein. Aber ich fuhr dorthin, um mich mit ihm zu treffen, und ich dachte mir, daß mehr aus unserer Bekanntschaft werden könnte.«

»O Gott«, sagte Jerome. »Oh, mein armes Mädchen, wie schrecklich für Sie.«

»Bitte, bleiben Sie«, sagte Louise. »Ich brauche jetzt einen Freund.«

4

Brewster C. (für Cortland) Payne II., Seniorchef der Philadelphiaer Anwaltskanzlei Mawson, Payne, Stockton, McAdoo & Lester, hatte seine Familie, deren Mitglieder jetzt fast alle erwachsen und aus dem Haus waren, in einem großen Haus auf vier Morgen Land an der Providence Road in Wallingford gegründet.

Wallingford ist ein kleiner Vorort von Philadelphia zwischen Media und Chester. Er ist so klein, daß er auf den meisten Landkarten nicht verzeichnet ist, obwohl er eine eigene Post- und Bahnstation hat. Es ist eine Wohngegend, in der Familien wohnen, die von Soziologen in die Kategorie obere Mittelschicht, Spitzenverdiener und Reiche eingeteilt werden, die in

Villen wohnen, von denen einige sehr alt sind und einige vom Architekten entworfen worden waren, um so zu wirken.

Was jetzt die Küche und das Nähzimmer waren, war das ganze Haus gewesen, als es vor der Revolution erbaut worden war. Anbauten und Umbauten im Laufe von zwei Jahrhunderten hatten es in ein verschachteltes Gebäude verwandelt, das in keine besondere architektonische Kategorie paßte, obwohl eine Immobilienmaklerin einst in Hörweite von Patricia Payne gesagt hatte, »das Payne-Haus sieht einfach nach altem, altem Geld aus.«

Das Haus war komfortabel, sogar luxuriös, aber nicht protzig. Es gab weder einen Swimmingpool noch einen Tennisplatz, aber dort, wo vor einem Jahrhundert ein Stall gewesen war, stand jetzt eine Garage für vier Wagen. Die Familie Payne schwamm und ritt im Rose Tree Hunt Club. Sie hatte ein Landhaus in Cape May, New Jersey, zu dem ein Tennisplatz und ein Liegeplatz für ihre Jacht namens *Final Tort IV* zählten.

Als Mrs. Payne am Steuer eines Mercury-Kombis sich auf der Pennsylvania Route 252 ihrem Zufahrtsweg näherte, schaute sie in den Rückspiegel, bevor sie bremste. Die Pennsylvania Route 252 war von hohen alten Kiefern gesäumt, und die Seitenstraßen waren nicht leicht zu sehen. Sie wollte keinen Auffahrunfall verursachen; es hatte schon viele auf dieser Strecke gegeben.

Sie bog sicher auf den Zufahrtsweg, und als sie sich dem Haus näherte, sah sie, daß die Arbeiter da waren, wenigstens einmal früh genug. Sie hatte hinten im Kombi Stapel von Plastiksäcken mit Torfmoos.

Sie lächelte dem Gärtner und seinen beiden Söhnen zu, zeigte ihnen das Torfmoos und sagte, sie würde in einer Minute zurück bei ihnen sein.

Patricia Payne war älter, als sie auf den ersten Blick wirkte. Sie war schlank, obwohl sie vier Kinder zur Welt gebracht hatte (das jüngste war soeben achtzehn geworden und studierte in Dartmouth), und sie hatte dunkelbraunes, fast rötliches Haar. Sie hatte Krähenfüße um die Augen, und sie fand, daß Ihre

Haut alt aussah; aber sie war sich darüber im klaren, daß sie viel besser aussah, wenn jünger besser bedeutet, als gleichaltrige Frauen.

Die Haushälterin – die neue, eine große, würdevolle Jamaikanerin – telefonierte, als Patricia Payne ihre Küche betrat und auf direktem Weg und schnell zu der kleinen Toilette am Gang zum Eßzimmer ging.

»Hier gibt es keinen mit diesem Namen unter dieser Nummer, Madam«, sagte die Haushälterin. »Ich bedaure.«

Normalerweise hätte Patricia Payne angehalten und gefragt, was es mit dem Anruf auf sich hatte, doch nach der langen Autofahrt mußte sie dringend.

Aber sie fragte, als sie die Toilette verließ.

»Was war das für ein Anruf, Mrs. Newman?«

»Falsch verbunden, Madam. Eine Frau wollte mit einer Mrs. Moffitt sprechen.«

»Oh«, sagte Patricia Payne. »Hat sie ihren Namen genannt?«

»Nein«, sagte Mrs. Newman.

»Mrs. Newman, ich hätte es Ihnen sagen sollen«, sagte Patricia Payne. »Bevor ich Mr. Payne heiratete, war ich Witwe. Ich war einst Mrs. Moffitt . . .«

Das Telefon klingelte. Patricia Payne nahm den Hörer ab.

»Hallo?«

»Mrs. Moffitt, bitte«, sagte eine vertraute Stimme.

»Hier ist Patricia, geborene Moffitt«, sagte Pat Payne. »Wer sind Sie?«

»Mein Sohn Richard wurde vor einer Stunde erschossen«, sagte die Frau.

»O mein Gott!« sagte Patricia. »Mein Beileid. Wie ist es passiert?«

»In Ausübung des Dienstes«, sagte Gertrude Moffitt. »Wie schon sein Bruder, er ruhe in Frieden. Er geriet in einen Überfall.«

»Es tut mir so leid«, sagte Pat Payne. »Kann ich irgend etwas tun?«

»Nicht, daß ich wüßte, danke«, sagte Gertrude Moffitt. »Ich

dachte mir nur, du solltest es wissen, und daß Matthew es von dir erfahren sollte, anstatt aus der Zeitung oder dem Fernsehen.«

»Ich werde es ihm natürlich sofort erzählen«, sagte Patricia. »Die arme Jeannie. O Gott, das ist einfach entsetzlich.«

»Er wird natürlich feierlich beigesetzt werden. Wir hoffen, daß der Kardinal die Messe zelebrieren wird. Du bist natürlich zu der Beisetzung willkommen, wenn du dabeisein willst.«

»Selbstverständlich werde ich kommen.«

»Ich hielt es für meine Pflicht, es dir zu sagen«, sagte Gertrude Moffitt und legte auf.

Patricia Payne, deren Augen sich mit Tränen gefüllt hatten, preßte den Hörer an ihren Mund.

»Du alte *Hexe«*, sagte sie bitter, und ihre Stimme brach fast.

Mrs. Newman hob die Augenbrauen, sagte jedoch nichts.

Als Karl und Christina Maufehrt aus dem Kreis Braunfels, Hessen-Kassel, im Frühjahr 1876 in New York von Bord des Dampfers *Hannover* des Norddeutschen Lloyd gingen, war Christina schwanger. Sie wurden durch Ellis Island geschleust, wo Karl dem Beamten der Einwanderungsbehörde erklärte, daß sein Name Maufehrt lautete und sein Beruf Uhrmacher war. Der Beamte verstand ein wenig Deutsch und übersetzte das Wort ›Uhrmacher‹ richtig und trug es in die entsprechende Spalte des Formulars ein. Er hatte beträchtlich größere Schwierigkeiten mit dem Namen Maufehrt, und nach einem Augenblick der Unentschlossenheit trug er ›Moffitt‹ als Nachname und ›Charles‹ als Vorname ein.

Charles und Christina Moffitt verbrachten die nächsten drei Tage in der Lower East Side von New York, in einem Zimmer einer dunklen, kalten und schmutzigen Wohnung. Am vierten Morgen in den Vereinigten Staaten fuhren sie mit der Fähre über den Hudson River nach Hoboken, New Jersey, wo sie in einen Zug der Pennsylvania Railroad stiegen. Drei Stunden später stiegen sie in Philadelphia an der Pennsylvania Station Ecke Fifteenth und Market Street aus.

Ein gewaltiges Gebäude war vor ihren Augen im Bau. Ein paar Tage später erfuhr Charles Moffitt, daß es die City Hall sein würde und daß darauf die Statue von William Penn, einem Engländer, errichtet werden sollte, nach dem der Staat Pennsylvania benannt worden war. Viele Jahre später erfuhr er, daß die Architektur der City Hall einem Flügel des Louvre in Paris nachempfunden war.

Charles und Christina gingen über die Straßen mit Kopfsteinpflaster, und binnen Stunden fanden sie ein Zimmer am Fluß. Charles klapperte in den nächsten sechs Tagen die Straßen ab, bot Uhrmachern seine Dienste an und wurde abgewiesen. Schließlich fand er, weil er jung und groß und kräftig war, Arbeit auf der Baustelle der City Hall. Er wurde der Gehilfe eines Zimmermanns, der die Gerüste baute. Ihr erstes Kind, Anna, wurde geboren, als sie zwei Monate in Philadelphia waren. Ihr erster Sohn, Charles junior, erblickte fast auf den Tag genau ein Jahr später das Licht der Welt. Unterdessen konnte er genug Englisch, um sich mit seinen italienischen, polnischen und irischen Kollegen verständigen zu können, und er war de facto, aber nicht de jure zum Vorarbeiter aufgestiegen. Mit anderen Worten, er verdiente nicht mehr Geld als die Männer, die er beaufsichtigte, und er wurde von Tag zu Tag neu angeheuert, was bedeutete, daß er kein Geld erhielt, wenn er nicht arbeitete.

Er war jedoch ein zuverlässiger Arbeiter, und er verdiente genug, um eine Wohnung in einem alten Haus in Society Hill mieten zu können, nicht weit entfernt von dem Gebäude, in dem die Verfassung der Vereinigten Staaten geschrieben worden war.

Und er verdiente sich ein wenig nebenbei, indem er für Arbeitskollegen und Leute in der Nachbarschaft Uhren reparierte, aber er erkannte, daß sein Traum von einem Uhrmacher mit eigenem Geschäft in den Vereinigten Staaten einfach nicht in Erfüllung gehen würde.

Als Charles junior im Jahre 1893 siebzehn wurde, fand er Arbeit bei seinem Vater, der inzwischen offiziell Vorarbeiter bei der Baufirma Jos. Sullivan & Sons geworden war. Aber jetzt endete der Job. Die City Hall war hochgezogen und brauchte nur noch innen fertiggestellt zu werden. Italienische Maurer und Steinmetze beherrschten dieses Gewerbe, und die Charles Moffitts, Vater und Sohn, waren Gerüstbauer, keine Maurer und Steinmetze.

Als Charles junior 1899 zweiundzwanzig war, zog er in den Spanisch-Amerikanischen Krieg. Er traf in Kuba kurz vor dem Ende der Feindseligkeiten ein und kehrte als Corporal der Kavallerie nach Philadelphia zurück, gerade noch rechtzeitig, um vom Eifer der Politiker zu profitieren, die etwas für die heldenhaften Soldatenjungs von Philadelphia tun wollten.

Er wurde von der Polizei übernommen und der berittenen Streife zugeteilt, die dreiundneunzig Mann stark und erst zehn Jahre zuvor gegründet worden war. Officer Moffitt ritt als Schutzpolizist zu Pferde bei der offiziellen Eröffnung der City Hall im Jahre 1901.

Er war vier Jahre lang Polizist, als sein Vater 1903 von einer im Bau befindlichen Kaianlage in den Delaware River stürzte und ums Leben kam. Charles junior wohnte zu dieser Zeit noch im Elternhaus, und nach dem Tod seines Vaters blieb ihm nichts anderes übrig, als dort weiterhin zu bleiben; es war nicht genug Geld da, um zwei Häuser zu unterhalten.

Er heiratete nicht, solange seine Mutter lebte, teils aus finanziellen Gründen und teils, weil keine Frau ihn zusammen mit seiner Mutter nehmen wollte. Folglich heiratete Charles Moffitt junior erst spät, anderthalb Jahre nach dem Tod seiner Mutter.

Er heiratete eine deutsche Katholikin, Gertrude Haffner, die fast zwanzig Jahre jünger als er war, jedoch bemerkenswert seiner Mutter ähnelte, wie einige Leute fanden, und die gewiß so fromm und willensstark war, wie es die Mutter gewesen war.

Charles und Gertrude hatten zwei Söhne, John Xavier, der 1924 geboren wurde, und – als Überraschung für sie beide – Richard Charles, der acht Jahre später zur Welt kam.

Charles Moffitt war Sergeant, als er 1937 im Alter von sechzig Jahren von der berittenen Streife der Polizei in Pension ging. Er wurde zweiundsiebzig, obwohl er pro Tag mindestens zwei Packungen Zigaretten rauchte und mindestens zwei Liter Bier trank. Er starb 1949 an einer Gehirnblutung. Zu dieser Zeit war sein Sohn John bei der Polizei, und sein Sohn Richard besuchte die High-School.

Patricia Payne lehnte sich mit der Stirn gegen die Wand und legte unbewußt eine Hand auf das Telefon. Einen Augenblick später klingelte das Telefon wieder. Pat Payne nahm den Hörer ab und reichte ihn Mrs. Newman.

»Hier bei Payne«, sagte Mrs. Newman, lachte kurz und fügte hinzu: »Ich bin mir nicht sicher, ob Mrs. Payne im Hause ist. Ich werde nachfragen.«

Sie hielt die Sprechmuschel zu.

»Ein Gentleman, der sagt, er ist Chief Inspector Coughlin«, sagte Mrs. Newman.

Patricia schneuzte sich zu Ende und nahm den Hörer entgegen.

»Hallo, Denny«, sagte Patricia Payne. »Ich glaube, ich weiß, weshalb du anrufst.«

»Wer hat es dir gesagt?«

»Mutter Moffitt, wer sonst? Sie rief hier an und fragte nach Mrs. Moffitt, und sie erzählte mir, daß Dutch tot ist. Und dann hieß sie mich bei der Beerdigung willkommen.«

»Es tut mir leid, Patty«, sagte Dennis V. Coughlin. »Es überrascht mich nicht, aber es tut mir leid.«

Patricia kämpfte gegen Tränen an und schwieg.

»Patty, die Leute würden Verständnis haben, wenn du nicht zu der Beerdigung gehst.«

»Selbstverständlich nehme ich teil«, sagte Patricia Payne heftig. »*Und* an dem Reuessen. Dutch hielt mich nicht für eine gottlose Hure, und Jeannie denkt auch nicht so über mich.«

»Keiner denkt das von dir«, sagte er tröstend. »Hör auf damit, Patty!«

»Diese alte Hexe denkt das, und sie läßt es mich wissen, wann immer sie die Gelegenheit hat.«

Jetzt wußte Dennis V. Coughlin nicht, was er sagen sollte.

»Es tut mir leid, Denny«, sagte Patricia Payne zerknirscht. »Ich hätte das nicht sagen sollen. Die arme Frau hat soeben ihren zweiten, letzten Sohn verloren.«

Dennis V. Coughlin und John X. Moffitt hatten zusammen die Polizeiakademie besucht. Patricia Payne hatte noch irgendwo das Foto von all diesen jungen Männern in ihren nagelneuen Uniformen. Sie hatte es eines Tages Matt geben wollen.

Es gab noch ein anderes Foto, das John X. Moffitt zeigte. Das Foto und sein Abzeichen hingen an einer Wand in der Halle des runden Polizeipräsidiums. Unter dem Foto stand verblichen mit Schreibmaschine geschrieben: ›Sergeant John X. Moffitt, getötet im Dienst am 10. November 1952.‹

Staff Sergeant John Moffitt, U.S. Marine-Corps Reserve, hatte als Marineinfanterist den Krieg überlebt und war nach seiner Heimkehr bei einer Tankstelle in Philadelphia erschossen worden, als er einen Einbrecher stellen wollte.

Er wurde auf dem Holy Sepulchre Cemetery beigesetzt, nach einer Totenmesse, die der Kardinal-Erzbischof von Philadelphia in der Dominikanerkirche zelebriert hatte. Sergeant Dennis V. Coughlin war einer der Sargträger gewesen. Drei Monate später war John Xavier Moffitt erstes und einziges Kind geboren worden, ein Sohn, der nach dem Wunsch seines Vaters auf den Namen Matthew Mark in der Dominikanerkirche getauft worden war.

»Patty?« fragte Chief Inspector Coughlin. »Alles in Ordnung mit dir?«

»Ich habe an Johnny gedacht«, sagte sie.

»Es wird um sechs Uhr heute abend im Fernsehen sein«, sagte Denny Coughlin. »Eine Frau von Channel nine war im Waikiki Diner.«

»Passierte es dort?«

»Ja, im Waikiki am Roosevelt Boulevard. Er griff bei einem Überfall ein. Zwei Täter. Dutch erwischte einen, und der andere, eine Frau, erschoß ihn. Patty, was ich sagen wollte, ich möchte nicht, daß Matt es aus dem Fernsehen erfährt. Wenn du willst, fahre ich dort rauf und sage es ihm.«

»Du bist ein lieber Kerl, Denny«, sagte Patricia. »Aber nein, *ich* werde es ihm sagen.«

»Wie du möchtest.«

»Aber würdest du etwas anderes für mich tun? Wenn du es nicht möchtest, sag es einfach.«

»Schieß los.«

»Komm zu Matts Studentenwohnheim . . .«

»Und ich begleite dich zu ihm, klar«, unterbrach er.

»Und begleite mich, wenn Matt und ich zu Jeannie gehen.«

»Selbstverständlich.«

»Ich fahre gleich los«, sagte Patricia. »Ich werde in fünfundzwanzig, dreißig Minuten dort sein.«

»Ich werde dich erwarten«, sagte Chief Inspector Coughlin.

Patricia hängte den Hörer ein und ging nach oben in ihr Schlafzimmer. Sie zog Rock und Pullover aus und streifte sich ein schwarzes Kleid über. Dazu wählte sie eine Perlenkette. Sie überlegte, ob sie ihren Mann anrufen sollte, entschied sich jedoch dagegen, obwohl er gekränkt sein würde. Brewster Payne war ein guter Mann, und sie wollte ihn nicht gegen Mutter Moffitt aufbringen, wenn es sich vermeiden ließ.

Nach zehn Monaten Witwenstand hatte Patricia Stevens Moffitt das Baby tagsüber in die Obhut ihrer Schwester Dorothy gegeben und als Stenotypistin gearbeitet, mit der Absicht, vielleicht Anwaltsgehilfin bei der Kanzlei Lowerie, Tant, Foster, Pedigill und Payne an der Market Street zu werden.

Zwei Monate nach ihrer Einstellung bei der Anwaltskanzlei war sie Brewster Payne II. begegnet, als sie Matthew Mark Moffitt in der Nähe des Franklin Institute in einem Kinderwagen gefahren hatte. Brewster Payne II. war der Enkel von einem der Gründer der Kanzlei und der Sohn eines Seniorpartners. Brewster war im siebten Jahr in der Kanzlei und im Begriff, selbst als Partner aufgenommen zu werden.

Der ›junge Mr. Brewster‹, wie er damals genannt wurde, schob selbst einen Kinderwagen, in dem ein zweijähriger Junge saß, und er hielt ein viereinhalbjähriges Mädchen an einem Laufgeschirr. Sie spazierten zusammen. Patricia erfuhr, daß Brewster Payne vor acht Monaten von seiner Frau verlassen worden war.

Patricia Stevens Moffitt und Brewster Payne II. heirateten drei Monate später. Es war eine einfache standesamtliche Trauung. Mr. Payne senior nahm nicht daran teil, doch seine Frau. Patricias Vater war bei der Zeremonie anwesend, aber nicht ihre Mutter.

Es gab keine Hochzeitsreise, und am Tag nach der Trauung schied Brewster Payne II. aus der Anwaltskanzlei aus, obwohl sein Großvater ihm einen großen Anteil daran vermacht hatte.

Kurz danach wurde die Kanzlei Mawson & Payne gegründet.

John D. Mawson war Veteran (er war ein Captain des Air-Corps gewesen, ein Jagdflieger), und Brester Payne hatte nicht gedient. Außerdem fand Payne Mawson aufdringlich und penetrant. Es war Mawsons erklärte Absicht, einen Lehrstuhl für Rechtswissenschaft an der University of Pennsylvania zu bekommen und sich auf Verfassungsrecht zu spezialisieren. John D. Mawson war kein Typ, mit dem Brewster Payne II. Freundschaft schließen würde.

Mawson war als Major im Koreakrieg gewesen und als Lieutenant Colonel zurückgekehrt, mit einer Kriegsbraut (einer Weißrussin, die er in Tokio kennengelernt hatte) und damals noch weniger hochtrabenden Plänen über eine Fortsetzung seiner Anwaltstätigkeit im Zivilleben.

Er hatte seine Vorgesetzten in der Army mit seinem Können als Ankläger von straffälligen Soldaten beeindruckt. Seine Arbeit hatte ihm gefallen, aber er war ehrlich genug, sich einzugestehen, daß sein Erfolg größtenteils auf die Unfähigkeit der

Verteidiger zurückzuführen war. Oftmals war ihm klargewesen, daß der Angeklagte als freier Mann aus dem Gerichtssaal spaziert wäre, wenn *er* ihn verteidigt hätte. Odette Mawson, die Kriegsbraut, hatte bereits gezeigt, daß sie einen teuren Geschmack hatte, was sein Verbleiben in der Army ausschloß. In Friedenszeiten würde er nur den Rang eines Captain haben, und Captains verdienten nicht viel. Ungefähr soviel wie ein Staatsanwalt in Philadelphia, sagte sich Mawson. Und Staatsanwälte werden nicht auf ehrbare Art und Weise reich.

Das schloß aus, seine anklägerischen Fähigkeiten in die zivile Praxis umzusetzen.

Aber es schloß keine Laufbahn im Strafrecht aus. Während normale Strafrechtler, die es im allgemeinen mit der unteren Gesellschaftsschicht zu tun haben, selten das große Geld machen, gelingt das manchmal besonderen Strafrechtlern. Und ihr Verdienst steigert sich in dem Maß, in dem die soziale Schicht ihrer Mandanten steigt. Ein Anwalt, der jemanden vertritt, der angeklagt ist, zweihunderttausend Dollar bei einer Bank unterschlagen zu haben, kann erwarten, daß er von dem Mandanten großzügiger für seine Dienste bezahlt wird als ein Anwalt, der jemanden verteidigt, der die gleiche Geldsumme aus derselben Bank mit der Waffe in der Hand abgehoben hat.

Als John Dunlop Mawson, der schnell klargemacht hatte, daß er mit ›Colonel‹ angesprochen werden wollte, davon erfuhr, daß Brewster Payne sich mit seinem Vater zerstritten hatte, weil dem alten Payne mißfiel, daß sein Sohn die Witwe eines römisch-katholischen Polizisten geheiratet hatte, von dem sie ein Kind hatte – eine Frau, die Tipse in der Kanzlei gewesen war –, sah er in ihm einen perfekten Partner.

Brewster Payne II. war natürlich ein guter Anwalt, und er hatte sieben Jahre Erfahrung in einer Anwaltskanzlei, die gut und angesehen war. Und er war Mitglied einer Reihe von Clubs und zählte zweifellos zum Establishment von Philadelphia.

Brewster Payne II. war kein Dummkopf. Er wußte genau, was Mawson von ihm wollte, Und er hatte keine Lust, als Anwalt für Strafrecht zu arbeiten. Aber Mawsons Argumente ergaben einen Sinn. Die Zeiten hatten sich verändert. Völlig ehrbare und angesehene Leute ließen sich scheiden. Und die Aufteilung des Besitzes bei einer Scheidung brachte viel ein im Verhältnis zum Wert des Besitzes und dem Können eines erfahrenen Anwalts. Er würde sich mit den Gaunern befassen, erklärte Mawson, und Payne würde die Fälle der betrogenen Ehemänner übernehmen.

Payne fügte eine Klausel ein: Mawson konnte alles verteidigen – vom Betrüger bis zum Mörder mit der Axt – solange die Täter sozusagen Amateure waren. Es würde keine Verbindung, auch keine indirekte, zum organisierten Verbrechen geben. Wenn sie Partner wurden, dann konnte Payne einen Mandanten ablehnen, und das sollten sie besser schriftlich festhalten, damit es keine Mißverständnisse geben würde.

Fünf Monate nach der Eröffnung der Anwaltskanzlei Mawson & Payne wurden Patricia Stevens Payne schwanger.

Brewster Payne, ganz Anwalt, fragte als erstes, ob sie sich dessen sicher sei, und als sie das bejahte, nickte er, als hätte sie ihm gerade die Uhrzeit gesagt.

»Nun«, sagte er, »dann werden wir etwas in punkto Matthew unternehmen müssen.«

»Ich weiß nicht, was du meinst, Schatz«, sagte Patricia.

»Ich wollte es schon eher zur Sprache bringen«, sagte er. »Aber es war anscheinend nie der richtige Zeitpunkt. Mir gefällt überhaupt nicht die Vorstellung, daß Matt aufwächst und das Gefühl hat, nicht von uns beiden zu sein. Ich möchte ihn adoptieren, wenn du einverstanden bist. Und wenn du einverstanden bist, Patricia, möchte ich, daß du Amelia und Foster adoptierst.«

Als sie nicht gleich antwortete, deutete Brewster Payne ihr Schweigen falsch als Ablehnung.

»Bitte sag jetzt nichts Endgültiges«, beschwor er sie. »Ich befürchte, du mußt dich mit der Tatsache abfinden, daß Amy und Foster dich als ihre Mutter betrachten.«

»Brewster«, sagte Patricia, als sie die Sprache wiederfand, »manchmal bist du ein verdammter Dummkopf.«

»Das sagte man mir«, bemerkte er. »Noch heute nachmittag hörte ich das vom Colonel.«

»Aber du bist herzensgut und nett, und ich liebe dich«, sagte Patricia.

»So etwas höre ich seltener«, sagte er. »Darf ich das als deine Zustimmung deuten?«

»Warum sagte Mawson, daß du ein verdammter Dummkopf bist?«

»Ich erklärte ihm, wir sollten einen gewissen Mandanten ablehnen«, sagte er. »Du hast nicht auf meine Frage geantwortet.«

»Willst du eine eidesstattliche Erklärung? ›Hiermit erklärt Patricia Payne unter Eid, daß das einzige, was sie mehr als ihr ungeborenes Kind, die Kinder ihres Ehemanns und ihren Sohn liebt, ihr Ehemann ist‹?«

»Ein einfaches Ja wird genügen«, sagte Brewster Payne und nahm sie in die Arme. »Ich danke dir.«

Das war ihre Sünde, die sie in den Augen von Gertrude Moffitt zu einer gottlosen Hure machte: Sie hatte nicht kirchlich geheiratet, lebte in Sünde, trug Brewsters Kind und ließ zu, daß dieser gute Mann seinen Namen und seine Liebe einem vaterlosen Jungen gab.

Patricia machte sich Sorgen um ihren Sohn. In den vergangenen zwei oder drei Wochen war etwas nicht in Ordnung mit ihm gewesen. Brewster spürte es ebenfalls und meinte, daß Matt an dem ›Bienensyndrom‹ litt, das bei jungen Männern in Matts Alter grassierte. Laut Brewster wurde Matt von dem Drang getrieben, Pollen zu verbreiten, und manchmal war keine ausreichende Zahl oder nicht mal eine einzige Blüte Philadelphias da, die er bestäuben konnte.

Brewster hatte vielleicht recht – er hatte für gewöhnlich recht –, aber Patricia war sich dessen nicht sicher. Nach dem, was sie aus zuverlässiger Quelle über das Treiben auf dem Campus der University of Pennsylvania und besonders im Studentenwohnheim gehört hatte, gab es dort einen großen Garten von blühenden Blumen, die nur darauf warteten, bestäubt zu werden.

Matt konnte natürlich unglücklich in ein Mädchen verliebt sein, das gegen seinen Charme immun war, was sein merkwürdiges Verhalten erklären würde, aber Patricia hatte das unangenehme Gefühl, daß es einen anderen Grund gab.

Und was auch immer ihm zu schaffen machte, der Tod seines Onkels Dutch würde die Dinge noch verschlimmern.

Der Verkehr nach Philadelphia war dicht, und Patricia brauchte länger als die vorhergesagte halbe Stunde bis zur Stadt, und als sie zum Campus der Uni gelangte, gab es einen Stau in Höhe des Studentenwohnheims. Ein Wagen blockierte die rechte Fahrspur, und die lange Schlange von Fahrzeugen auf zwei Spuren mußte sich zu einer Spur vereinigen, um links an dem Wagen mit der Panne vorbeizufahren.

Als sie näher heran war, sah sie, daß der Wagen, der die rechte Fahrspur blockierte – direkt vor dem Studentenwohnheim, dem Delta Phi Omicron Haus, wie es genannt wurde –, ein schwarzer Oldsmobile war. Er hatte zwei Funkantennen, und es war Denny Coughlins Wagen.

Wenn man Chief Inspector der Polizei von Philadelphia ist, kann man überall parken, wo es einem beliebt, dachte Patricia.

Sie stoppte hinter dem Oldsmobile, rutschte auf den Beifahrersitz und stieg auf der Beifahrerseite aus. Denny war bereits aus dem Oldsmobile ausgestiegen, und ein anderer Mann stieg jetzt auf der Fahrerseite aus und trat auf den Bürgersteig.

Sie gab Denny einen Kuß auf die Wange und bemerkte bei der kurzen Umarmung, daß er zugenommen hatte und offenbar immer noch das jeweils billigste Rasierwasser benutzte, das in Walgreen's Drugstore gerade im Sonderangebot zu haben war.

»Bei Gott, du siehst gut aus«, sagte Denny. »Patty, erinnerst du dich an Sergeant Tom Lenihan?«

»Ja, natürlich«, sagte Patricia. »Guten Tag, Sergeant.«

»Tom, können Sie sich erinnern, wie man den Verkehr regelt?« fragte Coughlin und wies zu dem Stau.

»Jawohl, Sir«, sagte Lenihan.

»Wir werden nicht lange dort drin sein«, sagte Coughlin. Er reichte Pat den Arm und führte sie die breite Treppe zum Studentenwohnheim hinauf.

»Kann ich Ihnen helfen?« fragte ein junger Mann, als sie die Eichentür aufgeschoben hatten und die Halle des Gebäudes betraten.

»Ich bin Mrs. Payne«, sagte Patricia. »Ich suche meinen Sohn.«

Der junge Mann ging zum Fuß der Treppe.

»Mr. Payne, Sir«, rief er. »Sie haben Besuch, Sir. Ist Ihre *Mami*, Sir!«

Denny Coughlin bedachte ihn mit einem eisigen Blick.

Matthew Mark Payne tauchte einen Augenblick später auf dem oberen Treppenabsatz auf. Er war groß und schlank und hatte dunkles, dichtes Haar. Er war einundzwanzig und würde nach dem Studium wie sein Vater zum Marine-Corps gehen.

Der Blick seiner dunkelbraunen Augen huschte zwischen seiner Mutter und Coughlin hin und her. Er ging mit ernstem Gesicht die Treppe hinunter. Matthew trug eine graue Freizeithose aus Flanell, ein blaues Hemd und einen hellgrauen Pullover.

Coughlin wandte ihm den Rücken zu und sagte leise zu Patricia: »Er ist das genaue Abbild von Johnny, nicht wahr?«

»Und ebenso dickköpfig«, erwiderte Patricia.

Matt Payne küßte seine Mutter ohne Verlegenheit und gab dann Coughlin die Hand.

»Onkel Denny«, sagte er. »Was hat das alles zu bedeuten? Ist was passiert? Geht es um Dad?«

»Es geht um deinen Onkel Dutch«, sagte Patricia Payne und musterte das Gesicht ihres Sohnes. »Dutch ist tot, Matt.«

»Was ist passiert?« fragte er angespannt.

»Er griff bei einem Überfall ein«, sagte Denny Coughlin. »Er wurde erschossen.«

»Oh, Scheiße!« stieß Matt Payne hervor. Seine Lippen zuckten, und dann schlang er die Arme um seine Mutter.

Ich weiß nicht, ob er Trost sucht oder mir geben will, dachte Patricia.

»Verdammt!« sagte Matt und ließ seine Mutter los.

»Es tut mir leid, Sohn«, sagte Denny Coughlin.

»Weiß man, wer es getan hat?« fragte Matt. Er war ärgerlich, wie Coughlin sah.

»Dutch schoß einen der Täter nieder«, sagte Coughlin. »Der andere flüchtete. Sie werden ihn finden, Matt.«

»Hat Dutch den erwischt, der auf ihn schoß?« fragte Matt.

»Ja«, antwortete Coughlin. »Es war eine Frau, Matt, eine junge Frau.«

»Mein Gott!«

»Wir besuchen deine Tante Jean«, sagte Patricia Payne. »Ich dachte mir, du möchtest mitkommen.«

»Laß mich Jackett und Krawatte holen«, sagte er. Und dann »O Gott! Die Kinder!«

»Ja, eine verdammte Scheiße«, sagte Coughlin.

Matt eilte die Treppe hinauf und nahm immer zwei Stufen.

»Ein netter Junge«, sagte Denny Coughlin.

»Er wird zu den Soldaten gehen und Krieg spielen«, sagte Patricia.

»Was hättest du lieber, Patty? Daß er nach Kanada geht, um sich vor dem Wehrdienst zu drücken?«

»Aber muß er denn *Marineinfanterist* werden?«

»Ich würde mir keine Sorgen machen; dieser Junge kann auf sich aufpassen«, sagte Coughlin.

»Wie Dutch, was? Wie sein Vater?«

Coughlin legte einen Arm um ihre Schulter und drückte sie an sich.

Als Matt Payne die Treppe herunterkam, trug er einen grauen Flanellanzug.

Denny hat recht, dachte Patricia Payne, *er sieht genau wie Johnny aus.*

Sie verließen das Studentenwohnheim. Matt setzte sich hinter das Steuer des Mercury-Kombi.

»Es muß schön sein, Bulle zu sein«, sagte Matt. »Da kann man parken, wo man will. Ein Junge aus dem Haus stoppte hier in der vergangenen Woche, ließ den Motor laufen und rannte ins Haus, um schnell einige Bücher zu holen. Als er zurückkehrte, wurde sein Wagen abgeschleppt. Das kostete ihn vierzig Bucks für den Abschleppwagen, und fünfundzwanzig nahmen ihm die Bullen ab.«

Patricia schaute ihn von der Seite an, sagte jedoch nichts.

Der Oldsmobile fuhr vor ihnen an.

»Los geht's«, sagte Matt und gab Gas. »Willst du wetten, ob wir zu schnell fahren oder nicht?«

»Ich bin nicht in Stimmung für deine Späße, Matt«, sagte Patricia.

»Ich versuche nur, einen sonst miesen Nachmittag zu beleben«, sagte Matt.

Sergeant Lenihan fuhr schnell, weit über der erlaubten Geschwindigkeit, aber nicht verwegen. Matt hatte keine Mühe, Anschluß zu halten. Von Zeit zu Zeit blickte er auf den Tachometer, erwähnte aber nicht bei seiner Mutter, wie schnell er fuhr.

Als sie den Schuykill über die Twin Bridges überquerten, fuhren sie langsamer, aber nicht viel. Am Fern Hill Park sah Matt einen Streifenwagen am Straßenrand parken. Er sah, daß der Blick des Polizisten am Steuer ihm folgte, als er vorbeibrauste. Aber der Streifenwagen folgte ihm nicht.

Lenihan fuhr jetzt langsamer, innerhalb der erlaubten Höchstgeschwindigkeit.

»Da ist es«, sagte Patricia plötzlich.

»Was?«

»Das Waikiki Diner«, erwiderte sie. »Denny sagte, daß es dort passierte.«

Er drehte den Kopf, um hinzusehen, konnte jedoch nicht entdecken, was sie meinte.

Lenihan bog im Pennypack Circle rechts ab auf die Holme

Avenue. Ein paar Straßen weiter gab es einen Stau nach einem Auffahrunfall. Ein Polizist regelte den Verkehr. Er winkte den Oldsmobile durch, damit er abbiegen konnte, forderte Matt jedoch mit heftigen Gesten auf, geradeaus weiterzufahren.

Matt stoppte und schüttelte den Kopf. Er wies auf die Straße, in die der Oldsmobile abgebogen war. Der Verkehrspolizist ging zum Wagen. Matt kurbelte die Fensterscheibe herunter.

»Captain Moffitt war mein Onkel«, sagte Matt.

»Mein Beileid«, sagte der Polizist und winkte ihn durch.

Es standen viele Wagen vor dem Haus der Moffitts. Darunter war der Cadillac von Bürgermeister Jerry Carlucci.

Matt sah ein Kamera-Team eines Fernsehsenders und eine Reihe von Reportern mit Fotoapparaten auf dem Golfplatz gegenüber vom Haus.

»Parken Sie den Wagen, Tom«, sagte Chief Inspector Coughlin, »und dann kommen Sie zurück und kümmern sich auch um ihren Wagen.«

Er stieg aus dem Oldsmobile und wartete auf Matts und Pattys Ankunft.

Staff Inspector Wohl schlenderte zu ihm.

»Können wir diese verdammten Leichenfledderer nicht vertreiben, Peter?« fragte Coughlin und nickte zu den Reportern hin.

»Ich wünschte, das könnten wir«, erwiderte Wohl. »Haben Sie einen Augenblick Zeit, Chief?«

Matt stoppte den Mercury auf Coughlins Signal hin. Patricia kurbelte die Scheibe hinunter, und Coughlin neigte sich zu ihr.

»Laß einfach die Schlüssel stecken, Matt«, sagte er. »Lenihan wird den Wagen parken und uns dann folgen.« Er öffnete die Autotür für Patricia, und sie stieg aus. »Ich bin in einer Minute wieder zurück. Muß mit jemandem sprechen.«

Er schlenderte mit Wohl über den Bürgersteig.

»Schießen Sie los«, sagte er. »Ich muß ins Haus. Das ist Dutchs Schwägerin. Ex-Schwägerin. Und sein Neffe.«

»Der Commissioner sagte, wenn ich Sie vor ihm sehe, soll ich Ihnen sagen, was los ist.«

»Ist er hier?«

»Ja, Sir«, sagte Wohl. »Es gibt eine Augenzeugin, Miss Louise Dutton von Channel nine.«

»Die Blonde?« fragte Coughlin.

»Richtig«, sagte Wohl. »Sie war zum Zeitpunkt der Schießerei mit Captain Moffitt zusammen.«

»Was haben die beiden gemacht?«

»Das weiß ich nicht, Sir.«

»Das wissen Sie nicht?« Coughlins Frage klang sarkastisch.

»Sie sagte, sie hat sich mit ihm getroffen, um ihn zu fragen, was er davon hält, daß die Highway Patrol als ›Carlucci's Commandos‹ bezeichnet wird«, sagte Wohl. »Sie war sehr aufgeregt, als ich am Tatort eintraf. Sie kniete bei Captain Moffitt und weinte.«

»Wo ist sie?« fragte Coughlin.

»Sie fuhr von hier aus zum Fernsehsender . . .«

»Sie haben sie nicht zum Präsidium gebracht?« unterbrach Coughlin. »Sie haben sie gehen lassen?«

»Der Commissioner – ich war ein paar Blocks vom Waikiki Diner entfernt und meldete mich auf den Notruf, und ich war als Ranghöchster am Tatort und rief den Chef an. Er sagte, ich solle tun, was ich für richtig halte. Ich hielt es für falsch, sie zum Präsidium zu schicken. So lieh ich mir zwei Uniformierte vom Zweiten Distrikt aus, und die begleiteten sie. Ich wies die Uniformierten an, bei ihr zu bleiben und dafür zu sorgen, daß sie sicher nach Hause kommt. Die Mordkommission wird jemanden zu ihrer Wohnung schicken und dort mit ihr reden.«

Coughlin stieß einen Grunzlaut aus. »Hat McGovern etwas zu ihr gesagt?« fragte er.

»Ich bezweifle, daß Mac die Situation sah wie ich, Chief.«

»Das ist vielleicht gut«, sagte Coughlin. »Mac ist nicht sehr taktvoll. Sollte ich irgend etwas tun?«

»Ich glaube nicht, Sir. Der Commissioner weiß, wie eng Ihre Beziehung zu Dutch war . . .«

»Könnte sich hier etwas – Peinliches entwickeln, Peter?«

»Ich hoffe nicht«, sagte Wohl. »Ich bezweifle es.«

»Menschenskind!« sagte Coughlin. »Es ist schon hart genug für Jeannie, ohne daß die Zeitungen und das Fernsehen verbreiten, daß Dutch hier mit irgendeinem Flittchen schäkerte . . .«

»Ich denke, wir können das verhindern«, sagte Wohl; und dann hörte er sich überrascht hinzufügen: »Sie ist kein Flittchen. Ich mag sie. Und sie hat die Situation anscheinend verstanden.«

Coughlin schaute ihn mit erhobenen Augenbrauen an.

»Der Commissioner bat mich, dafür zu sorgen, daß sich nichts Peinliches entwickelt, Chief«, sagte Wohl. »Um sicher festzustellen, was Captain Moffitts Beziehung zu Miss Dutton war . . .«

»Ich war mit Dutchs Bruder zusammen auf der Akademie«, fiel ihm Coughlin ins Wort. »Dutch war damals sechzehn oder siebzehn und vögelte sich durch die Cheerleaders der Northeast High School. So lange ich ihn kannte, gönnte er seinem Schwanz keine Ruhepause. Ich habe eine verdammt gute Vorstellung davon, welcher Art die *Beziehung* mit Miss Sowieso war.«

»Sie heißt Dutton, Louise Dutton«, sagte Wohl. Und dann fügte er hinzu: »Das *wissen* wir nicht, Chief.«

»Wollen wir wetten, Peter?« fragte Coughlin.

Mrs. Patricia Payne und Matthew Payne traten zu ihnen.

»Patty, kennst du Inspector Wohl?« fragte Coughlin.

»Nein«, sagte Patricia und reichte Wohl die Hand. »Dies ist mein Sohn Matt, Inspector. Dutchs Neffe.«

»*Inspector* Wohl?« fragte Matt.

»Staff Inspector Wohl«, sagte Coughlin. Er verstand Matts Überraschung, daß Wohl, der nicht viel älter als Matt wirkte, einen so hohen Rang hatte. »Er ist ein sehr guter Cop, Matt. Er stieg sehr schnell auf; die hohen Tiere fanden heraus, daß sie ihm einen schwierigen Job geben und sich darauf verlassen können, daß er ihn meistert.«

Da steckt etwas hinter dieser Bemerkung, dachte Patricia Payne. *Aber was?*

»Es war schön, Sie kennenzulernen, Mrs. Payne, Matt«, sagte Wohl. »Ich bedaure nur die Umstände. Ich muß jetzt wieder an die Arbeit.«

Chief Inspector Coughlin nickte, reichte Patricia Payne den Arm und führte sie zum Haus.

5

Mit einiger Mühe rangierte Staff Inspector Peter Wohl seinen Wagen aus der dicht geparkten Wagenschlange. Auf den Straßen, Zufahrtswegen und Gassen in der Nähe von Captain Richard C. Moffitts Haus war alles zugeparkt. Wohl bog in die Holme Avenue ein und fuhr in Richtung Pennypack Circle.

Als er sicher im Verkehrsstrom dahinrollte, neigte er sich zum Handschuhfach und nahm das Mikrofon heraus.

»Isaac dreiundzwanzig«, sprach er ins Mikro, und als jemand antwortete, bat er um die Position von Zwei-elf, was der blauweiße Streifenwagen des Zweiten Distrikts war, den er von McGovern zur Begleitung von Miss Louise Dutton abkommandiert hatte.

»Er hat sich bei WCBL-TV zwischen Seventeenth und Locust abgemeldet, Inspector«, sagte der Mann von der Funkzentrale. »Vor fünfunddreißig Minuten.«

Wohl bedankte sich, legte das Mikrofon zurück ins Handschuhfach und knallte dessen Tür zu.

Er sagte sich, daß ihm Zeit blieb, festzustellen, was die Leichenbeschauung der Täterin ergeben hatte. Zweifellos würden ihm andere Fragen von seinem Boß, Chief Inspector Coughlin, gestellt werden, und möglicherweise von Commissioner Czernick oder sogar vom Bürgermeister. Peter Wohl fand, daß die Pfadfinder recht hatten: Es zahlte sich aus, allzeit bereit zu sein.

Ein verbeulter und verschrammter Ford-Transporter stoppte auf dem Parkplatz des Büros des Leichenbeschauers am Civic Center Boulevard Ecke University Avenue. Der verblichen gelbe Wagen hatte Risse in der Windschutzscheibe. Auf den Seiten waren noch lesbare Reste der Aufschrift: BUDGET RENT-A-CAR zu sehen. Der Kühlergriff fehlte wie der rechte Scheinwerfer. Die Tür an der Beifahrerseite war offenbar mit etwas Hartem in Kontakt geraten, das scharf genug gewesen war, um sie wie mit einem Messer aufzuschlitzen. Auf derselben Seite war eine tiefe Schramme, und das Blech war eingedrückt. Die Karosserie zeigte Rostflecken am Fuß der Türen und über dem linken Kotflügel.

Der Fahrer dieses Gefährts hatte zweiundvierzig Strafzettel erhalten, auf die er nicht reagiert hatte, die meisten wegen Parkvergehen, aber auch einige wegen des fehlenden Scheinwerfers, wegen der Risse in der Windschutzscheibe, wegen eines unleserlichen Nummernschilds und ähnlicher Dinge.

Zwei Männer stiegen aus dem Wagen. Einer war jung, sehr groß und bärtig. Er trug schmutzige Bluejeans und ein ledernes Stirnband, das seine langen, ungekämmten Haare von seinen Augen fernhielt. Als er auf der Beifahrerseite ausgestiegen war, stieg auch der Fahrer aus, ein kleiner, glattrasierter wieselgesichtiger Typ, der ein verknittertes graues Sweatshirt mit der

Aufschrift UNTERSTÜTZE DEINEN SHERIFF trug. Sie gingen in das Gebäude.

Staff Inspector Peter Wohl und Sergeant Zachary Hobbs von der Mordkommission standen am Kaffeeautomaten im Kellergeschoß und tranken Kaffee aus Pappbechern. Wohl schüttelte den Kopf, als er die beiden Neuankömmlinge sah.

»Hallo, Inspector«, sagte der wieselgesichtige kleine Mann, der Lieutenant David Pekach vom Rauschgiftdezernat war.

»Pekach, weiß Ihre Mutter, womit Sie Ihren Lebensunterhalt verdienen?« erwiderte Wohl und gab ihm die Hand.

Pekach kicherte. »Gott, ich hoffe, Sie hat keine Ahnung.« Er schaute Hobbs an. »Sie sind Sergeant Hobbs?«

»Jawohl, Sir«, sagte Hobbs.

»Sie kennen Officer Charles McFadden?« fragte Pekach, und Wohl und Hobbs verneinten mit einem Kopfschütteln.

»Charley, dies ist Staff Inspector Wohl«, sagte Pekach. »Und das ist Sergeant Hobbs. Officer Charley McFadden.«

»Guten Tag, Gentlemen«, sagte Officer McFadden und nickte Wohl und Hobbs höflich zu.

»Wo ist sie?« fragte Pekach.

»Da drinnen.« Wohl nickte zu einer doppelflügeligen Eisentür hin. »Er ist noch nicht fertig mit ihr.«

»Sagen Sie nur, Sie haben einen empfindlichen Magen, Inspector«, meinte Pekach mit unschuldiger Miene.

»Und ob ich den habe«, erwiderte Wohl.

Pekach öffnete die Eisentür und trat ein. McFadden folgte ihm.

Die nicht identifizierte weiße Verdächtige lag auf einem Tisch aus rostfreiem Stahl. Sie war nackt, die Beine waren gespreizt, ein Arm lag neben ihr, der andere über ihrem Kopf. Körperflüssigkeit tropfte von einem Abfluß in der Ecke des Tischs in einen Metalleimer, der auf dem Fliesenboden stand.

Ein kahlköpfiger Mann mit einer Plastikschürze über einem blauen Kittel hielt in der Arbeit inne und blickte neugierig und unfreundlich zu Pekach und McFadden auf. Die Arbeit bestand darin, der nicht identifizierten weißen Verdächtigen das Herz aus der Öffnung zu entfernen, die er in ihre Brust geschnitten hatte.

»Ich bin Lieutenant Pekach, Doktor«, sagte Pekach. »Wir wollen uns nur ihr Gesicht ansehen.«

Der Leichenbeschauer zuckte mit den Schultern und setzte seine Arbeit fort.

»Mein Gott«, sagte Pekach. »Womit hat er die erschossen?«

»Ich nehme an, mit der Dienstwaffe«, sagte der Leichenbeschauer, ohne aufzublicken.

Pekach schnaubte.

»Sie erschoß Captain Moffitt, als sie so zusammengeschossen war?« fragte Pekach.

»Vorher«, entgegnete der Leichenbeschauer. »Meiner Ansicht nach erschoß sie Moffitt, bevor er sie erschoß.«

»Das verstehe ich nicht«, sagte Pekach.

Der Leichenbeschauer wies mit seinem Skalpell auf einen kleinen Plastikbeutel. Pekach nahm den Beutel.

Er enthielt ein verformtes Stück Blei, das dünner als ein Bleistift und vielleicht einen viertel Zoll lang war.

»Zweiundzwanziger«, sagte der Leichenbeschauer. »Sie drang unterhalb der Achsel in seine Brust ein.« Er nahm die Hand der nicht identifizierten weißen Verdächtigen, hob sie an und wies hin. »Von der Seite, fast von hinten. Die Kugel traf die Aortenklappe. Dann verblutete er innerlich. Das Herz pumpt einfach weiter, und als das Blut ausging, starb er.«

»Mein Gott!« sagte Pekach.

Der Leichenbeschauer ließ den Arm der nicht identifizierten weißen Verdächtigen fallen und wies auf einen anderen Plastikbeutel.

»Zeigen Sie das Peter Wohl«, sagte er. »Ich denke, danach sucht er. Ich entfernte es soeben aus ihr.«

Der Beutel enthielt vier verformte Bleistücke. Jedes war größer und dicker als das .22er Projektil, das aus der Leiche von Captain Moffitt entfernt worden war. Die Spitzen aller vier Kugeln hatten sich verformt, so daß sie pilzförmig wirkten. Das andere Ende jeder Kugel war von einer kupferfarbenen Schicht ummantelt. Auf der Schicht waren deutlich Male von den Zügen zu sehen. Es würde überhaupt nicht schwierig sein, diese ummantelten Kugeln der Waffe zuzuordnen, mit der sie abgefeuert worden waren.

Der große junge Mann namens McFadden betrachtete genau das Gesicht der nicht identifizierten weißen Verdächtigen und änderte ihren Status.

»Schmeltzer, Dorothy Ann«, sagte er. »Vierundzwanzig, einsfünfundsechzig, zweiundsiebzig Kilo. Letzte bekannte Adresse – irgendwo östlich der Broad. Ich muß das nachsehen.«

»Sind Sie sicher?«

»Das ist Dorothy Ann«, sagte Charles McFadden. »Ich dachte, die ist noch im Knast.«

»Weshalb saß sie?«

»Ansprechen zur Prostitution«, sagte McFadden. »Ich nehme an, der Richter lochte sie ein, um zu sehen, ob sie vielleicht von der Spritze wegkam.«

»Sie hat überall Einstichmale«, sagte der Leichenbeschauer. »An Stellen, die Sie nicht für möglich halten. Hatte sie keine Papiere bei sich? Ging es darum?«

»Lieutenant Natali sagte mir, daß sie nur einen Joint und eine .22er bei sich hatte«, sagte Pekach. »Und daß sie Einstichmale hatte. Er dachte, wir können sie als Junkie wiedererkennen. Danke, Doktor.«

Er verließ den Raum.

Wohl und Hobbs waren nicht mehr allein. Lieutenant Natali und Lieutenant Sabara von der Highway Patrol waren bei ihnen. Sabara schaute die Beamten des Rauchsgiftdezernats schief an.

Natali sah es. »*Mir* gefällt Ihr Sweatshirt, Pekach«, sagte er trocken.

»Konnten Sie die Leiche identifizieren?« fragte Hobbs.

»Officer McFadden konnte sie identifizieren, Sergeant«, sagte Pekach förmlich. »Ihr Name war Schmeltzer, Dorothy Ann. Eine bekannte Dogensüchtige, die erst vor kurzem aus dem Gefängnis entlassen wurde, wie McFadden meint.«

»Irgendwelche bekannte Verbindungen, McFadden?« fragte Hobbs. »Leute, mit denen sie zusammen war?«

»Sir, ich kann mich an keine Namen erinnern. Es wird in ihrer Akte stehen.«

»Wenn ich ihn für eine Weile ausleihen kann, möchte ich McFadden mit mir ins Rundhaus nehmen«, sagte Hobbs.

»Das geht klar«, sagte Pekach.

»Ich nehme an, dann können Sie den Rest Ihrer Leute abberufen«, sagte Hobbs. »Und vielen Dank, Lieutenant.«

»Jetzt weiß ich ihren Namen und kann vielleicht etwas herausfinden«, sagte Pekach. »Ich werde mich über Funk melden, wenn sich etwas ergibt.«

»Das wüßte ich zu schätzen«, sagte Hobbs. »Informieren Sie mich oder Lieutenant Natali, wenn Sie etwas für uns haben.«

»Geht in Ordnung.« Pekach blickte Inspector Wohl an. »Inspector, der Leichenbeschauer sagte mir, ich soll Ihnen dies hier zeigen. Er sagte, darauf warten Sie anscheinend.«

Wohl nahm den Plastikbeutel, den Pekach ihm gab, und hielt ihn ans Licht. Es überraschte ihn nicht, daß die Kugeln ummantelt waren.

»Was ist das? Sind das die Projektile?« fragte Sergeant Hobbs.

Wohl überreichte ihm den Beutel. Ihre Blicke trafen sich, aber Hobbs sagte nichts.

»Verlieren Sie die nicht«, sagte Wohl.

»Was halten Sie davon, Inspector?« fragte Hobbs mit gespielter Unschuld.

»Ich bin kein Experte für Feuerwaffen«, erwiderte Wohl. »Ich sehe Kugeln, die aus der Leiche der Frau entfernt wurden, die mutmaßlich Captain Moffitt erschossen hat. Die Kugeln sind das, was man als Beweisstück bezeichnet.«

»Sie sind ummantelt«, sagte Hobbs. »Geht es darum?«

»Was, zum Teufel, ist der Unterschied?« meinte Pekach. »Dutch ist tot. Niemand kann ihm etwas anhängen, weil er verbotene Munition benutzt hat.«

»Und vielleicht haben wir Glück«, sagte Hobbs, »und kriegen

einen stellvertretenden District Attorney, der frisch von der Rechtsakademie kommt und für den Kugeln nichts als Kugeln sind.«

»Ja, und vielleicht haben wir das Glück nicht«, sagte Wohl. »Vielleicht haben wir es mit einem stellvertretenden DA zu tun, der frisch von der Rechtsakademie kommt und den Unterschied kennt und gern seinen Namen in der Zeitung lesen möchte, als der tolle Hecht, der die Cops bei der Benutzung verbotener Munition in einem weiteren Beispiel polizeilicher Brutalität erwischte.«

»Mein Gott«, sagte Pekach. »Und ich kenne einen Scheißer, der das tun würde.« Er schwieg kurz und fügte dann hinzu: »Zwei oder drei Scheißer, wenn ich's mir richtig überlege.«

»Geben Sie das zur Identifizierung, Hobbs«, sagte Wohl. »Und drücken Sie die Daumen. Vielleicht haben wir Glück.«

»Jawohl, Sir«, sagte Hobbs.

»Sonst kann hier wohl nichts mehr getan werden«, sagte Wohl. »Oder übersehe ich etwas?« Er blickte Sabara an.

»Ich dachte mir, ich begleite den Leichenwagen zur Leichenhalle«, sagte Sabara.

»Ich glaube, das würde Dutch gefallen«, stimmte Wohl zu. »Nun, ich sollte Chief Lowenstein meine Aufwartung machen«, fuhr er fort. »Ich werde Sie vielleicht im Rundhaus sehen.«

»Bleiben Sie an diesem Fall dran, Inspector?« fragte Hobbs. »Nein«, antwortete Wohl. »Nicht so, wie Sie meinen. Aber die Augenzeugin ist diese Blonde von Channel nine. Das könnte zu Problemen führen. Der Commissioner bat mich, sicherzustellen, daß es keine gibt. Das möchte ich Chief Lowenstein erklären. Das ist alles.«

»Viel Glück, Inspector«, sagte Hobbs und lachte. Chief Inspector of Detectives Matt Lowenstein, ein schwergewichtiger Fünfzigjähriger, war bekannt für sein hitziges Temperament. Er geriet leicht in Zorn, wenn er argwöhnte, daß jemand sich in seinen Amtsbereich einmischte.

»Das werde ich wohl brauchen.« Wohl lachte ebenfalls und ging.

Auf dem Parkplatz stand ein Cadillac-Leichenwagen mit einem Sarg darin. Der Fahrer lehnte am Kotflügel. Auf der Mattglasscheibe stand in verchromten Lettern MARSHUTZ & SONS.

Dutch wurde offenbar von einer Leichenhalle aus beigesetzt, die drei Blocks von seinem Haus entfernt war. Sobald der Leichenbeschauer den Leichnam freigab, würde er in den Sarg gelegt und mit dem Leichenwagen dorthin gefahren werden.

Wohl fand, daß Sabaras Auftauchen hier, damit er den Leichenwagen begleiten konnte, eine ziemlich rührende Geste war. Es war nicht vorgeschrieben, und er hatte nicht gedacht, daß Dutch und Sabara ein gutes Verhältnis gehabt hatten. Aber vielleicht hatte er Sabara falsch eingeschätzt. Sabara war in Wirklichkeit nicht so hart, wie er sich gab (und wie er aussah), und er hatte Dutch vielleicht, auf seine Weise, gemocht.

Wohl stieg in den LTD und schaltete das Funkgerät ein.

»Isaac dreiundzwanzig. Zwei-elf bitte über das J-Band melden.«

Zwei-elf war der Streifenwagen des Zweiten Distrikts, den er mit Louise Dutton geschickt hatte.

Er mußte einen Augenblick warten, bis Zwei-elf sich meldete.

»Zwei-elf an Isaac dreiundzwanzig.«

»Wo ist Ihre Position, Zwei-elf?«

»Wir setzten die Lady soeben bei Stockton Place sechs ab.«

Wo, zum Teufel, ist das? dachte Wohl. *Ich kenne nur einen Stockton Place in einem Slum unten am Fluß.*

»Wo?«

»Isaac dreiundzwanzig, das ist Apartment A, Stockton Place sechs.«

»Zwei-elf, wo liegt das?«

»In dem Block hinter der Arch Street.«

»Okay, Zwei-elf, danke«, sagte Wohl, schaltete das Mikrofon aus und legte es ins Handschuhfach zurück.

Er war überrascht. Das war wirklich eine miese Adresse. Man würde nicht annehmen, daß dort eine klasse Blondine wie

Louise Dutton wohnte. Dann fiel ihm ein, daß alte Gebäude in dieser Gegend renoviert oder umgebaut worden waren.

Als Lieutenant David Pekach das Büro des Leichenbeschauers verließ, stand ein Verkehrspolizist mit weißer Mütze neben dem verbeulten Wagen und schrieb einen Strafzettel.

»Gibt es irgendwelche Probleme, Officer?« fragte Pekach unschuldig.

Der Verkehrspolizist, der den Strafzettel nur wegen eines fehlenden Scheinwerfers ausfüllen wollte, schaute auf die Aufschrift von Pekachs T-Shirt und enthielt sich nur mit Mühe einer Bemerkung.

Am liebsten hätte er diesem verdammten Hippie einen Tritt in den Hintern gegeben, daß er bis zum Fluß geflogen und dort ersoffen wäre, und in den ersten Jahren seines Dienstes wäre er genau dazu fähig gewesen. Aber die Dinge hatten sich verändert, und er wurde bald pensioniert. Es lohnte sich nicht, die Pension zu riskieren, nur weil jemand mit einem T-Shirt herumlief, auf dem er die Polizei beleidigte – *Unterstütze deinen Sheriff,* das war doch blanker Hohn.

Er verzichtete also auf den Tritt in den Hintern, den dieser Typ gewiß verdient hatte, und schrieb statt dessen noch einige andere Beanstandungen auf den Strafzettel: Sprünge in der Windschutzscheibe, abgefahrene Reifen, nicht funktionierender Blinker und unlesbares Nummernschild. Mehr fiel ihm nicht ein, sosehr er auch hin und her überlegte. Er war enttäuscht, als der verdammte Hippie einen gültigen Führerschein vorweisen konnte.

Einen halben Block vom Büro des Leichenbeschauers entfernt zerriß Lieutenant Pekach die Kopie des Strafzettels in zwei Hälften und warf sie aus dem Fenster.

Als Wohl beim Präsidium eintraf, parkte er auf dem Platz, der für Chief Inspector Coughlin reserviert war. Coughlin hatte ein enges Verhältnis zur Familie Moffitt; höchstwahrscheinlich würde er eine Weile im Haus der Moffits bleiben. Als Wohl das Rundhaus betrat, sah er Hobbs' Wagen auf den Parkplatz einbiegen.

Es überraschte ihn nicht, Chief Inspector of Detectives Matt Lowenstein in der Mordkommission zu finden. Der Chef der Kripo saß im Hauptraum an einem Schreibtisch und hatte eine sehr lange Zigarre im Mundwinkel.

»Ah, Inspector Wohl«, begrüßte Lowenstein ihn mit falscher Herzlichkeit. »Ich hoffte, Sie zu sehen. Wie geht es Ihnen, Peter?«

»Guten Tag, Chief«, sagte Wohl.

»Haben Sie einen Moment Zeit für mich?« fragte Lowenstein. »Ich habe da etwas auf dem Herzen.«

»Ich stehe Ihnen zur Verfügung, Chief«, sagte Wohl.

»Gehen wir dort für einen Moment rein?« Lowenstein wies auf die Tür eines Büros, auf der CAPTAIN HENRY C QUAIRE COMMANDING OFFICER stand.

Chief Inspector Lowenstein öffnete die Tür, ohne anzuklopfen. Captain Quaire, ein stämmiger Vierzigjähriger mit fast kahlem Kopf, saß mit aufgekrempelten Hemdsärmeln an seinem Schreibtisch und telefonierte. Als er Lowenstein sah, hielt er die Sprechmuschel zu.

»Henry, wie wäre es mit einer kleinen Kaffeepause?« sagte Lowenstein.

Captain Quaire erhob sich, sagte »Ich rufe gleich zurück« in den Hörer und legte auf. Als er an Wohl vorbeiging, schüttelte er den Kopf. Wohl war sich nicht sicher, ob das eine Geste der Sympathie war oder ob Quaire sauer über sein Handeln bezüglich der Zeugin war.

»Peter«, sagte Lowenstein, als Quaire die Tür hinter sich geschlossen hatte, »ich bezweifle nicht, daß Sie einer der tüchtigsten jungen Polizeibeamten sind und der Polizei und Ihrem Vater Ehre machen, aber wenn ich Ihre Unterstützung haben möchte, würde ich Denny Coughlin anrufen und darum bitten, anstatt sie mir von dem Polacken aufdrängen zu lassen.«

»Ehrlich gesagt, Chief«, sagte Wohl lächelnd, »ich habe fast schon erwartet, daß Sie mich hier hereinbitten würden, um mir für meine Dienste zu danken.«

»Lassen Sie die Witze, Peter«, sagte Lowenstein.

»Chief, ich hoffe, es ist Ihnen klar, daß ich beim Waikiki Diner auf Anweisung des Commissioner handelte«, sagte Wohl. Er sah, daß Lowenstein immer noch wütend war.

»Die natürliche Folgerung ist natürlich, daß jeder von der Mordkommission ein verdammter Idiot und zu blöde ist, mit einer solchen Frau zurechtzukommen«, sagte Lowenstein.

»Ich bezweifle, daß er das meinte, Chief«, wandte Wohl ein. »Meiner Ansicht nach erhielt ich die Anweisung nur, weil ich der ranghöchste Beamte am Tatort war. Ich nehme an, er hätte es vorgezogen, dieselben Anweisungen jemandem von der Mordkommission zu geben.«

»Der Unterschied besteht darin, daß keiner von der Mordkommission den Polacken angerufen hätte. Wir hätten uns an die übliche Verfahrensweise gehalten. Warum haben Sie ihn angerufen?«

»Aus ein paar Gründen.« Wohl entschloß sich, seinen Standpunkt zu behaupten. »Hauptsächlich, weil er und Dutch befreundet waren.«

»Und wegen der Frau?«

»Und wegen der Frau«, sagte Wohl. »Es tut mir leid, wenn Sie sauer sind, aber ich verstehe nicht, was an meinem Handeln falsch war.«

»Hat Dutch mit ihr geschlafen?«

»Das weiß ich nicht«, sagte Wohl. »Ich hielt es für möglich, als ich den Commissioner anrief, und ich sagte mir, wenn etwas zwischen den beiden war, dann sollte ich versuchen, es unter dem Teppich zu halten.«

»Vielleicht hat der Polack bereits etwas herausgefunden«, sagte Lowenstein.

»Ich verstehe nicht.«

»Bevor Sie reinkamen, Peter, sprach ich mit dem Polacken«, sagte Lowenstein. »Ich wollte ihn ohnehin anrufen, aber er rief mich an. Und er sagte mir, er will, daß *Sie* sich von jetzt an mit der Frau befassen.«

»Ich verstehe immer noch nicht«, sagte Wohl.

»Es ist einfaches Englisch«, sagte Lowenstein. »Was auch immer die Mordkommission mit dieser Louise Dutton zu tun hat, es wird über Sie laufen. Ich sagte dem Polacken, daß mir das kein bißchen gefällt, und er sagte, er bedaure das, aber es sei kein Vorschlag, sondern eine Anweisung. Er riet mir ab, mich beim Bürgermeister zu beschweren, weil der Bürgermeister es ebenfalls für eine gute Idee halte. Ich nehme an, dieser Hurensohn hat ebenso vor dem verdammten Fernsehen Angst wie der Polack.«

»Nun, es war nicht meine Idee.« Wohl fühlte sich verlegen. »Ich fuhr zum Nazareth Hospital und ging Dutchs persönlichen Besitz durch, und dann fuhr ich zum Leichenbeschauer. Ich kam hierher, um Ihnen zu sagen, was ich fand – und zwar nichts –, und dann wollte ich den Commissioner anrufen und ihm das sagen.«

Lowenstein fixierte ihn einen Moment lang.

»Und wieder dorthin zurückkehren, wo ich hingehöre«, fügte Peter hinzu.

»Nun, das wird nicht geschehen«, sagte Lowenstein. »Ich wollte Ihnen eine kleine Rede halten, Peter, um klarzustellen, daß Sie *nur* befugt sind, die Fernseh-Lady bei Laune zu halten, sich jedoch aus den Ermittlungen selbst herauszuhalten haben. Aber das brauche ich Ihnen nicht mehr zu sagen, oder?«

»Nein, Sir, das brauchen Sie nicht«, sagte Wohl.

»Und ich brauche Sie nicht zu bitten, mich über alles zu informieren, was der Polacke erfährt, oder muß ich das?«

»Nein, Sir, das müssen Sie nicht.«

»Das Dumme ist, Peter, daß ich nicht lange böse auf Sie sein kann.«

»Das freut mich zu hören«, sagte Wohl und lächelte. »Und was sollte ich Ihrer Meinung nach jetzt tun?«

»Ich nehme an, daß der mit diesem Fall befaßte Kriminalbeamte mit der Zeugin reden möchte«, sagte Lowenstein. »Sie sollten ihn aufsuchen und fragen. Wo ist die Dame?«

»In ihrer Wohnung«, sagte Peter. »Wer bearbeitet den Fall?«

»Jason Washington«, sagte Chief Inspector Lowenstein. »Ich nehme an, Sie finden ihn draußen, bibbernd vor Aufregung, weil er jetzt eng mit einem richtigen Staff Inspector zusammenarbeiten darf.«

»Es gibt ein Gerücht, Chief«, sagte Wohl, »daß einige Leute Staff Inspectors für echte Cops halten.«

»Gehen Sie mir aus den Augen, Peter«, sagte Lowenstein, aber er lächelte.

Die Mordkommission des Philadelphia Police Department bearbeitete zur Zeit einundzwanzig Mordfälle, einschließlich des Falls Captain Richard C. Moffitt. Eine aktive Ermittlung der Mordkommission wird inoffiziell als eine bezeichnet, bei der einige Aussicht besteht, festzustellen, wer den Tod eines anderen Menschen herbeigeführt hat, und genügend Beweismaterial zu sammeln, um den Staatsanwalt zu überzeugen, daß er nicht seine Zeit und das Geld der Steuerzahler verschwendet, indem er einen Anklagebeschluß erwirkt und den Angeklagten vor Gericht bringt.

Tief unten auf der Liste der Prioritäten für die Kosten der Ermittlung (hauptsächlich die Zeit und die Überstunden der Beamten der Mordkommission, aber auch Kosten für gewisse forensische Techniken, von denen einige sehr teuer sind) stehen die Fälle, die manchmal ein oder zweimal pro Woche geschehen und in denen Landstreicher oder Junkies erschlagen oder erstochen werden. Der Täter bei solchen Mordfällen hat oftmals kein anderes Motiv, als sich in den Besitz von Alkohol oder Drogen des Opfers zu bringen, und wenn er acht Stunden später verhört wird, erinnert er sich vielleicht wirklich nicht mehr an das, was er getan hat.

Die Geldmittel sind begrenzt. Es muß entschieden werden, wie sie am besten eingesetzt werden, um die Öffentlichkeit im allgemeinen und manchmal eine Einzelperson zu schützen. Die meisten Morde betreffen Leute, die sich kannten, und viele schließen nahe Verwandte ein und sind nicht schwer aufzuklären. Der Täter ist oftmals am Tatort, wenn die Polizei eintrifft, oder er wird sofort von Zeugen identifiziert, die auch eine ziemlich gute Vorstellung davon haben, wo der Täter oder die Täterin möglicherweise zu finden ist.

Was viele Beamte der Mordkommission insgeheim (gewiß nicht für die Öffentlichkeit bestimmt) für einen *guten* Fall halten, ist ein Todesfall, der bei der Ausübung eines Verbrechens verursacht wird. Zum Beispiel wenn ein Räuber einen Kassierer in einem Geschäft erschießt oder wenn ein Bankbote bei einem Überfall erschossen wird.

Diesen Tätertyp findet man nicht auf der Toilette, wo er die Hände vors Gesicht geschlagen hat, es ihm übel vor Reue ist und er fleht, bei seinem Gemeindepriester beichten zu dürfen. Solch ein Tätertyp läuft weg, so schnell er kann, und wird immer leugnen, daß er in der Nähe des Tatorts gewesen war.

Man muß ihm das Gegenteil beweisen. Seine Waffe finden, wo auch immer er sie versteckt oder weggeworfen hat, und man muß durch das Labor feststellen lassen, daß es die Mordwaffe ist. Man muß Zeugen finden, die ihn am Tatort oder mit der Beute sahen. Man muß die Aussagen von Zeugen widerlegen, die bereit sind, auf einem Stapel Bibeln zu schwören, den Angeklagten zur Tatzeit weit, weit fort vom Tatort gesehen zu haben.

Dies ist die richtige Detektivarbeit, würdig für Beamte der Mordkommission, die sich für die besten halten. Sie erfordert Verstand und Können in einem Dutzend Aspekten der Ermittlungstätigkeit.

Und von Zeit zu Zeit gibt es einen Fall, der genau wie die Fernsehkrimis ist, in dem irgendeine Lady ihren Ehemann abmurkst oder ein Bösewicht sorgfältig das Ableben seines Geschäftspartners plant, so daß es aussieht, als wäre er die Kellertreppe hinuntergefallen oder er wäre von einem Einbrecher oder Straßenräuber umgelegt worden oder bei einem Unfall mit Fahrerflucht ums Leben gekommen.

Aber etwas daran stinkt, und ein guter Beamter der Mordkommission schnüffelt herum und findet heraus, daß der abgemurkste Ehemann eine Geliebte oder eine hohe Lebensversicherung hatte, oder eine hohe Lebensversicherung hatte und die *Frau* ging fremd.

Hoch oben auf der Liste der Prioritäten stehen Kindestötungen oder Morde an anderen besonders geschützten Personen wie Nonnen oder Priestern.

Und an allererster Stelle steht die Ermordung eines Polizeibeamten. Es gibt eine Reihe von Gründen dafür, einige instinktiver Art (*ich könnte an seiner Stelle dort mit einem Loch im Hinterkopf liegen*) und einige sehr praktischer Art: *Man kann dem Gesetz keine Geltung verschaffen, wenn die Bösewichter meinen, sie können einen Polizisten erschießen und ungestraft davonkommen. Wenn die Bösewichter über die Cops lachen, dann siegen sie.*

Technisch wurde die Ermittlung im Mordfall Captain Richard C. Moffitt genauso durchgeführt wie bei jedem anderen Mordfall. Der Fall wurde einem Kriminalbeamten der Mordkommission übertragen. Es würde sein Fall sein. Er führte die Ermittlungen und bat um jedwede Unterstützung, die er brauchte. Er wurde von seinem Vorgesetzten beaufsichtigt, den er über den Stand der Ermittlungen auf dem laufenden hielt.

Das war die Verfahrensweise, und sie galt auch für den Fall Captain Richard C. Moffitt.

Captain Henry C. Quaire, Chef der Mordkommission, hatte den Fall Detective Jason F. Washington übertragen, gleich nachdem er erfahren hatte, daß Captain Moffitt erschossen worden war.

Detective Washington war neununddreißig, ein großer, schwergewichtiger Afro-Amerikaner, der seit sechzehn Jahren Polizist war, seit elf Jahren Kriminalbeamter und seit fünf Jahren bei der Mordkommission. Jason Washington hatte den Ruf, ein hervorragender Vernehmungsbeamter zu sein, ein meisterhafter, selbsterlernter Psychologe, der anscheinend nicht nur wußte, wann jemand beim Verhör log, sondern auch, wie man die Person beim Verhör dazu brachte, die Wahrheit zu sagen.

Er war ein guter Schauspieler, der überzeugend eine Reihe von Charakteren spielen konnte, zum Beispiel die freundliche verständnisvolle Vaterfigur, die völlig verstand, wie so etwas Tragisches dem gemeinsten Hurensohn östlich des Mississippi hatte widerfahren können.

Jason Washington hatte einen scharfen Verstand und einen Adlerblick beim Entdecken von scheinbar unbedeutenden Widersprüchen in einer Geschichte. Er war schnell und gut im Schreibmaschineschreiben. Dieses Können, gepaart mit seiner Liebe zum Schreiben, machte seine dienstlichen Berichte vorbildlich, und seine Kollegen beneideten ihn darum. Detective Washington wurde nie ins Büro des Captain gerufen und gefragt: »Was, zum Teufel, hat dies oder das zu bedeuten?«

Detective Washington und Captain Moffitt waren befreundet gewesen. Washinton war (kurz nur, bis er bei einer wilden Verfolgungsjagd schwer verletzt worden war) Partner des damaligen Sergeant Moffitt bei der Highway Patrol gewesen.

Das hatte jedoch nichts damit zu tun, daß der Fall Captain Richard C. Moffitt an Detective Jason F. Washington übertragen worden war. Er erhielt ihn, weil er auf der Liste ganz oben war. Auf der Liste stand, welche Beamte der Mordkommission an welchen Fällen arbeiteten. Jede Schicht hatte eine eigene Liste. Wenn ein Fall kam, erhielt ihn derjenige Beamte, der oben auf der Liste stand, woraufhin sein Name an den Fuß der Liste gesetzt wurde. Er würde keinen anderen Fall bekommen, bis jeder andere Kriminalbeamte einen erhalten hatte, dessen Name über ihm stand.

Das System ähnelte dem, das in Autoverkaufshallen praktiziert wurde, wo man verhindern wollte, daß ein Dutzend auf die Provision hungrige Verkäufer sich auf einen Kunden stürzten; sie mußten sich abwechseln.

Jason F. Washington wußte jedoch wie jeder in der Mordkommission, daß er zwar mit dem Fall an der Reihe war, ihm jedoch größere Aufmerksamkeit und Unterstützung zuteil wurde, als es der Fall gewesen wäre, wenn Richard C. Moffitt als Zivilist im Waikiki Diner erschossen worden wäre.

Niemand bezweifelte, daß Washington der Aufgabe gewachsen war. Dennoch hielt der Polizeichef ein Auge auf den Fall durch Chief Inspector of Detectives Matt Lowenstein, der Druck auf Captain Quaire ausübte, der Druck auf Lieutenant Lou Natali ausübte, der Druck auf Sergeant Zachary Hobbs ausübte, der Druck auf Detective Jason F. Washington ausübte.

Und jetzt war Peter Wohl hinzugekommen, und Jason Washington wußte nicht, was er davon halten sollte. Als er Captain Quaire gefragt hatte, warum die Zeugin nicht zum Präsidium gebracht worden war, hatte Quaire ihm vertraulich gesagt, daß Wohl seine Nase in anderer Leute Dinge gesteckt hatte und Lowenstein sie ihm – bildlich gesprochen – abhacken würde. Aber eine Stunde später war Quaire aus seinem Büro gekommen und hatte gesagt, daß sich das geändert hatte. Er, Washington, durfte überhaupt nichts in punkto Zeugin unternehmen, ohne es mit Staff Inspector Wohl abzusprechen. Staff Inspector Wohl war zur Zeit im Büro des Leichenbeschauers und würde vielleicht, vielleicht auch nicht, bald die Mordkommission mit seiner Anwesenheit beehren. Quaire hatte hilflos die Hände gehoben.

»Sehen Sie mich nicht so an, Jason. Ich arbeite hier nur. Wir sind jetzt in irgendwelchen Scheiß von hohen Tieren verwickelt.«

Detective Jason Washington hatte Staff Inspector Peter Wohl in die Mordkommission kommen sehen. Dann hatte Matt Lowenstein ihn in Captain Quaires Büro geführt und Quaire hinausgeworfen. Es überraschte Jason Washington nicht, daß Wohl fünf Minuten später an seinem Schreibtisch auftauchte, obwohl er sein Nahen nicht gesehen oder gespürt hatte.

»Hallo, Jason«, sagte Wohl.

Washington stand auf und reichte ihm die Hand.

»Inspector«, sagte er. »Wie geht es?«

»Gut«, sagte Wohl. »Und Ihnen?«

»Abgesehen vom normalen Zipperlein in mittleren Jahren kann ich nicht klagen. Was verschafft mir die Ehre Ihres Besuchs?«

»Ich habe den Auftrag, WCBL-TV im allgemeinen und Miss Louise Dutton im besonderen zu streicheln«, sagte Wohl. »Ich nehme an, Sie haben davon gehört?«

Washington lächelte. »Ja, ich habe davon gehört.« Er wies auf den Stuhl neben seinem Schreibtisch.

Wohl lächelte dankend, nahm Platz und streckte die Beine aus.

»Haben Sie jemals *Farm der Tiere* von George Orwell gelesen?« fragte Wohl.

Washington lachte.

»Ich würde eine hübsche Lady nicht mit einem Schwein vergleichen.«

»Sagen wir, sie ist gleicher als eine andere hübsche Lady«, sagte Wohl. »Wenn es Ihnen paßt, fahre ich jetzt zu ihr und hole sie.«

»Jederzeit paßt es mir«, sagte Washington. »Aber vor einer Stunde wäre besser als morgen.«

»Jason, ich werde nur ihre Federn streicheln«, sagte Wohl. »Muß ich Ihnen das sagen?«

»Nein, aber es freut mich, daß Sie's getan haben«, sagte Washington. »Danke.«

»Aber aus persönlicher Neugier, hat sich schon irgend etwas ergeben?« fragte Wohl.

»Noch nicht, aber wenn ich ein weißer Junge mit langem Haar und Jacke mit Reißverschluß wäre, würde ich heute nicht aus dem Haus gehen. Ich nehme an, Sie haben gehört, was die Highway Patrol inszeniert hat?«

»Ich weiß nicht, wie wirkungsvoll das sein wird, aber man kann es den Jungs nicht verdenken. Sie mochten Dutch.«

»Ich mochte ihn auch. Wir waren einst Partner. Hölle, die Highway Patrol schnappt den Kerl vielleicht sogar.«

»Was sagt Ihnen Ihr Gefühl, Jason?«

»Nun, er versteckt sich entweder irgendwo in Philadelphia, oder er ist längst weg. Gefühl? Entweder ist er hier oder in Atlantic City.«

Wohl nickte.

»Ein Undercover-Agent vom Rauschgiftdezernat identifizierte die Frau . . .«

»Sergeant Hobbs sagte mir das am Telefon«, fiel ihm Washington ins Wort. »Wenn sie einen Namen nennen können . . .«

»Ich habe das Gefühl, daß sie das können. Okay. Wenn Sie meine Rolle in dieser Sache verstehen, Jason, hole ich jetzt die Zeugin.«

Er stand auf.

Detective Jason F. Washington gab ihm etwas.

»Was ist das?« fragte Staff Inspector Peter Wohl.

»Ein Wunder der modernen Medizin«, sagte Washington. »Es soll Magengeschwüre verhindern.«

»Meinen Sie, ich werde das brauchen?«

Peter Wohl lächelte.

»*Jemand* meint, daß die Fernseh-Lady ein Problem sein wird«, erwiderte Washington.

Wohl schob die Pille in den Mund und ging.

6

Als Sergeant Hobbs und Officer McFadden beim Präsidium eintrafen und McFadden die Tür auf der Beifahrerseite öffnen wollte, hielt Hobbs ihn am Arm fest.

»Warten Sie mal«, sagte er. Dann stieg er aus dem Wagen, ging zur Beifahrerseite, winkte McFadden, auszusteigen, legte eine Hand auf seinen Arm und führte ihn in das runde Gebäude. Für jeden Beobachter sah es aus, als sei McFadden verhaftet und der Sergeant bringe ihn ins Präsidium, und genau diesen Eindruck wollte Hobbs erwecken.

Das ›Rundhaus‹ ist ein öffentliches Gebäude, aber es ist nicht in dem Maße für die Öffentlichkeit zugängig wie zum Beispiel die City Hall. Es ist das Nervenzentrum der Polizei, und während es immer normale, anständige gesetzestreue Bürger in dem Gebäude der Stadtverwaltung gibt, handelt es sich bei der überwältigenden Mehrzahl der Bürger im Rundhaus um unfreiwillige Gäste der Polizei oder um Verwandte und Freunde der unfreiwilligen Gäste, die versuchen, sie herauszuholen, entweder durch Zahlung einer Kaution oder auf irgendeine andere Weise.

Eine Reihe von Leuten der letztgenannten Kategorie steht immer bei der Tür, die vom Parkplatz ins Gebäude führt. Gleich hinter der Tür befindet sich eine kleine Halle. Nach rechts führt ein Gang zu einem Raum, von dem aus die Freunde und Verwandten der Festgenommenen die Vernehmung vor einem Polizeirichter verfolgen können, der entweder eine Kaution festsetzt oder verfügt, daß der Beschuldigte bis zum Prozeß in Haft bleibt.

Links führt eine Tür zur Haupthalle, die nicht für die Öffentlichkeit geöffnet ist. Sie wird von einem Polizeibeamten per Knopfdruck geöffnet oder geschlossen, der hinter einem kugelsicheren Fenster gegenüber der Tür zum Parkplatz sitzt.

Hobbs wollte nicht, daß sich jemand, mit dem sich McFadden jetzt oder später beruflich befaßte, daran erinnerte, daß er den großen jungen Mann mit dem Stirnband unbehelligt in die Haupthalle spazieren sah, als wäre er ein Cop.

Hobbs hielt immer noch Officer McFadden am Arm fest, zeigte dem Beamten hinter dem Fenster seine Polizeimarke, der sie genau anschaute und dann die Tür per Knopfdruck öffnete. Hobbs schob die Tür auf, ging hindurch und führte McFadden zu den Aufzügen.

Ein Schild auf der grauen Stahltür im ersten Stock wies darauf hin, daß sich hier die Strafregister befanden und nur Befugte Zutritt hatten. Hobbs öffnete die Tür. Ein Polizeibeamter betrachtete Officer McFadden argwöhnisch.

»Dies ist McFadden, Rauschgiftdezernat«, sagte Hobbs. Der Raum enthielt ein Dutzend gewaltige graue Aktenschränke mit Tausenden von Akten von Personen, die irgendwann einmal der Polizei aufgefallen waren. Die Akten wurden von zivilen

Angestellten, überwiegend Frauen, verwaltet, unter der Aufsicht von vereidigten Polizisten.

Hobbs sah den Sergeant vom Dienst, Salvatore V. DeConti, einen kleinen, dicken Mann Mitte Dreißig, an seinem Schreibtisch sitzen. DeConti beäugte den großen jungen Mann, den er mitgebracht hatte, als versuche er sich zu erinnern, ob er eine Akte von ihm hatte.

Amüsiert ging Hobbs mit McFadden zu ihm. »Sergeant DeConti, dies ist Officer McFadden. Er hat die Frau identifiziert, die Captain Moffitt erschoß.«

Es kostete DeConti Mühe, dem ungepflegt wirkenden, bärtigen jungen Mann mit dem ledernen Stirnband die Hand zu reichen, aber er schaffte es.

»Guten Tag«, sagte er und zog schnell die Hand zurück. Dann rief er den anderen Beamten. Als er zu ihm kam, sagte er. »Florian, Officer McFadden hat den Namen des Mädchens, das Captain Moffitt erschoß.«

»Ich nehme an, wir haben jetzt die Fingerabdrücke«, sagte Florian. »Wie lautet der Name?«

»Schmeltzer, Dorothy Ann«, sagte McFadden. »Und ich habe einen Namen von dem Typen, der flüchtete, aber er will und will mir nicht einfallen.«

»Florian wird Ihnen helfen, wenn er kann«, sagte Sergeant DeConti.

»Gallagher, Grady, irgendwas Irisches«, sagte McFadden.

»Es gibt nur drei oder viertausend Gallaghers im Archiv, dessen bin ich mir sicher«, sagte Florian. »Aber wir können suchen.«

»Nehmen Sie sich einen Kaffee, Sergeant Hobbs«, sagte DeConti. Dann: »Verdammte Schande, das mit Dutch.«

»Das kann man wohl sagen. Er hinterläßt drei Kinder.« Dann schaute Hobbs DeConti an. »Ich bin überzeugt, daß McFadden recht hat. Lieutenant Pekach sagte, er ist ein guter Cop. Auch wenn er nicht so aussieht.«

»Ich bin froh, daß ich nie so einen Job hatte«, sagte DeConti. »Etwas davon muß abfärben. Der Abschaum, mit dem er sich abgeben muß, meine ich.«

Hobbs hatte den unfreundlichen Gedanken, daß Sergeant DeConti niemals als Undercover-Agent eingesetzt werden würde, es sei denn, eine Gruppe von Hotelportiers oder vielleicht die Erzdiözese von Philadelphia mußte unterwandert werden. Mit weißem Kragen konnte DeConti gut als Priester durchgehen. McFadden schrieb mit zufriedener Miene etwas auf ein gelbes, liniertes Blatt. Er riß das Blatt von dem Block ab und reichte es Florian. Dann ging er zu Hobbs und DeConti.

»Gerald Vincent Gallagher«, erklärte er. »Es fiel mir sofort ein, als ich ihre Akte sah. Er wurde vor ungefähr einem halben Jahr von ein paar afro-amerikanischen Gentlemen im Fairmont Park aufgeschlitzt. War ziemlich übel dran. Dorothy Ann Schmeltzer besuchte ihn im Krankenhaus.«

»Sie sind ein As, McFadden«, sagte DeConti. »Florian holt seine Akte?«

»Jawohl, Sir. Ihre Familie wohnt in Holmesburg«, fuhr McFadden fort. »Ich suchte sie dort mal. Ihr Vater betreibt ein Lebensmittelgeschäft in der Nähe der Lincoln High School. Nette Leute.«

»Dies wird sie nicht gerade fröhlich stimmen«, bemerkte Hobbs.

Florian kam mit einer Karteikarte und gab sie ein wenig unsicher McFadden. DeConti und Hobbs neigten sich vor, um sich das Foto auf der Karteikarte anzuschauen.

»Das ist er«, sagte McFadden. »Er ist auch gerade erst bedingt aus der Haft entlassen worden.«

»Er paßt auf die Beschreibung«, sagte Hobbs. »Wenn Sie Gerald Vincent Gallagher wären, McFadden, wo würden Sie sich jetzt aufhalten?«

McFadden kratzte sich am struppigen Bart und überlegte.

»Ich hätte wohl kein Geld, weil der Überfall nicht klappte«, sagte er. »Deshalb würde ich nicht per Bus oder Zug die Stadt verlassen. Und ich würde nicht dorthin gehen, wo ich wohne, für den Fall, daß man mich beschreiben kann. Vermutlich würde ich mich irgendwo verstecken, vielleicht in Nord-Philly.

Wenn ich so weit komme. Vielleicht auch in der Innenstadt. Ich könnte mir ein paar Plätze vorstellen.«

»Erstellen Sie eine Liste«, wies Hobbs ihn an.

»Ich möchte eigentlich gern selbst nach diesem Kerl suchen, Sergeant«, sagte McFadden.

Hobbs blickte ihn zweifelnd an.

»Ich werde nicht meine Tarnung versauen, Sergeant«, fuhr McFadden fort. »Ich könnte nach ihm suchen, ohne das zu tun.«

»Sie können Lieutenant Pekach sagen, wenn er Sie für eine Weile entbehren kann, könnten Sie vielleicht nützlich für Detective Washington sein«, sagte Hobbs. »*Wenn* Detective Washington Sie haben will.«

»Danke«, sagte McFadden. »Ich werde ihn sofort fragen, wenn ich wieder im Büro bin.«

»Jason Washington hat den Fall?« fragte Sergeant DeConti.

Hobbs nickte. Er nahm das Telefon und wählte eine Nummer.

»Gefangenentransport, Corporal Delzinski«, meldete sich jemand.

»Hier spricht Sergeant Hobbs, Mordkommission, Corporal. Wenn ein Wagen vom Sechsten Distrikt . . .«

»Da ist gerade einer eingetroffen, Sergeant«, unterbrach Delzinski.

»Sobald sie Ihren Gefangenen ausgeladen haben, schicken Sie ihn zum Rundhaus, Abteilung Strafregister«, sagte Hobbs. »Ich habe einen Gefangenen, der zum Rauschgiftderzernat transportiert werden muß. Sie werden den Wagen danach wahrscheinlich entlausen müssen, aber es läßt sich nicht ändern.«

DeConti lachte.

»Wir haben viel Zeit und Geld investiert, um einen glaubwürdigen Scheißer aus Ihnen zu machen, McFadden«, sagte Hobbs. »Ich möchte nicht, daß all dies für die Katz war.«

»Ich verstehe, Sir«, sagte McFadden. »Danke.«

Eine Zivilangestellte vom Fotolabor, eine sehr dünne Brünette mit Brille, brachte drei Fotos von Gerald Vincent Gallagher.

»Die Aufnahmen sind noch feucht. Ich weiß nicht, ob ich sie schon in einen Umschlag stecken kann.«

»Ich nehme sie, wie sie sind«, sagte Hobbs. »McFadden, Sie stellen Ihre Liste zusammen, Wenn die Jungs mit dem Gefangenentransporter vom Sechsten Distrikt hier sind, wird Sergeant DeConti Ihnen sagen, daß sie Sie zum Rauschgiftdezernat bringen sollen. Ich werde jemanden schicken, der die Liste bei Ihnen abholt.«

»Jawohl, Sir«, sagte McFadden.

»Danke, Bruder DeConti«, sagte Hobbs. »Es ist immer ein Vergnügen, mit Ihnen zusammenzuarbeiten.«

»Ich hoffe, Sie schnappen den Bastard«, sagte DeConti.

Der Angestellte des Sicherheitsdienstes hob den Schlagbaum nicht, als der blaue Ford LTD davor stoppte. Auch nicht, als der Fahrer hupte. Er ließ den Armleuchter eine volle Minute lang warten und schlenderte dann langsam zum Wagen.

»Kann ich Ihnen helfen, Sir?«

»Hoch mit dem Schlagbaum«, sagte Wohl.

»Stockton Place ist nicht für Durchgangsverkehr geöffnet, Sir«, sagte der Sicherheitsmann.

Wohl zeigte ihm seine Polizeimarke.

»Was ist los, Inspector?« fragte der Sicherheitsmann.

»Nichts besonderes«, erwiderte Wohl. »Kann ich jetzt passieren?«

Louise Duttons gelbes Kabrio, jetzt mit geschlossenem Verdeck, parkte straßenabwärts.

Als der Schlagbaum oben war, fuhr Wohl langsam über die Kopfsteinpflasterstraße und stoppte hinter dem Kabrio. Wohl schaute sich neugierig um. Er hatte gar nicht gewußt, daß es diesen Platz gab, obwohl sein Büro nur ein Dutzend Blocks entfernt war.

Stockton Place sah, abgesehen von den Wagen, die am Straßenrand parkten, wie vor zweihundert Jahren aus, als diese Häuser erbaut worden waren.

Er stieg aus dem Wagen und ging zur nächsten Haustür. Dort konnte er keine Türklingel entdecken, und nach einer Weile erkannte er, daß es gar keine Tür zum Öffnen, sondern eine Fassade war. Er trat zurück, lächelte mehr amüsiert als verlegen und schaute nach den Türen rechts und links. Neben der linken Tür gab es Klingeln. Es waren drei, und auf einem Schildchen stand DUTTON.

Er sah, daß die Tür einen Spalt offenstand, und schob sie auf.

Dahinter war eine kleine Halle. Rechts befanden sich Briefkästen, weitere Klingelknöpfe und ein Telefon. Auf einer Tür neben den Briefkästen waren ein großes ›C‹ aus Messing und ein Namensschild angeschraubt, auf dem ›Jerome Nelson‹ stand.

An der anderen Wand gab es drei identische Türen. Jede hatte ein Schild: TREPPE, AUFZUG, SERCIVE.

Wenn ›C‹ das Erdgeschoß war, sagte sich Wohl, dann war ›A‹ das Obergeschoß. Er öffnete die Tür mit dem Schild AUFZUG und fand eine offene Liftkabine dahinter. Er drückte auf den Knopf ›A‹. Eine Tür schloß sich, leise Musik ertönte, und der Aufzug fuhr aufwärts. Dann stoppte der Aufzug, und Wohl sah eine andere Tür vor sich, mit Schloß und Spion und Klingelknopf. Er drückte auf die Klingel und hörte leises Glockenspiel.

»Wer immer es ist, Jerome«, sagte Louise Dutton, »schicken Sie ihn weg.«

Jerome ging schnell zur Tür, stellte sich auf die Zehenspitzen und spähte durch den Spion. Er sah einen gutaussehenden, elegant gekleideten Mann.

Jerome zog die Tür auf.

»Ich bedaure«, sagte er, »aber Miss Dutton empfängt keinen Besuch.«

»Sagen Sie bitte Miss Dutton, daß Peter Wohl mit ihr sprechen möchte.«

»Einen Moment, bitte«, sagte Jerome.

Er ging in die Wohnung.

»Ein sehr gut aussehender Mann namens Peter Wohl«, sagte er so laut zu Louise Dutton, daß Wohl es hören konnte. Er lächelte.

»Das ist ein Polizist.« Louise ging zur Tür.

Louise Dutton trug einen Bademantel, nein, einen *Morgenrock*, korrigierte sich Wohl, und sie hielt eine Zigarette und ein Glas mit Alkoholischem in den Händen.

»Ah, Sie sind das«, sagte sie. »Kommen Sie herein.«

»Guten Tag, Miss Dutton«, sagte Wohl höflich.

Sie war leicht beschwipst. Es wurde ihm klar, daß etwas Erotisches an ihrem Aussehen war. Das war zum Teil darauf zurückzuführen, daß ihre Brustspitzen gegen den dünnen Stoff des Morgenrocks – es war vermutlich Seide – stießen, aber das war es nicht allein.

»Es freut mich, daß Sie wohlbehalten zu Hause eingetroffen sind«, sagte Wohl.

»Das habe ich Ihnen zu verdanken«, sagte Louise. »Ich war aufgeregter, als ich dachte, und hätte nicht fahren können.«

»Ich habe Miss Dutton soeben zu einem langen heißen Bad überredet«, sagte Jerome. »Und ich verschrieb ihr einen *steifen* Drink.« Er hielt die Hand hin. »Ich bin Jerome Nelson, ein Freund der Familie.«

»Ich bin Inspector Peter Wohl.« Er ergriff die Hand. »Guten Tag, Mr. Nelson.«

»Sie sehen gar nicht wie ein Polizist aus, wenn ich das bemerken darf«, sagte Jerome Nelson.

»Das hört man gern, wenn man einer ist«, erwiderte Wohl. »Wie sehe ich denn Ihrer Meinung nach aus?«

Jerome legte den Zeigefinger an die Wange, neigte den Kopf und musterte Wohl.

»Ich weiß es einfach nicht. Vielleicht wie ein Börsenmakler. Ein *erfolgreicher* Börsenmakler. Ihr Anzug ist einfach *Spitze.*«

»Miss Dutton, man erwartet Sie im Präsidium«, sagte Wohl.

»Was heißt das?«

»Das heißt, daß ich Sie gern dorthin begleiten würde. Man will Ihre Aussage, und ich glaube, man wird Ihnen einige Fotos zeigen. Und dann werde ich dafür sorgen, daß Sie hierher zurückgebracht werden.«

»Hat das noch fünf Minuten Zeit?« fragte Louise. »Ich möchte sehen, was Cohen bringt.«

»Wie bitte?«

»Es ist Zeit für ›Nine's News‹,« erklärte sie.

»Oh.«

»Kann ich Ihnen etwas zu trinken anbieten?« fragte Jerome.

»Ja, danke«, sagte Wohl. »Haben Sie einen Scotch?«

»Aber klar doch«, sagte Jerome freudestrahlend.

Louise öffnete die Tür eines Ahornschrankes, und Wohl sah einen Fernseher mit großem Bildschirm. Sie schaltete ihn an, während sie – immer noch vorgeneigt, so daß Wohl einen guten Blick auf ihre nackten Brüste hatte – ihn anschaute und auf das Bild wartete.

»Wenn dem Typ in der Serie Dragnet, Sergeant Friday, etwas zu trinken angeboten wird, würde er sagen: ›Nein, Ma'am, ich bin im Dienst‹,« sagte Louise Dutton.

»Ich bin nicht Sergeant Friday«, erwiderte Wohl lächelnd.

Sie ist beschwipst und sich nicht bewußt, daß ihr Morgenrock aufklafft. Oder ist ihr die Nacktheit gleichgültig wie einem Flittchen?

Das ist eine interessante Möglichkeit. Sie gabelt offenbar keine Männer auf der Straße auf, aber ich bezweifle, daß sie mit ihrem Lächeln im Fernsehen genügend Geld verdient, um sich diese Luxuswohnung leisten zu können. Ist sie die Mätresse irgendeines hohen Tiers in mittleren Jahren, die ihm außerhalb seiner Termine zu Verfügung steht und sich zwischendurch mal mit Dutch vergnügte?

Und wer ist Jerome? Der Freund der Familie?

Bild und Ton des Fernsehers waren da. Louise drehte den Ton lauter und trat zurück. Jerome tippte Wohl auf die Schulter und überreichte ihm ein Glas mit Scotch.

Auf dem Bildschirm war Louise Duttons altes Kabrio zu

sehen, das mit einem Polizisten am Steuer den Parkplatz des Waikiki Diner verließ.

Eine Frauenstimme sagte: »Dies ist eine Sondermeldung von ›Nine's News‹. Ein Captain der Polizei von Philadelphia starb heute nachmittag, als er einen Überfall verhinderte. Die Mitmoderatorin von Nine's News‹, Louise Dutton, war Augenzeugin. Alle Einzelheiten in ›Nine's News‹ um achtzehn Uhr.«

Das Firmenzeichen des Senders erschien auf dem Bildschirm. Eine Männerstimme sagte: »WCBL-TV, Channel nine, Philadelphia. Es ist achtzehn Uhr.«

Das Logo der ›Nine's News‹ wurde eingeblendet und löste sich dann in eine Nahaufnahme des Moderators Barton Ellison auf. Ellison war ein gutaussehender, tiefgebräunter Ex-Schauspieler, der Bühne und Leinwand aufgegeben hatte, um Fernsehjournalismus zu machen, hauptsächlich weil er über zwei Jahre lang keine Rolle mehr erhalten hatte.

»Louise Dutton ist heute abend nicht bei mir im Studio«, sagte Barton Ellison mit seiner tiefen, geschulten Schauspielerstimme und schaute in die Kamera. »Sie wollte mit mir diese Sendung moderieren. Aber sie war Augenzeugin bei der Schießerei, bei der Captain Richard C. Moffitt von der Philadelphia Highway Patrol heute nachmittag ums Leben kam. Sie kennt das Gesicht des Gangsters, der zu diesem Zeitpunkt noch auf freiem Fuß ist. Louise Dutton steht unter Polizeischutz. Alle Einzelheiten und exklusiver Filmbericht in ›Nine's News‹ nach diesen Nachrichten.«

Es folgten zwanzig Sekunden, in denen Louise beim Waikiki Diner zu ihrem Wagen begleitet und dann von einem Polizisten hinter einem Streifenwagen her vom Parkplatz gefahren wurde. Dann war ein lachendes Baby auf dem Bildschirm zu sehen, als ein Werbespot für Wegwerfwindeln begann.

»Dieser Mistkerl!« stieß Louise Dutton hervor. Sie schaute Wohl an. »Ich habe nichts damit zu tun.«

»Ich verstehe nicht«, sagte Wohl.

»Ich habe ihm nicht gesagt, ich stünde unter Polizeischutz«, ereiferte sich Louise.

»Oh.« Wohl verstand nicht, warum sie sich so aufregte. Er trank einen Schluck Scotch. Er wußte nicht, welche Marke es war, aber es war ein guter.

Der Wegwerfwindel-Reklame folgte Werbung für einen Kinofilm, der später am Abend zum erstenmal im Fernsehen gezeigt wurde, und dann ein Werbespot für ein Bohnerwachs, das offenbar die Wirkung eines Aphrodisiakums auf abgeschlaffte Ehemänner hatte.

Louise tauchte wieder auf dem Bildschirm auf. Sie blickte in die Kamera.

»Sekunden bevor er tödlich verwundet wurde«, sagte sie, »sagte Captain Richard C. Moffitt: ›Leg die Waffe hin, Sohn. Ich möchte dich nicht erschießen. Ich bin Polizeibeamter‹«.

Captain Moffit traf sich heute am frühen Nachmittag mit mir auf einen Kaffee im Waikiki Diner am Roosevelt Boulevard. Er war besorgt über den Ruf seiner geliebten Highway Patrol, die von einigen Leuten abfällig als ›Carlucci's Commandos‹ bezeichnet wird. Er hatte soeben gerade zu erklären begonnen, was die Highway Patrol macht und warum und wie, als er einen blassen, jungen Mann sah, der die Frau an der Kasse mit einer Schußwaffe bedrohte. Captain Moffitt war nicht im Dienst und trug Zivilkleidung, aber er war Polizist, und ein Überfall fand statt, und es war seine Pflicht einzugreifen. Während einer Zeitspanne von dreißig Sekunden, vielleicht sogar länger, hätte Captain Moffitt den Gangster erschießen können, aber er gab ihm eine Chance: ›Leg die Waffe hin, Sohn. Ich möchte dich nicht erschießen müssen.‹ Diese humane Geste kostete Richard C. Moffitt das Leben. Und Moffitts drei Kinder ihren Vater. Und Moffitts Ehefrau ihren Mann. Der Gangster hatte eine Komplizin, eine junge Frau. Sie eröffnete das Feuer auf Moffitt. Ihre Kugeln schlugen in das Restaurant. Außer einer, die Richard C. Moffitt in die Brust traf. Er erwiderte das Feuer und tötete die Angreiferin. Und dann sank er mit verwunderter Miene gegen eine Wand und rutschte daran herunter zu Boden, getötet in Erfüllung seiner Pflicht. Die Polizei sucht den blassen, blonden jungen Mann, der während der Schießerei flüchtete. Ich bin überzeugt, daß die Polizei ihn fassen wird, und ›Nine's News‹ wird sofort von der Festnahme berichten.«

Ein Foto von Dutch Moffitt in Uniform erschien auf dem Bildschirm.

»Captain Richard C. Moffitt«, sagte Louise leise, »sechsunddreißig Jahre alt. Getötet – kaltblütig niedergeschossen und getötet – in Erfüllung seiner Pflicht. Mein Name ist Louise Dutton. Barton?«

Louise trat drei Schritte vor und schaltete den Fernseher aus, bevor Barton Ellison die Moderation fortsetzen konnte. Peter Wohl genoß den Blick in Louises Morgenrock.

»Das war einfach wunderbar«, sagte Jerome Nelson leise. »Ich hätte fast geheult.«

Ich auch, verdammt noch mal, dachte Peter Wohl.

Er schaute Louise an und sah, daß ihre Augen feucht waren.

»Dieser Blödsinn, daß ich unter Polizeischutz stehe, macht die ganze Sache billig«, sagte sie. »Dieser miese Hurensohn!«

Sie schaute Wohl an, als erwarte sie eine Reaktion.

»Das war ziemlich rührend, Miss Dutton«, sagte er.

»Es nutzt Dutch verdammt wenig. Und seiner Frau und seinen Kindern verdammt auch nichts.«

»Fluchen Sie immer so?« hörte sich Wohl zu seinem Erstaunen fragen. Er sprach selten etwas aus, was er nicht vorher sorgfältig überlegt hatte.

Sie lächelte. »Nur wenn ich sauer bin«, sagte sie und verließ das Zimmer.

»Nur Gott weiß, wie lange es dauern wird, bis sie fertig ist«, sagte Jerome Nelson. »Möchten Sie nicht Platz nehmen, Inspector?« Er wies auf einen der vier weißen Ledersessel um einen marmornen Couchtisch.

Trotz Jerome Nelsons Bemerkung brauchte Louise Dutton nicht lange zum Anziehen. Als sie zurückkehrte, stand Wohl auf. Sie forderte ihn mit einer Geste auf, wieder Platz zu nehmen.

»Wenn es Ihnen nichts ausmacht, trinke ich mein Glas leer«, sagte sie.

»Überhaupt nicht«, erwiderte Wohl.

Sie setzte sich in einen Sessel ihm gegenüber und nahm sich eine Zigarette. Wohl peilte verstohlen in ihren Ausschnitt.

»Wie heißen Sie mit Vornamen?« fragte Louise Dutton.

»Peter«, antwortete er und überlegte, was die Frage zu bedeuten hatte.

»Sagen Sie mal, Peter, weiß Ihre Frau von Ihrem ungezügelten Drang, Frauen in den Ausschnitt zu blicken?«

Er spürte, wie ihm das Blut in die Wangen stieg.

»Das ist vielleicht sehr gefährlich«, fuhr Louise fort. »Als ich beim letztenmal erotische Signale von einem Cop empfing, wurde er erschossen.«

Peter Wohl nahm mit gespielter Gelassenheit – was ihm sehr schwerfiel und nicht ganz gelang – sein Glas und trank.

Das Telefon klingelte, als Peter Wohl seine Wohnung betrat. Er wohnte in West Philadelphia an der Montgomery Avenue in einem Drei-Zimmer-Apartment über einer Garage. Es war einst die Wohnung des Chauffeurs gewesen, als das große Haus aus braunem Sandstein (sechzehn Räume) auf anderthalb Morgen Land von einer einzigen Familie bewohnt war. Jetzt gab es sechs Apartments im Haus, die als ›luxuriös‹ beschrieben wurden und die der neue Hausbesitzer nur an Leute vermietete, die weder Kinder noch Haustiere hatten.

Peter nickte und lächelte einigen der Nachbarn zu, wenn er ihnen begegnete, aber er war mit keinem befreundet. Er lehnte freundschaftliche Beziehungen mit Nachbarn aus einer Reihe von Gründen ab, unter anderem wegen der Probleme, die er sah, wenn er sich mit netten jungen Paaren gesellschaftlich einließ, die *cannabis sativa* rauchten und vielleicht andere verbotene Substanzen zu sich nahmen.

Sie auffliegen zu lassen oder nicht, das ist die Frage! Ist es besser, etwas zu unternehmen (eine ernste Warnung auszusprechen und jemandem auf die Finger zu klopfen) oder einfach wegzusehen?

Vielleicht war es noch besser, gar nichts davon zu wissen, indem er höflich Einladungen auf ein paar Drinks oder einen Plausch und wer weiß was sonst ablehnte. Sie glaubten vermutlich, was er ihnen gesagt hatte: daß er für die Stadt arbeitete. Sie sagten sich wohl, daß er Beamter im mittleren Dienst im Liegenschaftsamt oder einer anderen Behörde war. Er war ziemlich überzeugt, daß seine Nachbarn ihn nicht mit ›Bullen‹, ›Polypen‹, der ›Schmiere‹ und anderen herabsetzenden Bezeichnungen für die Cops in Verbindung brachten.

Er hatte zwei der vier Garagen, was bedeutete, daß einige seiner Mietnachbarn ihre Wagen auf der Straße oder auf dem Zufahrtsweg parken oder sich sonstwo eine Garage suche mußten. Drei seiner Nachbarn hatten ihn angesprochen und ihn gebeten, eine seiner beiden Garagen abzutreten, wenn nicht aus Fairneß, dann für Geld.

Er hatte höflich abgelehnt, woraufhin diese Nachbarn sichtlich enttäuscht und ärgerlich gewesen waren.

Das Apartment sah aus, als wäre es für viel Geld von einem Innenarchitekten ausgestattet worden. Die Wände waren weiß; der Teppich war weiß; die Möbel waren modisch, viel Glas und weißes Leder und Chrom. Als er die Wohnung gemietet hatte, war er mit einer Innenarchitektin liiert gewesen und hatte zugegeben, daß er so gut wie nichts von Raumausstattung verstand. Dorothea hatte die Wohnung für ihn gratis ausgestattet und die Möbel und den Teppich mit ihrem Rabatt besorgt.

Dorothea war lange fort. Sie hatten sich gesagt, daß es das vernünftigste und Zivilisierteste war, sich an einen Anwalt zu wenden, der den Fall regelte und festlegte, was ihr vom gemeinsamen ›Ambiente‹ zustand, wie sie es genannt hatte.

Später war ein Männerklub in der Innenstadt eingegangen, und die Einrichtung war versteigert worden. Peter hatte eine kleine Bar aus Mahagoni ersteigert; zwei rote Ledersessel und dazu passende Fußbänke; und ein großes Ölgemälde, das eine wollüstige Nackte zeigte und über fünfzig Jahre die Bar des pleite gegangenen Klubs geschmückt hatte. Dieses Ölgemälde war durch ein fast ebenso großes Kunstwerk an der Wand im

Wohnzimmer ergänzt worden. Das neue Kunstwerk hatte einen Namen (›*Die dritte Nummer*‹), aber Peter hatte es schon ›Die Geilen‹ genannt, bevor die Blüte der Liebe zu Dorothea verwelkt war.

Dorothea, inzwischen hochschwanger, hatte ihn vor Jahren besucht und ihren Anwalt mitgebracht. Der Zweck des Besuchs war die Hoffnung, daß Peter irgend etwas für einen Mandanten des Anwalts ›tun konnte‹, der ebenfalls ein lieber Freund war, dessen Sohn im Besitz von über einem Pfund *cannabis sativa* Acapulco Gold erwischt worden war.

Dorothea hatte sich sogar noch mehr über die Bar, die roten Sessel und das Gemälde aufgeregt als über seine Erklärung, daß er dem Cannabis-Fan nicht helfen konnte. »Wenn du meine Meinung hören willst, hast du das Ambiente *zerstört*, Peter«, hatte Dorothea gesagt, obwohl er ihre Meinung gar nicht hatte hören wollen.

Als Peter jetzt ins Schlafzimmer ging, leuchtete das rote Lämpchen seines Anrufbeantworters. Er schaltete es aus und nahm den Hörer ab.

»Hallo?«

»Wir gehen gleich zum Abendessen aus«, sagte Chief Inspector (im Ruhestand) August Wohl, ohne einleitende Begrüßung mit seiner tiefen, rauhen Stimme. »Und danach besuchen wir Jeannie und Gertrude Moffitt. Deine Mutter meinte, du würdest vielleicht mit uns essen.«

»Ich war früher dort, Dad«, erwiderte Peter. »Gleich nachdem es passierte.«

»Du warst dort?« Chief Inspektor Wohl klang überrascht.

»Ich fuhr nach dem Notruf hin, Dad«, erklärte Peter.

»Wie kam das?«

»Ich war auf dem Roosevelt Boulevard und als erster ranghöchster Beamter am Tatort. Ich verpaßte Jeannie im Nazareth Hospital, aber ich sah sie dann bei ihrem Haus.«

»Aber das war im Dienst«, wandte August Wohl ein. »Heute abend treffen sich Freunde. Du und Dutch, ihr wart befreundet.«

»Es würde schlecht aussehen, wenn du heute abend nicht mit zu Jeannie gehen würdest«, meldete sich Mrs. Olga Wohl über den Nebenanschluß. »Wir kennen die Moffitts unser Leben lang. Und bei der Beerdigung werden so viele Leute sein . . .«

»Ich werde versuchen, später vorbeizuschauen, Mutter«, sagte Peter. »Ich habe mich zum Abendessen verabredet.«

»Mit wem, wenn ich fragen darf?«

Peter gab keine Antwort.

»Hast du irgendwas über den Fall erfahren, Peter?« fragte Chief Inspector Wohl.

»Die Frau, die Dutch erschoß, war eine Rauschgiftsüchtige. Es gibt eine Akte über sie und den Komplizen, ebenfalls ein Junkie. Ich denke, er wird in ein paar Tagen geschnappt werden. Es würde mich nicht überraschen, wenn sie ihn schon haben. Mein Anrufbeantworter blinkt. Ein Detective namens Jason Washington hat den Fall . . .«

»Ich kenne ihn«, unterbrach August Wohl.

»Ich bat ihn, mich auf dem laufenden zu halten. Wenn ich etwas erfahre, informiere ich dich sofort.«

»Warum sollte er dich auf dem laufenden halten?« fragte August Wohl.

»Weil mich der Commissioner beauftragt hat, bei der Lady vom Fernsehen meinen Charme spielen zu lassen.«

»Ich habe die Sendung gesehen«, sagte August Wohl. »Ist die Blonde wirklich eine Augenzeugin?«

»Ja. Sie identifizierte soeben das tote Mädchen und den Komplizen, der flüchtete. Positiv. Ich war dabei, als sie die beiden identifizierte. Der Junge heißt Gerald Vincent Gallagher.«

»Weißer?«

»Ja. Die Frau ebenfalls. Ihr Name ist Schmeltzer. Ihr Vater besitzt einen Lebensmittelladen bei der Lincoln High School.«

»Mein Gott, den kenne ich«, sagte August Wohl.

»Dad, ich sollte mir anhören, wer anrief«, sagte Peter.

»Er wird bei Marshutz & Sons aufgebahrt«, sagte Peters Mutter. »Im Grünen Raum. Ich sprach mit Gertrude Moffitt.«

»Ich werde natürlich dort sein, Mutter«, sagte Peter.

»Peter«, sagte Chief Inspector im Ruhestand August Wohl nachdenklich. »Vielleicht wäre es eine gute Idee, wenn du bei der Beerdigung deine Uniform trägst.«

»Was?« fragte Peter überrascht. Staff Inspectors tragen fast nie Uniform.

»Es wird Gerede geben, wenn du heute abend nicht in Moffitts Haus bist . . .«

»Ganz bestimmt wird es Gerede geben«, warf Peters Mutter ein.

»Die Leute lieben Klatsch«, fuhr August Wohl fort. »Laß sie nicht darüber tratschen, warum du heute abend nicht zu den Moffitts kommst, sondern darüber, daß du in Uniform bist.«

»Das klingt ziemlich gewunden, Dad.«

»Entweder bist du heute abend mit seinen anderen engen Freunden im Haus, oder du trägst Uniform bei der Beerdigung«, sagte Chief Inspector im Ruhestand August Wohl. »Beides ist eine Geste der Ehrerbietung.«

»Ich weiß nicht, Dad«, sagte Peter.

»Mach, was du willst.« Dann war die Leitung tot.

Er ist wütend, dachte Peter Wohl. *Er gab mir einen Rat, und ich nahm ihn nicht an. Und vermutlich hat er recht. Man wird nicht Chief Inspector, ohne die geheimen Riten bei der Polizei zu kennen.*

Es war nur eine Nachricht auf dem Anrufbeantworter.

»Dennis Coughlin, Peter. Sie haben das hervorragend mit dieser Fernsehfrau hingekriegt. Es war sehr rührend, was sie im Fernsehen sagte. Der Chef sah es ebenfalls. Ich nehme an, Sie wissen – Matt Lowenstein sagte, er sprach mit Ihnen –, daß der Commissioner Sie weiterhin an der Sache dranhaben will. Keiner von uns möchte, daß etwas Peinliches passiert. Rufen Sie mich an, notfalls zu Hause, wenn Sie etwas erfahren.«

Als das Band zurückspulte, blickte Peter auf seine Armbanduhr.

»Verdammt!«

Peter zog sein Jackett aus, legte das Schulterholster ab und knöpfte sein Hemd auf. Es blieb keine Zeit zum Duschen. Er war bereits zu spät dran. Er ging ins Badezimmer und klatschte sich Jamaica Bay Eau de Cologne mit der Limonenfrische auf die Hände und dann aufs Gesicht. Dann schnüffelte er an seinen Achseln und setzte noch einmal die Limonenfrische ein.

Er zog sich schnell um: hellblauer Rollkragenpullover, dunkelblaue Hose, Freizeitschuhe und kastanienbrauner Blazer über dem Schulterholster. Dann setzte er einen Strohhut auf. Er betrachtete sich im Spiegel der Schiebetür des Schlafzimmerschranks.

»Junge, du siehst umwerfend aus, du schöner Teufel, du!« murmelte er vor sich hin.

Dann eilte er die Treppe hinunter, schloß das Vorhängeschloß eines der Garagentore auf und öffnete das Tor. Er ging in die Garage.

Ein paar Sekunden später tauchte ein 1950er Jaguar XK-120 Roadster langsam aus der Garage auf. Der Wagen sah neu aus, obwohl er so alt war. Er hatte gräßlich ausgesehen, als Peter ihn gekauft hatte. Seither hatte er viel Geld und Zeit darin investiert. Sogar seine Mutter schätzte, was er geschafft hatte. Es war jetzt ›der süße kleine Sportwagen‹, anstatt, ›diese schäbige alte Schrottkarre‹.

Er fuhr beträchtlich schneller als erlaubt über die Lancaster Avenue nach Belmont und dann zum Pennsylvania Psychiatric Institute. Dort wartete auf ihn Barbara Crowley, staatlich geprüfte Krankenschwester, eine große schlanke Siebenundzwanzigjährige, die ihr blondes Haar im Pagenschnitt trug. Sie lächelte, als das offene Kabrio bei ihr stoppte.

Aber sie war sauer, das wußte er, weil er sich verspätet hatte und weil er den Jaguar fuhr. Sie verbarg ihren Ärger, weil sie so sehr erpicht war wie er, einen Partner zu finden.

»Ich sehe, wir sind heute sportlich«, sagte Barbara, als sie einstieg.

»Es tut mir leid, daß ich mich verspätet habe. Ich werde mich bessern, wenn du mir eine Chance gibst.«

»Ist in Ordnung«, sagte sie.

Impulsiv und obwohl er wußte, daß er mit dem Rollkragen

nicht dafür gekleidet war, entschloß er sich, zum Ristorante Alfredo zu fahren. Er mußte damit rechnen, daß irgendein eingebildeter Kellner, der noch vor einem halben Jahr in einem Slum in Neapel gelebt hatte, hochmütig die Nase über ihn rümpfte.

Es war schon unangenehm, bevor er so weit kam.

Im Parkhaus machte ihm ein Punker mit Aknegesicht Schwierigkeiten, weil er den Jaguar selbst parken wollte. Er hatte ein Jahr gebraucht, um einen makellosen rostfreien rechten vorderen Kotflügel für den XK-120 zu finden, und nachdem er ihn eingebaut und den ganzen Wagen neu gespritzt hatte, war der Kotflügel von einem Parkwächter, der wie der Onkel dieses Idioten ausgesehen hatte, an der Zementwand eines Parkhauses verschrammt worden. Seither parkte er den Jaguar selbst.

Die Szene verärgerte Barbara noch mehr, obwohl er das Problem mit Geld löste, um sie hinter sich zu bringen.

7

Als Barbara Crowley sah, daß Peter Wohl sie ins Ristorante Alfredo führen wollte, protestierte sie.

»Peter, das ist so teuer!«

Sie klingt wie meine Mutter, dachte Peter.

»Nun, ich werde einfach meiner Ex-Frau die Alimente kürzen«, sagte er und öffnete die Tür des Ristorante Alfredo. »Und ich werde ihr sagen, die Kinder sollen sich einen Job suchen.«

Barbara fand das nicht lustig, das war ihr anzusehen. Es gab keine Ex-Frau und keine Kinder, aber das war nichts, über das man nach Barbaras Ansicht scherzen sollte, besonders nicht, wenn jemand es hören konnte und vielleicht für bare Münze nahm. Sie hatte es schon nicht lustig gefunden, als er beim letztenmal diesen kleinen Scherz gemacht hatte, und nach ihrer Miene zu schließen, ärgerte sie sich jetzt noch mehr darüber.

Der Oberkellner, ein großer, grauhaariger Signore, hatte Peter Wohls Scherz gehört.

»Haben Sie reserviert, Sir?« fragte er.

»Nein, aber es sieht nicht aus, als hätten Sie viele Reservierungen«, sagte Peter und wies durch das halb leere Restaurant.

Der Oberkellner blickte zur Bar, wo ein Mann Anfang Dreißig saß. Er trug einen eleganten, teuren Anzug, und sein schwarzes Haar war perfekt gestylt und verbarg fast erfolgreich einen rapide zurückgehenden Haaransatz.

Sein Name war Ricco Baltazari, und die Lizenzen für Restaurant und Bar waren auf seinen Namen ausgestellt. Der eigentliche Besitzer war ein Mann namens Vincenzo Savarese, der aus steuerlichen Gründen und weil es für einen Vorbestraften schwierig war, eine Lizenz für den Ausschank alkoholischer Getränke zu erhalten, Baltazari vorgeschoben hatte.

Ricco Baltazari hatte die ganze Konfrontation beobachtet. Er hätte nichts lieber getan, als den verdammten Bullen mit einem Tritt in den Hintern aus dem Lokal zu werfen – welche Unverschämtheit, dieses Spitzenlokal ohne Krawatte aufzusuchen! –, aber mit einer kaum sichtbaren Kopfbewegung signalisierte er dem Oberkellner, daß er Wohl einen Tisch geben sollte. Es war besser, Ärger mit einem verdammten Bullen zu vermeiden, und dieser verdammte Bulle war ein Inspector, und Mr. Savarese aß hinten im Restaurant mit seiner Frau und deren Schwester zu Abend, und es war besser, nichts zu tun, was sie stören konnte.

Außerdem hatte er im *Gentlemen's Quarterly* gelesen, daß Rollkragen ein Comeback feierten. Der verdammte Bulle trug kein *Hemd* ohne Krawatte. Ein Rollkragenpullover war etwas anderes.

»Spaghetti und Fleischklößchen?« fragte Peter, als sie an einem Tisch saßen, der mit weißer, gestärkter Decke gedeckt war und auf dem es eine beeindruckende Sammlung von Kristall und Silber gab, und der Oberkellner große Speisekarten überreichte. »Oder vielleicht Lasagne? Oder möchtest du, daß ich dem Kellner ein paar Dollar gebe und ihn ›Santa Lucia‹ singen lasse, während du dich entscheidest?«

Barbara fand das ebenfalls kein bißchen lustig.

»Ich weiß nicht, weshalb du in solche Lokale gehst, wenn du sie nicht magst.«

»Die Mafia serviert das beste Essen in Philadelphia«, sagte Peter. »Ich dachte, jeder weiß das.«

Barbara entschied sich, diese Worte zu ignorieren.

»Nun, alles auf der Karte klingt gut«, sagte sie mit einem gezwungenen Lächeln.

Wohl schaute Barbara an, statt die Speisekarte. Er wußte, was er essen würde: zuerst Venusmuscheln und dann Kalbfleisch Marsala.

Sie ist ein gutaussehendes Mädchen, dachte er. *Intelligent. Sie hat einen guten Job. Sie toleriert mich sogar, was heißt, daß sie mich vielleicht versteht. Auf einer Skala von eins bis zehn ist sie im Bett eine Acht. Ich sollte sie heiraten, irgendwo ein Haus kaufen und Babys aufziehen. Aber das will ich nicht.*

Barbara fragte ihn, was er nehmen würde, und er sagte es ihr, und sie fand das prima und würde das gleiche nehmen.

»Laß uns eine Flasche Wein bestellen«, sagte Peter, klappte die Weinkarte auf und wählte einen italienischen Wein, an dessen Namen er sich erinnerte. Er zeigte Barbara den Namen auf der Karte und fragte sie, ob sie damit einverstanden war. Sie war es.

Vielleicht braucht sie, um mich anzumachen, etwas mehr Pfeffer, dachte Peter, *etwas weniger Duldsamkeit und Verständnis.*

Sie hatten fast die Flasche Wein getrunken, und Peter hatte die Hälfte des Kalbfleischs Marsala verzehrt, als er aufblickte und sah, daß Vincenzo Savarese an den Tisch trat.

Vincenzo Savarese war dreiundsechzig Jahre alt. Seine wenigen verbliebenen Haare waren weiß und zurückgekämmt. Sein Gesicht hatte Aknenarben. Er trug einen zweireihigen braunen Nadelstreifenanzug, und seine Krawattennadel war mit Diamanten besetzt. Zwei fast gleich aussehende Frauen in schwarzen Kleidern folgten ihm, seine Frau und deren Schwester.

Vincenzo Savareses Name stand fast ganz oben auf der Liste von bekannten Mitgliedern des organisierten Verbrechens, die im Polizeipräsidium von Philadelphia bei der Abteilung Organisiertes Verbrechen an der Wand hing.

»Ich möchte Sie nicht beim Essen stören, Inspector«, sagte Vincenzo Savarese. »Bleiben Sie nur sitzen.«

Wohl erhob sich, sagte jedoch nichts.

»Ich wollte Ihnen nur sagen, daß wir hörten, was mit Captain Moffitt geschah, und daß wir es bedauern«, sagte Vincenzo Savarese.

»Ich empfinde tiefes Mitleid mit seiner Mutter«, sagte eine der beiden Frauen.

Wohl war sich nicht sicher, ob es Savareses Frau oder Schwägerin war. Er schaute die Frau an und sagte, »Danke.«

»Ich war bei den Exerzitien mit Mrs. Moffitt, der Mutter«, fuhr die Frau fort. »Wir empfingen das heilige Abendmahl.«

Wohl nickte.

Savarese nickte ebenfalls, ergriff die Frau am Arm und führte sie aus dem Restaurant.

»Wer war das?« fragte Barbara Crowley.

»Vincenzo Savarese«, sagte Wohl. »Der Besitzer dieses Restaurants.«

»Sagtest du nicht, es gehört der Mafia?«

»So ist es«, sagte Wohl.

»Und warum tat er das dann?«

»Er meinte es vielleicht, wie er es sagte, auf seine perverse Art«, sagte Wohl. »Er betrachtete Dutch vielleicht als Ehrenmann. Der Mob hält viel von Ehre.«

»Ich sah die Sendung im Fernsehen«, sagte Barbara.

Er schaute sie an.

»Über Captain Moffitt. Ich wollte das nicht zur Sprache bringen, solange du nicht davon redest. Aber ich nehme an, das war falsch, nicht wahr?«

»Ich wüßte nicht, daß etwas falsch war«, sagte Wohl.

»Du sollst recht haben, Peter«, sagte Barbara.

»Nein, sag mir, was war falsch?«

»Du trägst einen Rollkragenpullover, und du fährst den Jaguar«, sagte sie. »Das tust du immer, wenn bei der Arbeit etwas schiefgeht. Es ist wie – wie ein *Symbol* dafür, daß du kein Polizist sein willst. Wenigstens nicht zu diesem Zeitpunkt. Und dann legtest du dich mit dem Jungen an, der deinen Wagen parken wollte, und dann hier mit dem Oberkellner . . .«

»Das ist sehr interessant.«

»Jetzt tut es mir leid, daß ich das gesagt habe.«

»Nein, ich finde es wirklich interessant. Ich wußte nicht, daß ich so leicht zu durchschauen bin.«

»Ich kenne dich ziemlich gut, Peter«, sagte Barbara.

»Möchtest du wissen, was mir wirklich zu schaffen macht?« fragte er.

»Nur wenn du es mir sagen willst.«

»Meine Eltern riefen an, kurz bevor ich losfuhr, um dich abzuholen«, sagte er. »Sie sagten mir, ich sollte heute abend Jeannie Moffitt besuchen. In ihrem Haus sind heute abend die Freunde. Übermorgen ist die Beisetzung. Und sie haben natürlich recht. Ich sollte hinfahren, aber ich wollte es nicht und tat es nicht.«

»Du warst mit Dutch Moffitt befreundet«, sagte Barbara. »Warum willst du dann nicht hin?«

»Habe ich dir erzählt, daß ich auf den Notruf hin zum Tatort fuhr?«

»Du warst dort?« Barbara wirkte mehr mitfühlend als überrascht.

Peter nickte. »Ich war nur ein paar Blocks entfernt. Als ich am Tatort eintraf, hockte Dutch noch zusammengesunken an der Wand des Waikiki Diner.«

»Du hast mir nichts davon erzählt«, sagte Barbara. Es war mehr die Feststellung einer Tatsache als ein Tadel, wie Peter fand.

»Es gibt eine Augenzeugin, diese Frau von Channel nine, Louise Dutton«, sagte Peter.

»Ich habe sie gesehen. Als sie im Fernsehen darüber sprach.«

»Ich nehme an, sie hatte etwas mit Dutch«, sagte Peter. »Ich würde darauf wetten.«

»O Gott«, sagte Barbara. »Und wird es herauskommen? Wird seine Frau es erfahren?«

»Nein, das bezweifle ich«, sagte Peter Wohl. »Der Polizeichef hat den hervorragenden Staff Inspector Peter Wohl beauftragt, dafür zu sorgen, daß sich nichts Peinliches entwickelt.«

»Du meinst, der Polizeichef weiß über die Sache mit Captain Moffitt und dieser Frau?«

»Staff Inspector Peter Wohl, der stets das Beste für die Polizei von Philadelphia im Sinn hat, erzählte es ihm«, sagte Peter.

Barbara Crowley legte ihre Hand auf seine.

»Ich sollte dir das vielleicht nicht sagen, aber einer der Hauptgründe, weshalb ich dich mag, ist die Tatsache, daß du ein moralischer Mann bist, Peter. Du weißt wirklich, was richtig und falsch ist.«

»Und die ganze Zeit dachte ich, der Hauptgrund, weshalb du mich magst, wäre mein Jaguar«, sagte Peter.

»Ich hasse deinen Jaguar«, sagte Barbara.

»Ich trage mehr oder weniger unbewußt den Rollkragenpullover und fahre den Jaguar, weil ich damit nicht die Rolle des trauernden Freundes der Familie Moffitt spielen kann.«

»Ich dachte, du wolltest mich vielleicht nicht mitnehmen«, sagte Barbara.

»Du wolltest doch nicht dorthin mitkommen.«

»Stimmt, aber das wußtest du nicht.«

Als er sie überrascht anschaute, fuhr Barbara fort: »Du kannst nach Hause fahren und dich umziehen. Ich werde mit dir hinfahren, wenn du das möchtest. Wenn du meinst, ich wäre willkommen.«

»Sei nicht albern, natürlich wärst du willkommen.«

»Die Leute könnten denken, daß ich deine Freundin bin, wenn ich dich dorthin begleite.«

»Das ist doch kein großes Geheimnis, oder?« sagte Peter. »Aber ich möchte mich davor drücken, dorthin zu fahren. Ich nehme an, das macht mich zu einem moralischen Feigling, doch ich möchte einfach nicht Jeannie oder den Kindern in die Augen sehen. Aber ich danke dir, Barbara.«

»Du bist ein ehrlicher Mensch«, sagte Barbara und streichelte über seine Hand. Dann fügte sie hinzu: »Wir könnten zu mir fahren.«

Barbara wohnte in einem Drei-Zimmer-Apartment im obersten Stock eines der roten Backsteinhäuser bei der psychiatrischen Klinik. Das Apartment war groß und komfortabel.

Sie meint wirklich, ich will nicht zu Moffitts Hinterbliebenen, weil ihre Begleitung dorthin für mich ein weiterer widerstrebender Schritt auf unserem langsamen, aber unerbittlichen Marsch zum Altar wäre. Ich habe mich da herausgewunden, und jetzt bietet sie mir Trost an, wie Frauen Männer getröstet haben, seit sie mit Dinosaurierbissen heimkamen.

»Ich denke, ich werde dich nach Hause bringen, mich für mein lausiges Verhalten entschuldigen . . .«

»Sei nicht albern, Peter«, unterbrach Barbara.

»Und dann heimfahren und meine Uniform zurechtlegen, damit ich nicht vergesse, sie am Morgen bügeln zu lassen.«

»Deine Uniform?«

»Dutch wurde in Ausübung seiner Pflicht getötet«, sagte Peter. »Übermorgen wird eine große Zeremonie in der St.-Dominic-Kirche stattfinden. Ich werde dort sein, in Uniform, was – wie meine Eltern hoffen – als Geste der Ehrerbietung gegenüber dem Toten akzeptiert werden und meine schlechten Manieren mildern wird, die ich zeige, indem ich heute abend nicht im Kreis der anderen Freunde bin.«

Er sah einen fragenden Ausdruck in ihren Augen, aber sie stellte die Frage nach kurzem Zögern nicht. Statt dessen sagte sie: »Ich habe dich noch nie in Uniform gesehen.«

»Die ist totschick«, sagte er. »Wenn ich meine Uniform trage, muß ich kämpfen, um meine Unschuld zu behalten. Der Anblick bringt die Frauen in Ekstase.«

»Ich wette, du siehst sehr gut in Uniform aus«, sagte Barbara.

Er hielt nach dem Kellner Ausschau, entdeckte ihn, winkte ihn mit dezenter Geste zu sich und bat um die Rechnung.

Es gab keine Rechnung, erklärte der Kellner. Es war Mr. Savarese ein Vergnügen.

Barbara bestand darauf, mit einem Taxi nach Hause zu fahren. Sie war nicht böse, versicherte sie, aber er war müde und sie war müde. Sie hatten beide einen schlechten Tag gehabt, und morgen gab es viel zu tun, und wenn sie mit dem Taxi fuhr, war das einfacher und vernünftiger. Sie küßte ihn schnell, stieg in ein Taxi und fuhr davon. Er ging zum Parkhaus und holte den Jaguar.

Als er am Steuer saß, bedauerte Peter Wohl, daß er nicht mit Barbara zu ihrem Apartment gefahren war. Er hatte die Erfahrung gemacht, daß es nicht gut war, ein Angebot der Gewährung sexueller Gunst abzulehnen, wenn man mit einer Frau eine gute Beziehung aufrechterhalten wollte. *Sie* konnten Kopfschmerzen oder Migräne haben oder aus irgendeinem anderen Grund vorübergehend nicht einsatzfähig sein, aber das Privileg beruhte nicht auf Gegenseitigkeit. Er hatte vermutlich ihre Gefühle verletzt oder sie verärgert oder beides (wenn sie es auch nicht gezeigt hatte), indem er sie verlassen hatte. Er bedauerte das, denn Barbara war eine gute Frau.

Weniger edel war der Gedanke, daß eine gute Nummer vermutlich genau das war, was ihm ein vernünftiger Arzt für sein derzeitiges Leiden verschreiben würde. Der Anblick von Dutchs zusammengesunkener Leiche hatte ihn mehr mitgenommen, als er zugeben wollte. Und der Blick in Louise Duttons Morgenrock hatte ihn erregt, auch wenn sie ihn dabei erwischt und zum Narren gemacht hatte. Was auch immer man über die Fernseh-Lady sagen konnte und sagen würde, sie hatte wirklich perfekte Titten.

Er war ziellos losgefahren. Als er sich orientierte, sah er, daß er auf der Market Street war, westlich das Schuylkill River, soeben an der Thirtieth Street Station vorüber. Das war nicht weit von Barbaras Adresse entfernt.

Was, zum Teufel, mache ich? Ich will sie heute abend wirklich nicht mehr sehen.

Es wurde ihm klar, daß er ebenfalls nur ein paar Blocks vom Adelphia Hotel entfernt war.

Es gab eine Bar im Adelphia Hotel, in der er von Zeit zu Zeit Damen gesehen hatte, die recht zugänglich gewesen waren, oftmals Gäste des Hotels, die eher während des Aufenthalts in Philadelphia zu einem sexuellen Abenteuer bereit waren als daheim in Pittsburgh; und manchmal waren dort Ladys, die er als Haute-Couture-Bienen bezeichnete. Mitglieder der Schickeria von Philadelphia, die bei der richtigen Mondphase leicht überredet werden konnten, die teuren Modefummel fallen zu lassen.

Und selbst wenn es keine Frauen an der Bar gab, war es dort schummrig, er war den Barkeepern nicht als Bulle bekannt, und da spielte ein guter Typ auf dem Klavier.

Er würde sehen, was sich ganz natürlich entwickelte. Das schlimmstmögliche Szenario würde der völlige Mangel an verfügbaren Frauen sein. In diesem Fall würde er ein paar Scotch kippen, sich das Klavierspiel anhören und dann tun, was er vermutlich ohnehin hätte tun sollen – heimfahren. Er mußte wirklich daran denken, seine Uniform aus dem Kleiderbeutel im Schrank zu holen und am Morgen bügeln zu lassen.

Seine Augen hatten sich noch kaum an die schummrige Beleuchtung in der Bar gewöhnt, als er eine männliche Stimme hörte: »Darf ich Ihnen einen ausgeben?«

Er wandte sich um und sah, wer das Angebot gemacht hatte. Das Gesicht kam ihm vertraut vor, aber ihm fiel der Name des jungen Mannes nicht sofort ein.

»Sie sind es doch, Inspector? Ich meine – Sie sind Inspector Wohl, nicht wahr?«

Jetzt erkannte er den jungen Mann wieder. Dutchs Neffe. Er hatte den Jungen an diesem Nachmittag vor Dutchs Haus gesehen.

»Lassen Sie mich einen ausgeben«, sagte Wohl lächelnd und gab ihm die Hand. »Matt Moffitt, richtig?«

»Matt Payne«, sagte der Junge. »Ich wurde adoptiert.«

»Ja, ich hörte so was«, sagte Wohl. »Verzeihung.«

»Kein Problem«, sagte Matt.

Der Barkeeper blickte Wohl fragend an.

»Ich weiß nicht, was er möchte«, sagte Wohl, »aber ich nehme einen Johnnie Red und Soda.«

»Für mich das gleiche«, sagte Matt.

»Sind Sie alt genug?« fragte der Barkeeper. »Haben Sie einen Führerschein?«

Matt gab ihm den Führerschein. Der Barkeeper betrachtete ihn zweifelnd und fragte Matt dann nach seinem Geburtsdatum. Schließlich zuckte er mit den Schultern und ging, um das Bestellte zu holen.

»Sie verlieren sonst ihre Lizenz«, sagte Wohl. »Die Fragerei können Sie ihnen nicht übelnehmen.«

Als der Barkeeper die Getränke brachte, legte Matt einen Zwanzig-Dollar-Schein auf die Bar.

»He, ich bezahle«, sagte Wohl.

»Es ist mir ein Vergnügen«, sagte Matt Payne. Er nahm sein Glas, hob es an und sagte: »Auf Dutch.«

»Auf Dutch«, wiederholte Wohl und hob ebenfalls sein Glas.

»Ich komme soeben von den Moffitts«, sagte Matt. »Danach brauchte ich was Alkoholisches.«

»Ich hätte dort sein sollen. Aber ich war verhindert«, sagte Wohl. »Konnte nicht fort. Ich werde morgen bei Marshutz & Sons sein.«

»Es war ziemlich schrecklich«, sagte Matt.

»Warum sagen Sie das?« fragte Wohl.

»Die Jungs zum Beispiel, meine Cousins«, sagte Matt. »Es war wirklich hart für sie, den Vater zu verlieren. Und meine Oma ging mir verdammt auf den Geist. Sie war wirklich fies zu meiner Mutter.«

»Warum denn das?« fragte Wohl.

»Meine Oma meint, meine Mutter hätte nach dem Tod meines Vaters eine Berufswitwe werden sollen, wie sie eine ist. Statt dessen heiratete sie meinen Stiefvater.«

»Was ist daran auszusetzen?«

»Sie ist aus der Kirche ausgetreten«, sagte Matt. »Meine Mutter heiratete einen von diesen ›heidnischen‹ Protestanten der Episkopalkirche. Und dann konvertierte meine Mutter und nahm mich mit zu den ›Heiden‹. Und sie ließ mich von meinem Stiefvater adoptieren.«

»Deutschstämmige katholische Mütter dieser Generation haben sehr starre Ansichten«, sagte Wohl. »Ich weiß das, denn ich habe eine. Sie und Gertrude Moffitt sind alte Freundinnen.«

»Sie waren nicht in dem Haus«, sagte Matt, und Wohl war sich nicht sicher, ob es eine Frage oder eine herausfordernde Bemerkung war.

»Ich habe auch einen deutschen, lutherischen Vater«, sagte Wohl, »der mit ihr zurechtkam, bis er – zu Recht – argwöhnte, daß ein Priester versuchte, mich für die Jesuiten zu rekrutieren. Da holte er mich aus der guten alten Saint Joseph School raus und schulte mich auf der Northeast High ein. Sie hat immer noch Hoffnung, daß ich ein gutes katholisches Mädchen kennenlernen werde, das mich in den Schoß der Kirche zurückholen wird.«

Warum habe ich ihm das erzählt? dachte Peter.

»Dann wissen Sie Bescheid«, sagte Matt.

»Ich habe heute abend Jeannie Moffitt nicht besucht, weil ich es nicht wollte«, bekannte Wohl. »Und ich sagte mir, wenn Dutch wirklich von seiner Wolke herunterschaut, würde er es verstehen.«

Matt lachte. »Sie kannten sich gut?«

»Ja, ich kannte ihn sehr gut, das ganze Leben lang, aber wir waren keine Busenfreunde. Dutch war bei der Highway Patrol, und das ist eine eigene Lebensphilosophie. Sie denken, keiner sonst ist ein richtiger Cop. Vielleicht noch die Jungs vom Organisierten Verbrechen oder vom Nachrichtendienst, aber bestimmt kein Staff Inspector. Ich nehme an, daß Dutch mich tolerierte. Ich war in der Highway Patrol, auch wenn ich später den seiner Meinung nach falschen Weg einschlug.«

»Sie waren dort. Wo er erschossen wurde, meine ich. Das hörte ich.«

»Ich war in der Nähe und reagierte auf den Notruf.«

»Ich verstehe nicht, was wirklich los war«, sagte Matt. »Er *wußte* nicht, daß er getroffen worden war?«

»Ich bin überzeugt, er wußte es, aber ich bezweifle, daß ihm klar war, wie schwer es ihn erwischt hatte.«

»Sind Sie jemals getroffen worden?« fragte Matt.

»Ja«, antwortete Wohl, und dann wechselte er das Thema. »Wie kommt es, daß Sie hier sind? Im Gegensatz zu einer Kneipe beim Campus zum Beispiel?«

»Ich hörte, daß das Adelphia geschlossen und abgerissen wird«, sagte Matt. »Da dachte ich mir, ich trinke hier was auf die alte Zeit.«

»Es wird abgerissen? Davon wußte ich nichts.«

»Ja, es wird abgerissen, aber das war keine ehrliche Antwort«, sagte Mall. »Als ich das Moffitt-Haus verließ, hatte ich zwei Möglichkeiten. Das Studentenwohnheim oder eine Kneipe in der Nähe. In beiden würden nette Leute sein, die Mitleid mit mir haben . . .«

»Das ist verständlich«, sagte Wohl.

»Nicht wegen meines Onkels Dutch«, sagte Matt. »Davon wissen sie nichts. Sie haben Mitleid, weil ich die ärztliche Untersuchung bei der Musterung nicht bestanden habe und jetzt vom Militärdienst befreit bin. Ich wollte kein Mitleid deswegen, und wenn einer dieser Scheißer gesagt hätte, wie glücklich ich mich preisen kann, dann hätte ich ihn vermutlich zusammengeschlagen.«

»Weshalb sind Sie bei der ärztlichen Untersuchung durchgerasselt? Sagte man das?«

»Etwas mit meinen Augen. Sie sagten, ich werde vermutlich nie Probleme damit haben, aber das U. S. Marine-Corps kann nicht das Risiko eingehen, daß mal irgendwas damit passiert.«

»Ich nehme an, ich zähle zu denjenigen, die Sie für einen Glückspilz halten«, sagte Wohl. »Ich diente bei der Army, als ich die High-School hinter mir hatte. *Ich* ging nicht gleich zur

Polizei wie mein Vater. Ich ging zur Army, und man machte mich zum Militärpolizisten. Sie haben nichts verpaßt, Matt.«

»Ich wollte zum Marine-Corps«, sagte Matt. »Mein Vater war Marineinfanterist. Mein richtiger Vater.«

»Er war auch ein Cop«, sagte Wohl.

»Darüber habe ich auch nachgedacht«, sagte Matt. »Ich habe die Anzeigen in den Zeitungen gesehen.«

»Diese Reklame erscheint in den Zeitungen, weil ein Polizeibeamter beim Start sehr wenig Gehalt erhält«, sagte Wohl. »Wer gerade von der High-School kommt, kann bei irgendeiner Firma arbeiten und viel mehr verdienen. So müssen sie Leute rekrutieren, die den Anforderungen entsprechen und wirklich scharf darauf sind, Cops zu werden, auch wenn das bedeutet, daß sie darauf warten, bis der Stadtrat endlich die hinterherhinkenden Gehälter erhöht.«

»Ich brauche kein Geld«, sagte Matt.

»Jeder braucht Geld«, erwiderte Wohl, überrascht von dieser Bemerkung; sie klang blöde.

»Ich meine, ich habe mehr als genug«, erklärte Matt. »Als mein Vater – ich betrachte ihn als meinen Vater. Mein *richtiger* Vater starb, bevor ich geboren wurde. Als mich mein *Stiefvater* adoptierte, legte er das Geld, das mein leiblicher Vater hinterlassen hatte, das Geld von der Versicherung, für mich an. Mein Vater ist sehr clever. Er machte viel Geld aus der Summe, und als ich einundzwanzig wurde, überschrieb er es mir.«

»Was würde er sagen, wenn Sie zur Polizei gehen? Was würde Ihre Mutter sagen?«

»Oh, es würde ihnen überhaupt nicht gefallen«, sagte Matt. »Mein Vater will, daß ich die Rechtsakademie besuche. Aber ich glaube, meine Eltern würden nichts sagen. Mein Vater würde es vielleicht verstehen.«

Da spricht der Alkohol, dachte Peter Wohl. Der Junge verlor seinen Onkel. Sein Vater wurde im Dienst getötet. Er kommt gerade von Dutchs Haus, wo Denny Coughlin und mein Vater und vielleicht der Polizeichef und sogar der Bürgermeister plus ein Dutzend andere Cops waren und halb besäuselt die Helden-

taten von Dutch Moffitt erzählten. Und die des Vaters dieses Jungen. Wenn er sich morgen früh an diese Unterhaltung erinnert, wird ihm das vermutlich peinlich sein.

Ich bin nicht völlig blau, dachte Peter Wohl, als er den Schlüssel ins Schloß seiner Wohnungstür schob. *Wenn ich volltrunken wäre, dann hätte ich versucht, den Jaguar in die Garage zu fahren. Ich bin noch nüchtern genug, um zu erkennen, daß ich zu blau bin, um zu versuchen, die Schnauze des Jaguars durch das enge Nadelöhr des Garagentors zu fädeln.*

Er war viel länger in der Bar des Hotel Adelphia geblieben, als er vorgehabt hatte, und er hatte weitaus mehr getrunken, als er für gewöhnlich trank. Auf einmal war ihm klargeworden, daß er betrunken war, er hatte Matt Payne die Hand geschüttelt, die Zeche bezahlt, den Jaguar geholt und war nach Hause gefahren.

Ein Psychiater würde sagen, daß seine Trunkenheit eine verzögerte Reaktion auf den Anblick von Dutch Moffitts zusammengesunkener Leiche an der Wand vom Waikiki Diner gewesen war. Das würde auch sein Chef, Chief Inspector Dennis V. Coughlin, sagen. Und auch sein Vater. Sein Vater hatte gewußt, daß er nicht bei dem Treffen im Haus der Moffitts sein würde und warum.

Weder Denny Coughlin noch sein Vater würden etwas von seinem Trinken erfahren. Es waren keine anderen Polizisten im Hotel Adelphia gewesen, und er hatte es geschafft, nach Hause zu fahren, ohne eine Gruppe Nonnen zu überfahren oder gegen einen Hydranten zu donnern.

Gott hält schützend die Hand über Narren und Betrunkene, dachte Peter Wohl, *und ich zähle gewiß zu beiden Kategorien.*

Das rote Lämpchen seines Anrufbeantworters leuchtete stetig. Wenn es Anrufe gegeben hätte, würde es blinken.

Er ging in die Küche, öffnete den Kühlschrank und trank eine angebrochene Literflasche Mineralwasser fast leer, gleich aus der Flasche, woraufhin er dröhnend rülpste.

Dann ging er ins Schlafzimmer und erinnerte sich (von Freude und Stolz erfüllt) daran, daß er seine Uniform aus dem Wäschebeutel im Schrank holen mußte, damit er nicht vergaß, sie am Morgen bügeln zu lassen. Er hatte den Kleiderbeutel gerade auf einen Sessel gelegt und wollte den Reißverschluß aufziehen, als das Telefon klingelte.

Peter blickte auf seine Armbanduhr. Es war fast zwei Uhr. Weder seine Mutter noch Barbara würden so früh am Morgen anrufen. Es war deshalb besser, den Anruf entgegenzunehmen.

Er nahm den Hörer ab.

»Wohl«, sagte er.

»Ich hoffe, ich habe Sie nicht aus dem Schlaf gerissen, Inspector.« Wohl erkannte die Stimme von Lieutenant Louis Natali von der Mordkommission.

»Ich bin soeben eingetroffen, Lou«, sagte Wohl.

»Nun, wenn Sie es im Radio hörten, tut es mir leid, aber ich dachte, Sie wollen es wissen.«

»Ich habe nichts im Radio gehört«, sagte Wohl. »Was habe ich da verpaßt?«

Er ruft an, um mir zu sagen, daß sie den Scheißer geschnappt haben, der Dutch erschossen hat. Das ist nett von ihm.

»Ich versuche, es kurz zu machen«, sagte Natali. »Hobbs und ich waren unten im dritten Distrikt – wir überprüften eine Meldung, daß Gerald Vincent Gallagher gesehen wurde. Gegen ein Uhr erhielten wir über Funk eine Meldung von einer Messerstecherei mit Verletzten, Adresse Stockton Place 6-c-. Etwas später rief ich die Mordkommission an und erfuhr, daß wir einen Job in Stockton Place 6-c haben. Lieutenant DelRaye ist am Tatort. Der Verstorbene ist ein gewisser Jerome Nelson.«

»Mensch, den lernte ich heute nachmittag kennen«, sagte Wohl. »Netter kleiner . . .« Er sprach nicht aus, was er auf der Zunge gehabt hatte, und fügte hinzu: »Typ.«

»Die Frau, die bei der Polizei anrief, ist Ihre Freundin Louise Dutton.«

»Das kann doch nicht wahr sein! Ja, sie wohnt oben in dem Haus.«

»Man sagte mir, sie war hysterisch und schloß sich in ihrer Wohnung ein. DelRay forderte soeben einen Wagen an, um sie zur Mordkommission zu transportieren. Ich glaube, er bricht ihre Wohnungstür auf, wenn sie nicht öffnet.«

»Mein Gott!«

»Sie haben das nicht von mir erfahren, Peter«, sagte Natali.

»Danke«, sagte Wohl, unterbrach die Verbindung und wählte die Nummer der Mordkommission. Ein Detective meldete sich.

»Hier spricht Inspector Wohl«, sagte er. »Lieutenant DelRay ist an einem Tatort Stockton Place 6-c. Bitte übermitteln Sie ihm, daß ich unterwegs bin und er nicht, ich wiederhole, *nicht* die Tür aufbrechen soll, bis ich dort bin.«

Um zwei Uhr drei meldete die Besatzung von Eins-neunzig-vier, einem Streifenwagen des neunzehnten Distrikts, über Funk, daß sie einen englischen Sportwagen verfolgte, der mit stark überhöhter Geschwindigkeit ostwärts auf der Lancaster Avenue, in Höhe der Kreuzung Girard Avenue, fuhr. Um zwei Uhr fünf meldete sich Eins-neunzig-vier wieder über Funk: »Eins-neunzig-vier. Verfolgung nicht beachten. Es war ein Drei-sechs-neun.«

Drei-sechs-neun ist der Funkcode, der benutzt wurde, um einen Polizeibeamten zu identifizieren.

Der Beamte in Eins-neunzig-vier war natürlich neugierig, warum ein Mann mit dem Abzeichen eines Staff Inspector um zwei Uhr morgens über die Lancaster Avenue raste, aber er war lange genug im Dienst, um zu der Erkenntnis zu gelangen, daß es unklug von Streifenbeamten war, einen Staff Inspector zu fragen, was, zum Teufel, er trieb.

Stockton Place war voller Polizeifahrzeuge, als Peter Wohl, der sein Abzeichen in der Hand hielt, sich dazwischen mit dem Jaguar bis zur Haustür von Nummer sechs schlängelte.

Es waren zwei Wagen vom sechsten Distrikt, die wie neutrale Fahrzeuge von Kriminalbeamten wirkten, der Kastenwagen der Spurensicherung und ein Streifenwagen vom sechsten Distrikt da.

Und die Presse war da, zu Fuß hinter der Absperrung des

Tatorts und auf den Dächern zweier Transporter mit den Firmenzeichen zweier Fernsehsender.

Wohl hatte seine Polizeimarke weggesteckt, nachdem er den letzten Uniformierten auf dem Weg zu Haus Nummer sechs passiert hatte, aber er mußte sie wieder hervorholen, um an einem weiteren Uniformierten vorbeizukommen, der Leuten den Zutritt ins Haus selbst verwehrte.

»Wo ist Lieutenant DelRaye?« fragte Wohl.

»Im Apartment im Erdgeschoß«, antwortete der Uniformierte.

Jerome Nelson lag auf dem Bauch in einem übergroßen Bett in seinem verspiegelten Schlafzimmer. Er war nackt bis auf ein ärmelloses Unterhemd. Es waren mehr Wunden auf seinem Rücken, dem Gesäß und den Beinen, als Wohl auf die Schnelle zählen konnte, und das Bett war mit Blut getränkt. Der süßliche Geruch von Blut hing in der Luft und wetteiferte mit dem Duft von Parfüm.

Lieutenant Edward M. DelRaye, ein großer Mann mit schütterem Haar, der noch Reste davon zeigte, daß er als junger Mann sehr gut ausgesehen hatte, stand mit vor der Brust verschränkten Armen da und schaute einem Polizeifotografen zu, der Aufnahmen von der Leiche machte.

»DelRaye«, sagte Wohl, und DelRaye wandte sich um und schaute ihn an. Er sagte nichts.

»Hat man Ihnen meine Botschaft über Funk durchgegeben?« fragte Wohl.

DelRay nickte. »Was ist los, Inspector?«

Edward M. DelRaye war Detective gewesen, als Peter Wohl auf die Polizeiakademie gegangen war. Er hatte Peter Wohl nicht gemocht, seit sie sich kennengelernt hatten, seit Wohl ziviler Streifenbeamter der Abteilung ›Ziviler Ungehorsam‹ geworden war. Er war immer noch Detective, und sie hatten ein paarmal Krach gehabt, sich über die Zuständigkeit gestritten, als Wohl Corporal bei der Highway Patrol und dann Sergeant gewesen war. Als Wohl der Abteilung ›Interne Angelegenheiten‹ zugeteilt worden war, hatte DelRaye des öfteren gestänkert, wie schön es sein muß, einen Chief Inspector als Vater zu haben, der einem zur Karriere verhelfen und dafür sorgen konnte, daß einem die guten Jobs zugeschanzt wurden.

DelRaye war ungefähr zu der Zeit Sergeant geworden, als Peter Wohl Captain wurde, und erst vor kurzem war er zum Lieutenant befördert worden, lange nachdem Wohl Staff Inspector geworden war. DelRaye war ein guter Kriminalbeamter, nach dem, was Wohl gehört hatte und was er durch seine lange Verwendung bei der Mordkommission anscheinend bewies, aber er war auch ein großmäuliger, ungehobelter Hurensohn, den Wohl nicht leiden konnte und den er mied, wann immer das möglich war.

»Wollen Sie mir sagen, was Sie schon wissen, Lieutenant?« fragte Wohl.

»Jemand hat den Schwulen mit dem Messer übel zugerichtet«, sagte DelRaye und wies mit dem Daumen zum Bett.

»Ich bin an der Zeugin interessiert«, sagte Wohl.

»So, sind Sie das?«

»Kommen Sie zur Sache, DelRaye«, sagte Wohl ruhig, aber kalt.

»Nun, falls Sie es nicht wissen, ihr Name ist Louise Dutton. Dieselbe Louise Dutton, die heute nachmittag bei Dutch Moffitt war, als er weggeblasen wurde. Sie kam zwischen halb und Viertel vor zwei von der Arbeit nach Hause und sah, daß die Tür, seine Wohnungstür, offenstand. So ging sie in die Wohnung, fand den Schwulen hier und rief an. Als ich über Funk informiert wurde, fuhr ich hierher. Ich hörte mir an, was sie zu sagen hatte, und sagte ihr, ich bringe sie zum Rundhaus, damit sie ihre Aussage zu Protokoll gibt und sich einige Fotos von Verbrechern ansieht, und sie sagte, ich könne sie am Arsch lecken, sie fahre nirgendwohin.«

»Sie waren wie üblich taktvoll und der Charme in Person, davon bin ich überzeugt, DelRaye«, sagte Wohl.

»Ich mag keine besoffenen Frauen, und besonders keine, die ein dreckiges Mundwerk haben«, sagte DelRaye.

»Was geschah dann?« fragte Wohl.

»Ich hatte sie nur kurz aus den Augen gelassen, und auf einmal war sie verschwunden, und der Cop in der Halle vor dem Apartment sagte, sie fuhr mit dem Aufzug hoch. Ich ging über die Treppe nach oben und klopfte an die Tür, und die Frau forderte mich auf, mich zu ›verpissen‹. Dann forderte ich einen Wagen an. Ich wollte die Tür aufbrechen. Sie benahm sich, als könnte sie die Täterin sein, Wohl.«

Das ist Quatsch, DelRaye. Du weißt so gut wie ich, daß sie es nicht getan hat. Aber jetzt ist ein Staff Inspector am Tatort, der weiß, daß du zwar die Tür einer Tatverdächtigen aufbrechen kannst, nicht jedoch die einer Zeugin, wenn du keinen besseren Grund hast als den, daß sie gesagt hat, ›Sie können mich am Arsch lecken.‹

»Sie denken wirklich, sie könnte die Täterin sein, Lieutenant?« fragte Wohl sarkastisch, und dann fragte er, ohne auf eine Antwort zu warten: »Sie ist noch oben? Sie haben ihre Wohnung nicht betreten?«

»Ich erhielt Ihre Nachricht, Inspector«, sagte DelRaye. »Sie kann nicht flüchten. Zwei Cops versuchen an der Tür, sie zur Vernunft zu bringen.«

»Ich kenne Miss Dutton«, sagte Wohl. »Ich werde mit ihr reden.«

»Ich weiß«, sagte DelRaye. »Wenn Sie mich nicht anschreit, ich soll mich verpissen, dann schreit sie nach Inspector Wohl.«

»Tatsächlich?« fragte Wohl überrascht.

»Ihre genauen Worte waren ›Holt diesen Hurensohn her!‹« sagte Delraye. »Meinen Sie nicht, Sie sollten mir erzählen, was zwischen Ihnen los war?«

»Ich war am Tatort, nachdem Dutch Moffitt erschossen wurde«, sagte Wohl. »Als der Commissioner erfuhr, daß die Augenzeugin Miss Dutton ist und wer sie ist, hielt er es für das beste, sie mit Samthandschuhen anzufassen, und weil ich dort war, wies er mich an, mich darum zu kümmern.«

»War etwas zwischen ihr und Dutch? Wollen Sie das damit sagen?«

»Ich will damit sagen, daß bei einer Frau, die zweimal am

Tag im Fernsehen ist, nicht schaden kann, wenn sie Freundliches über die Polizei denkt«, sagte Wohl.

»Ja, klar.«

»Und deshalb werde ich jetzt zu ihr gehen«, sagte Wohl. »Ich werde versuchen, meinen Charme spielen zu lassen und mich für Sie entschuldigen, wenn sie den Eindruck gewann, daß Sie nicht so verständnisvoll waren, wie Sie es hätten sein können.«

»Scheiß auf Verständnis«, sagte DelRaye. »Mein Job ist es, die Typen zu schnappen, die den Schwulen abgestochen haben.«

»Und mein Job ist es, zu tun, was der Commissioner mir sagt«, erwiderte Wohl. »Ich werde mit Miss Dutton reden. Sie sorgen dafür, daß ein Wagen draußen steht, wenn ich sie runterbringe. Lassen Sie die Fernsehleute und die anderen Reporter vor der Tür entfernen.«

»Und wie soll ich das machen, Inspector?« fragte DelRaye sarkastisch. »Es ist eine öffentliche Straße.«

»Nein, das ist sie nicht, Lieutenant«, sagte Wohl. »Es ist eine *Privatstraße*. Praktisch hält sich jeder in Stockton Place, der nicht eingeladen wurde, unbefugt in dieser Straße auf. Schaffen Sie die Leute vor der Tür fort, und wenn Sie es persönlich tun müssen.«

»Jawohl, Sir, Inspector«, sagte DelRaye, und sein Tonfall ließ keinen Zweifel daran, was er von dem Befehl, von Staff Inspector Peter Wohl oder der Tatsache hielt, daß Peter Wohl überhaupt Staff Inspector war.

8

Wohl verließ Jerome Nelsons Wohnung und fuhr mit dem Aufzug in den oberen Stock. Zwei uniformierte Polizisten standen vor der Tür von Louise Duttons Wohnung, ein korpulenter, rotgesichtiger Mann Ende Dreißig und ein freundlich wirkender junger Cop. Der junge Beamte neigte den Kopf an die Tür von Louise Duttons Wohnung und forderte sie ohne Erfolg auf, mit ihm zu reden.

»Was kann ich für Sie tun?« fragte der junge Mann und schaute Peter Wohl an, als er aus dem Aufzug trat.

»Das ist Inspector Wohl«, sagte der ältere Beamte.

»Hallo«, sagte Peter und lächelte. »Ich kenne Miss Dutton. Ich denke, ich kann sie überreden, die Tür zu öffnen. Lieutenant DelRaye schickt die Reporter weg und läßt einen Wagen vor der Haustür warten. Ich möchte, daß Sie dafür sorgen, daß Miss Dutton in den Wagen steigen kann, ohne belästigt zu werden.«

»Jawohl, Sir«, sagte der junge Cop.

»O Mann, hat die ein Mundwerk«, sagte der ältere Beamte. »Selbst wenn man bedenkt, daß sie zuviel getrunken hat und aufgeregt ist, nachdem sie das da unten gesehen hat, würde man nicht denken, daß eine Frau solch ein Vokabular hat.«

»Haben Sie das noch nicht gehört? Das ist alles, worauf die Emanzen hinauswollen«, sagte Peter. »Sie wollen das Recht haben, zu fluchen wie die Männer.«

Der jüngere Polizist schüttelte den Kopf und grinste.

Peter Wohl wartete, bis die beiden Beamten mit dem Aufzug hinabfuhren, und dann klopfte er an die Tür von Louise Duttons Wohnung.

»Verpiß dich!« rief Louise ärgerlich.

»Miss Dutton, ich bin's, Peter Wohl.«

Es gab lange keine Antwort, und Peter Wohl wollte schon mit seinem Feuerzeug anklopfen, als die Tür so weit geöffnet wurde, wie es die Sicherheitskette erlaubte; weit genug, daß Louise Dutton hinausspähen und sich überzeugen konnte, daß es tatsächlich Peter Wohl war und er alleine war.

Dann wurde die Tür geschlossen, die Kette klirrte, und die Tür wurde ganz geöffnet.

»Ich war mir nicht sicher, ob Sie kommen«, sagte sie, zog ihn ins Apartment und schloß die Tür.

Sie trug einen blauen Rock und eine Bluse mit hohem Rüschenkragen. Die Bluse war so dünn, das sie fast durchsichtig war. Peter konnte deutlich sehen, daß sie kein Unterhemd, sondern nur einen BH trug, der noch durchsichtiger als die Bluse war; er konnte ihre Brustspitzen sehen.

Ihr Blick war mehr furchtsam als trunken, fand er, und da war etwas, das ihm erst nach einer Weile klar wurde – eine Aura von Sexualität.

Sie sieht geil aus, dachte Peter Wohl.

»Hier bin ich«, sagte er.

Sie setzte ein Lächeln auf, das sich allmählich zu einem echten strahlenden Lächeln entwickelte.

»Und was sagt Mrs. Wohl, wenn Sie um zwei Uhr morgens aus dem Bett geholt werden, weil eine verrückte Frau vom Fernsehen nach Ihnen verlangt?« fragte Louise Dutton.

Ich weiß, was los ist, dachte Wohl. *Sie läuft nicht wirklich in einer durchsichtigen Bluse herum, um ihre Titten zu zeigen. Dieser Rock ist Teil eines Kostüms. Dazu gehört ein Jackett, und wenn sie das trägt, sind nur die Rüschen am Hals der Bluse zu sehen. Das trug sie, als sie im Fernsehen war.*

»Keiner holte mich«, sagte Peter Wohl. »Ich hörte von der Sache und fuhr aus eigenem Antrieb hierhin. Und die einzige Mrs. Wohl, die es gibt, ist meine Mutter.«

»Man hat Sie nicht geholt?« fragte Louise überrascht. »Warum sind Sie dann gekommen?«

»Ich weiß es nicht. Warum haben Sie nach mir verlangt?«

»Ich habe Angst, und ich bin ein bißchen betrunken«, sagte sie.

»Ich auch«, bekannte er. »Ein bißchen betrunken, meine ich. Es gibt keinen Grund zur Angst.«

»Blödsinn! Waren Sie unten? Haben Sie gesehen, was diese – *Wahnsinnigen* – dem armen kleinen Mann angetan haben?«

»Sie brauchen sich nicht zu fürchten«, sagte Peter.

»Die Polizei war hier, nicht wahr? Mein Ritter in glänzender Rüstung traf soeben mit seinem Streifenwagen ein.«

»Eigentlich kam ich in einem Jaguar«, sagte Peter. »Mein Wagen von der Polizei stand in der Garage, und ich war mir nicht sicher, ob ich nüchtern genug war, um ihn rauszufahren.«

»Ein *Jaguar*?« Louise begann zu kichern. »Zusammen mit diesem lächerlichen Rollkragenpullover? Ich wette, Sie haben sogar einen von diesen komischen Hüten aus Stroh.«

»Ich hatte einen, aber der flog auf dem Schuylkill Expreßway davon«, erwiderte er.

Sie schnaubte, und dann verstummte sie plötzlich. Sie schaute ihn an, nagte an der Unterlippe und ging dann zu ihm.

»*Verdammt,* ich bin froh, daß Sie hier sind«, sagte sie und streichelte über seine Wange. »Ich danke Ihnen.«

Und dann, ohne daß sie wußten, wie es genau geschehen war, hielt er sie in den Armen, und sie schluchzte an seiner Brust. Er hörte sich tröstende Worte sagen, und es wurde ihm bewußt, daß er über ihren Kopf streichelte und daß sie die Arme um ihn geschlungen hatte und sich an ihn schmiegte.

Er konnte sich später nicht erinnern, wie lange sie sich umarmt hatten. Er erinnerte sich jedoch an eines: Als er die Wärme ihres Körpers und die Berührung ihrer Brüste spürte, stieg Erregung in ihm auf. Und als sie das äußere Anzeichen seiner Erregung an ihrem Schoß spürte, zog sie sich von ihm zurück.

»Nun«, sagte sie und schaute ihm in die Augen, »es war ein verdammt mieser Tag, Peter Wohl, nicht wahr? Für uns beide.«

»Ich habe schon bessere erlebt«, sagte er.

»Was geschieht jetzt?« fragte Louise.

»Unten wartet ein Wagen«, sagte Peter. »Ich werde Sie zum Präsidium bringen. Dort können Sie Ihre Aussage zu Protokoll geben und unterschreiben, und dann wird man Sie hierhin zurückfahren.«

Sie sah ihn an, als wollte sie etwas sagen, schwieg dann jedoch.

»Ich werde Sie begleiten, wenn Sie das möchten.«

»Ich erzählte diesem gealterten Schnulzenfilm-Idol alles, was ich in dieser Sache weiß«, sagte sie.

Er lachte, und sie lächelte ihn an.

»Ich machte die Sendung um dreiundzwanzig Uhr«, fuhr Louise fort. »Dann trank ich einen mit dem Produzenten. Okay, *einige.* Vier oder fünf. Dann kam ich heim. Ich betrat die Halle und wollte in den Briefkasten schauen. Jeromes Tür stand offen. Ich ging in die Wohnung. Dann – dann sah ich, was im Schlafzimmer geschehen war. So rief ich die Polizei an. Das ist alles, was ich weiß, Peter. Und das sagte ich ihm.«

»Es muß ein Verfahren eingehalten werden«, sagte Peter. »Die Polizei ist nicht frei von Bürokratie, Miss Dutton.«

»*Miss Dutton?*« wiederholte sie spöttisch. »Vorhin dachte ich, wir reden uns zumindest mit dem Vornamen an.«

»Louise!« sagte Peter und spürte, wie ihm das Blut in die Wangen stieg.

»Das ist ein Hammer«, sagte sie. »Ein Cop, der rot wird.«

»Allmächtiger!« stieß Peter hervor. »Denken Sie immer laut, Louisa?«

Nein«, sagte sie. »Aus irgendeinem unerklärlichen Grund bin ich anscheinend jetzt ein bißchen durcheinander. Aber laut gedacht, ich bin anscheinend nicht die einzige hier, die ein wenig aus dem Gleichgewicht geraten ist. Beruhigen Sie immer hysterische Zeuginnen auf diese Weise, Inspector?«

»Natürlich nicht!«

»Verstehen Sie mich nicht falsch«, sagte Louise. »Das war keine Beschwerde. Ich fragte mich nur, ob es das übliche bürokratische Verfahren ist.«

»Sie wissen es besser«, sagte Peter.

»Bringen Sie mich hier weg, Peter«, sagte Louise leise und fast flehend.

»Wohin wollen Sie?«

»Das weiß ich noch nicht«, sagte sie. »Ich weiß nur, daß ich nicht vor meinen Kollegen dort draußen Spießruten laufen will und daß ich nicht die Nacht hier verbringen kann und das auch nicht tun werde. Ich habe *Angst*, Peter.«

»Ich sagte es schon, es gibt keinen Grund zur Angst. Und ich schickte zwei Beamte nach unten, um sicherzustellen, daß Sie nicht behelligt werden, wenn Sie in den Wagen einsteigen.«

»Es gibt einen Eingang von der Arch Street zur Garage«, sagte Louise. »Davon wird die Presse nichts wissen.«

»Aber Sie müssen an den Reportern vorbei, um zur Garage zu langen.«

»Es gibt einen Gang im Kellergeschoß«, erklärte sie. »Einen Tunnel. Und selbst wenn Reporter auf der Arch Street sind, kann ich mich auf dem Rücksitz ducken oder mich auf dem Wagenboden verstecken, und sie sehen mich nicht.«

»Sie wollen mit Ihrem Wagen fahren, Louise?«

»Bitte, Peter.«

Warum nicht? dachte Peter. *Sie hat sich beruhigt. Ich kann ihr nicht verdenken, daß sie der Meute von Presse und Fernsehen entgehen will. Ich werde sie irgendwohin bringen, ihr eine Tasse Kaffee spendieren und dann mit ihr zum Präsidium fahren.*

»Okay«, sagte er, »holen Sie Ihre Kostümjacke.«

»Meine Kostümjacke?« fragte sie überrascht, und dann blickte sie auf ihren Busen. »O Gott!« Sie verschränkte die Arme vor den Brüsten und schaute Peter an. »Ich hatte nicht mit Besuchern gerechnet.«

»Das ist ein Hammer«, sagte er. »Eine Fernseh-Lady, die rot wird.«

»Lecken Sie mich, Peter!« fuhr sie ihn an.

»Versprechungen, Versprechungen«, hörte er sich sagen.

»*Bastard!*« sagte sie, aber dann mußte sie lachen. Sie ging ins Nebenzimmer und kehrte schon zurück, während sie noch die Kostümjacke überstreifte.

Peter wartete, bis sie die Kostümjacke zugeknöpft hatte, und öffnete dann die Wohnungstür. Draußen war niemand. Er drückte auf den Aufzugsknopf und hörte das leise Surren des Elektromotors. Louise stand sehr dicht bei ihm, und ihre Schulter berührte seine. Er legte den Arm um ihre Schultern.

»Es wird wieder alles in Ordnung kommen, Louise.«

Ein uniformierter Polizist saß auf einem Klappstuhl beim Aufzug im Kellergeschoß. Er stand schnell auf, als er Wohl und Louise Dutton sah.

»Ich bin Inspector Wohl«, sagte Peter. »Ich bringe Miss Dutton auf diesem Wege fort. Sind Sie allein hier unten?«

»Nein, Sir, zwei Kollegen sind in der Garage.«

»Danke«, sagte Peter. Er legte die Hand auf Louises Arm und führte sie über den Gang. Im Tunnel drückte sie ihm einen Schlüsselbund in die Hand.

Zwei uniformierte Polizisten näherten sich schnell in der Tiefgarage, als sie Peter und Louise sahen. Die Augen des einen Cops – Peter erkannte ihn; es war ein netter Kerl namens Aquila – weiteten sich, als er sie erkannte.

»Hallo, Inspector«, sagte Officer Aquila.

»Ich bringe Miss Dutton auf diesem Weg fort«, sagte Wohl. »Auf der ganzen Straße lungern Reporter herum.«

»Es sind auch ein paar draußen«, sagte Officer Aquila. »Aber nur wenige. Sie können vielleicht an ihnen vorbei, bevor sie bemerken, was los ist. Möchten Sie meinen Wagen benutzen?«

»Ich nehme Miss Duttons Wagen«, sagte Wohl. »Wenn wir fort sind, informieren Sie bitte Lieutenant DelRaye, daß ich Miss Dutton zum Präsidium bringe.«

»Jawohl, Sir«, sagte Officer Aquila. Es war offenkundig, daß er Wohls Taktik guthieß. Er hatte bestimmt gehört, daß DelRaye einen Wagen für den Abtransport einer betrunkenen und aggressiven Louise Dutton angefordert hatte. Dies würde ein weiterer Beweis sein, daß Staff Inspector Peter Wohl eine unangenehme Situation entschärfen und die Dinge in den Griff bekommen konnte.

Sie stiegen in Louises Cadillac-Kabrio.

»Es ist ein Ding im Boden, ich weiß nicht, wie es heißt, aber wenn Sie rüberrollen, öffnet sich das Garagentor«, sagte Louise. Und dann: »Was suchen Sie?«

»Wie lösen Sie die Handbremse?«

»Die löst sich automatisch, wenn Sie den ersten Gang einlegen.«

»Oh.«

Als sie sich dem Ausgang näherten, duckte sich Louise auf dem Beifahrersitz und legte den Kopf auf Peters Schoß. Das Tor öffnete sich, wie sie prophezeit hatte, und er fuhr hinaus. Ein Reporter und ein paar Fotografen gingen auf den Wagen zu, zeigten jedoch kein großes Interesse. Und dann war er an ihnen vorbei und fuhr die Arch Street hinauf.

»Wir sind sicher«, sagte Wohl. »Sie können sich aufsetzen.«

Sie nahm den Kopf von seinem Schoß und setzte sich auf.

»Ich fahre nicht zum ›Rundhaus‹!« sagte Louise. »Nicht heute nacht.«

Sie war nicht weit von ihm fortgewichen. Als sie sprach, nahm er ihren warmen Atem wahr.

»Wir können irgendwo eine Tasse Kaffee trinken«, sagte Wohl.

»He, Ritter in glänzender Rüstung, wenn ich etwas sage, lasse ich mir das nicht ausreden.«

»Wohin möchten Sie denn?« fragte Peter.

Sie zögerte, bevor sie antwortete.

»Ich möchte nicht in ein Hotel. Da grinst man schmierig, wenn jemand ohne Gepäck ist. Was würde Ihre Mutter sagen, wenn Sie mich mit nach Hause nehmen, Peter?«

»Ich wohne nicht bei meiner Mutter«, sagte er hastig.

»Oh, nicht? Dann haben Sie also eine Wohnung?«

»Ich bin mir nicht sicher, ob das eine gute Idee ist.«

»Ich habe keinen Anschlag auf Ihren Körper vor, wenn Sie das denken. Ich bin weit offen für andere Vorschläge.«

»Ich werde Ihnen Kaffee kochen«, sagte Peter.

»Ich will keinen Kaffee.«

»Okay, keinen Kaffee.«

Als sie zehn Minuten später über die Lancaster Avenue fuhren, fragte Louise: »Wo, zum Teufel, wohnen Sie, in Pittsburgh?«

»Es ist nicht mehr weit.«

»Mein ganzes Leben lang sagte mein Daddy: ›Wenn du jemals in Schwierigkeiten bist, ruf mich an, ob Tag oder Nacht.‹ Und nachdem dieses abgehalfterte Schnulzenfilm-Idol einen Rammbock anforderte, um die Tür einzurennen, hielt ich mich zum ersten Mal daran und rief Daddy an. Und seine Frau sagte mir, daß er in London ist.«

»Ihre Stiefmutter?«

»Nein, seine Frau«, sagte Louise, als ärgere sie sich über seine Begriffsstutzigkeit. Er hakte nicht nach.

»Aber Sie kamen, nicht wahr?« fragte Louise rhetorisch. »Obwohl Sie nicht wußten, daß ich nach Ihnen verlangt habe?«

Peter Wohl wußte nicht, was er darauf erwidern sollte. Louise drehte sich auf dem Sitz zu Peter und umfaßte seinen Arm mit beiden Händen.

»Warum haben sie ihm das angetan? So auf ihn eingestochen, meine ich. Mein Gott, sie haben ihn entsetzlich zugerichtet!«

»Das ist nicht ungewöhnlich bei Morden, in die sexuelle Abweichler verwickelt sind. Da ist oftmals Haß im Spiel,«

Sie erschauerte.

»Er war so ein *netter* kleiner Mann.« Sie seufzte und fügte hinzu: »Schlimme Dinge sollen angeblich immer drei auf einmal geschehen. Gott, ich hoffe, daß das nicht stimmt. Ich kann nichts mehr ertragen!«

»Es wird alles in Ordnung kommen«, sagte Peter.

Als sie in seinem Apartment waren, schaltete er das Radio ein, WFLN-FM, den Sender mit klassischer Musik, und lächelte Louise an.

»Ich frage nicht, ob ich Ihre Kostümjacke aufhängen soll«, sagte er. »Wie möchten Sie Ihren Kaffee?«

»Im schottischen Hochland hergestellt«, sagte sie.

»In Ordnung. Ich werde gleich zurück sein.«

Er ging in die Küche, holte Eis und ging damit zur Bar. Ohne zu denken, zog er sein Jackett aus und schenkte den ›Kaffee aus dem schottischen Hochland‹ über Eiswürfel ein. Dann ging er mit den Gläsern in der Hand zu Louise.

»Bis heute habe ich immer gedacht, daß etwas Bedrohliches an einem Mann ist, der eine Waffe trägt«, sagte sie. »Jetzt finde ich das angenehm beruhigend.«

»Die Theorie ist, daß ein Polizist nie wirklich außer Dienst ist«, sagte er.

»Wie Dutch?«

»Möchten Sie über Dutch reden?«

»Wechseln wir schnell das Thema«, sagte Louise. »Ein solches Apartment hätte ich nicht bei einem Polizisten erwartet«, sagte sie und wies in die Runde. »Und auch nicht bei einem Bürger Peter Wohl.«

»Es wurde professionell ausgestattet«, sagte er. »Ich hatte mal eine Freundin, die Innenarchitektin war.«

»Hatte?«

»Hatte.«

»Dann kann ich wohl sagen, daß mir die nackte Lady und die roten Ledersessel gefallen, aber der weiße Teppich und die meisten Möbel auf mich wirken wie in einem Puff.«

Er lachte erfreut.

Sie schaute auf ihren Scotch.

»Ich möchte den eigentlich nicht«, sagte sie. »Ich möchte lieber etwas essen.«

»Wie wäre es mit dem weltberühmten ›Peter Wohls Taylor-Schinken-und-Ei-Sandwich‹?«

»Verzichten Sie auf das Ei«, sagte Louise.

Peter ging in die Küche und nahm Taylor-Schinken aus dem Kühlschrank, legte den Schinken auf ein Schneidebrett und begann Scheiben abzuschneiden.

Er briet den Taylor-Schinken, toastete Weißbrot, gab den Schinken darauf und garnierte ihn mit Gürkchen.

»Kaffee?« fragte er.

»Milch?«

»Milch.« Er legte den Toast mit Schinken und Gürkchen auf Teller, füllte zwei Gläser mit Milch und stellte alles auf den Tisch.

Louise aß hungrig und nickte dankend, als Peter ihr die Hälfte seines Schinkentoasts abgab.

Sie trank das Glas Milch leer und leckte sich mit der Zungenspitze über die Lippen, was Peter ungemein sexy fand.

»Stellen Sie keine Fragen über mich und Dutch?« fragte sie.

»Dutch ist tot«, sagte Peter.

»Ich habe nie mit ihm geschlafen«, sagte Louise. »Aber ich spielte mit dem Gedanken.«

»Das brauchten Sie mir nicht zu sagen, Louise.«

»Nein«, sagte sie nachdenklich. »Das brauchte ich nicht. Warum habe ich das getan?«

»Ich bin Ihre freundliche Vaterfigur«, sagte er und lachte.

»Quatsch«, sagte sie. »Und jetzt?«

»Jetzt werden wir sehen, ob ich einen Pyjama oder sonstwas für Sie auftreiben kann.«

»Haben Sie ein T-Shirt?«

»Klar, wenn das reicht.«

»Und dann debattieren wir darüber, wer auf der Couch schläft und wer im Bett, richtig?«

»Sie bekommen das Bett«, sagte er.

»Warum sind Sie so nett zu mir?«

»Ich weiß es nicht.«

»Kein Annäherungsversuch, Peter?« fragte Louise und schaute ihm in die Augen.

»Nicht heute nacht«, sagte er. »Vielleicht später.«

Er ging in sein Schlafzimmer, nahm Laken und eine Decke aus einer Kommode, ging mit Laken und Decke ins Wohnzimmer und warf sie auf die Couch. Dann kehrte er ins Schlafzimmer zurück, holte ein T-Shirt und brachte es ihr. Er fragte sich, wie sie damit aussehen würde.

»Ich putze mir die Zähne«, sagte er, »und dann steht Ihnen das Badezimmer zur Verfügung. Ich dusche am Morgen.«

Das Zähneputzen war nicht das dringendste für ihn im Badezimmer, nachdem er soviel getrunken hatte, und als er versuchte, so leise wie möglich seine Blase zu erleichtern, kam ihm der interessante Gedanke, daß Louise bei seiner Rückkehr ins Schlafzimmer nackt auf seinem Bett liegen und ihn einladend anlächeln würde.

Als er ins Schlafzimmer zurückkehrte, stand Louise völlig bekleidet an der Tür, als wolle sie sie so schnell wie möglich hinter ihm schließen und abschließen.

»Gute Nacht«, sagte er. »Wenn Sie irgend etwas brauchen, rufen Sie.«

»Danke«, sagte sie fast förmlich.

Als ob ich der Hotelboy wäre, den sie schnell aus dem Hotelzimmer loswerden will, dachte er.

Er hörte das Zuschnappen des Türschlosses und erinnerte sich daran, daß sowohl Dorothea als auch Barbara immer sorgfältig darauf geachtet hatten, daß die Tür abgeschlossen war; als rechneten sie damit, daß jemand ins Zimmer platzte und sie beim Vögeln erwischte.

Er zog sich bis auf die Unterwäsche aus, faltete die Sachen ordentlich und legte sie auf einen Sessel.

Dann fiel ihm ein, daß er den Cop in der Tiefgarage gebeten hatte, Lieutenant DelRaye zu informieren, daß er Louise Dutton zum Präsidium brachte. Er würde etwas unternehmen müssen.

Er ging auf Zehenspitzen in seiner Unterwäsche durchs Wohnzimmer und suchte das Telefonbuch. Er hatte die Nummer der Mordkommission vergessen. Schließlich fand er das Telefonbuch, setzte sich auf die Couch und wählte die Nummer. Das Leder der Couch war klebrig an seiner Haut, und er fragte sich, ob es schmutzig war oder ob das immer so bei Leder war; er hatte noch nie in Unterwäsche auf seiner Couch gesessen.

»Mordkommission, Detective Mulvaney.«

»Hier ist Inspector Wohl«, sagte Peter.

»Ja, Sir?«

»Würden Sie bitte Lieutenant DelRaye ausrichten, daß ich Miss Dutton um acht Uhr heute morgen zur Mordkommission bringen werde?«

»Jawohl, Sir. Kann Lieutenant DelRaye Sie irgendwo erreichen?«

Wohl legte den Hörer auf, erhob sich und breitete die Laken über der Ledercouch aus.

Das Telefon klingelte. Er starrte es an. Nach dem dritten Klingeln klickte es, und er wußte, daß der Anrufbeantworter das Band abspielte. »Sie können nach dem Piepton eine Nachricht für Peter Wohl hinterlassen . . .«

Der Piepton ertönte. »Inspector, hier spricht Lieutenant DelRaye. Rufen Sie mich bitte so bald wie möglich an? Ich bin im Präsidium.«

Lieutenant DesRayes Tonfall verriet, daß er äußerst verärgert war und es ihn Mühe gekostet hatte, sich zu einer höflichen Nachricht zu zwingen.

Peter verwandelte weiter die Couch in ein Behelfsbett, zog Schuhe und Socken aus und legte sich hin. Er schaltete das Licht aus und lauschte dem leisen Rauschen des Wassers in seiner Dusche. In seiner Phantasie sah er Louise Duttons nackten Körper, bevor ihm die Augen zufielen.

Als Polizeichef Taddeuz Czernick, gefolgt von Sergeant Jank Janowitz, schnellen Schrittes die Halle des Präsidiums durchquerte und zum Aufzug ging, war es Viertel nach acht. Deshalb überraschte es den Polizeichef, daß sich der Anwalt ›Colonel‹ J. Dunlop Mawson beeilte, um ihn einzuholen. Er hätte jede Wette gehalten, daß Colonel J. Dunlop Mawson niemals vor halb neun auch nur mit den Augen blinzelte.

»Wie geht es Ihnen, Colonel?« fragte Czernick, lächelte und reichte ihm die Hand. »Was hat Sie zu dieser unmöglichen Zeit aus dem Bett getrieben?«

»Eigentlich bin ich hier, um mit Ihnen zu sprechen«, sagte Mawson.

Sie waren jetzt im Aufzug, und Commissioner Czernick konnte Mawson nicht davon abhalten, ihn weiterhin zu nerven.

»Colonel«, sagte Czernick, lächelte und berührte Mawson kurz am Arm, »Sie haben mich *wirklich* zu einer schlechten Zeit erwischt.«

»Dies ist wichtig, sonst würde ich Sie nicht behelligen«, sagte Mawson.

»Ich komme soeben von Arthur Nelson«, sagte Commissioner Czernick. »Haben Sie gehört, was mit seinem Sohn passiert ist?«

»Ja, das habe ich«, sagte Mawson. »Tragisch, schockierend.«

»Ich wollte persönlich kondolieren«, sagte Commissioner Czernick, und dann verstummte er kurz, als sich die Aufzugstür öffnete. »Nach Ihnen, Colonel.«

Sie gingen über den gerundeten Flur. Leute auf dem Flur lächelten und murmelten »Commissioner«. Sie gelangten zu der Tür des Privatbüros des Polizeichefs. Jankowitz zog schnell einen Schlüssel hervor, schloß die Tür auf und öffnete sie.

Commissioner Czernick schaute Mawson an.

»Ich kann Ihnen im Augenblick nur zwei Minuten geben, Colonel«, sagte Czernick. »Sie werden dafür Verständnis haben. Vielleicht später am Tag? Oder, besser noch, wie wäre es morgen bei einem Mittagessen? Ich werde es sogar ausgeben.«

»Zwei Minuten wären prima«, sagte Mawson.

Czernick lächelte. »Dann kommen Sie herein. Ich werde Ihnen sogar fünf geben. Sie können kaum einen Kaffee in zwei Minuten trinken. Schwarz, richtig?«

»Danke, schwarz.«

»Doughnut?«

»Bitte.«

Commissioner Czernick nickte Sergeant Janowitz zu, und der holte den Kaffee und Doughnuts.

»Ich habe die juristische Vertretung von Miss Louise Dutton übernommen«, sagte Colonel J. Dunlop Mawson.

»Ich verstehe nicht«, sagte Czernick. »Sie meinen für WCBL-TV? Ist etwas passiert, das ich noch nicht gehört habe?«

»Tad, das ist anscheinend die wahrscheinlichste Antwort«, sagte Mawson.

»Beginnen Sie mit dem Anfang«, sagte Czernick. »Als letztes hörte ich, daß wir Miss Dutton vom Waikiki Diner aus nach Hause fuhren, damit sie nicht selbst fahren mußte. Später holten wir sie von zu Hause ab, brachten sie zur Befragung hierher und fuhren sie anschließend nach Hause.«

»Sie wissen nicht, daß sie die Leiche des jungen Nelson fand?« fragte Mawson.

Janowitz überreichte ihm eine Tasse Kaffee und zwei Doughnuts auf einem Unterteller.

»Danke«, sagte Mawson.

»Nein, das wußte ich nicht«, sagte Commissioner Czernick. »Oder wenn jemand es mir sagte, ging es beim einen Ohr rein und beim anderen raus. Man rief heute morgen um halb sieben an, und sagte mir, was Arthur Nelsons Sohn widerfahren ist. Ich fuhr von meinem Haus aus direkt zu Arthur Nelson. Ich kondolierte und versicherte ihm, daß wir alles daransetzen werden, um den oder die Täter zu finden. Dann fuhr ich hierher. Wenn wir hier fertig sind, Colonel, lasse ich mir berichten, was los war und wie der Stand der Ermittlungen ist.«

»Nun, dann wird man Ihnen bestimmt sagen, daß es Louise Dutton war, die die Leiche fand und die Polizei anrief«, sagte Mawson.

»Ich weiß nicht, wohin das führt, Colonel. Mir ist nicht klar, welche Rolle Sie bei alldem spielen. Oder weshalb WCBL-TV so besorgt ist.«

»Ich habe den Auftrag, Miss Dutton juristisch zu vertreten«, sagte Mawson. »Jedoch nicht von WCBL-TV. Man sagte mir, daß die Polizei sie herbringen und befragen will . . .«

»Nun, wenn sie Nelsons Leiche fand, Colonel, dann wäre dies das übliche Verfahren, wie Sie sicher wissen.«

»Anscheinend weiß keiner, wo sie ist«, sagte Mawson. »Sie ist nicht in ihrem Apartment, und sie ist nicht hier. Und ich bin von der Mordkommission sozusagen von Pontius zu Pilatus geschickt worden.«

»Von Pontius zu Pilatus?« fragte Czernick. »Na ja, Colonel. Wir arbeiten nicht so, und das wissen Sie.«

»Und wo ist sie?« fragte Mawson.

»Ich weiß es nicht, aber ich bin überzeugt, daß ich das herausfinden werde.« Czernick zog eines der Telefone auf dem Schreibtisch heran und wählte eine Nummer aus dem Gedächtnis.

»Mordkommission, Lieutenant DelRaye.«

»Hier spricht der Commissioner, Lieutenant«, sagte Taddeus Czernick. »Ich hörte, daß Miss Louise Dutton die Bürgerin ist, die den Fund von Mr. Nelsons Leiche meldete.«

»Jawohl, Sir, das stimmt.«

»Wissen Sie, wo sich Miss Dutton zur Zeit aufhält?«

»Jawohl, Sir. Sie ist hier. Inspector Wohl hat sie soeben gebracht. Wir wollen gerade ihre Aussage protokollieren.«

»Nun, warten Sie damit noch einen Moment«, sagte Czernick. »Miss Duttons Rechtsanwalt, Colonel J. Dunlop Mawson, ist hier in meinem Büro. Er wünscht bei jeder Befragung seiner Mandantin anwesend zu sein. Er wird sofort zu Ihnen kommen.«

»Jawohl, Sir«, sagte DelRaye.

Commissioner Czernick legte den Hörer auf und schaute Colonel J. Dunlop Mawson an.

»Sie haben es gehört?«

Mawson nickte.

»Sie ist also nicht nur hier, sondern Staff Inspector Wohl ist auch bei ihr. Sie kennen Wohl?«

Mawson verneinte.

»Ein sehr gescheiter und fähiger, sehr junger Mann für seinen Rang«, sagte Czernick. »Als ich hörte, daß Miss Dutton eine Augenzeugin bei der Schießerei war, die Captain Moffitt das Leben kostete, wies ich Wohl an, dafür zu sorgen, daß sie richtig behandelt wird. Wir wollen nicht, daß eine Moderatorin von WCBL-TV sauer auf die Polizei ist, Colonel. Ich bin überzeugt, daß Wohl ihr jede mögliche Höflichkeit erwies.«

»Aber wo, zum Teufel, war sie? Warum konnte ich sie nicht erreichen, nicht mal herausfinden, wo sie ist, bis Sie telefonierten?«

»Sie wird Ihnen gewiß sagen, wo sie gewesen ist«, sagte Czernick. »Irgendwo hat vielleicht jemand auf der Leitung gestanden, aber was auch immer los war, ich wette einen Doughnut gegen einen Dime, daß es *zum* Besten Ihrer Mandantin war, nicht dagegen.«

Mawson musterte ihn und sagte sich, daß es die Wahrheit war.

»Sind wir noch Freunde, Colonel?« fragte Commissioner Czernick.

»Seien Sie nicht albern«, sagte Mawson. »Natürlich sind wir das.«

»Dann darf ich Ihnen eine Frage stellen?« sagte Czernick und fuhr fort, ohne auf eine Antwort zu warten. »Warum befaßt sich Philadelphias berühmtester Anwalt mit der Routinebefragung einer Zeugin in einem Mordfall?«

»Mordfälle«, sagte Mawson. »Mehrzahl. Zwei Mordfälle.«

Commissioner Czernick nickte.

»Okay, Tad, um halb vier riß mich das Klingeln des Telefons aus dem Schlaf. Ein Anruf aus London. Von Stanford Fortner Wells III.«

Commissioner Czernick zuckte mit den Schulter. Der Name sagte ihm nichts.

»Wells Newspapers, ist Ihnen das ein Begriff?«

»Klar«, sagte Czernick.

»Mr. Wells sagte mir, daß er soeben mit Jacke Tone von der Kanzlei, McNeel, Tone, Schwartzenberger und Cohan telefoniert hatte, und daß Jack so freundlich war, mich als den ›führenden Anwalt für Strafrecht in Philadelphia‹ zu bezeichnen.«

»Das scheint eine ziemlich treffende Bezeichnung zu sein«, sagte Commissioner Czernick lächelnd. Er wußte über die Anwaltskanzlei McNeel, Tone, Schwartzenberger und Cohan Bescheid, die ihren Sitz in Washington, D. C. hatte. Das waren prominente Anwälte. Sie vertraten die größten der in *Fortune* aufgeführten fünfhundert Gesellschaften, und ihr Personal war gespickt mit ehemaligen Regierungsbeamten aus der Kabinett-Ebene.

»Mr. Wells sagte, er habe soeben erfahren, daß seine Tochter Schwierigkeiten mit der Polizei habe und ich mich darum kümmern und ihm berichten soll. Und er sagte mir, daß seine Tochter Louise Dutton heißt.«

»Das ist interessant, nicht wahr?« sagte Czernick, »Dutton wird wohl ihr Künstlername beim Fernsehen sein.«

»Wir sind Freunde, Tad«, sagte Mawson. »Das bleibt in diesen vier Wänden, ja?«

»Sie können sich darauf verlassen«, sagte Commissioner Czernick.

»Vorausgesetzt, daß Ihr Inspector sie nicht mit einem Gummischlauch bearbeitet hat, war es vielleicht eine sehr gute Idee, ihn anzuweisen, sich um sie zu kümmern.«

Commissioner Czernick lachte herzhaft, schüttelte den Kopf, ging zu Mawson und legte ihm eine Hand auf den Arm. »Finden Sie den Weg zur Mordkommission, Colonel? Oder soll ich Sie von Sergeant Janowitz begleiten lassen?«

»Ich finde den Weg«, sagte Mawson. »Danke für das Gespräch, Commissioner.«

»Keine Ursache, Colonel«, sagte Czernick. »Meine Tür steht Ihnen immer offen. Das wissen Sie.«

Als Colonel J. Dunlop Mawson das Büro verlassen hatte, griff Commissioner Czernick sofort zum Telefon, wählte die Nummer der Mordkommission und fragte nach Inspector Wohl.

Als sich Wohl meldete, fragte Commissioner Czernick: »Haben Sie fünf Minuten Zeit für mich?«

»Jawohl, Sir.«

»Kommen Sie dann bitte zu mir, Peter?«

Es gibt fünf Verhörzimmer im ersten Stock bei der Mordkommission im runden Polizeipräsidium von Philadelphia. Es sind kleine, fensterlose Räume mit einem Tisch und Stühlen. Einer der Stühle ist aus Stahl und fest im Boden verankert. Es ist ein Loch im Sitz, durch das Handschellen zusammengeschlossen werden können, wenn ein Verdächtiger so eingeschätzt wird, daß diese Behandlung nötig ist.

An einer Wand ist ein Spiegel, durch den der Verhörte oder Befragte und die Vernehmungsbeamten beobachtet werden können, ohne daß die Beobachter gesehen werden. Es wird nicht versucht, den Zweck des Spiegels zu verschleiern. Nur wenige Leute, die in einem Verhörraum sitzen, haben noch nie einen Krimi im Kino oder Fernsehen gesehen oder sonstwie Kenntnisse über Verhörtechniken und die Ausrüstung der Polizei erworben.

Als Colonel J. Dunlop Mawson in die Mordkommission ging, saß Miss Louise Dutton in einem der Vernehmungszimmer. Mawson kannte sie vom Fernsehen her. Sie trug ein Kostüm und eine Bluse mit Rüschen am Hals. Sie sah besser aus, als er sie in Erinnerung hatte.

Bei ihr waren drei Personen. Eine davon war Lieutenant DelRaye, den Mawson einst an anderthalb Tagen im Zeugenstand gehabt hatte, lange genug für beide, um eine gegenseitige Abneigung zu entwickeln. Die zweite Person war eine Polizei-Stenografin, eine grauhaarige Frau. Die dritte Person war ein junger Mann mit blauem Blazer und grauer Flanellhose, der wie ein erfolgreicher Autohändler aussah, aber Staff Inspector Wohl sein mußte, ›sehr gescheit und fähig, sehr jung für seinen Rang‹.

»Miss Dutton, ich bin J. Dunlop Mawson«, sagte er und überreichte ihr seine Visitenkarte. Sie blickte darauf und gab sie Inspector Wohl, der sie anschaute und an Lieutenant DelRaye weiterreichte, der sie in die Tasche steckte.

»Lieutenant, die Karte war für Miss Dutton gedacht«, sagte Mawson.

»Entschuldigung«, murmelte DelRaye, zog die Visitenkarte hervor und gab sie Louise.

»Der Sender hat Sie geschickt, Mr. Mawson?« fragte Louise Dutton.

»Eigentlich war es Ihr Vater«, erwiderte Mawson.

»*Okay.*« Louise Dutton war sichtlich erfreut. Sie schaute Inspector Wohl an und lächelte.

»Gentlemen, darf ich einen Augenblick mit meiner Mandantin unter vier Augen sprechen?« fragte Mawson.

»Sie kommen zurück?« fragte Louise Dutton Inspector Wohl.

»Selbstverständlich«, sagte Wohl. »Ich werde nur ein paar Minuten fort sein.«

»Sollen wir einen Moment auf den Flur hinausgehen, Miss Dutton?« fragte Mawson.

»Warum können wir nicht hier sprechen?«

»Ich möchte unter vier Augen mit Ihnen reden«, sagte er und wies auf den Spiegel. »Und es würde mich überhaupt nicht überraschen, wenn es hier drinnen ein Mikrofon gäbe, das jemand ›versehentlich‹ eingeschaltet hat.«

Louise erhob sich und folgte ihm aus dem Vernehmungszimmer und hinaus aus dem Büro der Mordkommission auf den Flur. Mawson bemerkte, daß Louise Inspector Wohl nachschaute, der den Flur hinunterging.

»Wie weit ist die Befragung fortgeschritten?« erkundigte sich Mawson.

»Überhaupt nicht«, sagte Louise. »Die Stenografin traf gerade erst ein.«

»Gut.« Er schaute sie an. »Ich suche Sie seit vier Uhr in der Frühe, Miss Dutton. Wo hat man Sie hingebracht?«

»Seit vier?«

»Ihr Vater rief um halb vier aus London an«, sagte Mawson.

»Aha.«

»Ich fuhr zu Ihrem Apartment, und man sagte mir, Sie wären zum Präsidium gebracht worden, und als ich hier eintraf, wußte anscheinend keiner, wo Sie waren. Wohin hat man Sie gebracht?«

»Was genau machen Sie jetzt und hier für mich, Mr. Mawson?« entgegnete Louise.

»Nun, ich bin natürlich bei der Befragung anwesend, um Sie zu beraten und um Ihre Rechte zu schützen. Sie haben meine Frage nicht beantwortet, Miss Dutton.«

»Haben Sie meinen Wink nicht verstanden? Daß ich die Frage nicht beantworten will? *Man* hat mich nirgendwohin gebracht. Und wo ich war, das geht Sie nichts an.«

»Ihr Vater wird neugierig sein, davon bin ich überzeugt.«

»Den geht es auch nichts an«, erwiderte Louise.

»Wir sind anscheinend heute mit dem falschen Bein aufgestanden, Miss Dutton«, sagte Mawson. »Es tut mir wirklich leid. Versuchen wir es noch einmal. Ich bin hier, um Ihre Interesse zu wahren. Ich bin auf Ihrer Seite.«

»Auf meiner Seite? Die Cops sind die bösen Jungs? Sie sehen das falsch, Mr. Mawson. Ich bin auf ihrer Seite. Ich werde den Cops alles sagen, was ich weiß. Ich will, daß sie Jerome Nelsons Mörder schnappen.«

»Sie mißverstehen mich«, sagte Mawson.

»Ich will so hilfreich und kooperativ sein, wie ich kann«, sagte Louise. »Ich war in der Nacht – oder am frühen Morgen nur noch nicht dazu in der Lage, und deshalb die ganze Aufregung. Aber ich habe mich etwas ausgeruht, und jetzt bin ich bereit zu tun, was die Polizei von mir verlangt.«

»Welche ›Aufregung‹?«

»Es gab in der vergangenen Nacht einige Unstimmigkeiten, wann ich herkommen sollte«, sagte Louise. »Aber Inspector Wohl kümmerte sich darum.«

»Ich will nur Ihre Rechte schützen«, sagte Mawson. »Ich möchte dabeisein, wenn Sie befragt werden.«

»Ich kann selbst auf meine Rechte achten.«

»Ihr Vater bat mich . . .«

»Ja, das sagten Sie.« Louise schaute ihn nachdenklich an und traf offensichtlich eine Entscheidung. »Okay. Solange Sie verstehen, wie ich mich fühle.«

»Ich verstehe«, sagte Mawson. »Waren Sie gut bekannt mit Mr. Nelson?«

Sie antwortete nicht sofort.

»Er war ein Freund, wenn ich einen brauchte«, sagte sie schließlich.

Mawson nickte. »Nun, dann sollten wir wieder dort reingehen und es hinter uns bringen.«

Hinter der Tür vom Büro des Commissioner im dritten Stock befindet sich ein Vorzimmer voller Schreibtische. Das private Büro des Commissioner ist rechts, direkt geradeaus befindet sich der Konferenzraum, der mit einem langen Tisch ausgestattet ist. Durch die Fenster hat man einen Blick auf das Metropolitan Hospital an der Race Street.

Als Peter Wohl das Vorzimmer betrat, sah er, daß der Konferenzraum voller Leute war. Er erkannte Deputy Commissioner Howell, Chief Inspector Dennis V. Coughlin, Captain Henry C. Quaire, Captain Charley Gaft von der Abteilung ›Ziviler Ungehorsam‹, Captain Jack McGovern vom Zweiten Distrikt und Chief Inspector of Detectives Matt Lowenstein, bevor jemand die Tür vom Konferenzraum schloß.

»Er wartet auf Sie, Inspector«, sagte Sergeant Jank Jankowitz und wies zur Tür von Commissioner Czernicks Büro.

»Danke«, sagte Peter, ging zu der offenstehenden Tür und steckte den Kopf ins Büro.

»Kommen Sie rein, Peter«, sagte Commissioner Czernick, »und schließen Sie die Tür.«

»Guten Morgen, Sir«, sagte Peter.

»Eine Konferenz erwartet mich. Deshalb muß es schnell gehen«, sagte Czernick. »Ich will wissen, was mit dieser Frau vom Fernsehen geschah, und zwar von dem Zeitpunkt an, an dem ich Sie anwies, einen Deckel auf den Dingen zu halten. Wenn etwas schiefging, fangen Sie damit an.«

»Nichts ging schief, Sir«, sagte Peter. »Ich ließ sie von zwei Cops, die ich mir von Jack McGovern auslieh, vom Tatort fortbringen. Sie fuhr zu WCBL-TV, und die Beamten blieben bei ihr, bis sie dort fertig war. Dann brachten sie Miss Dutton nach Hause. Ich fuhr später zu ihrem Apartment und brachte sie zur Mordkommission.« Er lächelte und fuhr fort: »Jason Washington zeigte sich als netter Onkel, und die Befragung verlief sehr gut. Miss Dutton sagte mir anschließend, daß sie ihn für einen wirklich netten Kerl hält.«

Commissioner Czernick lächelte. »Aber Sie waren verwickelt in das, was später geschah? In den Fall Nelson?«

»Jawohl, Sir. Ich war auf dem Heimweg vom Abendessen . . .«

»Waren Sie im Moffitt-Haus? Ich habe Sie nicht gesehen. Ich sah Ihre Eltern.«

»Ich war nicht dort«, sagte Peter. »Ich werde zu der Totenwache gehen. Ich fuhr zu einem Abendessen – verdammt!«

»Was ist?«

»Ich aß im Ristorante Alfredo zu Abend«, sagte Peter. »Vincenzo Savarese kam mit seiner Frau und Schwägerin an den Tisch und sagte, er bedaure, was Dutch Moffitt widerfuhr, und dann ging er. Als ich die Rechnung verlangte, sagte man mir, daß Savarese sie übernommen hätte. Das hatte ich vergessen. Ich wollte eine Aktennotiz an die Abteilung Interne Angelegenheiten schreiben.«

»Mit wem waren Sie zusammen beim Abendessen?«

»Mit einem Mädchen namens Barbara Crowley. Sie ist Krankenschwester im psychiatrischen Institut.«

»Ist es das Mädchen, das Sie zu Herman Webbs Party mitbrachten, als er pensioniert wurde?«

»Ja, Sir.«

»Ich bewundere Ihren Geschmack, Peter«, sagte Commissioner Czernick. »Sie ist anscheinend eine feine und gutaussehende junge Frau.«

»Das sagt mir meine Mutter auch immer«, bemerkte Wohl.

»Sie sollten auf sie hören.« Czernick lächelte.

»Als ich heimkehrte, rief ich die Mordkommission an, um mich zu erkundigen, ob sich etwas getan hat, ob man Gerald Vincent Gallagher gefunden hätte, und man sagte mir, was bei Stockton Place 6-C passierte. So entschied ich mich, dorthin zu fahren.«

Das war nicht die Wahrheit, die ganze Wahrheit und nichts als die Wahrheit, aber es war nicht gelogen, dachte Peter Wohl. *Warum fühle ich mich dann unbehaglich?*

»Was geschah dort?«

»Darf ich inoffiziell sprechen?« fragte Wohl.

Der Commissioner schaute ihn überrascht an, dachte kurz nach und nickte.

»Lieutenant DelRaye war am Tatort, und er hatte Miss Dutton falsch behandelt. Als ich dort eintraf, hatte sie sich in ihrer Wohnung eingeschlossen, und DelRaye hatte vor, die Tür aufzubrechen. Er hatte einen Transporter angefordert, um Miss Dutton hierherzubringen.«

»O Gott«, sagte Czernick. »Und wie ging es weiter?«

»Ich sprach mit Miss Dutton. Sie hatte die Leiche gefunden, und es war nur verständlich, daß sie aufgeregt und durcheinander war. Sie weigerte sich, zum Präsidium zu fahren. Und das war ihr ernst. Sie bat mich, sie von dort wegzubringen, und das tat ich.«

»Wohin haben Sie Miss Dutton gebracht?«

»Zu meiner Wohnung«, sagte Peter. »Sie erklärte, daß sie nicht in ein Hotel wollte. Ich bin überzeugt, sie hatte das Gefühl, erkannt zu werden. Jedenfalls war es halb drei am Morgen, und ich hielt es für das beste, sie zu mir nach Hause zu bringen.«

»Sie sollten hoffen, daß Ihre Freundin das nicht herausfindet«, bemerkte Czernick.

»Ich beruhigte Miss Dutton, gab ihr etwas zu essen, und um acht Uhr brachte ich sie her. Ich war gerade bei der Mordkommission eingetroffen, als Sie dort anriefen.«

»Wie denkt Miss Dutton Ihrer Ansicht nach über die Polizei?« fragte Czernick.

»Abgesehen von DelRaye mag sie uns, glaube ich«, sagte Peter.

»Wird sie sich über DelRaye beschweren?«

»Nein, Sir.«

»Haben Sie Colonel Mawson gesehen?«

»Ja, Sir. Ich nehme an, WCBL-TV schickt ihn, oder?«

»Nein«, sagte Czernick. »Sagt Ihnen der Name Stanford Fortner Wells etwas, Peter?«

Wohl schüttelte den Kopf.

»Wells Newspapers Incorporated?« Czernick sah Wohl fragend an.

»O ja, klar.«

»Er schickte den Colonel«, sagte Czernick.

Peter erinnerte sich plötzlich, was er gedacht hatte, als er Louise Duttons Apartment gesehen hatte: daß sie sich das nicht erlauben konnte; daß sie vielleicht nebenbei eine Edelnutte oder die Mätresse eines reichen Mannes war. Das war jetzt anscheinend eine Bestätigung seiner Vermutung.

»Er ist ihr Vater«, sagte Czernick. »Die freundliche Behandlung, die wir Miss Dutton zuteil werden ließen, war offensichtlich genau das richtige.«

»Sie erzählte mir, daß sie versucht hätte, ihren Vater anzurufen, er jedoch außer Landes war. London, sagte sie. Sie sagte mir nicht, wer ihr Vater ist.«

Es wurde ihm klar, daß er soeben einen gefühlsmäßigen Schock erlitten hatte; mehrere Emotionen waren auf einmal in ihm aufgewallt. Er schämte sich, weil er so bereit gewesen war, zu akzeptieren, daß Louise die Mätresse irgendeines reichen Mannes war, was leicht erklärt hätte, weshalb sie sich dieses teure Apartment leisten konnte. Als er erfahren hatte, daß Stanford Wells ihr Vater war, nicht ihr Geliebter, war er ungemein erleichtert gewesen. Und sofort ging die Erleichterung in Enttäuschung und sogar Ärger über. Welch geringe Chance auch immer bestanden hatte, daß sich zwischen ihnen etwas entwickelte, Louise hatte sie zunichte gemacht. Die Tochter eines Zeitungszaren ließ sich nicht mit einem Cop ein, und sie zog schon gar nicht in ein mit Wein beranktes Landhäuschen abseits der Straße.

»Peter, ich möchte, daß Sie an dieser Sache dranbleiben«, sagte der Commissioner Czernick. »Ich werde Arthur Nelson sagen, daß ich Sie beauftragt habe, den Fall zu überwachen, und daß Sie ihm mindestens täglich den Stand der Ermittlungen mitteilen.«

»Jawohl, Sir.«

»Stellen Sie fest, wie die Dinge stehen, und rufen Sie Nelson dann an. Besser noch, suchen Sie ihn auf.«

»Jawohl, Sir.«

»Machen Sie ihm klar, daß Ihre Informationen vertraulich sind, nicht für die Zeitung bestimmt. Sagen Sie ihm soviel, wie Sie für richtig halten. Ich möchte nicht, daß er sich in seinen Medien über die Unfähigkeit der Polizei beklagt. Und halten Sie auch Kontakt mit der Dutton. Ich möchte nicht, daß die Gelder für uns gekürzt werden, weil Stanford Fortner Wells III. seinen Politikern das zuflüstert. Was er vermutlich getan hätte, wenn wir seine Tochter in Handschellen in einem Gefangenentransporter hergebracht hätten.«

»Jawohl, Sir«, sagte Peter Wohl.

»Das war's, Peter«, sagte Commissioner Czernick. »Halten Sie mich auf dem laufenden.«

9

Das Ehepaar McFadden, das in einem Reihenhaus in der Fitzgerald Street wohnte, in der Nähe des Methodist Hospital in South Philadelphia, war nicht sehr erfreut, als der Sohn Charles eine Laufbahn als Polizist wählte. Sein Vater Kevin war Angestellter der Gaswerke, seit er die High School verlassen hatte, und Mrs. McFadden (Agnes) hatte natürlich angenommen, Charley würde in die Fußstapfen seines Vaters treten. Im großen und ganzen hatten die Gaswerke Kevin McFadden siebenundzwanzig Jahre lang anständig behandelt, und mit sechzig würde er eine gute Pension erhalten, basierend auf dann einundvierzig Jahren Dienst bei den Gaswerken.

Mrs. Agnes McFadden konnte nicht verstehen, warum Charley, dem sein Vater nach der High-School einen Job als Gehilfe bei den Gaswerken besorgt hatte, die Arbeit hingeschmissen hatte, um Polizist zu werden. Am meisten war sie um die Sicherheit ihres Sohnes besorgt. Der Polizeiberuf war gefährlich. Sie erschauerte stets, wenn sie in Charleys Zimmer ging und seine Waffe und Schachteln mit Munition im Fach im Schrank sah.

Und Charley wäre bei den Gaswerken nicht immer Gehilfe geblieben. Man kann nicht gleich an der Spitze anfangen, man muß sich hocharbeiten. Kevin hatte sich hochgearbeitet. Er war jetzt Vorarbeiter, die Bezahlung war gut, und in seinem Alter hatte er fast an allen Wochenenden und an den meisten Feiertagen frei.

Kevin war keine große Hilfe gewesen, als Agnes McFadden versucht hatte, ihren Sohn zu überreden, bei den Gaswerken zu bleiben und nicht zu den Cops zu gehen. Er hatte für Charley Partei ergriffen und ihm beigepflichtet, daß eine Pension, die man mit fünfundvierzig erhielt, viel besser war als eine mit sechzig – wenn man so lange lebte.

»Mensch, Agnes«, sagte er, »Charley kann sich mit fünfundvierzig Jahren pensionieren lassen, dann ist er noch relativ jung, kann sich einen anderen Job suchen und erhält jeden Monat einen Scheck von der Stadt bis an sein Lebensende.«

Und er fügte hinzu, wenn Charley nicht bei den Gaswerken arbeiten wollte, dann war das seine Sache.

Mr. und Mrs. McFadden waren jedoch der gleichen Meinung hinsichtlich Charleys Dienstes bei der Polizei. Was er machte, gefiel ihnen kein verdammtes bißchen, wenn sie auch ohne viel Erfolg versuchten, es für sich zu behalten.

Er lief wie ein gottverdammter Gammler herum. Tatsachen sind Tatsachen. Agnes hätte ihren Mann Kevin niemals in solchen Klamotten zur Arbeit gehen lassen, nicht mal damals, als er noch unterirdisch gearbeitet hatte. Gott allein wußte, was die Leute in der Nachbarschaft dachten, womit Charley seinen Lebensunterhalt verdiente.

Nicht, daß er oft in dieser Gegend war. Sie sahen ihn kaum,

konnten sich nicht erinnern, wann er das letztemal mit ihnen zur Kirche gegangen war, und er ging nicht mehr mit seinem Vater in Flo & Danny's Bar & Grill.

Sie, die Eltern, verstanden natürlich, wenn er ihnen erzählte, daß er dem Rauschgiftdezernat zum Dienst in ›Zivilkleidung‹ zugeteilt worden war und daß er sich wie ein Penner kleidete, weil man nur Typen der Drogenszene schnappen konnte, wenn man wie sie aussah. Er nahm schließlich keine Leute fest, die zu schnell gefahren waren. Nein, sein Job war ganz anders. Und sie glaubten ihm, wenn er sagte, daß dies eine Chance für ihn war und er schnell befördert werden würde, wenn er seine Sache gut machte. Außerdem konnte er im Augenblick praktisch unbegrenzt bezahlte Überstunden machen.

Für Agnes McFadden waren bezahlte Überstunden prima, aber man konnte eine gute Sache auch übertreiben. Charley hatte sich einen eigenen Telefonanschluß zugelegt. In zwei, drei oder manchmal noch mehr Nächten pro Woche, für gewöhnlich zu unmöglicher Zeit, wenn sie im Bett lagen, klingelte das Telefon, und sein Partner rief an. Und dann hörte sie Charley die Treppe runterrennen und die Haustür zuknallen (wie er es seit seinem fünften Lebensjahr getan hatte), und er ließ den verbeulten alten Volkswagen an und brauste davon.

Agnes McFadden sagte sich, daß es nicht so schlimm wäre, wenn er ein *richtiger* Cop wäre, einer mit Uniform, rasiert und mit gepflegtem kurzem Haar, der in einem Streifenwagen herumfuhr und Strafzettel austeilte oder zu Unfällen fuhr und die Aufgaben *richtiger* Cops erledigte. Und es gefiel ihr überhaupt nicht, wie es jetzt war, und ebensowenig gefiel es seinem Vater, der es nur nicht zugeben wollte.

Charley war fünfundzwanzig, und es war an der Zeit, daß er an Heirat und die Gründung einer Familie dachte. Kein anständiges Mädchen würde sich mit ihm in der Öffentlichkeit sehen lassen, so wie er aussah (und manchmal roch), und kein Mädchen mit normalem Menschenverstand würde jemanden heiraten, bei dem es nicht damit rechnen konnte, daß er zum Abendessen heimkam, oder der mitten in der Nacht aus dem Bett sprang, wenn das Telefon klingelte. Ganz zu schweigen von der ständigen Gefahr, daß er von irgendeinem Nigger oder Puertorikaner oder Itaker im Drogenrausch erschossen oder erstochen oder überfahren wurde.

Officer Charles McFadden, der damit beschäftigt war, ein Stück Toast in den Dotter eines Spiegeleis zu tunken, schaute zu seinem Vater auf.

»Dad, frag mich, wie viele Sterne am Himmel sind.«

Sein Vater, der die Baseballergebnisse im Sportteil der *Philadelphia Daily News* gelesen hatte, betrachtete ihn mißtrauisch.

»Es ist kein schmutziger Witz«, sagte Charley McFadden, der die Gedanken seines Vaters erriet.

»Okay«, sagte Kevin McFadden. »Wie viele Sterne sind am Himmel?«

»Alle«, sagte Charley McFadden und grinste zufrieden.

Kevin brauchte eine Weile, aber schließlich kapierte er und lachte.

»Klugscheißer«, sagte er.

»Der Apfel fällt nicht weit vom Stamm«, konterte Charley.

»Ich verstehe nicht«, sagte Agnes McFadden.

»Der einzige Platz, Ma, an dem die Sterne sind, ist der Himmel«, erklärte Charley.

»Oh«, sagte sie, nicht ganz sicher, warum das lustig war. »Es sind noch Bratkartoffeln in der Pfanne, wenn du welche möchtest.«

Charley war in den frühen Morgenstunden gekommen und hatte geschlafen, bis er vermutlich Kaffee, Frühstücksspeck, Spiegeleier und Bratkartoffeln gerochen hatte. Dann war er heruntergekommen. Es war jetzt Viertel nach neun.

»Nein, danke, Ma«, sagte Charley. »Ich muß weg.«

»Du willst wohin?« fragte Agnes McFadden, als Charley aufstand und seinen Teller zur Spüle trug. »Komm, gib mir den Teller. Weder dir noch deinem Vater kann man Geschirr anvertrauen.«

»Ich muß Ölwechsel machen«, sagte Kevin McFadden. »Und

ich habe ein Zeug gekauft, das den Vergaser reinigen soll. Ich dachte mir, daß wir danach zu Flo & Danny's gehen und einen heben.«

»Das geht nicht, Dad«, sagte Charley, »ich muß zur Arbeit.«

»Du bist erst um vier gekommen ...« wandte Agnes McFadden ein.

»Um drei«, widersprach Charley. »Es war zehn nach drei, als ich hier eintraf.«

»Dann um *drei*. Und du mußt schon wieder weg? Dein Vater hat heute frei, und es wäre gut für dich, wenn ihr etwas Zeit zusammen verbringt. Und auch ein bißchen Spaß habt. Geht zu Flo & Danny's, und wenn ich gespült und aufgeräumt habe, komme ich runter und trinke ein Glas Bier mit euch beiden.«

»Ma, ich muß zur Arbeit.«

»Warum? Ich möchte wissen, was so wichtig ist, daß es nicht ein paar Stunden warten kann, so daß du ein bißchen Zeit bei der Familie verbringen kannst.«

Sie war mehr gekränkt als ärgerlich, wie Charley sah. »Ma, hast du im Fernsehen gesehen, daß Captain Moffitt erschossen wurde?«

»Klar, das habe ich gesehen. Was hat das mit dir zu tun?«

»Es waren zwei Täter«, sagte Charley. »Captain Moffitt erschoß einen, und der andere entkam.«

»Ich fragte, was das mit dir zu tun hat.«

»Ich glaube, ich weiß, wo ich ihn schnappen kann«, sagte Charley.

»Mr. Supermann«, sagte seine Mutter sarkastisch. »Es gibt achttausend Cops – ich weiß das, weil ich es in der Zeitung gelesen habe –, achttausend Cops in Philadelphia, und du bist seit zwei Jahren bei der Polizei und nur ein Streifenbeamter, obwohl du nie wie einer aussiehst, und *du* willst ihn schnappen!«

Charley stieg das Blut in die Wangen.

»Laß mich eines sagen, Ma, wenn es dir nichts ausmacht«, sagte er ärgerlich. »*Ich* bin der Beamte, der die Frau identifizierte, die Captain Moffitt erschoß, und diese achttausend

Cops, von denen du redest, suchen *alle* einen Typ namens Gerald Vincent Gallagher, weil *ich* ihn als Kumpel der Täterin identifizierte.«

»Kein Scheiß?« fragte Kevin McFadden beeindruckt.

»Hüte deine Zunge«, fuhr Agnes McFadden ihn an. »Wenn du auch im Kanal arbeitest, brauchst du nicht wie ein Kanalarbeiter zu reden!«

»Worauf du einen lassen kannst«, sagte Charley zu seinem Vater. »Und ich habe eine ziemlich gute Idee, wo dieser verdammte Hurensohn wahrscheinlich steckt!«

»Ich nehme dieses schmutzige Gerede von euch beiden nicht mehr hin«, sagte Agnes.

»Agnes, halt die Klappe«, sagte Kevin McFadden. »Charley, du wirst doch nichts Dummes tun? Ich meine, warum solltest du ein Risiko eingehen, wenn es nicht sein muß?«

»Ich werde ihn finden, Dad. Wenn ich das kann. Ich treibe mich da herum, wo er vielleicht ist oder auftauchen wird. Wenn ich ihn sehe oder wenn er dort aufkreuzt, hole ich mir Che-sus zur Unterstützung.«

Officer Jesus Martinez, ein dreiundzwanzigjähriger Puertorikaner, war Officer Charley McFaddens Partner. Er sprach seinen Vornamen aus, wie er auf spanisch gesprochen wird, und Charly hatte sich diese Aussprache angewöhnt, wenn er über ihn mit seiner Mutter redete. Agenes McFadden hatte klargemacht, daß sie *Jesus* als Vornamen unmöglich fand. Che-sus war in Ordnung. Das war wie Juan oder Alberto oder irgendein anderer spanischer Name.

»Ich wünschte, du würdest eine Uniform tragen«, sagte Agnes McFadden.

»Ja, klar«, erwiderte Charley. »Vielleicht als Verkehrspolizist, was? Dann kann ich irgendwo in der Innenstadt mitten auf der Straße stehen, mir im Winter den Arsch abfrieren und im Sommer die Eier braten lassen. Und immer Dieselabgase einatmen.«

Agnes McFadden ging überraschend über seine Formulierungen hinweg.

»Es wäre besser als das, was du jetzt machst«, sagte sie.

»Ma, man wird nicht befördert, wenn man Fußgängerüberwege vor Schulen bewacht«, sagte Charley. »Oder im Schichtdienst Streife fährt.«

»Ich sehe bei dir nichts von einer Beförderung«, sagte Agnes McFadden.

»Laß ihn in Frieden, Agnes«, sagte Kevin McFadden. »Er ist noch nicht lange genug bei den Cops, um befördert zu werden.«

»Der Lehrgang für Kriminalbeamte ist im nächsten Monat, und ich werde daran teilnehmen«, sagte Charley. »Und nur zu deiner Information, ich glaube, ich werde die Prüfung bestehen. Und wenn ich diesen Bastard Gallagher festnehmen kann, *weiß* ich, daß ich es schaffe.«

»Du wirst größenwahnsinnig«, entgegnete Agnes McFadden. Es war ihr klar, daß sie sich ärgerte, und sie fragte sich, warum.

»So? Meinst du? Mein Lieutenant Pekach, weißt du, wie alt *der* ist? Er ist *dreißig*. Und er ist Lieutenant und kann an der Prüfung für Captains teilnehmen.«

»Das ist jung für einen Lieutenant«, sagte Kevin McFadden. »Ich nehme an, die verdienen gut.«

»So ist es, Dad«, sagte Charley. »Als ich die Frau identifizierte, die Captain Moffitt erschoß, beim Leichenbeschauer, wo die Autopsie stattfand, stellte mich Lieutenant Pekach Staff Inspector Wohl vor.«

»Wer ist das?« fragte Kevin McFadden. »Was willst du damit sagen?«

»Ein Staff Inspector ist ranghöher als ein Captain«, erklärte Charley. »Die machen nur die *wichtigen* Ermittlungen.«

»Und?« fragte Agnes McFadden.

»Und da ist dieser Staff Inspector Wohl, Ma, der einen Anzug trägt, der zweihundert Bucks gekostet haben muß, und einen nagelneuen Ford LTD fährt, und dieser Mann ist kaum älter als Lieutenant Pekach, *das* ist der springende Punkt!«

»Dann muß er Beziehungen haben«, sagte Agnes McFadden. »Protektion.«

»Verdammt noch mal, Ma!« rief Charley und stürmte ärgerlich aus der Küche.

»Das hättest du nicht sagen sollen, Agnes«, sagte Kevin McFadden. »Charley ist ehrgeizig, das ist nicht falsch.«

Die Haustür knallte zu, und einen Augenblick später hörten sie das Orgeln eines Anlassers. Schließlich sprang der Motor des Volkswagens an, und Charley brauste davon.

»Rede du mir von Ehrgeiz«, entgegnete Agnes, »wenn man uns anruft und sagt, leider, leider wurde Ihr Sohn erschossen. Oder erstochen.«

Peter Wohl startete den LTD und schaute Louise Dutton an.

»Alles okay?« fragte er.

»Ja«, sagte Louise. »Aber ich habe schon schnellere Tipsen gesehen.«

Peter lachte. Die Stenotypistin, die ihre Aussage abgetippt hatte, war eine junge Schwarze gewesen, die offenbar noch nicht oft mit der Schreibmaschine gearbeitet hatte und entschlossen gewesen war, gut und fehlerfrei zu schreiben; deshalb hatte es sehr lange gedauert.

»Wohin jetzt?« fragte Peter.

»Ich muß natürlich zur Arbeit«, sagte Louise. »Aber ich halte es für besser, erst meinen Wagen zu holen. Auf dem Weg können Sie Ihre Uniform zum Bügeln geben.«

»Nicht, daß ich auf Ihre Gesellschaft verzichten möchte«, sagte Peter, »aber ich könnte Sie beim Sender absetzen, und wir könnten Ihren Wagen später holen. Ich kann ihn auch zum Sender bringen.«

»Ich habe darüber nachgedacht«, sagte Louise, »und mich entschieden, ihn lieber jetzt zu holen, weil Sie in Timbuktu wohnen. Auf der langen Rückfahrt habe ich dann Zeit zum Denken und kann mir einen glaubwürdigen Grund einfallen lassen, warum ich in der vergangenen Nacht eine solche Schande für den Journalismus war.«

»Wie? Ah, Sie meinen, man erwartete von Ihnen, daß Sie eine Reportage über die Sache mit Nelson machen?«

»Ja, das erwartete man«, sagte Louise. »Und als ich das nicht tat, bestätigte ich alle chauvinistischen Theorien von Leonard Cohen über die gefühlsmäßige Labilität von weiblichen Reportern. Richtige Reporter, *männliche* Reporter, werden nicht hysterisch.«

»Sie waren nicht hysterisch, Louise«, sagte Peter. »Sie waren aufgeregt, aber dazu hatten Sie allen Grund.«

Sie fuhren jetzt an der City Hall vorbei und auf den John F. Kennedy Boulevard.

Louise schaute Peter an.

»Sie sind ein wirklich netter Kerl, Peter«, sagte sie. »Hat Ihnen das schon mal jemand gesagt?«

»Das sagen alle immerzu.«

Sie lachte und wechselte das Thema. »Wenn wir bei Ihnen sind, muß ich in die Wohnung.«

»Warum?«

»Weil meine Unterwäsche nach dem Waschen noch naß war und ich sie nicht anziehen konnte.«

Die logische Folgerung aus diesen Worten ist, daß sie in diesem Augenblick ohne Unterwäsche ist, dachte Peter. *Mit anderen Worten, sie ist nackt unter dem Kostüm und der Bluse.*

»Sie hätten Ihr Gesicht sehen sollen«, sagte Louise.

»Wovon reden Sie?«

»Ihre Augen wurden groß«, sagte sie. »Macht Sie das scharf, Peter Wohl? Eine Frau ohne BH und Höschen?«

»Quatsch!«

»Es stimmt!« sagte sie entzückt. »Es *macht* Sie scharf!«

Er starrte sie an. Sie lächelte ihn an.

Peter widmete seine Aufmerksamkeit wieder der Straße. Louise bemerkte, daß er das Lenkrad umkrampfte und die Lippen aufeinanderpreßte. Sie sagten nichts mehr, bis sie bei seinem Apartment waren. Er parkte den Ford vor dem Garagentor, schaltete die Zündung aus, überreichte Louise die Wohnungsschlüssel und lehnte sich auf dem Sitz zurück.

»Ich würde ja weiterfahren, aber ich brauche meine Schlüssel zurück. Ich werde hier warten.«

»Ich werfe die Schlüssel aus dem Fenster«, sagte sie.

»Fein.«

Sie ging die Treppe hinauf, und er stieg aus und lehnte sich an den Kotflügel des Ford LTD. Zwei, drei Minuten später hörte er, daß das Fenster seines Badezimmers geöffnet wurde. Er blickte zum Fenster auf. Er konnte nur Louises Kopf sehen. Sie mußte auf die Toilette geklettert sein, um zu ihm herabzuspähen.

»Können Sie eine Minute raufkommen?« rief sie. »Ich habe ein kleines Problem.«

Er ging hinauf.

Louise spähte um die fast geschlossene Schlafzimmertür zu ihm.

»Was ist das Problem?« fragte er.

»Ich will nicht zur Arbeit fahren«, sagte Louise. »Nicht gleich.«

»Dann fahren Sie eben nicht«, sagte Peter. »Bleiben Sie hier, solange Sie möchten.«

»Sie sind wirklich ein süßer Kerl, Peter«, sagte Louise.

»Anscheinend hatten Sie noch Zweifel daran.«

»Sie sind sauer, weil ich Sie aufgezogen habe, nicht wahr?«

»Wenn es Ihnen Spaß macht, Leute zu verspotten, dann nur zu.«

»Ich wollte Sie nur *necken*. Wenn Sie mir gleichgültig wären, hätte ich das nicht getan.«

»Ich verstehe«, sagte er. »Ich glaube, Sie sind nur halb so clever oder intellektuell, wie Sie tun, aber ich verstehe Sie.«

»Verdammter Kerl«, sagte sie und öffnete die Tür ganz. »Du verstehst mich überhaupt nicht.«

Sie trat auf ihn zu und schaute ihm in die Augen.

»Komm schon, Peter«, sagte sie. »Laß dich auftauen.«

»Kann ich sonst noch etwas für Sie tun, Mylady?« fragte Peter.

Louise knöpfte ihre Kostümjacke auf und streifte sie ab.

Sie blickte zu ihm auf. »Was muß ich noch tun, Peter?« fragte sie sehr leise. »Dich auf die Couch werfen und dir die Kleidung vom Leib reißen?«

Officer Charley McFadden stoppte bei einer Tankstelle, rief Jesus Martinez an und sagte ihm, was er vorhatte. Che-sus' Mutter hatte sich gemeldet, ihm erklärt, daß Che-sus schlief, und ihn dann mit deutlichem Widerwillen geweckt und ans Telefon geholt.

»Willst du mir helfen, Gerald Vincent Gallagher zu schnappen?«

»Ich dachte, du arbeitest vorübergehend für die Mordkommission«, sagte Che-sus.

»Der Detektive, der den Fall hat, ließ mich höflich wissen, daß er meine Hilfe nicht braucht, vielen Dank, auf Wiedersehen.«

Es folgte eine lange Pause.

»Was meinst du, wo er ist?« fragte Che-sus schließlich.

»Ich will an der Bridge Street Station nach ihm suchen«, sagte McFadden.

In der Bridge Street Station, der Endstation der U-Bahn der Linie Market Street, steigen viele Leute um, die von der Innenstadt nach West Philadelphia und umgekehrt fahren.

»Mit anderen Worten, du hast nicht die geringste Ahnung, wo er ist«, sagte Martinez.

»Ich habe ein Gefühl, Che-sus«, sagte Charley McFadden.

Er sagte sich, daß Gerald Vincent Gallagher sich eine Weile versteckt hatte. Dann würde er aus dem Nordosten verschwinden wollen. Er hatte keinen Wagen – nur wenige Junkies hatten einen –, aber er würde den Fahrpreis für eine Bus- oder U-Bahn-Fahrt haben, und wenn er ihn schnorren mußte.

Es folgte wieder eine lange Pause.

»Ah, Scheiße«, sagte dann Jesus Martinez. »Ich bin dabei.«

Und dann legte er auf.

McFadden parkte den Volkswagen bei der Kreuzung Frankford und Bridge Street. Er ging in ein Geschäft auf der anderen Straßenseite und kaufte zwei große Dosen 7-Up (gekühlt), vier verschiedene Schokoriegel, zwei Beutel Erdnüsse und eine Packung Chesterfield.

Er trug alles zum VW, setzte sich auf den Fahrersitz und

deponierte die gekauften Dinge ringsum. Dann ließ er sich auf den Sitz zurücksinken und zündete sich eine Zigarette an.

Wahrscheinlich würde er lange auf Gerald Vincent Gallagher warten müssen. Und es war natürlich möglich, daß der Kerl überhaupt nicht auftauchte.

Wenn er nicht auftauchte, würde Charley keine Überstunden geltend machen. Niemand hatte ihm gesagt, daß er die U-Bahn-Station überwachen sollte.

Aber vielleicht tauchte er auf. Und weil Charley wirklich begierig darauf war, den Dreckskerl zu schnappen, würde er warten.

Er war zehn Minuten dort, als ein Bus hielt. Ein schlanker, dunkelhäutiger, jung wirkender Mann mit Jeans und T-Shirt stieg aus. Er schaute sich um, bis er den Volkswagen entdeckte, schlenderte zu ihm und stieg ein.

»Ich dachte gerade, weil uns niemand diesen Job aufgetragen hat, können wir keine Überstunden aufschreiben«, sagte er.

»Wenn wir ihn schnappen, können wir das«, erwiderte McFadden.

»Ich wette, du glaubst auch an den Osterhasen«, sagte Jesus Martinez. Dann schaute er auf das Sortiment der Genußmittel, die McFadden angehäuft hatte. »Kein Wunder, daß du fett bist. Dieser süße Scheiß ist nicht gut für dich.«

Er nahm sich eine der 7-Ups, und dann begann auch für ihn das Warten.

Die Anwaltskanzlei Mawson, Payne, Stockton, McAdoo & Lester hatte ihre Büros im elften Stock des Savings Fund Society Building an der Market Street, östlich der Broad Street. Von dort aus waren bequem das Gericht und der Finanzdistrikt zu erreichen.

Colonel J. Dunlop Mawson und Brewster Cortland Payne II., die Gründungspartner der Kanzlei, hatten Büros zu beiden Seiten des großen Konferenzraums. Sie teilten sich eine Sekretärin, Mrs. Irene Craig, eine große, würdevolle, grauhaarige Frau

Mitte Fünfzig. Mrs. Craig hatte zwei eigene Sekretärinnen in einem Vorzimmer ihres geschmackvoll eingerichteten Büros. Obwohl sie, wenn es nötig war, fast hundert Wörter pro Minute auf der Schreibmaschine tippen konnte, schrieb Mrs. Craig selten etwas außer Notizen über eingegangene Anrufe.

Ihre Funktion, so hatte sie einst ihrem Mann erklärt, bestand darin, als eine Art Verkehrspolizistin zu arbeiten, die den persönlichen oder telefonischen Zugang zu ihren Bossen regelte, ihn erlaubte oder verbot. Die Zeit ihrer Bosse war kostbar, und es war ihr Job, dafür zu sorgen, daß sie nicht verschwendet wurde.

Sie war sehr gut in ihrem Job, und obwohl es ein Geheimnis zwischen ihnen war, brachte sie mehr Geld nach Hause als ihr Mann, der für eine Versicherungsgesellschaft arbeitete.

Als sie zur Arbeit kam, wie üblich um Viertel vor neun, fünfzehn Minuten vor Geschäftsbeginn, stellte sie überrascht fest, daß die Tür vom Büro des Colonel offenstand. Colonel J. Dunlop Mawson kam selten vor zehn oder halb elf ins Büro. Er war auch jetzt nicht darin, aber es gab Anzeichen darauf, daß er es gewesen war.

Es waren Zigarettenkippen im Aschenbecher; zwei Kaffeebecher aus dem Automaten; zerknülltes Papier im Papierkorb. Der Notizblock des Colonel war mit Dreiecken, Sternen, einem Sonnenuntergang und einer Telefonnummer bemalt, die nach der Vorwahl eine Nummer in London, England, sein mußte.

Mrs. Craig entfernte das zerknüllte Papier aus dem Papierkorb, strich es glatt und las, was darauf stand. Da waren Namen: *Louise Dutton, Lieutenant DelRaye, Inspector Wohl (oder Wall?) und, unterstrichen, Stanford Fortner Wells III.*, eine Adresse *Stockton Place 6* und mehrere Telefonnummern, von denen Mrs. Craig keine wiedererkannte. Und dann erinnerte sie sich, daß Stanford Fortner Wells III. etwas mit Zeitungen zu tun hatte; was genau, wußte sie nicht.

Sie schüttete den Inhalt des Aschenbechers in den Papierkorb, warf die Kaffeebecher ebenfalls hinein, trug den Korb aus dem Büro und leerte ihn in ihren eigenen Papierkorb. Dann ging sie ins Vorzimmer ihres Büros und setzte die Kaffeemaschine in Betrieb. Sie liebte es, den Arbeitstag mit einer Tasse Kaffee zu beginnen, und manchmal wünschte Mr. Payne einen Kaffee.

Um zehn Minuten nach neun erschien Colonel J. Dunlop Mawson im Büro, lächelte sie an und fragte, ob Mr. Payne da war.

»Noch nicht, aber er muß jede Minute eintreffen«, sagte Mrs. Craig.

»Informieren Sie mich bitte sofort, wenn er hier ist. Und können Sie mir eine Tasse Kaffee bringen?«

Er ging in sein Büro, und als sie den Kaffee einschenkte, sah sie, daß er am Fenster stand und zum Fluß starrte. Er hatte die Hände auf die Hüften gelegt und war anscheinend ärgerlich.

Brewster Cortland Payne II. betrat ihr Büro, als sie im Begriff war, eine Tasse Kaffee mit zwei Tütchen Zucker und einem Kaffeelöffel auf dem Unterteller zum Büro des Colonel zu bringen.

»Guten Morgen«, sagte Brewster Payne lächelnd und nickte ihr zu. Er war groß und dünn, fast mager, und er trug einen grauen einreihigen Anzug mit Weste, eine dezente Krawatte und schwarze Schuhe. Alles in allem eine farblose Aufmachung, doch es umgab ihn eine Aura von Autorität und Klugheit, die ihn aus der Masse heraushob und die Leute aufmerksam werden ließ. Mrs. Craig fand, daß er aussah, wie ein erfolgreicher Anwalt aussehen sollte. Manchmal fand sie das bei dem Colonel nicht, besonders, wenn sie sich über ihn ärgerte.

»Guten Morgen«, sagte Mrs. Craig. »Der Colonel bat mich, ihn sofort zu informieren, wenn Sie eintreffen.«

Brewster Paynes Gesicht spiegelte Belustigung und Überraschung wider.

»Meinen Sie, er ist verärgert, weil ich etwas spät dran bin?« fragte er und fügte hinzu: »Ich wäre dankbar für einen Kaffee.«

»Hier«, sagte Mrs. Craig und gab ihm die Tasse mit Unterteller. »Sagen Sie ihm, daß ich seinen bringe.«

Als sie den Kaffee brachte, hatte sich Brewster Payne auf der roten Ledercouch des Colonels ausgestreckt und hielt Unterteller und Kaffeetasse auf seinem Bauch. Der Colonel stand neben seinem Schreibtisch. Als sie ihm die Tasse Kaffee gab, lächelte er geistesabwesend und stellte sie auf den Schreibtisch.

Mrs. Craig verließ das Büro und schloß die Tür. Ein junger Mann stand im Vorzimmer.

»Hallo, Matt«, sagte Mrs. Craig. Sie mochte Matt Payne. Sie fand, daß er ein wirklich gutaussehender und – noch wichtiger – *netter* junger Mann war. Mrs. Craig mochte die Art, wie er lächelte.

»Guten Morgen, Mrs. Craig«, sagte er. Und dann platzte er heraus: »Ist es möglich, daß ich ihn heute morgen sprechen kann? Er erwartet mich nicht, aber . . .«

»Er ist beim Colonel«, sagte Mrs. Craig. »Ich weiß nicht, wie lange es dauert.«

»Ich dachte mir schon, daß ich nicht unangemeldet . . .«

»Unsinn«, fiel Mrs. Craig ihm ins Wort. »Nehmen Sie Platz. Ich hole Ihnen einen Kaffee.«

»Kann ich mit ihm reden?«

»Selbstverständlich.«

Matt Payne war sehr erleichtert, wie Mrs. Craig sah, und sie war froh, daß sie ihn zum Bleiben aufgefordert hatte, auch wenn sich dadurch die Termine des Morgens um eine Viertelstunde verschoben. Eine Viertelstunde plus die Zeit, in der Mr. Payne und der Colonel im Büro des Colonel waren.

Louise kam aus dem Badezimmer. Sie trug Peters Bademantel. Selbst in dem schwachen Licht konnte Peter sehen, daß die Brustspitzen gegen den Stoff drückten und ihn wölbten. Er fand, daß sie unglaublich sexy aussah.

Sie ging durch das Schlafzimmer zum Bett, schaute einen Augenblick lang auf Peter hinab und setzte sich dann auf die Bettkante.

»Sie mal, wer da aufgewacht ist«, sagte sie.

»Ich habe nicht geschlafen, Delila«, sagte er. »Ich habe dich beobachtet, als du aufgestanden bist.«

»Delila?«

»Ich habe nie daran geglaubt, daß sie Samson die Kraft raubte, indem sie ihm die Locken abschnitt«, sagte Peter. »Das ist die jugendfreie Version.«

»Du Samson . . .« sie kicherte, ». . . ich Delila?«

»Und sobald ich meine Kraft wiederhabe, werde ich den Tempel niederreißen«, sagte Peter. »Eigentlich muß ich dem Drachen in seiner Höhle gegenübertreten.«

»Bin ich jetzt der Drache? Die Drachen-Lady?«

»Ich meinte unseren geliebten Chief Inspector Matt Lowenstein.« Wohl nahm seine Armbanduhr vom Nachttisch. Er warf einen Blick auf die Uhr. »Ich muß mich informieren, wie die Ermittlung im Fall Nelson läuft, und dann Arthur Nelson besuchen. Ich bin spät dran.«

»Warum stehst du dann nicht auf und ziehst dich an?«

Er breitete die Arme aus, und sie schmiegte sich hinein. Er küßte ihre Stirn.

Sie schnurrte. »Wie schön.«

»Ich war mir nicht sicher, ob du das möchtest«, sagte er und drückte sie an sich.

»Warum nicht?«

»Es ist *danach*«, sagte Peter. »Es gibt Frauen, die einen Augenblick der Leidenschaft bereuen.«

»Ich hatte befürchtet, du wärst bereits angezogen und zum Aufbruch bereit, als ich hierhin zurückkehrte«, sagte sie. »Weil es *danach* ist.«

Er lachte und schaute ihr ins Gesicht.

»Bums, bums, danke, Ma'am?« fragte er.

»Du bist der Typ, Peter.«

»Dir gefällt es so besser?«

»Viel besser.«

»Blas in mein Ohr, und die Welt gehört dir«, sagte er.

Louise lachte und küßte seine Brust.

»Ist da keine leise Stimme der Vernunft in deinem Unterbewußtsein, die Alarm ruft?« fragte sie. »›*Warum habe ich mich mit dieser verrückten Frau eingelassen?*‹«

»Die leise Stimme der Vernunft fragt: ›*Was passiert, wenn ihr klar wird, was sie getan hat? Die Fernseh-Lady und der Cop?*‹«

»Das läßt darauf schließen, daß es mehr für dich war als eine weitere Kerbe in deinem Revolver«, sagte Louise.

»Wenn ich nicht befürchten würde, daß es eine deiner spöttischen Erwiderungen auslöst, würde ich dir sagen, daß es noch nie so für mich war.«

Sie setzte sich auf und schaute auf ihn hinab.

»Für mich war es auch noch nie so«, sagte sie. »Ich meine, ich mußte dich *bitten*.«

»Na, na!«

»Ja, das tat ich«, sagte sie. »Und das läßt auf die Möglichkeit schließen, daß ich scharf auf Cops bin. Wie nennt man diese armen kleinen Mädchen, die sich an Rockstars heranmachen? *Groupies?* Vielleicht bin ich ein Cop-Groupie.«

»Das hatte ich befürchtet«, sagte Peter. »Daß du dir Gedanken machst.«

»Warum sollte ich mir keine Gedanken machen?«

»Weil du dann sicher einen guten Vorwand finden wirst, um Schluß zu machen.«

»Vielleicht wäre es das beste, auf lange Sicht gesehen.«

»Nicht für mich«, sagte er.

»›Sprach er mit Entschiedenheit‹,« sagte Louise. »Warum sagst du das, Peter? So – so endgültig?«

»Ich sagte es schon, es war noch nie so für mich.«

»Meinst du nicht, daß es vielleicht darauf zurückzuführen ist, daß du gestern nachmittag einen Freund tot in einem Restaurant gesehen hast? Ich nehme an, so etwas weckt Emotionen. Oder daß ich vielleicht selbst gefühlsmäßig aufgeputscht war? Ich war ebenfalls dort, ganz zu schweigen davon, daß ich die Leiche des armen kleinen Jerome sah. Kann das nicht der Grund sein?«

»Es ist mir gleichgültig, was es verursacht hat, ich weiß nur, was ich empfinde«, sagte Peter. »Ich nehme an, diese Gefühle beruhen nicht auf Gegenseitigkeit?«

»Das habe ich nicht gesagt«, entgegnete Louise hastig.

»Mensch, Peter, gestern um diese Uhrzeit wußte ich noch nicht, daß es dich gibt! Was erwartest du denn von mir?«

Er zuckte mit den Schultern.

Sie schaute ihm lange in die Augen. »Wohin führt das? Wie geht es weiter?«

»Was hältst du von dem Vorschlag, es dir in diesem warmen Schlafzimmer ein wenig bequemer zu machen, indem du den Bademantel ausziehst?«

»Ich hatte gehofft, du würdest so etwas vorschlagen«, sagte Louise.

»Wo, zum Teufel, waren Sie?« fragte Leonard Cohen, als Louise Dutton den Nachrichtenraum von WCBL-TV betrat. »Ich habe herumtelefoniert und Sie gesucht!«

»Ich war ein bißchen durcheinander, Leonard«, sagte Louise. »Ich weiß auch nicht, warum. Ich meine, wie sollte so etwas Unwichtiges wie der Fund der Leiche eines guten Bekannten, die übel zugerichtet war wie – mir fällt kein Vergleich ein –, warum sollte mich so eine Lappalie aufregen?«

»Es war eine Story, Lou«, sagte Cohen.

Sie starrte ihn mit eisigem und verächtlichem Blick an.

»Es war ziemlich schlimm, wie?« gab er klein bei.

»Ja, das war es.«

»Lou, ich möchte die Nachrichten um achtzehn Uhr damit eröffnen, daß Barton Sie interviewt. Nichts Förmliches, wissen Sie. Er würde sich einfach an Sie wenden und etwas sagen wie: ›Mr. Nelson wohnte in Ihrem Apartmenthaus, nicht wahr, Louise?‹ Und dann würden Sie antworten: ›Ja, und ich fand die Leiche.‹«

»Sie sind ein Scheißkerl, Leonard«, sagte Louise.

Er starrte sie nur an.

»Um Himmels willen, die Adresse hat in den Zeitungen gestanden . . .«

»Und Ihr Name«, warf er ein.

»Ich habe die Zeitungen gesehen«, sagte sie. »Es müssen zehn

Louise Duttons im Telefonbuch stehen, und keine der Zeitungen, die ich gesehen habe, stellte eine Verbindung zwischen mir und WCBL-TV her. Wenn die hergestellt wird, kriechen alle Ratten in Philadelphia, einschließlich vielleicht das Tier, das diesen armen kleinen Mann getötet hat, aus den Löchern hervor und suchen mich.«

»Warum sollte Sie das stören? Stehen Sie nicht unter Polizeischutz?«

»Wie meinen Sie das?«

»Wie ich es gesagt habe. Als ich Sie nicht erreichen konnte, rief ich bei der Mordkommission an, und ein Lieutenant DelRaye sagte mir, daß ich mich an Inspector Wohl wenden muß, weil Wohl ›sich um Sie kümmert‹.«

»Ich stehe nicht unter Polizeischutz«, sagte Louise ruhig. »Ich sage Ihnen, was ich tun werde, Leonard. Ich werde mir ansehen, was Sie auf Band haben, und wenn etwas dabei ist, das sich lohnt, mache ich einen Off-Kommentar. Aber ich werde nicht vor der Kamera freundlich mit Barton Ellison plaudern.«

»Okay«, erwiderte Leonard Cohen. »Tausend Dank. Ihre Hingabe zum Journalismus rührt mich zutiefst. Wer ist Wohl?«

»Ein Cop. Ein Freund von mir. Er ist ein netter Kerl.«

»Er ist der jüngste Staff Inspector bei der Polizei von Philadelphia«, sagte Cohen. »Er war auch der jüngste Captain. Sein Vater ist ein Chief Inspector im Ruhestand, was vielleicht etwas damit zu tun hat – vielleicht auch nicht –, daß er der jüngste Captain war und der jüngste Staff Inspector ist. Für gewöhnlich ermittelt er bei Korruption an hohen Stellen. Kurz bevor Sie in die Stadt kamen, brachte er zwei hohe Mafiosi *und* ein hohes Tier vom Bauamt in den Knast.«

Louise hob die Augenbrauen und schaute ihn an.

»Sehr fähiger junger Mann«, fuhr Cohen fort. »Der verplempert normalerweise nicht seine Zeit, indem er sich um jemanden ›kümmert‹, wie der Lieutenant es bezeichnete. Ich bin überzeugt, daß Sie sich als Journalistin gefragt haben, welchen Grund die Polizei hat, einem attraktiven jungen Junggesellen den Auftrag zu geben, sich um Sie zu kümmern.«

»Sie finden ihn attraktiv, Leonard?« fragte Louise unschuldig. »Das werde ich ihm erzählen.«

Er preßte kurz die Lippen aufeinander, aber er gab nicht klein bei.

»Sie werden ihn wiedersehen?«

»O Gott, Leonard, ich hoffe es!« sagte Louise. »Er ist absolut Spitze im Bett!« Sie wartete, bis er sie mit großen Augen anstarrte. »Schreiben Sie das auch in Ihre Akte, ja?« fügte sie dann hinzu und ging.

10

Colonel J. Dunlop Mawson saß auf dem Fensterbrett eines der Fenster, die Aussicht auf die untere Market Street, den Delaware River und die Brücke nach New Jersey boten.

»So fuhr ich also zur Mordkommission«, näherte er sich dem Ende seines Berichts, »und schaffte es endlich, Miss Wells zu treffen, auch bekannt als Dutton.«

»Wo war sie vorher?« fragte Brewster Payne. Mawson hatte seine Neugier geweckt. Während des ganzen Berichts, wie der Colonel bei der Polizei von Pontius zu Pilatus geschickt worden war, und der Schilderung der blutrünstigen Einzelheiten der brutalen Ermordung Jerome Nelsons hatte er nicht erraten können, warum Mawson ihm all das erzählte.

»Das wollte sie mir nicht sagen«, antwortete Mawson. »Sie ist eine sehr selbstbewußte junge Frau, Brewster. Ich glaube, sie war nahe daran, mir zu sagen, daß ich zum Teufel gehen soll.«

»Wie ungewöhnlich«, sagte Payne trocken, »daß sie auch nur in Erwägung ziehen konnte, auf die Dienste von Philadelphias berühmtestem Anwalt für Strafrecht zu verzichten.«

»Ich weiß verdammt gut, daß es ein Fehler von mir war, das zu erzählen«, sagte Mawson. »Jetzt kriege ich das immer wieder aufs Brot geschmiert.«

»Vermutlich«, stimmte Payne zu.

»Ich habe eine interessante Theorie«, sagte Mawson. »Daß sie die Nacht mit einem Polizisten verbracht hat.«

»Miss Dutton? Und welcher Polizist wäre das?« fragte Payne.

»Inspector Wohl«, sagte Mawson. »Er holte sie von ihrem Apartment ab, und dann brachte er sie am Morgen ins Präsidium.«

»Ich dachte einen Augenblick lang, Sie wollen andeuten, daß etwas Romantisches oder so zwischen ihnen ist«, sagte Payne.

»Genau das meine ich«, sagte Mawson. »Er ist nicht das, was man sich im allgemeinen vorstellt, wenn man ›Cop‹ oder ›Inspector‹ hört. Er ist jung, sehr intelligent und gut gekleidet – ein brillanter Typ, wenn Sie verstehen, was ich meine.«

»Vielleicht sind sie befreundet«, sagte Payne. »Als er erfuhr, was geschah, stand er ihr als Freund zur Seite.«

»Sie sieht ihn nicht an wie einen Freund«, sagte Mawson. »Und wenn mich Czernick nicht immer noch verarscht, dann kannte der Cop sie bis gestern nicht. Czernick sagte, er hat Inspector Wohl beauftragt, dafür zu sorgen, daß die Wells/Dutton mit Samthandschuhen angefaßt wird, weil sie eine Moderatorin beim Fernsehen ist.«

»Ich befürchte, ich weiß nicht, worauf Sie hinauswollen«, sagte Payne.

»Betrachten Sie es einfach als wilde Vermutung und lassen Sie mich zu Ende ausführen.«

»Ich bitte darum«, sagte Payne.

»Nachdem sie das Protokoll ihrer Aussage unterschrieben

hatte und mit diesem Inspector Wohl fortfuhr, rief ich Wells von hier aus in London an. Er war nicht dort, aber er hinterließ eine Nachricht für mich. Übermittelt mit der blasierten Arroganz, die nur der Engländer hat. Mr. Wells ist an Bord der British Caledonian Airways Flug 419 nach New York und wäre ›recht dankbar, wenn ich mich unverzüglich zur Verfügung halten könnte, wenn er in Philadelphia eintrifft‹.«

»Philadelphia?« Payne lächelte. Mawson äffte den britischen Akzent der Oberschicht ziemlich gut nach. »Fliegt British Caledonian hierher?«

»Nein. Ich stellte dem blasierten Engländer die gleiche Frage. Er sagte, das bezweifele er. ›Mr. Wells hat einen Hubschrauber bestellt, der ihn in New York abholt und nach Philadelphia fliegt, verstehen Sie?‹«

Payne stellte seine Kaffeetasse auf dem Tisch neben der Couch ab.

»Sie näseln wie ein englischer Adeliger«, sagte er und lachte. »Sie treffen ihn also hier am Flughafen?«

Mawson zögerte mit der Antwort. »Ich lasse mich nicht gern als Botenjunge behandeln«, sagte er schließlich. »Aber andererseits steht Stanford Fortner Wells für Wells Newspapers und . . .«

». . . ist ein gewisses Potential für die Zukunft«, ergänzte Payne. »Wenn er einen Anwalt in Philadelphia hätte, dann hätte er den angerufen.«

»Genau.«

»Wir können einen unserer netten jungen Männer mit einem Wagen zum Flughafen schicken«, sagte Payne. »Er holt Mr. Wells ab, bringt ihn entweder her zu Ihnen oder zu einer Suite, die wir für ihn reservieren – wie wäre es im Warwick? –, wo Sie ihm unverzüglich zur Verfügung stehen, sobald es Ihr sehr voller Terminkalender erlaubt.«

»Gute Schau!« sagte Mawson. »Wirklich! Ich wußte, daß ich auf Sie in dieser heiklen Situation zählen kann, alter Junge.«

Payne lachte.

»Da ist noch eine Frage, Brewster«, sagte Mawson.

»Was, wenn überhaupt etwas, Sie Mr. Wells sagen sollen, wo seine Tochter war, als Sie sie nicht finden konnten, und genauer gesagt, wieviel, wenn überhaupt, an Ihrem Verdacht bezüglich Inspector Wall . . .«

»Wohl. W-O-H-L«, korrigierte Mawson.

». . . *Wohl* und seiner möglicherweise lüsternen und fleischlichen Beziehung mit Wells' Tochter dran ist«, fuhr Payne fort.

»Okay. Sagen Sie's mir.«

»Wenn Sie meinen Rat hören wollen – nichts.«

»Ich dachte, es könnte ihm vielleicht zeigen, wie schlau und clever wir sind, um so etwas so schnell herauszufinden«, sagte Mawson.

»Kein Vater will von einem Fremden hören, daß seine Tochter nicht so unschuldig ist, wie er gerne glauben möchte.«

Mawson lachte.

»Sie haben recht, Brewster«, sagte er. Er ging zur Tür und öffnete sie. »Irene, würden Sie bitte Mr. Fengler herbitten? Und sagen Sie ihm, er soll seine Termine für den Rest des Tages streichen, ja? Und lassen Sie dann eine *gute* Suite im Warwick auf unsere Rechnung für Mr. Stanford Fortner Wells reservieren? Und rufen Sie den Autoverleiher an und lassen einen guten Wagen schicken? Einen sauberen, der nicht gerade erst von einer Beerdigung zurückkommt?«

»Jawohl, Sir«, sagte Irene Craig lächelnd.

»Hallo, Matt«, rief Mawson. »Wie geht es Ihnen?«

»Guten Morgen, Colonel«, sagte Matt. »Ich hatte gehofft, meinen Vater sprechen zu können.«

»Nachdem wir soeben alle Probleme der Welt gelöst haben, steht er zu Ihrer Verfügung«, sagte Mawson. Er wandte sich an Brewster Payne. »Matt wartet auf Sie.«

»Das ist ein Ding!« sagte Payne und stand von der Couch auf. »Was mag er wollen?«

In Wirklichkeit hatte er einen Besuch von Matt oder wenigstens einen Anruf erwartet. Er hatte von Matts Mutter gehört, wie peinlich es im Haus der Moffitts gewesen war, was es noch schwieriger für Matt gemacht hatte, die Nachricht vom Tod seines Onkels zu verarbeiten. Er hatte am vergangenen Abend fast damit gerechnet, daß Matt zu ihm nach Hause kommen würde, und er war enttäuscht gewesen, als er nicht gekommen war. Er hatte mit dem Gedanken gespielt, Matt anzurufen, aber schließlich hatte er sich gesagt, daß er besser abwartete, bis Matt ihn aus eigenem Antrieb aufsuchte.

Er ging ins Vorzimmer und widerstand der Versuchung, Matt in die Arme zu schließen.

»Guten Morgen, Matt.«

»Wenn ich deinen Terminplan durcheinanderbringen, Dad . . .«

»Es steht nichts auf meinem Terminplan, oder, Irene?«

»Alles kann warten«, sagte Mrs. Craig.

»Geh schon rein, Matt«, sagte Payne und wies zu seinem Büro. »Ich muß nur noch kurz in ein anderes Büro, und dann habe ich Zeit für dich.«

Er wartete, bis Matt im Büro war, und dann sagte er Irene Craig, daß sie keine Telefonate durchstellen sollte. »Es ist wichtig. Haben Sie von der Sache mit Captain Moffitt gehört?«

»Ja. Ich wußte nicht, was ich zu dem Jungen sagen sollte«, erwiderte Mrs. Craig. »So erwähnte ich das Thema nicht.«

»Ich denke, ein Wort des Beileids wäre angebracht, wenn er herauskommt«, sagte Payne, und dann ging er in sein Büro und schloß die Tür.

Matt saß auf der Kante eines antiken Stuhls aus Kirschbaumholz und stützte die Ellenbogen auf die Knie.

»Das mit deinem Onkel Dick tut mir sehr leid, Matt«, sagte Brewster Payne. »Er war ein feiner Mensch, und ich weiß, welch enges Verhältnis ihr hattet. Abgesehen davon habe ich keine tröstenden Worte. Es war sinnlos, brutal, entsetzlich.«

Matt schaute ihn an, setzte zu einer Erwiderung an, entschied sich dagegen und sagte etwas anderes: »Ich bin soeben in die Polizei eingetreten.«

Mein Gott! Er scherzt nicht!

»Das war aber eine plötzliche Entscheidung«, sagte Brewster

Payne. »Was ist mit dem Marine-Corps? Ich dachte, du wolltest zu den Marines.«

»Ich fiel bei der ärztlichen Untersuchung durch«, sagte Matt. »Die Marines wollen mich nicht.«

»Wann war die Untersuchung?«

»Vor einer Woche«, sagte Matt. »Meine Schuld. Als ich zum Marinekrankenhaus ging, fragte mich der Arzt, warum ich mich nicht gleich mit auf Flugtauglichkeit untersuchen lasse. Ich wußte gar nicht, ob ich vielleicht die Fliegerschule besuchen wollte. So ließ ich mich untersuchen, und die Augenuntersuchung war gründlicher, als sie es sonst gewesen wäre, und so fanden sie es heraus.«

»Was fanden sie heraus?«

»Was ich an den Augen habe. Es hat irgendeinen lateinischen Namen, den ich vergessen habe. Und es wird mir vermutlich nie Probleme machen, aber das U. S. Marine-Corps will kein Risiko eingehen. Ich bin raus.«

»Du hast nichts davon gesagt.«

»Ich war nicht gerade stolz darauf, daß ich untauglich bin«, sagte Matt.

»Vielleicht wäre die Army oder Air Force nicht so wählerisch gewesen«, sagte Brewster Payne.

»Vielleicht. Aber jetzt bin ich untauglich, Dad.«

»Das sollte dir nicht peinlich sein. Man schämt sich nicht wegen Dingen, die man nicht beeinflussen kann. Es gibt überhaupt keinen Grund, daß du dich herabgesetzt fühlst.«

»Ich werde darüber hinwegkommen«, sagte Matt.

»Es ist wirklich kein guter Grund, impulsiv zu handeln«, sagte Brewster Payne.

Und in Gedanken fügte er hinzu: Ebensowenig ist der Tod deines Onkels Dick ein Grund, impulsiv zu handeln und zum Beispiel Polizist zu werden.

»Eigentlich habe ich schon vor Onkel Dicks Tod daran gedacht, zur Polizei zu gehen«, sagte Matt. »Seit ich bei der ärztlichen Untersuchung durchrasselte. Als erstes dachte ich, daß es zu spät ist, um mich bei der juristischen Fakultät einzuschreiben.«

»Nicht unbedingt«, sagte Brewster Payne. »Es gibt immer eine Ausnahme von der Regel, Matt.«

»Und dann wurde mir plötzlich klar, daß ich nicht Jura studieren *will*«, fuhr Matt fort. »Jedenfalls nicht gleich. Nicht in diesem Moment. Und dann sah ich die Anzeigen in den Zeitungen und hörte die Spots im Radio – daß die Polizei gute Leute sucht.«

»Ich habe die Anzeigen auch gesehen«, sagte Brewster Payne. »Sie weckten meine Neugier, und ich erkundigte mich. Die Polizei sucht dringend Leute, weil das Anfangsgehalt ziemlich mies ist . . .«

»Das ist wirklich kein Problem für mich, was ich dir zu verdanken habe«, sagte Matt.

»Ja, das ist kein Problem, da hast du recht.«

»Ich betrank mich gestern nacht mit einem Cop.«

»Nachdem du bei den Moffitts warst, meinst du? Ich dachte, du würdest heimkommen.«

»Ich wollte allein sein, und so ging ich in die Bar im Hotel Adelphia. Die ist prima, wenn man allein sein will.«

»Und dort hast du den Polizisten kennengelernt? Und er überredete dich, zur Polizei zu gehen?«

»Nein. Ich lernte ihn schon am Nachmittag kennen. Bei Onkel Dicks Haus. Mr. Coughlin machte uns miteinander bekannt. Staff Inspector Wohl. Er war auch sehr mitgenommen. Er war mit Onkel Dick befreundet gewesen und war dort gewesen – im Waikiki Diner. Ich glaube, er ging in die Bar des Adelphia, um ebenfalls allein zu sein. Ich sprach ihn in der Bar an.«

»Wohl?« fragte Brewster Payne.

»Peter Wohl«, sagte Matt. »Du kennst ihn?«

»Ich glaube, der Colonel erwähnte ihn«, sagte Payne. »Junger Mann? Intelligent? Gut gekleidet?«

»Er würde deiner Vorstellung von Supertypen entsprechen«, sagte Matt. »Wenn du das meinst.«

»Ich weiß nicht, wie du es schaffst, daß ›Supertypen‹ aus deinem Mund abfällig klingt«, sagte Brewster Payne.

»Ich weiß, warum du sie magst«, sagte Matt. »Nachahmung ist die ehrlichste Form von Schmeichelei. Wenn du heute morgen anfangen würdest, Kautabak zu kauen, würden am Mittag alle kauen und spucken.«

Payne lachte. »Ist das so schlimm?«

»Ja, das ist es.«

»Du sagtest, du hast mit Inspector Wohl zusammen getrunken?«

»Ja. Er ist ein sehr netter Typ.«

»Hast du mit ihm über deinen Polizeidienst gesprochen?«

»Nur kurz«, sagte Matt. »Er hatte bestimmt den Eindruck, daß ich betrunken war oder blöde oder von dem kindischen Wunsch erfüllt, Onkel Dutch zu rächen. Oder alles zusammen.«

»Aber du denkst immer noch daran, zur Polizei zu gehen?« fragte Payne und fuhr dann fort, ohne auf eine Antwort zu warten: »Es wäre eine sehr wichtige Entscheidung, Matt, die sorgfältiges Überlegen erfordert. Du mußt dir das Für und Wider klarmachen, genau abwägen, ob du ...«

Er verstummte, als er Matts Miene sah.

»Ich bin schon bei der Polizei«, sagte Matt. »Jedenfalls so gut wie.«

»Wie hast du das geschafft seit gestern abend? Du kannst doch nicht einfach hingehen und dort anfangen, oder?«

»Ich ging gegen zwei Uhr ins Bett«, sagte Matt. »Und um halb fünf heute morgen war ich hellwach. So machte ich einen langen Spaziergang. Um fünf nach acht war ich in der Innenstadt, vor Wanamaker's. Und ich hatte Hunger. Da ist ein Imbiß an der Suburban Station, wo es rund um die Uhr Hot dogs und Limo gibt. Genau das, was ich haben wollte, und so kürzte ich den Weg ab, indem ich durch die City Hall ging, und das war mein Verderben.«

»Ich verstehe nicht«, sagte Payne.

»Die Cops haben dort einen kleinen Rekrutierungsstand«, sagte Matt. »Vermutlich um die Leute anzusprechen, die auf dem Weg zur Arbeit sind. Ich sah den Stand und dachte mir, es kann nicht schaden, ein paar Informationen einzuholen. Fünf Minuten später war ich oben in der City Hall und machte die Prüfung.«

»So schnell?«

»Ich bin ein schnelles Kerlchen«, sagte Matt. »Trotzdem muß man verschiedene Anforderungen erfüllen, um in den Polizeidienst aufgenommen zu werden. Nach dem, was ich sah, ist es am wichtigsten, daß man ein Jahr lang innerhalb der Stadtgrenzen gewohnt hat – abgesehen davon, daß man unbescholten sein muß. Das bestand ich mit Bravour, denn ich gab für meinen Führerschein das Haus in Deke als Adresse an, und das war vor über einem Jahr. Als nächstes folgte die Prüfung selbst, mit der ich einige Schwierigkeiten hatte, weil ich knifflige Fragen beantworten mußte, zum Beispiel wieviel Eier ich habe, wenn ich ein Dutzend Eier durch sechs teile. Aber auch das schaffte ich. Um elf Uhr mußte ich zur ärztlichen Untersuchung ins Municipal Services Building gegenüber von der City Hall, und ich glaube, ich werde auch noch von einem Klapsdoktor befragt.«

»Ist das alles?«

»Nun, sie nahmen meine Fingerabdrücke und lassen mich vom FBI überprüfen, und sie sammeln hier so was wie Hintergrundinformationen über mich, aber im großen und ganzen ist das alles.«

»Ich frage mich, wie deine Mutter das aufnehmen wird.«

»Ich weiß es nicht«, sagte Matt.

»Sie verlor einen Ehemann, der Polizist war«, sagte Brewster Payne. »Daran wird sie denken.«

Matt stieß einen Grunzlaut aus.

»Ich will es, Dad. Ich will es wenigstens versuchen.«

»Du hast natürlich bedacht, daß dir diese Arbeit vielleicht nicht gefallen wird. Ich weiß nicht, was die Polizei mit den Neulingen macht, aber ich nehme an, es ist wie überall, und du wirst mit dem unangenehmen Dingen anfangen.«

»Ich wollte nicht wirklich zum Marine-Corps, Dad«, sagte Matt. »Jedenfalls nicht mehr, nachdem sie mir sagten, daß sie mich nicht haben wollen. Es war einfach etwas, das man tut, wie man aufs College geht. Aber ich will wirklich Cop werden.«

Brewster Payne neigte nachdenklich den Kopf und kratzte sich an der Wange.

»Nun, es gefällt mir nicht, und ich werde nicht heucheln und das Gegenteil sagen.«

»Das habe ich auch nicht erwartet«, sagte Matt. »Ich hatte gehofft, du würdest es irgendwie verstehen.«

»Das eine schließt das andere nicht aus«, sagte Payne. »Ich verstehe es, und es gefällt mir nicht. Möchtest du hören, was ich wirklich denke?«

»Bitte.«

»Ich denke, du wirst Polizist, und weil es deine Natur ist, wirst du dein Bestes tun. Und ich denke in – sagen wir mal in einem Jahr – wirst du zu dem Schluß gelangen, daß du den Rest deines Lebens nicht als Polizist verbringen willst. Wenn das geschieht und du dich entscheidest, Jura zu studieren oder etwas ganz anderes anzufangen . . .«

»Dann wäre es keine vergeudete Zeit, meinst du das?«

»Ich wollte sagen, daß das Jahr *sehr wertvoll* für dich sein würde«, sagte Brewster Payne. »Wenn ich's mir recht überlege, viel wertvoller als ein Jahr in Europa, was ich dir als Köder vor die Nase halten wollte, um dir auszureden, Polizist zu werden.«

»Das ist ein sehr verlockender Köder«, sagte Matt.

»Das Angebot bleibt bestehen«, sagte Payne. »Aber um ehrlich zu sein, ich wäre enttäuscht, wenn du es annimmst. Es bleibt wegen deiner Mutter bestehen.«

»Ja«, sagte Matt und atmete tief durch.

»Und auch zu meinen Gunsten«, sagte Brewster Payne. »Wenn deine Brüder und deine Schwester zu mir kommen und jammern ›Dad, wie konntest du es zulassen?‹, kann ich ihnen sagen, daß ich mein Bestes tat, um es dir auszureden, einschließlich einer Bestechung in Form eines Jahrs in Europa.«

»Ich habe gar nicht an sie gedacht«, bekannte Matt.

»Das hättest du tun sollen. Du kannst damit rechnen, daß

deine Schwester versuchen wird, dich umzustimmen, und wenn ihr das nicht gelingt, wird sie schreien und mit Dingen um sich werfen.«

Matt lachte.

»Ich werde erklären, was ich zufällig selbst glaube, nämlich, daß deine Entscheidung verständlich ist und sich mit ein wenig Glück vielleicht als sehr vorteilhaft für dich erweisen wird.«

»Danke«, sagte Matt.

Brewster Payne stand auf und hielt Matt seine Hand hin.

Matt wollte sie ergreifen, doch er hielt in der Bewegung inne. Sie schauten sich an, und dann breitete Brewster Payne die Arme aus, und Matt trat auf ihn zu, und sie schlossen sich in die Arme.

»Dad, du bist Spitze«, sagte Matt.

»Ich weiß«, erwiderte Brewster Payne. Und er dachte: *Es juckt mich nicht, wer sein Vater war. Dies ist mein eigener geliebter Sohn.*

Als Peter Wohl die Mordkommission betrat, signalisierte Detective Jason Washington ihm stumm, daß Captain Henry C. Quaire in seinem Büro war. Dann fragte er ihn mit Gesten, ob er ihm sagen sollte, daß Wohl draußen war.

Wohl schüttelte ebenso wortlos den Kopf und mimte Kaffeetrinken. Washington ging zur Kaffeemaschine, schenkte Kaffee ein und fragte Wohl mit Gesten, ob er Milch oder Zucker haben wollte. Wohl schüttelte abermals den Kopf, und Washington brachte ihm die Tasse Kaffee. Wohl nickte dankend, und Washington verneigte sich feierlich.

»Wir sollten uns das Gesicht weiß anmalen und als Pantomimen auf den Straßen auftreten«, sagte Wohl und lachte.

»Nun, dann würden wir wahrscheinlich mehr Geld verdienen als mit unserem Job«, sagte Washington. »Pantomimen haben vermutlich pro Tag mehr in ihrem Bettelkörbchen, als wir in einer Woche verdienen.«

Wohl lachte und fragte dann: »Wer ist bei dem Captain?«

»Mitell«, sagte Washington. »Haben Sie von seinem Fall gehört? Die Sache mit dem alten Italiener?«

»Nein.«

»Nun, der alte Italiener starb. Wir fanden heraus, daß er eines natürlichen Todes starb – Mitell sagte mir, bevor er zum Captain ging, daß er soeben den Autopsiebericht erhielt. Aber die Frau des alten Italieners war pleite und hatte kein Geld, um ihn so beizusetzen, wie sie es für angemessen hielt. So schleppte sie ihn in den Keller, wickelte ihn in Packpapier ein und wartete, bis sie wieder bei Kasse sein würde. Das war vor drei Monaten. Ein Ableser vom Gaswerk roch ihn und rief die Polizei.«

»Allmächtiger!« sagte Wohl.

»Die alte Lady kann nicht verstehen, weshalb sich alle so aufregen«, sagte Washington. »Schließlich war es *ihr* Keller und *ihr* Mann.«

Wohl lachte, und Washington lachte mit. Und dann sprach Washington aus, was Wohl soeben auch in den Sinn gekommen war.

»Warum lachen wir?«

»Weil wir sonst vielleicht verrückt würden«, sagte Wohl.

»Wie lief es mit der Fernseh-Lady?« fragte Washington.

»Sie sagte mir, daß Sie ein sehr netter Mann sind, Jason.«

»Ich finde, sie ist eine sehr nette Lady«, sagte Washington. »Sie sieht sogar noch besser in natura aus als in der Glotze.«

»Hat sich in Ihrem Fall irgendwas ergeben, Jason?« fragte Wohl.

»Gerald Vincent Gallagher hat sich irgendwo verkrochen«, sagte Washington. »Früher oder später muß er wieder zum Vorschein kommen. Ich informiere Sie sofort, wenn sich etwas tut.«

»Wer hat den Fall Nelson?« erkundigte sich Wohl.

»Tony Harris. Kennen Sie ihn?«

Wohl nickte.

Detective Jason Washington fand, daß er mit seinem Fall weitaus besser dran war als Detective Tony Harris, der durch die Laune der Liste den Fall des erstochenen Schwulen erhalten hatte.

Da herrschten die gleichen besonderen Bedingungen, die starke Aufmerksamkeit und Beaufsichtigung von oben, doch aus anderen Gründen. Am Fall Moffitt hatte man besonderes Interesse, weil Dutch Polizist gewesen war, und das Interesse kam aus der Polizei. Wenn Dutch kein Polizist und die Fernseh-Lady nicht als Augenzeugin bei der Schießerei am Tatort gewesen wäre, hätten sich die Medien kaum für die Sache interessiert. Es wäre ein Dreißig-Sekunden-Bericht im Fernsehen und ein Artikel auf der letzten Seite der Zeitung geworden.

Aber der Fall Nelson hatte alles, was sich lange im Fernsehen und in den Zeitungen halten würde. Vor allem war er blutrünstig. Wer auch immer Nelson so übel mit dem Messer zugerichtet hatte, er mußte von Sinnen gewesen sein. Das allein hätte für eine große Geschichte gereicht; die Leute lesen gern über ›brutale Morde‹. Aber Nelson war darüber hinaus reich gewesen, der Sohn eines großen Tiers. Er hatte in einem Luxusapartment gewohnt. Und da war der Zusammenhang (welch ein interessanter Zufall) mit der Moderatorin vom Fernsehen. Sie hatte die Leiche gefunden, und weil jeder die Frau vom Bildschirm her kannte, hatten die Leute das Gefühl, daß jemand die Leiche gefunden hatte, den sie persönlich kannten.

Und bis jetzt wußte man nicht, wer die entsetzliche Tat begangen hatte. Jedem lief es eiskalt über den Rücken, wenn er sich vorstellte, wie jemand in seine Wohnung einbrach und mit dem Messer auf ihn einstach. Und wenn herauskam, daß Nelson homosexuell gewesen war, würde das eine noch größere Story werden. Jason Washington bezweifelte, daß es herauskam (der Vater besaß Zeitungen und einen Fernsehsender, und es war logisch, daß die anderen Zeitungen und Sender aus Respekt vor ihm die Sache totschwiegen). Aber wenn es ans Licht der Öffentlichkeit gelangte, hatten die Medien nicht nur einen brutalen Mordfall im Geldadel, sondern auch allerhand Spekulationen über perverse Täter und ein homosexuelles Opfer. Und diesen Stoff würden sie ausschlachten.

Aber das war nicht Tony Harris' wahres Problem, wie Jason Washington das sah. Harris' wahres Problem war sein Sergeant, Bill Chedister, der den meisten Teil seiner Zeit damit verbrachte, Lieutenant DelRaye in den Hintern zu kriechen, und – noch wichtiger – DelRaye selbst. Für Jason Washington war DelRaye ein unfähiges Großmaul, das für alles, was Tony Harris richtig machte, die Lorbeeren in Anspruch nahm und Harris die Schuld in die Schuhe schob, wenn die Ermittlung nicht so schnell ging, wie die hohen Tiere es haben wollten.

Washington fand, daß DelRaye aus mehreren Gründen blöde gehandelt hatte, als er sich mit der Frau vom Fernsehen angelegt hatte. Jeder vernünftige Cop wußte doch, daß man mehr von Zeugen erfährt, wenn man sie nicht verärgert. Daß DelRaye gedroht hatte, ihre Tür aufzubrechen, und daß er einen Wagen angefordert hatte, um sie zum Präsidium zu bringen wie eine Schwerverbrecherin, war sogar noch blöder gewesen.

In gewisser Weise bedauerte Washington, daß Peter Wohl aufgetaucht war und die Dinge beruhigt hatte. So blieb DelRaye der Zorn erspart, der ihn getroffen hätte, weil die Leute vom Fernsehen verärgert gewesen wären, die sich zu Recht über die Cops aufgeregt und entsprechend negativ über die Polizeiarbeit berichtet hätten.

Washington fand es interessant, daß DelRaye verbreitet hatte: »Wohl war halb betrunken, als er dort auftauchte.« Jason Washington kannte Wohl seit über zehn Jahren, und er hatte ihn nie betrunken gesehen. Aber daß DelRaye so etwas behauptete, war typisch für diesen Scheißer, besonders wenn er selbst besoffen gewesen war. Und wenn DelRaye besoffen gewesen war, würde das erklären, weshalb er die Frau vom Fernsehen verärgert hatte.

Washington bewunderte Wohl aus einer Reihe von Gründen. Ihm gefiel, wie Wohl sich kleidete, aber viel wichtiger war, daß er klug und gewandt war. Jason Washington las regelmäßig die Beförderungslisten, nicht nur um zu sehen, wer darauf stand, sondern auch um zu erfahren, wer seine Sache gut gemacht hatte. Peter Wohl war zweiter auf der Liste der Beförderung zum Sergeant gewesen, erster auf der Liste der Lieutenants, dritter auf der Liste der Captains und wieder erster auf der Liste der Leute, die zum Staff Inspector befördert worden waren.

Das war Beweis genug, daß Wohl ein beispielhaft fähiger Polizist war, aber auch ein gewiefter Taktiker, was nicht immer leicht für jemanden war, der völlig geradeheraus war, wie Washington Peter Wohl einschätzte.

Für Jason Washington war Peter Wohl so, wie seiner Meinung nach ein guter ranghoher Polizeibeamter sein sollte. Washington war überzeugt, daß Wohl zum Chief Inspector und vielleicht noch höher aufsteigen würde, und zwar bald, denn viele der hohen Ränge würden bald in den Ruhestand treten.

Als Wohl einen Schluck Kaffee trank, wurde die Tür von Captain Quaires Büro geöffnet. Detective Mitell, ein drahtiger junger Beamter, und Lieutenant Quaire, ein stämmiger, muskulöser Vierzigjähriger, tauchten auf. Der Captain sah Wohl.

»Guten Morgen, Inspector. Wollen Sie mich sprechen?«

»Wenn Sie eine Minute frei haben, Henry«, sagte Wohl.

»Ich hole mir nur eine Tasse Kaffee, und dann habe ich Zeit für Sie«, sagte Captain Quaire.

Wohl wartete, bis sich Quaire mit Kaffee versorgt hatte, und folgte ihm dann ins Büro. Quaire stellte die Kaffeetasse auf seinen Schreibtisch, ging zur Tür zurück und schloß sie.

»Man sagte mir, daß Sie hier sind«, sagte der Captain und wies auf einen verschrammten Stuhl. »Aber bevor wir dazu kommen, möchte ich Ihnen für die vergangene Nacht danken.«

»Für was in der vergangenen Nacht?« fragte Wohl.

»Ich hörte, daß sich bei dem Fall Nelson eine Situation entwickelte, die peinlich hätte werden können.«

»Von wem haben Sie das gehört?«

Quaire antwortete nicht sofort.

»Mein Cousin Paul ist bei der Spurensicherung. Er war dort«, sagte er. »Ich habe mir Lieutenant DelRaye vorgeknöpft. Ich versuchte ihm klarzumachen, daß es keine gute Öffentlichkeitsarbeit ist, wenn man Türen von Zeuginnen aufbricht und die Zeuginnen dann wie Festgenommene abtransportiert.«

Wohl war erleichtert, weil Quaire von dem Zwischenfall aus einer eigenen Quelle erfahren hatte. Nachdem er dem Commissioner vertraulich davon erzählt hatte, wäre er enttäuscht gewesen, wenn Czernick das an DelRayes Vorgesetzten weitergegeben hätte.

»Die Dame war ein bißchen aufgeregt, aber es geriet nichts außer Kontrolle.«

»War er betrunken, Peter?«

Ob er das auch von seinem Cousin Paul hat? dachte Wohl. *Und ist Paul ein Petzer, oder hat Quaire ihm aufgetragen, ein Auge auf DelRaye zu halten?*

»Nein, ich glaube nicht«, antwortete Wohl und fügte einen Augenblick später hinzu: »Nein, ich bin sicher, daß er nüchtern war.«

Aber ich war betrunken. Wie heuchlerisch ich unter diesen Umständen bin. Ob es jemand gesehen und mich angeschwärzt hat?

»Okay«, sagte Quaire. »Das genügt mir, Peter. Was kann ich jetzt für Sie tun, um Ihnen den Commissioner und mir Chief Lowenstein vom Hals zu halten?«

»Sagte Lowenstein etwas bei Ihnen über mich? Sie sagten, Sie erwarteten mich?« fragte Wohl.

»Lowenstein sagte, ich zitiere, Sie halten auf Anweisung des Commissioners ein Auge auf die Dinge«, sagte Quaire.

»*Nur* als Zuschauer«, sagte Wohl. »Ich soll mich um Miss Dutton und Mr. Nelson kümmern. Ich werde Nelson über den Stand der Ermittlungen auf dem laufenden halten und dafür sorgen, daß Miss Dutton mit all der Höflichkeit behandelt wird, die eine Bürgerin erwarten kann, auch wenn sie zufällig zweimal pro Tag im Fernsehen ist.«

Quaire lächelte. »Das mit der Dutton ist vielleicht sehr interessant für Sie. Sieht toll aus, die Frau. Mit Nelson ist das vielleicht anders. Er soll ein fieser Kerl sein.«

»Dem Commissioner ist es lieber, wenn Nelson sauer auf Peter Wohl ist anstatt auf Ted Czernick«, sagte Wohl. »Ich geriet in die Sache rein, Henry. Ich fuhr nach dem Notruf zum

Waikiki. Mein Pech, daß ich gerade auf dem Roosevelt Boulevard war.«

»Nun, was brauchen Sie?«

»Ich fahre von hier aus zu Nelson«, sagte Wohl. »Ich möchte mit dem Beamten sprechen, der den Fall bearbeitet.«

»Klar.«

»Wenn Sie einverstanden sind, Henry, möchte ich ihn bitten, mir zu sagen, wann Miss Dutton hier gebraucht wird. Ich möchte nicht, daß jemand sagt ›los, steig in den Wagen, Süße‹.«

»Tony Harris hat den Fall Nelson«, sagte Quaire.

»Das sagte man mir. Guter Mann, nach dem, was ich hörte.«

»Tony Harris ist im Apartment des ermordeten Nelson«, sagte Quaire. »Wollen Sie, daß ich Harris herbestelle?«

»Ich muß mit ihm sprechen, bevor ich Nelson besuche. Am besten treffe ich mich mit Harris dort im Apartment.«

»Wenn Sie wollen, rufe ich ihn an und sage ihm, daß er auf Sie warten soll.«

»Tun Sie das bitte, Henry«, sagte Wohl.

Als Staff Inspector Peter Wohl Detective Anthony C. Harris sah, war seine erste Reaktion Zorn.

Tony Harris war Anfang Dreißig, ein schlanker, drahtiger Mann mit schütterem Haar und bereits faltigem Gesicht. Er trug ein Sportsakko und eine Freizeithose, und die Sachen hatte er vermutlich vor vielen Jahren als Sonderangebot gekauft.

Es war ein angenehmer Frühlingstag, und Detective Harris hatte sich entschieden, auf Inspector Wohl abseits vom Tatort zu warten, wo es ekelhaft nach Blut roch. Als Wohl den Schlagbaum an der Zufahrt zum Stockton Place passierte, saß Harris auf der Motorhaube des Jaguar XK-120, der dort parkte, wo Peter Wohl ihn in der vergangenen Nacht mit offenem Verdeck zurückgelassen hatte.

Peter Wohl hatte den Jaguar persönlich lackiert, zwanzig Schichten, eine nach der anderen, und es war eine mühselige und zeitraubende Arbeit gewesen. *Nur ein unwissendes Arschloch, das die schönen Dinge des Lebens nicht zu schätzen weiß, würde sich auf zwanzig mühsam gespritzte Lackschichten setzen.*

Wohl stoppte mit quietschenden Reifen neben dem Jaguar, neigte sich über den Beifahrersitz, kurbelte die Fensterscheibe hinunter und erwiderte Tony Harris' freundliches Lächeln, indem er ihn anschnauzte: »Heben Sie Ihren verdammten Arsch von meiner Motorhaube!«

Dann fuhr er weiter über das Kopfsteinpflaster und parkte den LTD straßenaufwärts.

Harris wirkte ein bißchen belämmert, als er zu Wohl ging, der aus dem LTD ausstieg.

»Verdammt noch mal, Tony!« sagte Wohl, immer noch wütend. »Das sind zwanzig Schichten Lack!«

»Entschuldigung«, murmelte Harris. »Ich hatte mir nichts dabei gedacht.«

»Offenkundig«, sagte Wohl.

Sein Ärger verflog so schnell, wie er ausgebrochen war. Tony Harris sah mitgenommen und erschöpft aus. Unwillkürlich erinnerte sich Wohl, was er über Harris wußte. Zuerst fiel ihm ein, daß Harris ein guter Polizist war, einer der gescheitesten Kriminalbeamten der Mordkommission. Dann entsann er sich, was er gehört hatte: nach neun Jahren Ehe und vier Kindern hatte Mrs. Harris den guten Tony dabei ertappt, daß er vom ehelichen Bett abschweifte, und war zu einem Anwalt gelaufen, der ihr sowohl Gehör als auch den Schwanz geschenkt und sich dann sehr engagiert beim Scheidungsgericht für sie eingesetzt hatte.

Wenn ich Tony Harris wäre, dachte Peter Wohl, *der sechzig bis fünfundsechzig Stunden pro Woche arbeiten muß, um genug Geld zu verdienen, damit er die Alimente und die Miete für eine Ein-Zimmer-Wohnung bezahlen kann, und ein Staff Inspector, nicht viel älter, schnauzt mich an, weil ich den kostbaren Lack seines kostbaren Sportwagens zerkratzen könnte, dann wäre ich sauer. Und mit Recht.*

»Mann, Tony, es tut mir leid«, sagte Wohl und gab ihm die Hand. »Aber ich hab' den Wagen selbst lackiert. Alle zwanzig Schichten.«

»Es war ein Fehler von mir«, sagte Harris. »Ich habe einfach nicht gedacht. Oder ich habe nicht an das Lackieren gedacht.«

»Ich glaube, ich war in Wirklichkeit über meine eigene Blödheit sauer«, sagte Wohl. »Ich hätte wissen müssen, daß ich meinen eigenen Wagen nicht beim Job benutzen sollte. Gleich nachdem ich Sie und den Wagen mit offenem Verdeck sah, sagte ich mir: ›Verdammt, und wenn es in der vergangenen Nacht geregnet hätte?‹«

»Sie brachten die Frau in ihrem eigenen Wagen fort?« fragte Harris.

»Ja.«

»DelRaye brauchte einige Zeit, um das herauszufinden«, sagte Harris. »Ich hörte, er kochte vor Zorn.«

»Nun, das tut mir leid«, sagte Wohl. »Aber es war ein Teufelskreis. Je mehr er Miss Dutton verärgerte, desto wütender wurde sie auf ihn. Ich mußte diesen Kreis durchbrechen und hielt das für die beste Möglichkeit. Unter Umständen hätte die ganze Polizei lange dafür bezahlen müssen, wenn die Sache ausgeufert wäre.«

»Vielleicht war DelRaye so sauer, weil ihm klar war, daß er Mist gebaut hatte«, sagte Harris. »Eine solche Lady kann man nicht herumschubsen. Hat sie eine Beschwerde eingereicht?«

»Nein«, sagte Wohl.

Harris zuckte mit den Schultern.

»Hat Captain Quaire etwas über mich gesagt?« erkundigte sich Wohl.

»Er sagte, es wäre von oben angeordnet worden, daß Sie bei dem Fall mitmischen.«

»Ich bin vorübergehend zur Abteilung ›Ziviler Charme‹ versetzt worden«, sagte Wohl. »Ich muß dafür sorgen, daß Miss Dutton glücklich ist, und ich muß täglich Mr. Nelson über den Fortschritt Ihrer Ermittlungen berichten.«

Harris lachte.

»Wie stehen die Dinge, Tony?«

»Er war homosexuell, ich nehme an, Sie wissen das?«

»Ich habe ihn kennengelernt«, sagte Wohl.

»Ich möchte mit seinem Freund sprechen«, sagte Harris. »Wir suchen ihn. Sehr großer schwarzer Kerl, groß und stark genug, um Nelson so zuzurichten. Wir denken, er heißt Pierre St. Maury. In seiner Geburtsurkunde steht vielleicht John Jones, aber er nannte sich Pierre St. Maury.«

»Sie halten ihn für den Täter?«

»So sieht es im Augenblick aus«, sagte Harris. »Der Sicherheitsmann sagte mir, daß Pierre hier oft übernachtet hat. Er fuhr Nelsons Auto – Autos – und hatte vermutlich einen Schlüssel für die Wohnungstür. Es gibt keine Anzeichen auf gewaltsames Eindringen. Und die Alarmanlage wurde nicht ausgelöst. Einer von Nelsons Wagen fehlt. Übrigens ein *Jaguar*, Inspector«, sagte Harris mit einem frechen Ausdruck in den Augen. »Ich gab den Jaguar ins NCIC.«

Das *N*ational *C*rime *I*nformation *C*enter des FBI speichert Einzelheiten von Verbrechen in den ganzen Staaten. Wenn der Jaguar irgendwo gefunden oder der Fahrer wegen eines Verkehrsverstoßes gestoppt wurde, war die Information, daß es einen Zusammenhang mit einem Verbrechen in Philadelphia gab, sofort für die ermittelnden Polizeibeamten verfügbar.

»Ein neuer Jaguar«, fügte Harris hinzu. »Ich kenne mich da nicht so aus. Ein XJ6?«

»Viertürige Limousine«, half Wohl aus. »Ein Kunstwerk. Kostet über dreißigtausend Dollar.«

Harris' Miene spiegelte Überraschung wider, als er den Preis hörte.

»Die Beschreibung geht alle halbe Stunde über Polizeifunk raus«, fuhr er fort. »Ich habe auch eine Fahndung veranlaßt. Nelsons anderer Wagen ist ein Ford Fairlane Kabrio. Es steht in der Garage.«

»Ein Streit unter Geliebten?« fragte Wohl.

Harris hob die Hände in einer Geste, als pendele eine Waage aus.

»Vielleicht«, sagte er. »Das würde erklären, was er dem Opfer antat. Ich denke, wir haben die Tatwaffe. Kennen Sie diese chinesischen Messer, die wie Hackmesser aussehen, aber rasiermesserscharf sind?«

Wohl nickte.

»Und ein anderes Messer, ein normales, ein Schlachtermesser mit beinernem Griff.«

»Sie sagten ›vielleicht‹, Tony.«

»Es sind bis jetzt nur Vermutungen, Inspector«, erwiderte Harris.

»Weiter, Tony.«

»Es ist allerhand Zeug verschwunden, das nehme ich jedenfalls an. Es gibt keine nennenswerten Schmucksachen in der Wohnung – ein paar gewöhnliche Manschettenknöpfe und Krawattennadeln, aber nichts Wertvolles. Das Opfer trug Ringe, die verschwunden sind. Kein Geld in der Brieftasche oder sonstwo in der Wohnung. Er hatte vermutlich eine Armbanduhr oder mehrere, und es ist keine dort. Und es sind Spuren auf dem Nachttisch, vermutlich von einem tragbaren Fernseher, der verschwunden ist.«

»Wohin führt uns das?«

»Wenn zwei Homosexuelle in so etwas verwickelt werden, so lassen sie für gewöhnlich nichts mitgehen. Ich meine, sie nehmen nichts vom geliebten Freund mit. Sie reagieren ihren Zorn ab und flüchten. Vielleicht war es also nicht der Freund.«

»Oder der Freund ist ein kaltblütiger Hurensohn«, sagte Wohl.

»Ja«, stimmte Harris zu und machte wieder eine abwägende Geste. »Wir suchen Mr. St. Maury. Und den Jaguar. Wir versuchen festzustellen, ob Nelson Schmuck besaß, der teuer genug war, um ihn zu versichern. So hätten wir eine Beschreibung. Captain Quaire sagte, Sie besuchen Nelsons Vater?«

»Ich fahre gleich von hier aus dorthin«, sagte Wohl. »Ich werde ihn diesbezüglich befragen.«

»Ich möchte auch mit ihm reden«, sagte Harris.

»Ich halte es für besser, wenn ich ihn allein besuche«, dachte

Wohl laut. »Ich werde ihm sagen, daß Sie mit ihm sprechen möchten. Vielleicht kann er eine Liste von teuren Schmucksachen oder Wertgegenständen anlegen, die im Apartment waren.«

»Wollen Sie die Liste haben?«

»Nein. Ich werde ihn bitten, sie für Sie anzulegen. Dies ist *Ihr* Fall, Tony. Ich stecke nicht meine Nase in anderer Leute Angelegenheiten.«

Harris nickte.

»Aber ich möchte mich gern in der Wohnung umsehen«, sagte Wohl. »Damit ich weiß, wovon ich rede, wenn ich Nelson besuche.«

»Klar«, sagte Harris. Er ging voran zur Haustür. »Es tut mir wirklich leid, Inspector, daß ich mich auf Ihren Wagen gesetzt habe.«

»Vergessen Sie's«, sagte Wohl.

11

Das Gebäude mit der Zeitung *Ledger* (Ledger = Hauptbuch eines Handelsunternehmens) und den Studios von WGHA-TV und WGHA-Rundfunk befand sich in der Market Street in der Nähe der Thirtieth Street Station und war etwa zur gleichen Zeit wie die U-Bahnstation erbaut worden. Es war nicht ganz der marmorne Palast wie die Thirtieth Street Station, aber ein großes und beeindruckendes Gebäude.

Peter Wohl war schon einmal hier gewesen, als Schüler bei einer Besichtigungstour. Als er die Treppe zum Eingang hinaufging, erinnerte er sich sehr deutlich an eine Busladung ausgelassener Jungen, die Blödsinn trieben und von den Priestern eine Kopfnuß erhielten, wenn ihr Verhalten nicht dem entsprach, was man von jungen katholischen Gentlemen erwarten konnte.

Es gab einen Sicherheitsmann bei der Drehtür, eine Empfangsdame hinter einer marmornen Rezeption in der Halle mit Marmorboden und zwei weitere Sicherheitsleute bei ihr am Empfang.

Wohl überreichte der Empfangsdame seine Visitenkarte. In die obere linke Ecke war das Wappen der Stadt Philadelphia geprägt, in der unteren linken Ecke stand POLICE DEPARTMENT CITY OF PHILADELPHIA und in der Mitte sein Name. Darunter, in kleineren Buchstaben, stand: STAFF INSPECTOR. In der unteren rechten Ecke standen INTERNAL SECURITY DIVISION FRANKLIN SQUARE und zwei Telefonnummern.

Es war eine beeindruckende Karte, die für gewöhnlich Türen öffnete, wohin auch immer er schnell wollte.

Die Karte machte jedoch nicht den geringsten Eindruck auf die Empfangsdame im Ledger Building.

»Haben Sie einen Termin bei Mr. Nelson, Sir?« fragte sie ziemlich herablassend.

»Ich glaube, Mr. Nelson erwartet mich«, sagte Wohl.

Sie lächelte gezwungen und wählte eine Telefonnummer.

»Hier ist ein Mr. Wohl am Empfang, der sagt, Mr. Nelson erwarte ihn.«

Sie lauschte eine Weile und legte dann den Hörer auf.

»Ich bedaure, Sir, aber Ihr Name steht anscheinend nicht auf Mr. Nelsons Terminkalender. Er ist ein vielbeschäftigter Mann und . . .«

»Rufen Sie noch einmal an und sagen Sie, daß ich *Inspector* Wohl von der Polizei bin«, unterbrach er sie.

Sie überlegte einen Moment, zuckte dann mit den Schultern und wählte.

Diesmal hörte sie etwas länger zu, bevor sie den Hörer auflegte. Sie nahm ein Formular und ein Plastikschild BESUCHER aus einer Schublade.

»Unterschreiben Sie bitte«, sagte sie und schob ihm das Formular hin. Dann wandte sie sich an einen der Sicherheitsmänner. »Bringen Sie diesen Gentleman bitte in den zehnten Stock.«

Als sich die Aufzugtür im zehnten Stock öffnete, sah Peter Wohl ein weiteres Foyer mit einer Rezeption aus Mahagoni, und einen Augenblick lang dachte er, die ganze Prozedur würde sich wiederholen, doch eine Tür wurde geöffnet, und eine gutgekleidete, schlanke, grauhaarige Frau trat heraus und lächelte ihn an.

»Ich bin Mr. Nelsons Sekretärin, Inspector«, sagte sie. »Wenn Sie mir bitte folgen wollen.«

Der Sicherheitsbeamte ließ sich auf einem Stuhl neben dem Aufzug sinken.

»Ich bedaure, daß es unten Probleme gab«, sagte die Sekretärin, blickte über die Schulter und lächelte ihn an. »Vielleicht hätten Sie ihr gleich sagen sollen, daß Sie von der Polizei sind.«

»Nicht tragisch«, erwiderte Peter. Es würde zu nichts führen, wenn er ihr sagte, daß er der Frau am Empfang seine Visitenkarte mit genau dieser Information überreicht hatte.

Arthur J. Nelsons Vorzimmer, das Büro seiner Sekretärin, war mit antiken Möbelstücken, einem Perserteppich, einem Ölporträt von Präsident Theodore Roosevelt und einem überraschend lebendig wirkenden ausgestopften Tiger ausgestattet, der den Eindruck erweckte, als könne er Wohl jeden Augenblick anspringen.

»Mr. Nelson wird Sie sofort empfangen, wenn er das kann«, sagte die Sekretärin. »Darf ich Ihnen eine Tasse Kaffee anbieten?«

»Danke, nein«, sagte Peter, und dann ging das Mundwerk mit ihm durch. »Mir gefällt Ihr Miezekätzchen.«

»Mr. Nelson schoß den Tiger kurz nach der Studienzeit«, sagte sie und wies auf ein gerahmtes Foto an der Wand. Wohl ging hin und schaute das Foto an. Es zeigte einen jungen Mann in verschwitzter Khakikleidung, der ein Gewehr in der Armbeuge hielt und einen Fuß auf einen toten Tiger gesetzt hatte.

»Das ist ein bengalischer Tiger«, erklärte die Sekretärin.

»Sehr beeindruckend«, sagte Wohl.

Er betrachtete den ausgestopften Tiger.

Was ist da drin? dachte er. *Ein Holzgestell, ein Drahtgeflecht?*

Pappmaché? Ist diese rote Zunge die echte, die irgendwie präpariert wurde? Oder eine Nachbildung?

Dann durchquerte er das Büro und schaute aus dem Fenster. Er konnte das Dach der Thirtieth Street Station sehen, deren klassische griechische Linien aus diesem Winkel etwas verdeckt waren durch das Gehäuse einer Klimaanlage und einen Wald von Funkantennen. Er sah den Schuylkill River, mit der Schnellstraße auf dieser Seite und den Bootshäusern am anderen Ufer.

Die linke Tür der beiden Türen zu Arthur J. Nelsons Büro wurde geöffnet, und vier Männer kamen heraus. Alle lächelten gezwungen, wirkten aber erleichtert wie jemand, der etwas Unangenehmes endlich hinter sich hat. Wohl nahm an, daß sie zur Schnecke gemacht worden waren.

Ein gutaussehender Mann mit blauem Blazer und grauer Hose tauchte auf der Türschwelle auf. Er war natürlich viel älter und fülliger als der junge Mann auf dem Foto mit dem Tiger und trug jetzt einen schneeweißen, perfekt gestutzten Schnurrbart, aber Peter Wohl hatte keinen Zweifel, daß der Mann Arthur J. Nelson war.

Beeindruckend, dachte Peter Wohl.

Arthur J. Nelson musterte Wohl einen Augenblick lang sorgfältig.

»Ich bedaure, daß Sie warten mußten, Inspector«, sagte er. »Kommen Sie bitte herein.«

Er erwartete Wohl an der Tür und reichte ihm die Hand. Sein Händedruck war fest.

»Danke, daß Sie mich empfangen, Mr. Nelson«, sagte Wohl. »Darf ich Ihnen mein Beileid aussprechen?«

»Ja, das dürfen Sie, und das ist sehr freundlich von Ihnen«, sagte Nelson und führte Wohl ins Büro. »Aber ehrlich gesagt, ich würde einen Bericht vorziehen, daß Sie Beweise gefunden haben, wer das Tier ist, das meinen Sohn tötete, und daß es sich einer Festnahme widersetzte und nicht mehr unter den Lebenden weilt.«

Wohl war einen Moment sprachlos.

Was soll's? sagte er sich dann. *Jeder Vater würde so empfinden. Dieser Mann ist gewohnt, auszusprechen, was er denkt.*

»Ich werde etwas trinken«, sagte Nelson. »Möchten Sie mir Gesellschaft leisten? Oder ist das gegen die Vorschriften?«

»Ich würde gern etwas trinken«, erwiderte Peter. »Danke.«

»Ich trinke Scotch mit etwas Wasser«, sagte Nelson. »Aber Sie können natürlich etwas anderes wählen.«

»Scotch wäre prima, Sir.«

Nelson ging zu einer Bar, die in das Bücherregal eingebaut war. Peter schaute sich in dem Büro um. Eine zweite Wand war aus Glas und bot den gleichen Ausblick auf den Schuylkill River, den er aus dem Vorzimmer gesehen hatte. Die anderen Wände waren mit ausgestopften Tierköpfen und gerahmten Fotos bedeckt, die Arthur J. Nelson mit Prominenten zeigte, unter anderem mit dem Präsidenten der Vereinigten Staaten. Wohl sah ein Foto von Nelson mit dem Gouverneur von Pennsylvania, aber keines, auf dem er mit Bürgermeister Carlucci zu sehen war.

Nelson ging zu Wohl und überreichte ihm ein kristallenes Whiskyglas. Er hatte kein Eis in den Scotch gegeben.

»Einige Leute mögen den Scotch nicht so«, sagte Nelson. »Nippen Sie mal. Wenn er Ihnen nicht schmeckt, sagen Sie es.«

Wohl trank einen Schluck. Der Scotch war stark, nur mit wenig Wasser, aber er schmeckte ihm.

»Sehr gut. Er schmeckt mir. Danke.«

»Ich war auf der Jagd in Schottland, vor ungefähr zehn Jahren. Der Jagdgehilfe trank diesen Scotch. Ich befragte ihn, und er erzählte mir darüber. Jetzt lasse ich mir diesen Scotch hierhin liefern. Jeder Scotch, den Sie hier kaufen können, ist eine Mischung, ein Verschnitt.«

»Er schmeckt prima«, sagte Peter.

»Trinken wir auf Selbstjustiz, Inspector«, sagte Nelson.

»Ich bin mir nicht sicher, ob ich darauf trinken kann, Sir«, entgegnete Peter.

»Sie können das nicht, aber ich«, sagte Nelson. »Ich wollte Sie nicht in Verlegenheit bringen.«

»Wenn ich nicht dienstlich hier wäre, wäre das vielleicht etwas anderes.«

»Wenn Sie Ihren Sohn verloren hätten, Inspector, wie ich meinen, dann würden Sie das *bestimmt* so sehen wie ich. Wenn so etwas passiert, sind Begriffe wie ›Gerechtigkeit‹ und ›fairer Prozeß‹ etwas Abstraktes. Dann wollen Sie Rache.«

»Ich wollte Ihnen sagen, daß ich weiß, wie Sie sich fühlen«, sagte Peter. »Aber ich kann Selbstjustiz nicht gutheißen. Ich kann nur sagen, daß wir alles Menschenmögliche tun werden, um den Mörder Ihres Sohnes zu finden.«

»Wenn ich eine offene Frage stellte, werden Sie mir dann offen antworten?«

»Ich werde es versuchen, Sir.«

»Wie werdet ihr Cops psychologisch damit fertig, wenn ihr jemanden schnappt, und ihr *wißt*, daß er etwas Schreckliches, Widerliches, Unmenschliches getan hat, und er dann als freier Mann aus dem Gerichtssaal spaziert, weil irgendeine Rechtsfrage keine Verurteilung zuläßt oder jemand von der Jury Mitleid mit ihm hatte?«

»Das Ganze ist ein System, Sir«, antwortete Peter nach einer Weile. »Die Polizei, die den Täter schnappt, ist nur ein Teil des Systems. Wir tun unser Bestes. Es ist nicht unsere Schuld, wenn ein anderer Teil des Systems versagt.«

»Ich habe jedes Vertrauen, daß Sie den Mörder meines Sohnes finden werden«, sagte Nelson. »Und wir beide wissen, was dann geschieht. Er wird nach langer Zeit vor Gericht gestellt, wo ein Arschloch von Anwalt jeden Trick anwendet, um ihn herauszupauken. Und wenn ihm das nicht gelingt, wenn die Geschworenen ihn schuldig sprechen und der Richter den Mumm hat, ihn zum elektrischen Stuhl zu verurteilen, wird er ein Gnadengesuch einreichen, und irgendein feiger Hurensohn von Gouverneur wird die Strafe in Lebenslänglich umwandeln. Sie wissen sicher, was es kostet, jemanden im Gefängnis zu halten. Das kostet doppelt soviel wie das Studium auf einer der acht Eliteuniversitäten. Die Steuerzahler versorgen dieses Tier mit drei Mahlzeiten pro Tag und einem warmen Platz zum Schlafen, und das für den Rest seines Lebens.«

Wohl sagte nichts dazu. Nelson trank seinen Scotch, holte sich einen neuen an der Bar und kehrte zurück.

»Waren Sie jemals an der Festnahme von jemandem beteiligt, der etwas wirklich Grauenvolles tat wie das, was mit meinem Sohn geschah?«

»Ja, das war ich, Sir.«

»Und waren Sie in Versuchung, ihm an Ort und Stelle eine Kugel zwischen die Augen zu verpassen, um den Steuerzahlern die Kosten eines Prozesses und/oder lebenslange Gefängnisstrafe zu ersparen?«

»Nein, Sir.«

»Warum nicht?«

»Offene Antwort?« fragte Peter.

Nelson nickte.

»Ich könnte sagen, weil man erkennt, daß man sich auf eine Stufe mit dem Verbrecher stellt«, sagte Peter, »aber die Wahrheit ist, daß man es nicht tut, weil es einen zuviel kosten würde. Bei jedem Schußwaffengebrauch von Polizisten wird ermittelt und . . .«

»Auf die Selbstjustiz«, unterbrach Nelson und hob sein Glas an. »Im Augenblick halte ich das für eine großartige Idee.«

Er schlägt nicht vor, daß ich den Mörder seines Sohnes erschießen soll. Er steht unter Schock und trauert. Als Zeitungsmann weiß er, wie das System funktioniert, und weil er jetzt selbst von diesem System betroffen ist, gefällt es ihm überhaupt nicht.

»Sie gerät fast sofort außer Kontrolle«, sagte Peter.

»Ja, natürlich«, pflichtete Nelson ihm bei. »Bitte entschuldigen Sie, Inspector, daß ich dieses Thema angeschnitten habe. Ich hätte vermutlich in dieser geistigen Verfassung nicht ins Büro gehen sollen. Aber die Alternative war, daheim herumzusitzen und aus dem Fenster zu starren . . .«

»Ich verstehe völlig, Sir«, sagte Peter.

»Hat es irgendwelche Entwicklungen in dem Fall gegeben?« fragte Nelson.

»Ich war am Tatort«, sagte Peter. »Dort sprach ich mit dem Kriminalbeamten, dem der Fall übertragen wurde . . .«

»Ich dachte, er wurde *Ihnen* übertragen«, unterbrach Nelson.

»Nein, Sir. Detective Harris von der Mordkommission bearbeitet den Fall.«

»Und welche Rolle spielen Sie dabei? Aus Ted Czernicks Worten schloß ich, daß Sie die Leitung haben.«

»Commissioner Czernick hat mich gebeten, Sie auf dem laufenden zu halten und sicherzustellen, daß Detective Harris alle Unterstützung erhält, um die er bittet«, sagte Wohl.

»Ich hatte mich gefreut«, sagte Nelson. »Ich habe Erkundigungen über Sie eingeholt. Sie sind der Mann, der den ehrenwerten Mr. Weaver vom Bauamt und seine Freunde von der Mafia erwischte, als sie krumme Geschäfte mit Geldern der Stadt machten. Und jetzt sagen Sie mir, daß Sie den Fall nicht haben . . .«

»Sir, Commissioner Czernick hat den Fall dem besten verfügbaren Kriminalbeamten der *Mordkommission* übertragen. Das ist ein besonders erfahrener und fähiger Mann, Sir. Und er ist besser ausgerüstet als ich, um die Ermittlungen durchzuführen . . .«

»Deshalb ist er Detective, und Sie sind Inspector?«

». . . und der Commissioner rief mich dazu und wies mich an, alles liegenzulassen, was ich sonst tat, damit ich Sie und ihn über den Stand der Ermittlungen auf dem laufenden halten und Detective Harris jede Hilfe geben kann, die er braucht«, fuhr Wohl fort.

Arthur J. Nelson schaute Wohl einen Augenblick lang mißtrauisch an.

»Ich hatte mir das anders vorgestellt«, sagte er schließlich. »Also gut, was hat Mr. Harris bis jetzt herausgefunden?«

»Harris glaubt, daß eine Reihe wertvoller Dinge aus der Wohnung verschwunden sind, Mr. Nelson.«

»Das hat er tatsächlich herausgefunden?« sagte Nelson sarkastisch. »Was anderes könnte es denn sein als ein Raubmord?

Mein Sohn kam heim und überraschte einen Einbrecher, und der Einbrecher tötete ihn. Gott sei Dank war seine Freundin nicht bei ihm. Denn sonst wäre sie jetzt ebenfalls tot.«

Freundin? O Gott!

»Detective Harris, der mit Ihnen persönlich sprechen möchte, bat mich, Sie zu fragen, ob Sie eine Liste von Wertgegenständen, von Schmuck und solchen Dingen, aufstellen können, die sich in dem Apartment befanden.«

»Ich werde meine Sekretärin beauftragen, sich an die Versicherung zu wenden«, sagte Nelson. »Da ist mal eine Bestandsaufnahme gemacht worden.«

»Der Wagen Ihres Sohns, einer der beiden Wagen, der Jaguar, ist aus der Garage verschwunden.«

»Nun, dann ist er inzwischen auf einem Schiff nach Mexiko oder wird ausgeschlachtet. Da werden Sie höchstens noch das Nummernschild finden, und vielleicht nicht mal das.«

»Manchmal haben wir Glück«, entgegnete Peter. »Wir suchen natürlich nach dem Wagen. Hier und an der ganzen Ostküste.«

»Ich nehme an, Sie haben seine Freundin befragt. Es ist unwahrscheinlich, aber möglich, daß sie den Wagen hat. Oder daß er in der Garage des Händlers steht.«

»Sie erwähnten seine Freundin schon vorhin, Mr. Nelson«, sagte Wohl vorsichtig; er wußte, daß er sich auf dünnes Eis begab. »Können Sie mir ihren Namen nennen?«

»Dutton, Louise Dutton«, sagte Nelson. »Sie wissen, daß sie Jerry fand? Daß sie in sein Schlafzimmer ging und ihn so fand?«

»Ich wußte nichts von einer Beziehung zwischen den beiden, Mr. Nelson«, sagte Peter. »Aber ich weiß, daß Miss Dutton Mr. Nelsons Wagen *nicht* hat.«

»Miss Dutton ist eine prominente Persönlichkeit vom Fernsehen«, sagte Nelson. »Es wäre schlecht für ihr Image, wenn bekannt würde, daß sie und ihr Freund im selben Haus wohnten. Ich hätte jedoch gedacht, daß Sie in der Lage sind, zwei und zwei zusammenzuzählen.«

Mein Gott! Erwartet er, daß ich ihm das glaube? Glaubt er das selbst?

Er schaute Nelson an, und dann verstand er: *Er weiß, was sein Sohn war, und vermutlich ist ihm klar, daß ich ebenfalls Bescheid weiß. Ich habe soeben die offizielle Vertuschungsgeschichte erhalten. Arthur J. Nelson will die Tatsache, daß sein Sohn homosexuell war, unter den Teppich kehren. Um seiner selbst willen oder vielleicht, was noch wahrscheinlicher ist, wegen der Mutter. Nun, mein Vater würde das gleiche tun.*

»Was meine Zeitung *Ledger* anbetrifft«, sagte Nelson und schaute Wohl in die Augen, »so wird alles getan werden, um Miss Dutton irgendeine Peinlichkeit zu ersparen. Ich kann nur hoffen, daß meine Konkurrenz ebenso verständnisvoll sein wird.«

Er sagt sich offenbar, daß er Louise irgendwie herumbekommen kann, zuzulassen, daß sie als Jeromes Freundin ausgegeben wird. Nun, warum nicht? ›Eine Hand wäscht die andere‹ funktioniert auf allen Ebenen.

»Ich verstehe, Sir«, sagte Peter.

»Danke für Ihren Besuch, Inspector«, sagte Arthur J. Nelson und reichte Wohl die Hand. »Wenn ich Ted Czernick sehe, werde ich ihm sagen, wie sehr ich Ihre Höflichkeit und Ihr Verständnis zu schätzen weiß.«

Das heißt übersetzt: »Tu, was ich dir gesagt habe, oder ich mache dich fertig«, dachte Wohl.

Peter Wohl rief Detective Tom Harris von einem Münzfernsprecher in der Halle des Ledger Building aus an und teilte ihm mit, daß Arthur J. Nelsons Sekretärin ihm eine Liste von Schmucksachen und anderen Wertgegenständen besorgen würde, die sich vermutlich in Jerome Nelsons Apartment befunden hatten. Die Liste würde vielleicht schon für Harris bereitliegen, wenn er Nelson aufsuchen würde.

Und dann erzählte er Harris, daß Nelson Louise Dutton als Jerome Nelsons Freundin ausgegeben hatte. Er warnte ihn davor, Jeromes sexuelle Vorliebe zu erwähnen, wenn er es irgendwie vermeiden konnte. Zu Wohls Überraschung wirkte Harris nicht überrascht.

»Danke für die Warnung«, sagte er. »Damit werde ich fertig.«

»Er meinte, daß der Jaguar inzwischen bereits ausgeschlachtet wurde«, sagte Wohl.

»Könnte gut sein. Er ist noch nicht gefunden worden, und Jaguars fallen leicht auf; es gibt nicht so viele. Entweder ist er ausgeschlachtet worden oder steht auf einem Kai in New York oder Baltimore, wo er auf die Verschiffung nach Südamerika wartet. Ich denke, wir sollten weiter suchen.«

Wohl erwähnte nichts von Arthur Nelsons Toast auf Selbstjustiz oder von der Bemerkung, daß er hoffe, zu hören, der Täter habe bei der Festnahme Widerstand geleistet und sei erschossen worden. Das war höchstwahrscheinlich nur Gerede gewesen.

Als er den Hörer einhängte, überlegte Wohl, ob er Commissioner Czernick von seinem Besuch bei Nelson berichten sollte oder nicht. Er entschied sich dagegen. Er hatte wirklich nichts Wichtiges darüber zu sagen.

Statt dessen suchte er die Nummer von WCBL-TV aus dem Telefonbuch, warf einen Dime in den Münzschlitz und rief bei dem Fernsehsender an.

Es war fast so schwierig, zu Louise Dutton durchgestellt zu werden, wie zu Arthur J. Nelson vorzudringen, aber schließlich hörte er ihre Stimme.

»Dutton.«

Im Hintergrund waren Stimmen und Geräusche zu hören. Wo immer Louise war, sie war nicht allein in einem Büro.

»Hallo, Louise«, sagte Peter.

»Hallo.« Ihre Stimme klang erfreut. »Ich hoffte, daß du anrufst!«

»Alles in Ordnung?«

»Ja, jetzt ist alles prima. Was machst du?«

»Ich komme soeben von Arthur J. Nelson.«

»War es hart?«

»Er sagte mir, du wärst Jeromes Freundin.«

»Oh, der arme Mann!« sagte Louise. »Hast du ihn über seinen Sohn aufgeklärt?«

»Nein.«

»Und?«

»Und?« plapperte er nach.

»Warum hast du angerufen?«

»Ich weiß es nicht.«

»Was wirst du jetzt machen?« fragte sie.

»Ich muß zu meinem Büro, und dann muß ich mir was einfallen lassen, wie ich meinen Wagen abhole, der vor deinem Haus parkt.«

»Das hatte ich vergessen«, sagte Louise. »Warum holst du mich nicht hier nach den Achtzehn-Uhr-Nachrichten ab? Ich könnte dann deinen Wagen zu dir oder sonstwohin fahren.«

»Wo treffen wir uns?«

»Komm rein«, sagte Louise. »Ich werde am Empfang Bescheid sagen.«

»Okay«, sagte Peter. »Danke.«

»Sei nicht albern«, erwiderte Louise. Und dann fügte sie hinzu: »Peter, vergiß nicht, deine Uniform von der Wäscherei abzuholen.«

»Okay.« Er lachte, und dann war die Leitung tot. Als er den Hörer einhängte, wurde ihm klar, daß er lächelte. Mehr noch, er fühlte sich sehr glücklich. Da war etwas Rührendes, sehr Intimes in ihrer Besorgnis, daß er vergessen könnte, seine Uniform abzuholen. Dann wurde ihm klar, daß er sich geärgert hätte, wenn er von *Barbara Crowley* daran erinnert worden wäre.

Ist das Liebe? dachte er.

Peter holte die Uniform sofort ab, noch bevor er in die Innenstadt fuhr, um es auf keinen Fall zu vergessen.

Er war noch keine drei Minuten in seinem Büro, als Chief Inspector Dennis V. Coughlin eintrat.

»Jeannie fragte, wo Sie gestern abend waren, Peter«, sagte Coughlin. »Als wir alle in ihrem Haus waren.«

»Ich fühlte mich der Sache nicht gewachsen«, sagte Peter. »Und Sie wissen, was später geschah.«

»Fühlen Sie sich der Rolle als Sargträger gewachsen?« fragte Coughlin ruhig.

»Wenn Jeannie es wünscht, bestimmt«, sagte Peter.

»Genau das habe ich ihr gesagt. Seien Sie gegen halb elf bei Marshutz & Sons. Die Beerdigung ist um elf.«

»Ich werde dort sein«, sagte Peter. »Chief, mein Vater schlug vor, daß ich meine Uniform trage.«

Chief Inspector Coughlin dachte einen Moment darüber nach.

»Wie haben Sie sich entschieden?«

»Bis ich hörte, daß ich einer der Sargträger bin, wollte ich sie tragen.«

»Ich würde es schön finden, Peter, wenn wir Dutch uniformiert zur letzten Ruhe tragen«, sagte Chief Inspector Coughlin. »Ich werde meine Frau anrufen und sie bitten, meine Uniform zu bügeln.«

Officer Anthony F. Caragiola, der auf dem Weg zur Schicht von sechzehn bis vierundzwanzig Uhr war, blickte auf seine Armbanduhr und ging in *Gene & Jerrys Restaurant & Sandwiches* gegenüber der Bridge Street Station. Er hatte noch Zeit für eine Tasse Kaffee und einen Snack, bevor er mit der U-Bahn zur Arbeit fahren mußte.

Officer Caragiola, der die weiße Mütze der Verkehrspolizei trug, war seit elf Jahren Polizist und jetzt vierunddreißig Jahre alt. Er war ein großer und dunkelhäutiger Mann, dessen Haut zeigte, daß er Tag für Tag in Hitze und Kälte, bei Regen und bei Sonnenschein im Freien war.

Er setzte sich auf einen Hocker an der Theke, winkte grüßend der drallen, blonden Kellnerin zu und nahm sich ein Teilchen aus der gläsernen Verkaufsvitrine. Er hatte die meiste Zeit seines Lebens mit seiner Frau und den vier Kindern drei Blocks entfernt gewohnt. Wenn es ein Problem bei Gene & Jerry's gab, wenn eine der Kellnerinnen oder einer der Köche erkrankten und Maria, seine Frau, einen Babysitter auftreiben konnte, dann sprang sie als Aushilfe ein.

Die Kellnerin servierte ihm eine Tasse Kaffee.

»Wie geht's?«

»Kann mich nicht beklagen«, sagte Officer Caragiola. »Und dir, Jenny?«

Sie zuckte mit den Schultern, lächelte ihn an und ging davon. Officer Caragiola gab Milch und Zucker in seinen Kaffee und rührte ihn um.

Er hörte ein Zischen und schaute zur schwarzen Schwingtür, die zur Küche führte. Dort stand Gene und winkte ihn zu sich.

Gene war Eugenia Santalvaria, eine dicke schwarzhaarige Frau Mitte Fünfzig, die vor einem halben Jahr ihren Mann nach dreiunddreißig Ehejahren begraben hatte.

Caragiola glitt vom Hocker, nahm die Kaffeetasse, ging um die Theke herum und zur Tür der Küche.

»Tony, vielleicht ist es wichtig, vielleicht auch nicht«, sagte Gene Santalvaria auf englisch, und dann sprach sie auf italienisch weiter. Sie erzählte, daß zwei Gammler, die wie schräge Vögel aussahen, draußen herumlungerten, einer ein großer fetter Kerl, der andere ein kleiner Typ, der wie ein Puertorikaner aussah. Sie saßen seit Stunden in einem alten Volkswagen. Vielleicht spionierten sie die Bank weiter straßenabwärts aus, oder sie verkauften Rauschgift. Immer wieder stieg einer der Typen aus dem Wagen, ging die Treppe zur U-Bahn hinauf, die hier oberirdisch fuhr, kehrte ein paar Minuten später zurück und stieg wieder in den Wagen ein. Sie wollte nicht bei der Polizei anrufen. Vielleicht stimmte ihr Verdacht nicht, aber da er schon hier war, hielt sie es für besser, ihm davon zu erzählen.

»Ich werde mir das ansehen«, sagte Officer Caragiola.

Er ging mit der Kaffeetasse in der Hand zur Schaufensterscheibe des Lokals, nippte an seinem Kaffee und hielt nach einem Volkswagen Ausschau. Da war er. Zwei Typen saßen darin. Einer, ein großer fetter Kerl mit einem Hippie-Band um die Stirn, hockte zusammengesunken hinter dem Lenkrad, als schliefe er. Und dann wurde die Tür auf der Beifahrerseite geöffnet, und ein kleiner Kerl – sie hatte recht, er sah aus wie ein Puertorikaner – stieg aus, betrachtete den Verkehr und überquerte die Straße, um die Treppe zur Bahnstation hinaufzugehen. Der Typ sah aus wie ein bösartiger kleiner Scheißkerl.

Officer Caragiola stellte seine Kaffeetasse ab, verließ schnell das Lokal, überquerte die Straße und folgte ihm die Treppe hinauf.

Er gelangte auf den Bahnsteig, als gerade eine Bahn eintraf. Alle auf dem Bahnsteig stiegen ein, nur nicht der kleine Puertorikaner. Er verhielt sich, als warte er auf jemand, der bis zum Ende der Linie gefahren und einfach in der Bahn geblieben war. Wenn dieser Jemand nicht ausstieg, kehrte der kleine Puertorikaner einfach um. Jemand, der Rauschgift kaufte oder verkaufte, verhielt sich so.

Officer Caragiola duckte sich hinter einen Pfosten, damit der kleine Puertorikaner ihn nicht sehen konnte, und wartete. Leute kamen die Treppe herauf und gingen auf den Bahnsteig, und dann traf eine Bahn aus der Innenstadt ein und fuhr ab, und fünf Minuten später tauchte sie in der anderen Richtung auf dem Gleis auf. Alle auf dem Bahnsteig außer dem kleinen Puertorikaner stiegen ein.

Tony Caragiola trat hinter dem Pfosten hervor und ging zu dem kleinen Puertorikaner.

»Auf ein Wort, Buddy«, sagte er.

»Warum?«

Tony sah, daß der kleiner Puertorikaner sauer war. Er kannte vermutlich all seine Rechte und wußte, daß Verkehrscops keine Fragen ohne triftigen Grund stellen durften.

»Wollen Sie mir sagen, was Sie und Ihr Freund in dem Volkswagen treiben?«

»Rauschgiftdezernat«, sagte der kleine Puertorikaner. »Ich möchte Ihnen nicht meinen Ausweis zeigen. Nicht hier.«

»Wer ist Ihr Vorgesetzter?« fragte Tony.

»Lieutenant Pekach.«

Das war ein Name, den Officer Caragiola nicht kannte.

»Ich denke, Sie sollten mir Ihren Ausweis zeigen«, sagte er.

»Scheiße.« Der kleine Puertorikaner griff in seine Gesäßtasche und holte einen in Plastik geschweißten Ausweis hervor. »Okay?«

»Eine Frau im Restaurant sagte, daß Sie sich verdächtig verhalten«, sagte Tony Caragiola.

»Da hat sie verdammt recht.«

Officer Jesus Martinez steckte seinen Ausweis zurück in die Gesäßtasche und ging die Treppe hinab. Officer Anthony Caragiola folgte ihm mit ein paar Schritten Abstand. Er kehrte in das Lokal zurück und berichtete Gene, daß alles in Ordnung war und sie sich keine Sorgen zu machen brauchte. Dann verließ er das Lokal, überquerte die Straße und ging die Treppe hinauf zum Bahnsteig, um mit der Bahn zur Arbeit zu fahren.

Officer Martinez stieg in den VW ein. Er starrte Officer Charley McFadden, der schlief und schnarchte, eine volle Minute lang finster an. Dann stieß er ihm hart zwei Finger in die Seite. McFadden setzte sich auf und blickte ihn verwirrt an.

»Was ist los?«

»Ich dachte mir, es interessiert dich Arschloch vielleicht, daß die Besitzerin des Restaurants die Cops auf uns hetzte. Sie sagte, wir verhalten uns verdächtig.«

Kurz vor siebzehn Uhr traf Peter Wohl bei Marshutz & Sons ein. Als er die breite Treppe zu dem Gebäude hinaufging, das im viktorianischen Stil erbaut war, kamen die Moffitts heraus – Jean, die Kinder und Dutchs Mutter.

Jean Moffitt trug ein schwarzes Kleid und einen schwarzen Hut mit Schleier. Die Kinder hatten Anzüge an. Gertrude Moffitt war ebenfalls schwarz gekleidet, hatte jedoch keinen Schleier am Hut.

»Guten Tag, Peter«, sagte Jean Moffitt und reichte ihm die behandschuhte Hand.

»Jeannie«, sagte Peter.

»Sie kennen Captain Moffitts Mutter?«

»Ja, natürlich«, sagte Peter. »Guten Tag, Mrs. Moffitt.«

»Wir gehen etwas essen«, sagte Gertrude Moffitt. »Bevor die Leute von der Arbeit kommen und es überall voll ist.«

»Das mit Dick tut mir sehr leid, Mrs. Moffitt«, sagte Peter.

»Seine Freunde, von denen ich einige nicht einmal kannte, waren gestern abend alle bei uns im Haus«, fuhr Gertrude Moffitt fort.

Es war ein Tadel.

»Ich bedaure, daß ich gestern abend nicht kommen konnte, Jeannie«, sagte Peter.

»Ihre Mutter erklärte es«, sagte Jeannie Moffitt. »Hat Denny Coughlin Sie gefragt?«

»Ob ich einer der Sargträger sein werde?« fragte Peter, und als sie nickte, fügte er hinzu: »Ja, und es ist mir eine Ehre.«

»Dennis Coughlin war Sergeant, als er meinen Sohn, er ruhe in Frieden, zum Grab trug«, sagte Gertrude Moffitt. »Und jetzt, als Chief Inspector, wird er das gleiche für meinen Richard tun.«

»Mutter, würdest du bitte die Kinder in den Wagen bringen«, sagte Jean Moffitt. »Ich möchte noch kurz mit Inspector Wohl sprechen.«

Das brachte ihr einen giftigen Blick von Mutter Moffitt ein, aber sie ließ sich nicht davon beeindrucken. Sie hielt dem Blick der älteren Frau stand, bis sie nachgab und die Jungen die Treppe hinabführte.

»Erzählen Sie mir von der Fernseh-Lady, Peter«, sagte Jeannie Moffitt.

»Wie bitte?«

»Sind Sie deshalb gestern abend nicht zu uns gekommen? Haben Sie befürchtet, ich würde danach fragen?«

»Ich weiß nicht, wovon Sie reden, Jeannie«, sagte Wohl.

»Ich rede von Louise Dutton von Channel nine. Da war etwas zwischen ihr und Dutch. Ich muß es wissen.«

»Wo haben Sie so etwas gehört?«

»Es macht die Runde«, sagte sie. »Ich habe es mitbekommen.«

»Nun, da haben Sie etwas Falsches gehört«, sagte Peter.

»Sie klingen ziemlich überzeugt.« Jeannie Moffitt sah ihn vorwurfsvoll an, und ihr Tonfall war sarkastisch.

»Ich weiß es genau.«

»Peter, lügen Sie mich nicht an«, sagte Jeannie.

»Louise Dutton und ich ›gehen miteinander‹, wie meine Mutter es bezeichnen würde, wenn sie es wüßte«, sagte Wohl. »Deshalb weiß ich es genau.«

Jeannie Moffitt schaute ihn überrascht an.

»Tatsächlich?« sagte sie, und er wußte, daß sie ihm glaubte.

»Nicht für die Öffentlichkeit bestimmt«, sagte Peter. »Die Gerüchte stimmen nicht. Sie beziehen sich auf den falschen Cop.«

»Ich dachte, Sie haben etwas mit dieser Krankenschwester, wie heißt sie noch, Barbara . . .«

»Crowley«, half Peter aus. »Das ist vorbei.«

»Ihre Mutter weiß es nicht?«

»Und ich möchte, daß es vorläufig so bleibt«, sagte Peter.

Sie schaute ihm in die Augen, und dann stellte sie sich auf die Zehenspitzen und küßte ihn auf die Wange.

»Oh, ich bin froh, daß wir uns hier begegnet sind.«

»Dutch war sehr gern mit Ihnen verheiratet, Jeannie«, sagte Peter.

»O Gott, ich hoffe es.«

Jeannie machte kehrt und eilte die Treppe hinunter.

Peter Wohl betrat die Leichenhalle. Auf den Fluren waren viele Leute, ein Drittel der Männer war in Uniform. Und Peter nahm an, daß zwei Drittel der Männer in Zivilkleidung ebenfalls Polizisten waren.

Er wartete in der Schlange, trug sich in die Kondolenzliste ein und ging dann in den Grünen Raum.

Dutchs Sarg war fast unter Blumen vergraben. Zwei Uniformierte der Highway Patrol standen zu beiden Seiten des Sargs. Peter Wohl wartete wieder in einer Schlange, bis er an der Reihe war, sich auf dem Betstuhl vor dem Sarg hinzuknien.

Unwillkürlich bekreuzigte er sich. Dutch lag in Uniform in

dem offenen Sarg. *Er sieht aus, als wäre er gerade beim Friseur gewesen,* dachte Peter.

Dann kam ihm ein anderer, pietätloser Gedanke. *Ich habe dir soeben wieder den Arsch gerettet, Dutch. Ein letztes Mal.*

Und dann, überraschend für ihn, hatte er auf einmal das Gefühl, einen Kloß im Hals zu haben, und seine Augen füllten sich mit Tränen.

Er blieb mit gesenktem Kopf knien, bis er sich wieder unter Kontrolle hatte, und dann erhob er sich.

12

Karl August Fenstermacher war 1837 als Zweijähriger in die Vereinigten Staaten eingewandert. Sein Vater hatte sich für vier Jahre vertraglich bei Fritz W. Diehl verpflichtet, der zwanzig Jahre zuvor aus demselben Dorf – Mochsdorf, im Königreich Bayern – in die Vereinigten Staaten ausgewandert war. Mr. Diehl war in Philadelphia ins Geschäft mit Wurst eingestiegen und hatte soviel Erfolg gehabt, daß er eine gute und zuverlässige Hilfe brauchte. Sein Bruder Adolph in Mochsdorf hatte ihm Johann Fenstermacher empfohlen, und es wurde eine Abmachung getroffen:

Diehl würde die Reisekosten für Fenstermacher, seine Frau und die drei Kinder bezahlen, ihnen eine Wohnung über dem Geschäft zur Verfügung stellen und sie mit Kost und Kleidung versorgen. Nach Ablauf der vier Jahre, wenn sich Fenstermacher als treuer, hart arbeitender Angestellter erwiesen hatte, würde er entweder eine Stelle in der Firma oder hundert Dollar als Startkapital für ein Leben woanders erhalten.

Nach zwei Jahren, anstatt der abgemachten vier, entließ Diehl Johann Fenstermacher aus dem Vertrag, zeitlich zusammentreffend mit der Eröffnung von Diehls Verkaufsstand (Fritz Diehl, feine Wurstwaren und frisches Fleisch) auf dem Markt in der Twelfth Street. Als Diehl 1860 ein Schlachthaus gerade außerhalb der Stadtgrenze eröffnete, hieß die Firma ›Diehl & Fenstermacher, Fleischgroßhandel‹. Beide Männer glaubten, daß Gott so gut zu ihnen gewesen war, wie er das hatte sein können.

Sie irrten sich. Der Bürgerkrieg kam und damit ein grenzenloser Bedarf an geräuchertem Fleisch, an Dosenfleisch und an Häuten. Sie wurden reich. Fritz Diehl fuhr mit einem Dampfer des Norddeutschen Lloyd von Philadelphia nach Bremen und kehrte nach Mochsdorf zurück, wo er der lutherischen Kirche St. Johannes ein Fenster schenkte. Er starb nach einem Schlaganfall in Mochsdorf, zehn Tage bevor das Fenster offiziell geweiht wurde.

Seine Witwe entschied sich, in Deutschland zu bleiben. Von diesem Tag bis zu ihrem Tod schickte ihr Johann Fenstermacher gewissenhaft ihre Hälfte des Gewinns von der Firma, obwohl er den Namen nach ein paar Jahren in J. Fenstermacher & Sons änderte. Der Name wurde behalten bis zum Tod des alten Fenstermacher, bis kurz vor dem Spanisch-Amerikanischen Krieg Karl Fenstermacher, der den Anteil seines Bruders auszahlte, die Firma in ›J. Fenstermacher & Sons Incorporated‹ umwandelte.

Er übergab 1910 im Alter von fünfundsiebzig Jahren das Geschäft seinem Sohn Fritz und lebte dann noch sechs Jahre. Anfang 1916, als klar war, daß sein Vater nicht mehr lange leben würde, ging Fritz Fenstermacher zu Francisco Scalamandre, dessen Firma im Steinmetzhandwerk in Philadelphia einen so großen Namen hatte wie J. Fenstermacher & Sons Incorporated im Fleischhandel, und gab ihm den Auftrag für ein angemessenes Monument, das eine gemeinsame Grabstätte für seine Mutter und seinen Vater sein würde.

Das Grabmal wurde auf dem Cedar Hill Cemetery an der Cheltenham Avenue in Nordost-Philadelphia aus feinstem Vermonter Granit errichtet. Mr. Scalamandres älterer Sohn Guigliermo persönlich schuf die Statue des Erzengels Gabriel, die auf dem Dach des Mausoleums befestigt wurde, und er beaufsichtigte die Installation der Buntglasfenster und der soliden Bronzetüren.

Karl Fenstermacher wurde dort am 11. Dezember 1916 während eines Schneesturms zur letzten Ruhe gebettet. Seine Frau starb acht Monate später und wurde neben ihm beigesetzt.

Sie lagen dort ungestört zusammen, in Bronzesärgen in einer marmornen Grabstätte hinter soliden Bronzetüren – bis einige Monate vor der Schießerei im Waikiki Diner, als Gerald Vincent Callagher, der vor der Polizei und einem afroamerikanischen Heroindealer flüchtete und schließlich an den soliden Bronzetüren lehnte.

Gerald Vincent Gallagher sagte sich, daß es noch zu gefährlich war, den Friedhof schon zu verlassen; sowohl die Bullen als auch der Nigger waren hinter ihm her, aber wenn er nicht irgendwo ein Versteck fand, um aus dem verdammten Wind und Schnee herauszukommen, würde er erfrieren.

Gerald Vincent Gallagher hatte es ohne große Mühe geschafft, das solide Schloß der soliden Bronzetür mit einem geschärften Schraubenzieher zu knacken, den er zufällig bei sich gehabt hatte, und er hatte die nächsten vier Stunden zitternd, aber nicht frierend im Trockenen auf Karl Fenstermachers Sarg gehockt.

Als er das nächstemal auf den Friedhof gegangen war, hatte er sich vorbereitet. Er hatte Wachslichter und ein Dutzend große, dicke, weiße Kerzen aus reinem Bienenwachs dabei, die er aus der griechisch-orthodoxen St. George's Kirche geklaut hatte. Die Wachslichter und Kerzen brannten ohne Rauch, und es war erstaunlich, wieviel Wärme sie verbreiteten.

Als Gerald Vincent Gallagher aus dem Waikiki Diner gerannt war, hatte er sich gesagt, daß er gerettet war, wenn er es nur bis zum Friedhof schaffen konnte. Es war weder das erste – noch das fünftemal, daß er vor den Bullen geflüchtet war und sich auf dem Friedhof versteckt hatte, bis sich die Dinge abgekühlt hatten.

Als er in Karl und Maria Fenstermachers Mausoleum hockte, die Angst nachließ, er zu Atem kam und Zeit hatte, über die Dinge nachzudenken, dachte er als erstes daran, daß er bei einem Wiedersehen mit Dorothy Ann der blöden Schlampe einen Tritt in den Hintern geben sollte. Sie hatte nur draußen bleiben und Schmiere stehen sollen. Statt dessen hatte die Pflaume sie beide jetzt wirklich in die Scheiße geritten. Die Anklage wäre nur Raub gewesen. So etwas stand noch nicht in seiner Polizeiakte. Jeder Verteidiger mit etwas Grips hätte dafür gesorgt, daß er dafür höchstens ein Jahr Knast und mit etwas Glück vielleicht sogar noch Bewährung bekommen hätte.

Aber Dorothy Ann hatte geschossen. Sie hatte auf einen Bullen gefeuert. Das machte die Sache zu versuchtem Mord, und die gottverdammten Bullen würden alles daransetzen, damit er vor Richter Mitchell ›Henker‹ Roberts landete, der fand, daß ein Angriff mit einem Feuerhaken, ganz zu schweigen mit einer Schußwaffe auf einen Polizisten schlimmer war, als den Vatikan samt Papst in die Luft zu sprengen.

Gott sei Dank hatte sie danebengeschossen. Als er durch das Waikiki Diner gerannt war, hatte er noch gesehen, daß der Cop oder Detective, oder was auch immer der Hurensohn war, auf Dorothy Ann geschossen hatte. Wenn sie den Hurensohn getroffen hätte, wäre das verdammt das Ende für sie beide gewesen. Er wäre ein Greis gewesen, wenn sie ihn aus dem Knast entlassen hätten.

Ein anderer Gedanke kam ihm. Vielleicht hatte der Bulle Dorothy Ann getroffen, als er zurückgeschossen hatte. Das wäre der blöden Kuh recht geschehen, und wenn sie tot war, konnte sie ihn nicht identifizieren. Die Kassiererin hatte sich vor Angst fast in den Schlüpfer gemacht; sie würde ihn kaum beschreiben und schon gar nicht identifizieren können. Am besten wäre es, wenn sowohl Dorothy Ann als auch der Bulle tot wären. Dann konnte ihn niemand identifizieren.

Das Dumme war, daß es im verdammten Gesetz hieß, wenn bei einem Raubüberfall oder bei einem anderen Schwerverbrechen jemand ums Leben kam, selbst wenn es einer der Täter war, dann war es, als hätten sie ihn selbst umgebracht. Wenn der Bulle Dorothy Ann erschossen hatte, dann konnte man ihm, Gerald Vincent Gallagher, einen Mord anhängen.

Als er früher in dem Mausoleum gewesen war (immer um für eine Weile unterzutauchen) hatte er mit seinem Schraubenzieher das Blei bearbeitet, das die Buntglasstücke zusammenhielt, so daß er ein kleines Stück Glas entfernen konnte und einen Ausguck hatte. In allen vier Wänden des Mausoleums war Buntglas.

Er war noch keine halbe Stunde in dem Mausoleum, als er durch eines der Gucklöcher einen Streifenwagen sah, der langsam am Friedhof vorbeifuhr. Es war nicht einfach ein Streifenwagen, sondern einer der Highway Patrol, das wußte er, denn es saßen zwei Cops darin, und in normalen Streifenwagen war nur einer. Die Bullen von der Highway Patrol waren wirklich üble Bastarde.

Er sagte sich jedoch, daß es in Wirklichkeit keinen Grund zur Besorgnis gab. Es war nicht das erstemal, daß ein Streifenwagen über den Friedhof fuhr und die Besatzung ihn suchte, und sie würde ihn diesmal ebensowenig finden wie bisher. Sie dachten, er verstecke sich vielleicht hinter einem Grabstein, einem Baum oder sonstwas. Sie kamen nicht auf die Idee, daß er sich in einem der Marmorhäuschen verbarg oder wie auch immer diese Dinger genannt wurden. Die Bullen würden einmal oder vielleicht zweimal über den Friedhof fahren und früher oder später die Suche aufgeben.

Jeder würde früher oder später aufgeben. Dies war nicht der einzige Raubüberfall in Philadelphia. Es würden andere Überfälle und Unfälle auf dem Roosevelt Boulevard oder der Frankford Avenue passieren, oder jemand verprügelte seine Frau, und die Bullen würden ihre Nasen in diese Sache stecken und die Suche nach ihm aufgeben.

Das beste war, sich nicht vom Fleck zu rühren und später aus der Stadt zu verschwinden. Er hatte Geld, dreihundertachtzig Dollar. Sie hatten das Waikiki Diner nur überfallen, weil ihnen noch hundertzwanzig lausige Dollar gefehlt hatten. Der Dealer hatte Shit, guten Stoff, aber er wollte fünfhundert haben, und er wollte ihnen nicht die hundertzwanzig vorschießen und warten, bis sie genug Stoff auf der Straße verkauft hatten, um ihn auszuzahlen.

Wenn der Scheißer vernünftig gewesen wäre, dann wäre all dies nicht passiert!

In Gerald Vincent Gallagher stieg der Verdacht auf, obwohl er ihn zu verdrängen versuchte, daß er wirklich in der Klemme steckte, als nicht nur weitere Streifenwagen über den Friedhof fuhren, sondern Cops zu Fuß auftauchten. Das war noch nie passiert.

Er konnte nirgendwohin rennen, und so setzte er die kleinen Buntglasstücke in die Gucklöcher ein, hockte sich auf den Boden und lehnte sich mit dem Rücken an die Wand. Er konnte nur hoffen, daß niemand auf die Idee kam, in das Mausoleum zu schauen.

Es wurde dunkel, und das verbesserte die Dinge ein wenig, aber er sagte sich, daß es am besten war, ruhig zu bleiben und keine der Kerzen aus der griechisch-orthodoxen Kirche zu benutzen. Die Bullen konnten das Licht sehen.

Er zog sein Jackett aus, benutzte es als Kissen, legte sich hin und schlief.

Irgendwann mitten in der Nacht erwachte Callagher. Er sah Scheinwerferlicht, das sich auf dem Friedhof näherte. Dann stoppte der Wagen, und das Licht erlosch. Ein paar Minuten später, während er noch rätselte, was die Cops auf dem Friedhof trieben, sah er wieder Scheinwerferlicht, und ein zweiter Wagen fuhr heran. Er sah, daß der erste Streifenwagen ein normaler vom Distrikt war, keiner von der Highway Patrol. Und auch der zweite Wagen war einer der normalen Polizei. Ein paar Minuten später tauchte ein dritter Streifenwagen mit nur einem Cop am Steuer auf und parkte neben den beiden anderen.

Und dann wurde ihm klar, was los war. *Die Bullen hatten sich verpißt, das war alles! Sie sollten auf den Straßen Streife fahren und nach Ganoven Ausschau halten, und statt dessen machten sie auf dem Friedhof ein Nickerchen!*

Gerald Vincent Gallagher war empört über dieses himmelschreiende Beispiel von Pflichtversäumnis.

Am Morgen wachte er hungrig auf, aber es wäre verdammt blöde, sich jetzt zu verkrümeln, und so wartete er. Am Mittag fand nicht sehr weit entfernt eine Beerdigung statt. Die Vorbereitungen hatten schon kurz nach acht Uhr begonnen. Die Grube war ausgehoben und ein Grabgewölbe aus Zement war hineingelassen worden, und dann hatte man falsches Gras über den Haufen Erde gelegt, der aus der Grube geschaufelt worden war.

Gerald Vincent Gallagher hatte so etwas noch nie gesehen. Er fand es interessant, und es half ihm, die Zeit totzuschlagen. Ebenso die Beerdigung. Es war ein protestantisches Begräbnis, und der Geistliche betete jede Menge und laut, und als das endlich vorüber war, standen alle, die zur Beerdigung gekommen waren, einfach um die Grube herum, gaben sich Küßchen und schüttelten sich die Hände, plauderten und lächelten, als wären sie auf einer Fete, anstatt auf einer Beerdigung.

Schließlich gingen sie, und die Friedhofsangestellten füllten das Grab mit der Erde und stampften sie fest. Dann zogen sie ab. Es blieb noch Erde zurück, und Gerald Vincent Gallagher nahm an, daß man sie mit einem Karren abholen würde. Es kam auch ein Karren, aber der war voller Blumen und Kränze, die auf das Grab gelegt wurden.

Inzwischen war es sechzehn Uhr, und er hatte einen Bärenhunger.

Er wollte gerade das Mausoleum verlassen, als ein Wagen heranfuhr und stoppte. Drei Leute stiegen aus. Sie wirkten wie ein Vater und seine beiden Söhne. Sie gingen zu dem Grab, und der alte Mann stand dort eine Minute lang und begann zu weinen. Dann heulten auch die Jüngeren. Schließlich legten die jüngeren Männer einen Arm um den Alten und führten ihn zum Wagen. Kurz darauf fuhr der Wagen weg.

Gerald Vincent Gallagher wartete, bis er sicher war, daß sie nicht zurückkehrten. Dann vergewisserte er sich, daß kein Streifenwagen über den Friedhof fuhr. Er setzte die Buntglasstücke wieder ein, bog das Blei darüber, damit das Glas nicht vom Wind weggeblasen wurde, öffnete schnell die Bronzetür, wobei er vor Anstrengung grunzte, dann schloß er sie und ging über den Schotterweg, der zum Ausgang führte.

Er kam an dem frischen Grab vorbei. Ein wahres Blumenmeer war auf dem Grab. Gallagher schätzte, daß die Kränze und Gestecke ein paar tausend Dollar gekostet hatten. Und jetzt verrotteten sie dort. Er hielt das für eine verdammte Verschwendung.

Fünf Minuten später befand er sich an der Bridge & Pratt-U-Bahn-Station. Auf einer Uhr in einem Schaufenster sah er, daß es siebzehn Uhr zehn war. Das hatte prima geklappt. Die Station und die U-Bahn selbst würden voller Leute sein, die von der Arbeit kamen oder in die Innenstadt fuhren. Er konnte sich in dem Gewühl verstecken. Wenn die Bahn kam, würde er vorsichtig Ausschau nach Bullen halten und in keinen Waggon steigen, in dem jemand saß oder stand, der auch nur entfernt nach einem Bullen aussah. Er hatte ein Gespür dafür.

Dann würde er in die Innenstadt zur Market Street fahren, unter der Erde zur Suburban Station spazieren und von dort aus zur Thirtieth Street Station fahren. Dort würde er eine Fahrkarte für die Pennsylvania Railroad nach Baltimore kaufen. Ein Blick auf den Fahrplan, und dann würde er auf die Toilette gehen und dort bis kurz vor der Abfahrt des Zugs warten. Dann schnell hinauf auf den Bahnsteig, in den Zug, und die Sache war geritzt.

In Baltimore hatte er ein paar Verbindungen, wenn die Jungs noch im Geschäft waren, und er konnte sich ein wenig entspannen. Er war ziemlich nervös und mußte als erstes sein Nervenkostüm in Ordnung bringen. Und dann würde er weitersehen.

Gerald Vincent Gallagher ging an einem Imbiß namens Tates vorbei, und der Duft von Pizza stieg ihm in die Nase. Sein Magen schien sich zu verkrampfen. Er ging zum Verkaufsfenster zurück und bestellte ein Stück Pizza und eine Cola. Als er die Cola erhielt, trank er gierig. Es war ihm nicht bewußt gewesen, wie durstig er war.

»Noch eine«, sagte er, schob dem jungen Verkäufer hinter der Theke die leere Flasche hin und legte noch einen Dollar auf die Theke. Neben dem Imbiß war ein Zeitungsstand.

Gerald Vincent Gallagher trank ein paar Schlucke aus der zweiten Flasche Cola und stellte die Flasche dann auf die Abfalltonne. Während er das Pizzastück aß, schlenderte er zum Zeitungsstand, wo die *Philadelphia Daily News* ausgehängt war. Er warf einen Blick auf die Schlagzeile. Vielleicht stand da etwas über das Waikiki Diner.

Und so war es. Zwei Fotos auf der Titelseite. Eines zeigte irgendeinen Cop in Uniform. Und das andere zeigte Gerald Vincent Gallagher. Die Schlagzeile in großen Lettern lautete: »COP KILLER?«

Unter den Fotos stand ein Artikel, der begann: *Im ganzen Stadtgebiet wird intensiv nach Gerald Vincent Gallagher gefahndet, der in dem Verdacht steht, der Gangster zu sein, der gestern entkam, als Captain Richard C. Moffitt im Waikiki Diner erschossen wurde.*

Gerald Vincent Gallagher verschluckte sich an seinem Bissen Pizza. Eine eisige Hand schien über seinen Nacken zu streichen. Er spuckte das Stück Pizza aus, an dem er gekaut hatte, und legte den Rest Pizza auf die Abfalltonne neben die Colaflasche.

Dann ging er an dem Zeitungsstand vorbei. Am Ende des Gebäudes war eine Glastür, die zu einer Spielhalle und dann die Treppe hinauf zum Bahnsteig der U-Bahn führte, die hier oberirdisch fuhr.

Gerald Vincent Gallagher schaute auf die Glastür und sah darin etwas von der Straße widergespiegelt. Und etwas fiel ihm auf. Ein großer dicker Typ rannte quer über die Straße und schaute genau auf ihn. Der dicke Typ kam ihm irgendwie bekannt vor, und einen Moment lang dachte Callagher, es wäre einer, dem er mal Stoff verkauft hatte. Doch dann bückte sich der Typ, riß sein Hosenbein hoch und zog eine Waffe aus einem Holster an der Wade.

Dann rannte er weiter und rief: »Stop, Gallagher, oder ich schieße dir den Arsch ab!«

Dieser verdammte Bulle vom Rauschgiftdezernat wird nicht schießen bei all den Leuten ringsum!

Gallagher riß die Tür auf und rannte die Treppe hinauf zum Bahnsteig. Mit etwas Glück erwischte er dort eine Bahn und konnte sich absetzen.

Der Bridge & Pratt Terminal ist das Ende der U-Bahn-Linie. Die Gleise führen oberirdisch über die Frankford Avenue hinweg und verbreitern sich vor der Station. Ein Bahnsteig ist in der Mitte, und Treppen zwischen den Gleisen und einem zweiten Bahnsteig rechts des mittleren Bahnsteigs führen hinab zur unteren Ebene der Station. So können Passagiere aus Bahnen, die aus der Innenstadt eintreffen, auf beiden Seiten aussteigen. Passagiere, die in die Innenstadt fahren, müssen vom mittleren Bahnsteig aus einsteigen.

Wenn die aus der Innenstadt eintreffenden Bahnen in der Station gehalten haben und die Fahrgäste ausgestiegen sind, fährt die Bahn ein paar hundert Yard weiter und stoppt. Fahrer und Personal steigen ins Ende der Bahn (das jetzt der Anfang wird), und die Bahn fährt, nun auf dem linken Gleis, zurück zur Station, wo sie die Fahrgäste aufnimmt, die in die Innenstadt wollen.

In der unteren Ebene der Station gibt es Fahrkartenschalter und zwei Treppenschächte, die jeweils zum Boden auf beiden Seiten der Frankford Avenue führen.

Als Officer Charley McFadden den Pizza essenden Gerald Vincent Gallagher vor dem Zeitungsstand entdeckte, saß er in seinem Volkswagen, der vor Gene & Jerry's Restaurant & Sandwiches an der Pratt Street parkte, etwa zwanzig Schritte nördlich der Frankford Avenue.

Officer Jesus Martinez saß im Gene & Jerry's an der Theke und aß ein Schinken- und Käse-Sandwich, ohne Mayonnaise, ohne Senf, ohne Butter, nur der Schinken und Käse und ein Salatblatt auf dem Weißbrot.

Officer Jesus Martinez hatte den Mund voller Schinken und Käse, als er sah, daß Charley aus dem Volkswagen sprang.

Er fluchte auf spanisch, wobei er gekauten Schinken und Käse und ein Häppchen Weißbrot ausspuckte, sprang vom Hocker und rannte zur Tür. Als er hindurch war, blieb er stehen, bückte sich und zog seine Waffe aus dem Holster an der Wade.

Er hatte Gerald Vincent Gallagher nicht gesehen, aber er wußte, daß Charley McFadden ihn entdeckt haben mußte, denn Charley rannte mit einem für seine Massen erstaunlichen Tempo die Treppe zur U-Bahn-Station hinauf.

Officer Martinez mußte zwei Autos und einen Truck passieren lassen, bevor er die Pratt Street überqueren konnte. Er verlor dabei eine halbe Minute. Als er die Straße endlich überquert hatte, war von Charley McFadden nichts mehr zu sehen. Er sah nur Leute, die mit großen Augen gafften und sich offenbar fragten, was los war.

»Polizei! Polizei!« rief Officer Martinez, während er sich durch die Menge der Leute drängte, die aus der Station kamen.

Er sprang über das Drehkreuz und war dann gezwungen, zwischen den Treppen zu wählen, die zu den Gleisen der Bahnen führten, die *von* der Innenstadt eintrafen, und den Gleisen für die Bahnen, die *zur* Innenstadt fuhren. Er hielt es für wahrscheinlicher, daß McFadden und die Person, die er jagte – fast mit Sicherheit Gerald Vincent Gallagher – auf dem Bahnsteig zur Innenstadt waren, und rannte diese Treppe hinauf.

Officer McFadden, der Gerald Vincent Gallagher aus den Augen verloren hatte, als er von der Pratt Street aus die Treppe hinaufgelaufen war, traf dieselbe Entscheidung. Er war bereits ein bißchen außer Atem, als er auf den Bahnsteig rannte. Eine

Bahn in Richtung Innenstadt war soeben in die Station eingefahren, und der Bahnsteig war voller Leute, die einstiegen.

Charley hielt seine Waffe in Kopfhöhe mit der Mündung zum Himmel, rannte an der Bahn entlang und suchte nach Gallagher. Er gelangte zum letzten Wagen und hatte Gallagher nicht gesehen. Er sagte sich gerade, daß Gallagher in der Bahn war und er ihn übersehen hatte, und er wollte in die Bahn steigen und bis nach vorne hin gründlich suchen.

In diesem Augenblick sah er ihn.

Gallagher befand sich mitten auf dem Gleis, auf dem die Bahnen aus der Innenstadt eintrafen. Als McFadden zum Rand des mittleren Bahnsteigs rannte, zog sich Gerald Vincent Gallagher auf den Bahnsteig an der anderen Seite.

Gallagher wollte zurück zur Treppe und dann hinunter auf die Frankfort Avenue laufen, wo er in der Menge untertauchen konnte. Er sagte sich, daß der Rauschgiftbulle es nicht wagen würde, bei all den Leuten auf der unteren Ebene der Station und auf der Frankford Avenue seine Waffe einzusetzen.

Aber der Bulle hatte ihn entdeckt, und er konnte nicht zurück durch die Station entkommen, weil keine Leute auf diesem Bahnsteig waren und der verdammte Bulle freies Schußfeld auf ihn haben würde. Gallagher warf sich herum und rannte in die andere Richtung des Bahnsteigs, zum Ende. Dort sprang er über eine gelb angestrichene Barriere mit einem Schild daran: GEFAHR! BETRETEN VERBOTEN!

Jenseits der Barriere gab es einen schmalen Steg für Arbeiter. Er führte bis zur nächsten Station, aber Gerald Vincent Gallagher wollte nicht so weit laufen, nur vielleicht zwei oder drei Blocks weit, wo es einen Treppenschacht gab, eigentlich mehr eine Leiter, über die er zur Frankford Avenue hinabsteigen konnte.

Er blickte über die Schulter und sah, daß der verdammte Bulle vom Rauschgiftdezernat das gleiche wie er getan hatte. Er hatte das Gleis überquert und zog sich auf den Bahnsteig hinauf. Der große dicke Hurensohn hatte Schwierigkeiten, all sein Fett auf den Bahnsteig zu wuchten, und einen Moment lang, als der Fettwanst mit den Beinen zappelte, um mit Schwung auf den Bahnsteig zu gelangen, dachte Gerald Vincent Gallagher, daß er vielleicht Glück hatte und der Bulle die Stromschiene in der Mitte des Gleises berühren und braten würde.

Das geschah jedoch nicht.

Officer McFadden gelangte auf den Bahnsteig. Er richtete sich auf, hielt seine Waffe in beiden Händen und zielte auf Gerald Vincent Gallagher.

Aber er drückte nicht ab. Er keuchte und rang nach Atem, und es bestand kaum eine Chance, den Gangster auf diese Entfernung zu treffen, und wer weiß, was die Kugel treffen würde. Vielleicht eine Nonne zwischen die Augen.

»Du kleiner Hurensohn! Ich kriege dich!« schrie Officer McFadden wütend und setzte die Verfolgung fort.

Officer Jesus Martinez gelangte zu diesem Zeitpunkt auf den mittleren Bahnsteig. Er wußte aus der Blickrichtung der Leute, wo die Action war, und rannte über den Bahnsteig zu dessen Ende.

Zuerst sah er Officer McFadden und dann, vielleicht fünfzig Schritte vor ihm, einen schmächtigen Weißen, der mit an Sicherheit grenzender Wahrscheinlichkeit Gerald Vincent Gallagher sein mußte. Sie liefen vorsichtig über den Laufgang neben dem Gleis.

Sie waren vorsichtig, weil sich der Laufgang oberhalb des Gleises befand und schmal war. An einigen Stellen war er gemauert, an anderen, den alten Abschnitten, bestand er aus Holzbohlen, und die neuesten Abschnitte waren aus Zement. Der schmale erhöhte Gang neben dem Gleis war auf keinen Fall für Wettrennen gedacht.

Officer Martinez traf wieder eine blitzschnelle Entscheidung. Er konnte die beiden nicht einholen, und selbst wenn er es versuchte, mußte er vom Bahnsteig springen, das Gleis überqueren und das Risiko eingehen, durch elektrischen Strom getötet zu werden. Aber er konnte die gleich abfahrende Bahn erwischen, zur nächsten Station fahren und dann zu Fuß zurückkehren. Dann würden sie Gerald Vincent Gallagher zwischen sich haben.

Officer Martinez rannte zur Bahn und sprang hinein, gerade als sich die Türen zu schließen begannen.

Die Leute erschraken, als sie ihn mit der Waffe in der Hand sahen, und sie wichen zurück, als wäre er ein tödliches Monster.

»Ich bin Polizeibeamter«, sagte er, nicht sehr laut, weil er außer Atem war. »Kein Grund zu Besorgnis.«

Als die Bahn an Charley McFadden und Gerald Vincent Gallagher vorbeifuhr, liefen beide immer noch sehr vorsichtig über den Gang neben dem Gleis.

Mein Gott, Charley, erschieß den Hurensohn!

Der gleiche Gedanke kam Charley McFadden ungefähr in diesem Moment, und während er lief, fragte er sich, warum er nicht einfach stehenblieb, sich auf die Knie niederließ, die Waffe mit beiden Händen hielt und versuchte, Gerald Vincent Gallagher mit einer Kugel zu stoppen.

Verschiedene Gründe sprachen dagegen, und sie alle fielen ihm ein. Zum einen war er sich nicht sicher, ob er Gallagher treffen konnte. Zum anderen wußte er nicht, wo die Kugel – die Kugeln, Mehrzahl – landen würden, wenn er Gallagher verfehlte. Leute wohnten in der Nähe, und er wollte niemanden treffen.

Und dann wurde ihm der wahre Grund klar. Er *wollte* Gerald Vincent Gallagher nicht töten. Der Scheißer mochte es verdienen, und es konnte bedeuten, daß Officer Charley McFadden nicht den Mumm hatte, um Cop zu sein, aber Tatsache war, daß Gerald Vincent Gallagher unbewaffnet war – wenn er eine Waffe hätte, dann hätte er sie benutzt, denn er hatte nichts mehr zu verlieren – und im Augenblick keine wahre Bedrohung für jemanden außer ihn selbst darstellte, während er über den schmalen Gang oberhalb des Gleises hetzte.

Jesus mußte inzwischen wissen, was los war, und er würde über Funk Unterstützung anfordern. In ein paar Minuten würden Cops von überallher reagieren. Er, McFadden, brauchte Gerald Vincent Gallagher nur im Auge zu behalten und zu verhindern, daß er sich oder sonst jemandem etwas antat, und alles würde in Ordnung sein.

Achtzehnhundertunddreiundfünfzig Fuß (so wurde es später mit großer Sorgfalt gemessen) südlich der Station Bridge & Pratts Streets erkannte Gerald Vincent Gallagher, daß er keine drei Schritte mehr machen konnte. Seine Brust schmerzte so sehr, daß ihm zum Schreien zumute war. Und dieser große, fette verdammte Bulle vom Rauschgiftdezernat war immer noch hinter ihm her.

Gerald Vincent Gallagher blieb stehen, drehte sich um, hielt sich am Geländer neben dem Laufgang fest und sank auf die Knie.

»Ich gebe auf«, keuchte er. »Nicht schießen, ich gebe auf!«

Officer McFadden konnte verstehen, was Gallagher sagte, obwohl er es keuchend und um Atem ringend hervorstieß.

Er war selbst außer Atem und nicht in der Lage, etwas zu sagen. Er schleppte sich keuchend weiter über den Gang.

Und dann hob er den Arm, den linken ohne Waffe, wies auf das Gleis hinab und versuchte zu sprechen. Er wollte sagen: »Paß auf, da kommt ein Zug!«

Er war so atemlos, daß er es nicht herausbrachte, aber Gerald Vincent Gallagher verstand seine Geste. Er blickte über die Schulter zu der nahenden Bahn. Dann versuchte er, auf die Füße zu gelangen, damit er sich gut und sicher festhalten konnte, wenn die Bahn vorüberfuhr.

Und er rutschte aus.

Und er fiel auf das Gleis.

Und er streckte die Hände im Reflex aus, um den Sturz abzufangen, sein Handgelenk berührte die mittlere Schiene, und Gerald Vincent Gallagher briet.

Und dann kam die Bahn, und alle vier Wagen überrollten ihn.

Als Officer Jesus Martinez über den Gang kam, sah er Officer Charley McFadden über das Geländer gebeugt stehen. Sein Gesicht war totenbleich, und er war mit Erbrochenem bedeckt.

Michael J. ›Mickey‹ O'Hara hatte schon für alle Zeitungen Philadelphias gearbeitet und auch Reportagen in New York City und Washington D. C. gemacht.

Er war einer der ›alten Hasen‹ des Journalismus und fast schon so etwas wie eine Legende, obwohl er erst Anfang Vierzig war. Er sah älter aus. Mickey liebte geistige Getränke und sprach ihnen zu, wann immer er Gelegenheit dazu hatte, und das war der Grund, daß ihm oft gekündigt worden war. Wenn er zu tief ins Glas geschaut hatte, neigte er dazu, nicht nur die charakterlichen Schwächen seiner Vorgesetzten zu schildern und ihre Vorfahren zu beleidigen – mit dem Vokabular eines Sergeant der Kavallerie –, sondern sie auch je nach Grad der Provokation und der Menge Alkohol im Blut knockout zu schlagen.

Andererseits war Mickey O'Hara in nüchterner Verfassung ein hervorragender Reporter. Er hatte das, was einige als das genetische irische Talent zum Geschichtenerzählen bezeichneten. Er konnte einer Geschichte Leben einhauchen, die sonst keiner Schilderung wert war. Er war auch ein meisterhafter Praktiker seiner Zunft, und es bereitete ihm ein diebisches Vergnügen, wenn es ihm gelang, schneller als die Polizei zu sein. Sein Wagen war mit einem Kurzwellenempfänger ausgerüstet, der es ihm erlaubte, den Polizeifunk abzuhören.

Mickey hatte in den zwanzig Jahren seiner Arbeit als Reporter viele Polizisten kennengelernt, und obwohl er kein Mitglied in irgendeinem polizeilichen Verein war, wurde er bei Veranstaltungen und Feiern stets als gerngesehener Gast begrüßt. Wenn er mal nicht dabei war, fragten sich die Leute besorgt, ob er erkrankt war.

Mickey mochte die meisten Polizisten, und die meisten Polizisten mochten Mickey. Mickey betrachtete jedoch nur wenige Polizisten über dem Rang Sergeant als *Cops*. Alle Polizisten sind Polizeibeamte, was heißt, daß sie ein Amt für die Regierung ausüben.

Es gibt ein Ranggefüge bei der Polizei, das dem der Army entspricht, sogar mit den Rangabzeichen. Für Mickey war jeder im Rang Lieutenant oder höher (ein Polizist mit *weißem Hemd*) kein richtiger Cop, sondern ein hohes Tier, ein Mitglied des Establishments. Es gab natürlich Ausnahmen. Mickey mochte zum Beispiel Chief Inspector Matt Lowenstein sehr und hatte seinen beträchtlichen Einfluß beim Chefredakteur genutzt, um dafür zu sorgen, daß ein großer Artikel in der Zeitung erschien, als Lowensteins Söhne in die jüdische Glaubensgemeinschaft eingeführt worden.

Und er hatte Dutch Moffitt gemocht. Es gab noch ein paar andere, hier ein Captain, da ein Lieutenant, die Mickey gut leiden konnte, einschließlich sogar Staff Inspector Peter Wohl, aber im großen und ganzen war für ihn jeder Polizist ›mit weißem Hemd‹ so etwas wie die Offiziere, die er in der Army verabscheut hatte.

Er mochte die Jungs auf der Straße – die einfachen Streifenbeamten, die Corporals und Detectives und Sergeants –, und sie mochten ihn. Er brachte ihre Fotos in die Zeitung, schrieb ihre Namen richtig und gab nie etwas preis, das sie ihm vertraulich sagten.

Mickey O'Hara war gerade zur Arbeit gefahren, als er den Ruf hörte: »Bewaffneter Mann in der U-Bahn-Station Frankford und Pratt.« Genauer gesagt, er hatte soeben Mulvaneys Kneipe verlassen, wo er zwei Bier getrunken hatte, und er war in den Wagen gestiegen und in die Innenstadt gefahren, wo er den Tag mit einem Besuch auf dem Polizeirevier des Neunten Distrikts beginnen wollte.

Gleich darauf hörte er andere Rufe. Ein Wagen vom Fünfzehnten Distrikt wurde zur Margaret-Orthodox-Station, der nächsten U-Bahn-Station, befohlen, und sofort danach wurde Unterstützung für einen Polizisten angefordert, und es folgte eine Warnung, daß zivile Polizeibeamte am Tatort waren. Schließlich wurden eine Rettungsmannschaft und die Feuerwehr angefordert.

Mickey O'Hara sagte sich, was auch immer zwischen der Station Bridge und Pratt Street und der Station Margaret-Orthodox los war, es war seine berufliche Aufmerksamkeit wert.

Er bog auf dem Roosevelt Boulevard links ab. Er fuhr schnell, aber nicht rücksichtslos.

Als er bei der Station Bridge & Pratt Streets eintraf, sah er eine Menschenmenge, der von fünf Polizisten unter der Leitung eines Sergeant der Zutritt zu der Treppe zur Station verwehrt wurde.

Als der Sergeant zu ihm blickte, winkte Mickey und gestikulierte: »Was ist los?«

Einen Augenblick später bahnte sich der Sergeant einen Weg durch die Menge und ging zu Mickey.

»Ein Undercoveragent vom Rauschgiftdezernat entdeckte den Jungen, der Dutch Moffitt erschoß«, sagte der Sergeant statt eines Grußes, als sie sich die Hand gaben. »Er flüchtete über die Gleise, und der Undercoveragent jagte ihn. Der Junge fiel von dem Steg für Arbeiter und wurde auf der dritten Schiene gebraten und dann von einer Bahn überrollt.«

»Das ist ein Ding!« sagte Mickey O'Hara.

»Sie sind noch dort oben.«

»Kann ich irgendwie dorthin?« fragte Mickey.

»Passen Sie auf die dritte Schiene auf, Mick«, sagte der Sergeant.

13

Ward V. Fengler, der vor drei Monaten Partner von Mawson, Payne, Stockton, McAdoo & Lester geworden war (es gab siebzehn Partner zusätzlich zu den fünf Seniorpartnern) schob die Glastür des Warteraums der Butler Aviation auf dem Philadelphia International Airport auf und ging auf das Rollfeld hinaus, als der Bell-Ranger-Hubschrauber landete.

Fengler war sehr groß und dünn und mit zweiunddreißig Jahren bereits fast kahlköpfig. Er hatte von zehn Uhr an auf dem Flughafen auf Mr. Wells gewartet.

Stanford Fortner Wells III. stieg aus dem Helikopter, wandte sich um und nahm sein Gepäck. Er war ein großer Mann, schlank, grauhaarig und hervorragend gekleidet. Eine Brille mit

Hornfassung ragte aus der Tasche des Jacketts seines Glencheck-Anzugs.

»Mr. Wells, ich bin Ward Fengler von Mawson, Payne, Stockton, McAdoo & Lester«, sagte Fengler. »Colonel Mawson bat mich, Sie abzuholen.«

Wells musterte ihn schnell, aber gründlich und gab ihm die Hand.

»Es tut mir leid, daß Sie warten mußten«, sagte er. »Zuerst mußten wir in Neufundland landen, und als wir in New York eintrafen, war der verdammte Flughafen gerammelt voll. Deshalb dauerte es länger.«

»Ich hoffe, Sie hatten einen guten Flug«, sagte Fengler.

»Ich hasse Flugzeuge«, erwiderte Wells sachlich.

»Wir haben einen Wagen«, sagte Fengler. »Und Colonel Mawson hat Sie im Warwick einquartiert. Ich hoffe, Sie sind damit einverstanden.«

»Prima«, sagte Wells. »Hat Mawson mit Kruger gesprochen?«

»Das weiß ich nicht, Sir.«

»Ich fragte, weil ich Anweisung gegeben hatte, daß Mawson sich zur Verfügung hält.«

»Darüber bin ich nicht informiert, Sir.«

»Nun, dann ist vielleicht etwas schiefgelaufen«, sagte Wells. »Aber das Warwick ist prima.«

Das einzige, was Stanford Fortner Wells III. auf der Fahrt in die Innenstadt sagte, war die Bemerkung, daß er oft in Philadelphia gewesen war, als er auf der Princeton University studiert hatte.

»Und ich fuhr von Philadelphia nach Princeton«, sagte Fengler.

Wells stieß einen Grunzlaut aus und lächelte.

Als sie beim Hotel eintrafen, stieg Wells schnell aus der Limousine, eilte über den Bürgersteig, die Treppe hinauf und ins Hotel. Fengler hastete hinter ihm her.

An der Wand hinter dem Empfang lief ein Fernseher, als Peter Wohl die Halle von WCBL-TV betrat. ›Die Nine's News‹ wurden gesendet, und Louise Dutton blickte in die Kamera.

Mein Gott, sieht sie gut aus! dachte Peter.

»Kann ich Ihnen helfen?« fragte die Empfangsdame.

»Mein Name ist Wohl«, sagte Peter. »Ich möchte zu Miss Dutton.«

Die Empfangsdame lächelte ihn an und nahm den Hörer eines hellblauen Telefons ab.

»Sharon«, sagte sie. »Inspector Wohl ist hier.« Sie schaute Wohl an. »Sie werden gleich zu Miss Dutton gebracht.«

Sharon entpuppte sich als eine attraktive junge Frau mit dunkelbraunen Augen, langem, schwarzem Haar und phantastischem Busen. Sie lächelte strahlend.

»Guten Tag, Inspector«, sagte sie und reichte ihm die Hand. »Ich bin Sharon Feldman.«

Sie führte ihn durch die Halle, über einen Gang und durch eine Tür mit der Aufschrift STUDIO C. Das Studio war voller Leute und Kameras und Kulissen, von denen eine für ›Nine's News‹ benutzt wurde. Es überraschte Peter, daß Louise ihm erfreut winkte, als sie ihn sah, doch dann wurde ihm klar, daß sie im Augenblick nicht auf Sendung war.

Sharon Feldmann führte ihn durch eine andere Tür in einen Regieraum.

»Da ist Kaffee, Inspector«, sagte Sharon Feldman. »Bitte bedienen Sie sich.«

»Lucky Baby – ab!« sagte eine konzentrierte junge Frau mit Brille, die an einem Kontrollpult saß, und Peter sah, daß auf einem von vielen Monitoren der Werbespot für Lucky-Baby-Windeln begann.

»Komisch«, sagte ein Mann zu Peter Wohl, »Sie sehen gar nicht wie ein Cop aus.«

Peter schaute ihn eisig an.

»Leonard Cohen«, sagte der Mann. »Ich bin der Chef der Nachrichtenredaktion.«

»Gut für Sie«, sagte Peter.

»Nichts für ungut«, Cohen lächelte. »Aber Sie sehen wirklich nicht aus, wie man sich einen Cop vorstellt. Haben Sie den Kerl geschnappt, der aus dem Waikiki Diner flüchtete?«

»Noch nicht, soweit ich weiß«, sagte Peter.

»Aber Sie werden ihn schnappen?«

Peter nickte. »Es ist nur eine Frage der Zeit.«

»Was ist mit dem unbekannten Täter, der den Schwulen erstach?«

»Von welchem Schwulen reden Sie?«

»Na, kommen Sie schon«, sagte Cohen. »Nelson.«

»War der schwul?« fragte Peter unschuldig.

»War er das etwa nicht?«

»Ich kannte ihn nicht so gut«, sagte Peter. »Kannten Sie ihn so gut?«

Cohen lächelte Wohl an.

»Vielleicht hat die Prinzessin ihren Meister gefunden«, sagte er. »Ich wußte, daß ihr Schwarm etwas Besonderes sein muß.«

»Leonard, halten Sie um Himmels willen die Klappe«, fuhr die junge Frau vor den Monitoren ihn an. Und dann sagte sie: »Zwei, Sie sind unscharf!«

Cohen zuckte mit den Schultern.

»Guten Abend, Louise«, sagte Ellison zu Louise Dutton.

»Bis dreiundzwanzig Uhr, Barton«, sagte Louise. »Bis dahin sollten wir einen Filmbericht über den Brand in der Marinewerft haben.«

»Es wird ein sensationeller Bericht werden«, versprach Barton Ellison.

»Logo – ab!« sagte die angespannte junge Frau vor den Monitoren.

Zwei, drei Minuten später kam Louise in den Regieraum. Sie ging zu Peter, sagte »Hi!«, stellte sich auf die Zehenspitzen und küßte ihn schnell auf den Mund.

Die angespannte junge Frau vor den Monitoren applaudierte.

»Du bist nur neidisch, Peggy«, sagte Louise.

»So ist es, Baby«, erwiderte Peggy. »Hat er eine Freundin, oder ist er noch zu haben?«

Louise lachte, und dann hakte sie sich bei Peter ein und führte ihn aus dem Regieraum, durch eine andere Tür und auf einen Gang.

»Wenn wir zu mir fahren, kann ich das Zeug dort abwischen«, sagte sie und wies auf die Schminke auf ihrem Gesicht. »Wo hast du geparkt?«

»Vor dem Eingang.«

Louise schaute ihn überrascht an.

»Direkt vor dem Eingang?«

Er nickte.

Sie setzte zu einer Erwiderung an, lachte jedoch statt dessen. Peter fand, daß sie absolut perfekte Zähne hatte.

»Ich wollte schon sagen ›mein Gott, die Cops haben deinen Wagen bestimmt abgeschleppt‹«, sagte Louise. »Aber das tun sie wohl nicht, wie?«

»Es gibt einige Vergünstigungen bei meinem Job«, sagte Peter. »Nicht viele, aber einige.«

»Woher wissen sie, daß es der Wagen eines Polizisten ist?«

»Meistens erkennen sie es am Wagentyp oder an der Funkanlage. Oder man hebt die Strafe auf. Aber wenn man wie ich einen Wagen hat, bei dem sich die Funkanlage im Handschuhfach befindet, und man nicht abgeschleppt werden will, dann legt man ein kleines Schild aufs Armaturenbrett. Oder auf den Sitz.«

»Kannst du mir so ein Schild besorgen?«

»Nein.«

»Fiesling«, sagte Louise. Sie hakte sich bei ihm ein und führte ihn durch die Halle und aus dem Gebäude.

Am Stockton Place parkte er den LTD hinter dem Jaguar und betrat mit Louise Haus Nummer sechs.

An der Tür von Apartment A war ein weißes Pappschild befestigt, auf dem in roten Lettern stand: POLICE DEPARTMENT, CITY OF PHILADELPHIA, TATORT. BETRETEN VERBOTEN.

Louise schaute Peter an, sagte jedoch nichts. Als sich die Aufzugtür öffnete und Peter Louise in die Kabine folgen wollte, hielt sie ihn zurück.

»Du wartest hier unten. Was ich jetzt im Sinn habe, ist ein Abendessen.«

»Das ist alles?«

»Zuerst das Abendessen«, sagte sie. »Nein, erst den Wagen holen, dann Abendessen und dann? Wer weiß.«

»Ganz wie Mylady wünschen.«

Er ging hinaus auf die Straße zum Jaguar und schaute sich die Haube des Jaguar an. Zufrieden stellte er fest, daß Tony Harris' Hintern keine Spuren hinterlassen hatte.

Louise kam viel früher aus dem Haus, als er erwartet hatte. Sie hatte sich abgeschminkt und umgezogen. Jetzt trug sie Rock und Pullover.

»Das war schnell«, sagte er.

»Es war auch ein Fehler«, erwiderte Louise und setzte sich hinter das Steuer des Jaguar.

»Was?«

»Das sage ich dir später. He, liegt ziemlich tief, der Wagen.«

Peter nickte.

»Nun, als erstes brauche ich die Schlüssel«, sagte sie, und als er sie ihr gab, fügte sie hinzu, »dann kannst du mir erklären, wie dieser kleine Knüppel funktioniert, und dann können wir losbrausen.«

»Welcher kleine Knüppel?«

»Der hier«, sagte sie und wies auf den Schalthebel. »Der mit all den Nummern drauf.«

»Du weißt, wie man einen Wagen mit Kupplung und Schaltung fährt?«

»Eigentlich nicht«, sagte Louise, »aber ich bin bereit, zu lernen.«

»Allmächtiger!«

»War nur ein Spaß, Peter. Du bist wirklich vernarrt in diesen Wagen, nicht wahr?«

»Du bist die erste Person, die ihn fahren darf, seit ich ihn in Schuß gebracht habe.«

»Ich fühle mich geschmeichelt«, sagte sie. »Sollen wir ein Wettrennen zu dir nach Hause machen?«

»Nein.« Er schüttelte lächelnd den Kopf.

»Feigling.« Sie ließ den Motor an, legte den ersten Gang ein und wendete.

Peter stieg schnell in den LTD und folgte ihr, was sich als schwierig erwies. Sie fuhr schnell und gut, und der Jaguar war im Verkehr wendiger als der LTD.

Auf der Lancaster Avenue, kurz bevor es Zeit zum Abbiegen war, signalisierte Louise ihm, daß er sie überholen und die Führung übernehmen sollte. Als er vorbeifuhr, lächelte sie ihn an, und sein Herz schlug schneller.

Als er vor dem Haus, in dem er wohnte, seine Uniform vom Rücksitz nahm, kam Louise zu ihm und umarmte ihn von hinten.

»Was hältst du von einem unzüchtigen Vorschlag?« fragte sie.

»Komm in mein Schlafzimmer, sagte die Spinne zur Fliege«, erwiderte er.

»Ich dachte eher, daß du die Uniform wieder in deinen Wagen legst, in deine Wohnung gehst und ein paar Sachen für morgen einpackst«, sagte Louise.

Er löste sich von ihr und drehte sich zu ihr um.

»Als ich in meiner Wohnung war, allein – erinnerst du dich, was ich über einen Fehler sagte? Ich hatte schreckliche Angst. Ich möchte heute nacht dort nicht allein sein.«

»Du kannst hierbleiben.«

»Daran habe ich gedacht. Aber ich muß zu den Elf-Uhr-Nachrichten, und dann müßte ich den ganzen Weg wieder hierhin zurückfahren. *Bitte,* Peter.« Dann lächelte sie und machte ihm ein Angebot. »Ich werde dir ins Ohr pusten.«

»Klar, warum nicht?« sagte Peter. *Klar, warum nicht? Mensch, die schönste Frau, die ich je gekannt habe, bittet mich, die Nacht mit ihr zu verbringen, und ich sage »Klar, warum nicht?«*

»Ich brauche nur zwei Minuten«, sagte er. »Willst du mit raufkommen?«

»Nein«, erwiderte sie. »Du bist offensichtlich der Typ Mann, der schamlos ein unschuldiges Mädchen wie mich ausnutzt.«

Er ging in sein Apartment und packte Unterwäsche, ein weißes Hemd, die Uniformmütze und seine Toilettensachen ein. Dann fügte er seinen guten Bademantel hinzu (ein Geschenk von seiner Mutter, das er selten trug) und ein Fläschchen Eau de Toilette.

Als er nach unten ging, saß Louise hinter dem Steuer des Jaguar.

»Wir wollten diesen Wagen hierlassen«, sagte er.

»Wir werden zurückkehren, bevor wir in die Innenstadt fahren«, entgegnete sie. »Jetzt will ich aufs Land rausfahren, mir den Wind durch die Haare wehen lassen und in irgendeinem romantischen Landgasthaus essen.«

»Wo wirst du ein solches finden?«

»Wie wäre es mit einem Burger King? Steig ein, Peter.«

Er setzte sich neben sie, und sie fuhr los und wendete.

Sie fuhr aus der Stadt, und ihr Tempo war zu schnell.

»Nicht so schnell«, mahnte er.

»Wenn du dich nicht über meine Fahrweise beschwerst, dann sehe ich darüber hinweg, daß du lüstern auf meine Knie schaust.«

Er spürte, wie ihm das Blut in die Wangen stieg.

»Mein Gott!« sagte er.

Sie zog ihren Rock weiter hoch.

»Besser?« fragte sie.

Als Stanford F. Wells III. die geschmackvoll ausgestattete Halle des Warwick Hotel durchquerte und zur Rezeption ging, erhoben sich zwei Männer von einer Couch und fingen ihn ab.

»Wie geht es, Boß?« fragte der ältere der beiden. Er war klein und stämmig und hatte eine Fülle von graumeliertem Haar.

»Wer kümmert sich um den Laden, Karl?« fragte Wells lächelnd. Er freute sich, Karl Kruger zu sehen.

»Nun, da ich hier war, sagte ich mir, ich warte und sage guten Tag und kehre dann heim«, erwiderte Kruger. »Stan, dies ist Richard Dye. Er war beim *Chronicle*. Arbeitet hier für den *Led-*

ger. Ich dachte, er kann hilfreich sein, und das war er. Er ist ein hervorragender Reporter.«

Wells reichte dem jüngeren Mann die Hand.

»Dies ist Mr. Fengler von Mawson, Payne, Stockton, McAdoo & Lester«, sagte Wells. »Werden wir alle Anwälte brauchen? Oder nur einen oder zwei?«

Kruger lachte. »Wir werden vermutlich überhaupt keinen brauchen. Nichts für ungut, Mr. Fengler, aber es ist nicht annähernd so schlimm – juristisch jedenfalls –, wie ich bei meinem Anruf befürchtete.«

»Meine Frau sagte, Louise klang am Telefon sehr aufgeregt und verängstigt«, wandte Wells ein.

»Dafür gibt es einen Grund«, sagte Kruger. »Aber ich glaube, Sie können sich entspannen. Warum gehen wir nicht aus der Halle fort? Ich habe eine Suite für Sie reserviert.«

»Mr. Fengler hat auch eine reserviert«, sagte Wells. »So habe ich also zwei. Ich hoffe, in einer davon ist Whisky.«

In der Suite verschwand Stanford Fortner Wells III. im Badezimmer und kehrte zehn Minuten später rosig vom Duschen und nur mit einem Handtuch bekleidet zurück.

»Jetzt fühle ich mich viel besser«, sagte er, als er Whisky einschenkte und etwas Wasser hinzugab. »Ich möchte die philosophische Bemerkung von mir geben, daß Gott den Menschen nicht zum Fliegen ersonnen hat und daß derjenige, der die Toiletten in Flugzeugen ersonnen hat, gezwungen werden sollte, sie bis in alle Ewigkeit selbst zu benutzen.«

Es folgten höfliche ›Der-Boß-ist-stets-geistreich‹-Lacher, und dann wandte sich Wells an Richard Dye.

»Okay, Dick, was haben Sie herausgefunden?«

Dye nahm ein kleines Notizbuch aus der Tasche und warf einen Blick hinein.

»Miss Dutton – oder sollte ich sagen ›Miss Wells‹?«

»Ihr Name ist Dutton«, sagte Wells sachlich. »Ich hatte bereits eine Frau, als ich Louises Mutter kennenlernte.«

Ward V. Fengler hoffte, daß ihm die Überraschung bei diesen Worten nicht anzusehen war.

»Miss Dutton interviewte einen Polizisten, einen Captain namens Richard Moffitt, in einem Restaurant am Roosevelt Boulevard. Sind Sie vertraut mit den Restaurants in Philadelphia, Mr. Wells?«

»Ja.«

»Dies ist ein großes. Sie waren in diesem Restaurant. Der Polizist, er war Chef der Highway Patrol – Sie wissen darüber Bescheid?«

Wells überlegte und schüttelte den Kopf. »Nicht genau.«

»Sie patrouilliert auf den Highways, aber das ist nicht alles. Die Highway Patrol ist eine Art Eliteabteilung der Polizei, und sie wird in Gebieten mit hoher Kriminalität eingesetzt. Sie tragen Uniformen, als führen sie immer noch mit Motorrädern herum, aber sie haben jetzt Streifenwagen. Einige Leute nennen die Cops der Highway Patrol ›Carlucci's Commandos‹.«

»Carlucci ist der Bürgermeister?« fragte Wells.

Dye nickte. »Nun, offenbar fand ein Überfall im Waikiki Diner statt. Captain Moffitt sah es, griff ein, und es gab ein Täterpaar, einen jungen Mann und eine junge Frau. Die Frau schoß auf ihn mit einer .22er und traf ihn. Er erschoß sie. nach dem, was ich hörte, wußte er nicht mal, daß es ihn erwischt hatte. Er sprach und ging noch, und dann brach er tot zusammen.«

»Das verstehe ich nicht«, sagte Wells.

»Laut meiner Quelle – ein Polizeireporter namens Mickey O'Hara – zerfetzte die Kugel eine Arterie, und er verblutete innerlich.«

»Vor den Augen meiner Tochter?«

»Ja, sie war dabei.«

»Das ist schrecklich«, sagte Wells.

»Der Typ, der den Überfall beging, konnte in dem Durcheinander flüchten. Er wird noch gesucht.«

»Weiß die Polizei, wer es ist?«

Dye blickte in sein Notizbuch.

»Sein Name ist Gerald Vincent Gallagher, weiß, vierundzwanzig. Das Mädchen, das den Cop erschoß, war rauschgiftsüchtig – Gallagher ist das übrigens auch. Ihr Name war Dorothy Ann Schmeltzer. Natürlich waren im Nu Cops am Tatort, schließlich hatte es einen Kollegen erwischt. Und einer davon war so gescheit, herauszufinden, wer Miss Dutton ist . . .«

»Name?«

»Wohl«, sagte Dye. »Er ist Staff Inspector. Laut O'Hara ein sehr fähiger Mann. Der jüngste Staff Inspector in Philly; vor kurzem hat er dafür gesorgt, daß ein hohes Tier der Stadt und zwei Mafiabosse ins Kittchen wanderten . . .«

Wells forderte Dye mit einer Geste auf, fortzufahren, und dann nahm er Unterwäsche aus einem Koffer und zog ein Unterhemd an.

»Wohl behandelte Miss Dutton also sehr gut. Er schickte sie mit zwei Polizeibeamten heim, und einer fuhr ihren Wagen«, sagte Dye. »O'Hara sagte, er behandelte sie teils bevorzugt, weil sie täglich im Fernsehen auftritt, und teils, weil er ein netter Kerl ist. Sie fuhr zum Fernsehsender, machte die Nachrichtensendung um achtzehn Uhr und dann um dreiundzwanzig Uhr, und dann trank sie noch etwas mit Kollegen. Danach fuhr sie heim. Die Tür des Apartments im Erdgeschoß stand offen – ich war dort; sie mußte auf dem Weg zum Aufzug daran vorbei. Sie betrat das Apartment und fand Jerome Nelson im Schlafzimmer. Er war übel zugerichtet worden, mit einem chinesischen Hackmesser.«

»Was ist ein chinesisches Hackmesser?« fragte Wells.

»Sieht wie ein normales Hackmesser aus, ist aber dünner und schärfer«, erklärte Dye.

Wells nickte, während er sein Hemd zuknöpfte.

»Welche Beziehung hatte meine Tochter mit dem Ermordeten?« fragte Wells. »Ich meine, warum ging sie in seine Wohnung?«

»Sie waren befreundet, nehme ich an. Er war ein netter kleiner Kerl.«

»War etwas zwischen ihnen?«

»Er war homosexuell, Mr. Wells.«

»Ich verstehe«, sagte Wells.

»Und, Stan«, warf Karl Kruger ein, »er ist, er *war* Arthur Nelsons Sohn.«

»Armer Arthur«, sagte Wells. »Er wußte, daß sein Sohn homosexuell war?«

»Ich bezweifle, daß ihm das entgangen sein kann.«

»Und es steht auf allen Titelseiten?«

»Nein«, sagte Dye. »Bis jetzt nicht. Kollegiale Höflichkeit, nehme ich an.«

»Interessante Frage, Karl«, sagte Wells nachdenklich. »Was hätten wir getan? Ebenfalls ›kollegiale Höflichkeit‹ gezeigt?«

»Ich weiß es nicht«, sagte Kruger. »War seine – sexuelle Neigung – von Bedeutung bei der Geschichte?«

»War es?« fragte Wells.

»Das weiß noch keiner«, sagte Kruger. »Bis es herauskommt, würde ich die Homosexualität nicht erwähnen. Wenn es herauskommt, gibt es einen Zusammenhang, und dann würde ich es drucken. Eine Definition von Nachrichten ist, daß sie etwas sind, was die Leute interessiert.«

»Nach einer anderen Definition, sagen einige Zyniker, sind Nachrichten etwas, das der Verleger dafür hält. Das ist ein weiteres Argument gegen nur eine Zeitung in einer Stadt.«

»Würden Sie es drucken, Stan?« fragte Kruger.

»Für diese schmerzliche Entscheidung habe ich all die hochbezahlten Redakteure«, sagte Wells. Er überlegte kurz, bevor er fortfuhr: »Ich bin Ihrer Meinung, Karl. Wenn die Homosexualität nur nebensächlich bei diesem Mordfall ist, erwähnen Sie nichts davon. Wenn sie von Bedeutung ist, werden Sie das bringen müssen.«

Kruger stieß einen Grunzlaut aus.

»Erzählen Sie weiter, Dick«, wandte Wells sich an Richard Dye.

»Miss We . . . Miss Dutton . . .«

»Versuchen Sie es mit ›Ihre Tochter‹, Dick«, sagte Wells, »wenn es Sie verwirrt.«

»*Ihre Tochter* rief die Polizei an. Die tanzte an, einschließlich eines Lieutenant der Mordkommission, ein Armleuchter namens DelRaye. Sie gerieten sich in die Haare.«

»Worüber?«

»Er sagte ihr, sie müsse zum Polizeipräsidium, und sie erklärte ihm, daß sie alles ausgesagt hätte, was sie wußte, und daß sie nirgendwohin fahren würde. Dann ging sie nach oben in ihr Apartment. DelRaye drohte ihr an, die Tür aufzubrechen, wenn sie nicht herauskommen würde. Und dann würde er sie in einem Gefangenentransporter zum Präsidium bringen.«

»Warum habe ich das Gefühl, daß Sie taktvoll etwas verschweigen, Dick? Ich will alles hören.«

»Okay«, sagte Dye und schaute ihm in die Augen. »Sie hatte getrunken. Vielleicht etwas zuviel. Und sie warf DelRaye ein paar deftige Worte an den Kopf.«

»Zum Beispiel?«

»Leck mich am Arsch«, zitierte Dye.

»Tatsächlich?« Well lächelte. »So gewinnt man Freunde und beeinflußt Leute.«

»Sie muß dann Staff Inspector Wohl angerufen haben, und er tauchte auf und brachte sie durch das Kellergeschoß aus dem Haus«, sagte Dye. »Am Morgen brachte er sie zum Präsidium. Dort wartete ein Anwalt, Colonel Mawson, auf sie.«

»Sie muß bei mir angerufen haben, während sie in ihrem Apartment war und auf den guten Cop wartete«, sagte Wells. »Entweder bemerkte meine Frau nicht, daß Louise betrunken war, oder sie wollte es mir nicht sagen. Sie sprach nur von aufgeregt und verängstigt.«

»Ich sah Fotos von dem Ermordeten, Mr. Wells. Bei dem Anblick kann es einem schlecht werden. Sie hatte allen Grund, aufgeregt zu sein.«

»Wo war sie in der Zeit – wieviel Uhr war es? – nach dem Verlassen des Apartments bis zum Morgen, als dieser Wohl sie zum Präsidium brachte?«

»Es war nach eins am Morgen«, sagte Dye. »Er brachte sie vermutlich zum Haus einer Freundin oder so.«

»Oder zum Haus eines *Freundes*?« sagte Wells. »Sie sind ein guter Reporter, Dick. Was haben Sie über einen Freund herausgefunden?«

»Nichts besonderes«, sagte Dye. »Ein paar Jungs, aber keiner war anscheinend darin verwickelt.«

»Mr. Wells«, sagte Ward V. Fengler, »wenn ich das einwerfen darf, Colonel Mawson fragte Miss Dutton, wo sie in der Nacht gewesen war, und sie weigerte sich, es ihm zu sagen.«

»Das läßt auf einen Freund schließen«, sagte Wells. »Und weil sie vielleicht annahm, daß ich hier auftauche, wollte sie mich nicht wissen lassen, daß sie die Nacht mit ihm verbracht hat. Jetzt ist meine Neugier geweckt. Können Sie mehr über das Thema herausfinden, Dick?«

»Ich werde es versuchen, Sir«, sagte Dye.

»Ist sie wieder an die Arbeit zurückgekehrt?« fragte Wells. Er warf einen Blick auf seine Armbanduhr und beantwortete seine Frage selbst. »Das können wir am besten erfahren, wenn wir den Fernseher einschalten, nicht wahr?«

Es war achtzehn Uhr fünfzehn. Während Stanford Fortner Wells III. sich zu Ende ankleidete, schaute er sich seine Tochter im Fernsehen an.

»Sie ist ein harter Profi«, sagte er bewundernd.

»Ich hatte ganz vergessen, wie hübsch sie ist«, sagte Karl Kruger.

»Ja, das ist ein schönes Mädchen.« Wells lachte. »Okay, ich werde sie besuchen. Mr. Fengler, ich sehe keinen Grund, mehr von Ihrer Zeit zu beanspruchen. Ich möchte den Wagen behalten, wenn ich darf, und ich wäre dankbar, wenn Sie Colonel Mawson sagen, daß ich morgen früh Kontakt mit ihm aufnehmen werde.«

»Ich stehe zu Ihrer Verfügung, Mr. Wells, wenn Sie meinen, ich könnte von Nutzen sein«, sagte Fengler.

»Ich komme jetzt allein zurecht. Wenn ich Hilfe brauche, habe ich ja Mawsons Telefonnummer vom Büro und von seiner Privatadresse. Danke für all Ihre Freundlichkeit.«

Fengler wußte, daß er entlassen war.

»Ich hätte gern mit Ihnen zu Abend gegessen, Karl, aber das wird nicht möglich sein. Ich danke Ihnen. Wieder einmal.«

»Ah, nicht der Rede wert, Stan.«

»Und Dick, ich möchte, daß Sie in der Nähe bleiben. Ich brauche vielleicht einen Reporter, der nicht nur herausfindet, mit wem meine Tochter zusammen war. Sie sind hoffentlich darauf vorbereitet, ein paar Tage zu bleiben?«

»Ja, Sir«, sagte Dye.

»Wessen Suite ist das hier?« fragte Wells.

Fengler und Kruger schauten sich an, zuckten mit den Schultern und lächelten.

»Nun, stellen Sie das fest. Und dann lassen Sie die andere Suite auf Dick umschreiben. Sorgen Sie dafür, daß er auf jeden Fall im Hotel bleibt.«

Er gab allen die Hand und verließ die Suite.

Vor WCBL-TV fuhr ein Ford weg, als Stanford Fortner Wells III. eintraf. Der Chauffeur hielt an dem frei gewordenen Platz.

Dann ging Wells zur Empfangsdame.

»Mein Name ist Stanford Wells«, sagte er. »Ich möchte Miss Louise Dutton besuchen.«

Der Name bedeutete der Empfangsdame nicht das geringste, doch sie sagte sich, daß der elegant gekleidete Mann nicht wie ein Spinner aussah.

»Werden Sie von Miss Dutton erwartet?« fragte sie mit einem Lächeln.

»Nein, aber ich wette, daß sie mich hier abholen wird, wenn Sie ihr sagen, daß Ihr Vater hier ist.«

»Oh, Verzeihung«, sagte die Empfangsdame. »Sie haben Sie soeben verpaßt! Es überrascht mich, daß Sie Miss Dutton nicht gesehen haben. Sie fuhr vor einer Minute von hier weg.«

»Haben Sie eine Ahnung, wohin sie fuhr?«

»Nein. Aber sie war in Begleitung von Inspector Wohl, wenn Ihnen das etwas hilft.«

»Vielen Dank«, sagte Stanford Fortner Wells III. und ging

zurück zu der Limousine. Er kramte in seinen Taschen und fluchte.

»Ist etwas nicht in Ordnung, Sir?« fragte der Chauffeur.

»Fahren Sie mich zurück zum Hotel. Ich habe den Zettel mit der Adresse meiner Tochter auf der Frisierkommode liegengelassen.«

Mickey O'Hara saß drei Minuten lang reglos vor dem Computer in seinem Büro beim *Philadelphia Bulletin*. Das einzige, was sich bei ihm bewegte, war die Zunge, die immer wieder über die Unterlippe leckte.

Dann hoben sich plötzlich seine Augenbrauen, in seinen Augen leuchtete es auf, seine Lippen verzogen sich zu einem zufriedenen Lächeln, und seine Finger huschten über die Tastatur. Er hatte gefunden, was er gesucht hatte.

DER GEBRATENE GANGSTER
Von Michael J. O'Hara

Gerald Vincent Gallagher, 24, wurde nach einer vierundzwanzigstündigen Großfahndung von achttausend Polizisten Philadelphias heute nachmittag um sechzehn Uhr achtundzwanzig durch elektrischen Strom getötet und von der U-Bahn überrollt. Gallagher, wohnhaft West Lindley Avenue, wurde von der Polizei nach dem gescheiterten Überfall auf das Waikiki Diner am Roosevelt Boulevard als Tatverdächtiger gesucht. Captain Richard C. ›Dutch‹ Moffitt von der Highway Patrol hielt sich zufällig in Zivilkleidung mit der Moderatorin Louise Dutton von WCBL-TV in dem Restaurant auf. Laut Polizei kam Captain Moffitt bei einem Schußwechsel mit Dorothy Ann Schmeltzer, Gallaghers Komplizin, ums Leben, als er versuchte, Gallagher festzunehmen.

Um sechzehn Uhr vierundzwanzig entdeckte Charles McFadden, ein zweiundzwanzigjähriger Beamter des Rauschgiftdezernats in Zivil, den gesuchten Gallagher bei der U-Bahn-Station Bridge & Pratt Streets in Nordost-Philadelphia. Gallagher versuchte, über einen Arbeitssteg neben den Schienen in Richtung Margaret-Orthodox-Station zu flüchten. Als MacFadden ihn einholte, rutschte Gallagher aus, fiel aufs Gleis hinab und berührte die Stromschiene. Sekunden später wurde er von der nordwärts fahrenden U-Bahn überrollt.

Mickey O'Hara hielt im Schreiben inne, schaute auf den Computer und las, was er geschrieben hatte. Sein Gesicht nahm einen nachdenklichen Ausdruck an. Er tippte FORTSETZUNG FOLGT FORTSETZUNG FOLGT ein. Dann drückte er auf die Taste SENDEN.

Er stand auf und ging zum Lokalredakteur. Der Redakteur hielt im Redigieren inne und blickte Mickey O'Hara an.

»Rufen Sie ›Gebratener Gangster‹ ab«, sagte Mickey.

Der Redakteur betätigte Tasten an seinem Computer und rief den Artikel aus dem Zentralcomputer ab.

Dann las der Redakteur, was auf dem Monitor erschien. O'Hara wählte unterdessen die Telefonnummer des Fotolabors.

»Bobby, hier ist Mickey. Sind die Bilder gut geworden?«

»Schöne Sache«, sagte der Lokalredakteur. »Wieviel mehr Text kommt noch?«

»Wieviel Platz kann ich haben?«

»Fotos?«

»Zwei gute mit Sicherheit«, sagte Mickey. »Ich habe eine hübsche Aufnahme von dem abgetrennten Kopf.«

»Ich meine Fotos, die ich bringen kann, Mickey«, sagte der Lokalredakteur. Er wies auf den Telefonhörer in Mickeys Hand. »Ist das Labor dran?« Mickey nickte, und der Lokalredakteur ließ sich den Telefonhörer geben. »Jeweils ein Abzug von beiden Fotos sofort«, sagte er und legte den Hörer aus.

»Ich fragte, wieviel Platz ich haben kann«, sagte Mickey O'Hara.

»Alle sonst waren dort, nehme ich an?«

»Keiner sonst hat Fotos von dem Cop«, sagte Mickey. »Und was das anbetrifft, von dem Gleis, als sich alles gerade abgespielt hatte.«

»Und Sie sind sicher, daß es der Gesuchte ist?«

»Einer der Cops vom Fünfzehnten Distrikt erkannte den Kopf wieder«, sagte Mickey.

»Geben Sie mir tausend, zwölfhundert Worte«, sagte der Lokalredakteur. »Was ich sonst habe, ist ein bißchen fade. Alles das übliche.«

Mickey O'Hara ging zu seinem Computer zurück und schrieb die Fortsetzung seiner Story.

Sergeant Tom Lenihan betrat das Büro vom Chief Inspector Dennis V. Coughlin, Chef des Special Investigations Bureau, und wartete, bis Coughlin aufblickte.

»Was ist, Tom?«

»Man hat soeben Gerald Vincent Gallagher erwischt, Chief«, sagte Lenihan.

»Gut«, sagte Coughlin. »Wo? Wie?«

»Lieutenant Pekach rief an«, sagte Lenihan. »Zwei seiner Jungs – einer ist der Undercoveragent, der das Mädchen identifizierte – suchten ihn auf eigene Faust. Sie entdeckten ihn bei der Bridge Street Station. Er flüchtete. Officer McFadden jagte ihn über die Gleise der U-Bahn, die dort oberirdisch fährt. Gallagher rutschte aus, fiel auf die Stromschiene und wurde von einer Bahn überfahren.«

Denny Coughlins Miene erstarrte. Sein Blick war auf Lenihan gerichtet, doch Lenihan wußte, daß er ihn nicht wahrnahm, sondern förmlich durch ihn hindurchsah, während er angestrengt nachdachte.

Dennis V. Coughlin war nur einer der elf Chief Inspectors der Polizei von Philadelphia, aber er galt als der Erste unter Gleichen. Ihm unterstanden (unter anderem) das Rauschgiftdezernat, das Sittendezernat, die Abteilung Interne Angelegenheiten und die Abteilung Organisiertes Verbrechen.

Die anderen zehn Chief Inspectors waren entweder dem Deputy Commissioner (Operationen) oder dem Deputy Commissioner (Verwaltung) unterstellt, die dem Ersten Deputy Commissioner berichteten, der dem Commissioner berichtete. Denny Coughlin unterstand direkt dem Ersten Deputy Commissioner.

Einfach ausgedrückt, es gab nur zwei Leute bei der Polizei, die Denny Coughlin sagen konnten, was er zu tun hatte, oder die ihn fragen konnten, was er tat. Der Erste Deputy Commissioner und der Commissioner selbst. Andererseits glaubte Denny Coughlin ohne jede Arroganz, daß es seine Sache war, wenn irgendwo im Police Department etwas geschah.

»Tom, ist Inspector Kegley dort draußen?«

»Jawohl, Sir, ich glaube, das ist er.«

»Würden Sie ihm bitte sagen, daß ich gern genau wissen möchte, was geschah?«

»Jawohl, Sir.«

»Ich meine, jetzt gleich«, sagte Coughlin. »Er braucht es mir nicht aufzuschreiben, kann mir die Informationen mündlich geben.« Coughlin schaute auf seine Armbanduhr. »Ich werde bei Dutchs Totenwache sein, sagen wir von achtzehn Uhr an bis zum Schluß. Gehen Sie mit mir dorthin?«

»Jawohl, Sir«, sagte Lenihan und verließ das Büro.

Zwei Minuten später kehrte er zurück.

»Inspector Kegley ist auf dem Weg, Sir. Er sagte, er trifft Sie bei Marshutz & Sons.«

»Gut, Tom. Danke«, sagte Coughlin.

Staff Inspector George Kegley war Kriminalbeamter und einige Zeit bei der Mordkommission gewesen. Er war ein ruhiger, phlegmatischer, sanft blickender Mann, dem sehr wenig entging, wenn er erst einmal seine Aufmerksamkeit auf etwas gerichtet hatte. Wenn etwas an der Verfolgung und dem Tod von Gerald Vincent Gallagher nicht ganz astrein gewesen war, dann würde Kegley es schnell herausfinden.

Coughlin widmete sich wieder der Akte auf seinem Schreibtisch. Es war ein Bericht von der Abteilung Interne Angelegenheiten über zwei Beamte. Es hatte eine Party gegeben. Officer A hatte Mrs. B ungewollte persönliche Aufmerksamkeit gewidmet. Mrs. B hatte die Aufmerksamkeit nach Ansicht von Officer B (ihr Ehemann) nicht mit gebührender Empörung abgelehnt. Im Gegenteil, sie hatte ihr anscheinend gefallen. Woraufhin Officer B seine Frau verprügelt hatte und mit gezogener Waffe hinter Officer A hergerannt war und gedroht hatte, den Hurensohn umzubringen. Es war kein richtiger Schaden entstanden, aber die ganze Sache war jetzt offiziell, und es würde etwas getan werden müssen.

»Ich will mich jetzt nicht damit abgeben«, sagte Dennis V. Coughlin, obwohl keiner außer ihm im Büro war, der es hören konnte.

Er erhob sich, nahm seine Dienstwaffe aus der Schreibtischschublade, schob sie ins Schulterholster und verließ sein Büro.

»Kommen Sie, Tom«, sagte er zu Sergeant Lenihan. »Gehen wir.«

14

Patrick Coughlin, ein irisch-amerikanischer Mann der zweiten Generation (sein Vater war in Philadelphia geboren worden, drei Monate nach der Einwanderung seiner Eltern aus dem Kildare-County im Jahre 1896, hatte sein Arbeitsleben als Lastwagenfahrer verbracht und war entschlossen gewesen, daß sein Sohn Dennis studieren würde.

Aber 1946 war Dennis V. Coughlin trotz hervorragender Noten auf der römisch-katholischen High-School nach seinem zweiten Semester von dem LaSalle College verwiesen worden.

Als Denny Coughlin vom College flog, war das Leben zu Hause schwierig, und er verpflichtete sich für vier Jahre bei der Navy, die ihm versprach, ihn als Elektroniker auszubilden. Bei der Ausbildung zum Elektroniker war er so erfolglos wie auf dem College, und die Navy fragte sich, was sie in den restlichen zweiundvierzig Monaten seiner Verpflichtung mit einem sehr großen jungen Mann anfangen sollte.

Kurz nachdem er sich an Bord des Flugzeugträger-USS *Coral Sea* als Bursche eines Maschinisten meldete, bot ihm der Schiffsprofos eine Chance, zu werden, was eigentlich nichts anderes als ein Polizist an Bord des Schiffes war. Das war viel besser, als lange Tage im heißen und ölverschmierten Bauch des Schiffes zu verbringen, und Denny stürzte sich sofort auf das Angebot.

Es war nicht das, was er sich vorgestellt hatte: in Bars im Hafenviertel marschieren, betrunkene Matrosen mit dem Schlagstock ernüchtern und aufs Schiff bringen. Das gab es natürlich auch, und ein paarmal mußte Denny Coughlin den Schlagstock einsetzen. Aber nicht oft. Ein Matrose mußte schon betrunken *und* tollkühn sein, wenn er sich mit jemandem von Coughlins Größe anlegte. Und Denny lernte, daß ein freundliches Wort des Verständnisses und ein Appell an die Vernunft fast immer wirkungsvoller waren als der Einsatz des Schlagstocks.

Er stellte ebenfalls fest, daß oftmals die Matrosen die geschädigte Partei bei einem Streit waren, daß die Bar- und Kneipenbesitzer im Unrecht waren. Und es wurde ihm klar, daß er mit den Bar- und Kneipenbesitzern genausogut zurechtkommen konnte wie mit Matrosen. Lange bevor er es in Worte kleiden konnte, spürte er, daß die Cowboys wirklich die richtige Bezeichnung benutzt hatten: Peace Officer. Er war so etwas wie ein Friedensstifter, und er war gut darin.

Nach achtzehn Monaten Dienst an Bord des Flugzeugträgers *Coral Sea* wurde er der Küstenwache zugeteilt, die dem US-Marinekrankenhaus Philadelphia angegliedert war. Er arbeitete mit der Polizei von Piladelphia zusammen, und einige ranghohe Polizeioffiziere wurden auf ihn aufmerksam und sahen in ihm genau das, was die Polizei als Rekruten suchte: einen großen, gesunden, aufgeweckten, netten Jungen mit stattlicher

Erscheinung in seiner Heimatstadt. Die Polizei bot ihm eine zivile Laufbahn an, wenn seine Dienstzeit bei der Navy vorüber sein würde. Nach seinem Dienst bei der Navy würde er keine Schwierigkeiten mit der Aufnahmeprüfung für den Polizeidienst haben. Captain Francis X. Halloran sprach mit Lawrence Sheen vom Sanitätskorps, und kurz danach wurde Dennis V. Coughlin ehrenhaft aus der US Navy entlassen, um zivilen Dienst anzutreten – bei der Polizei.

Drei Wochen nachdem Dennis V. Coughlin sein Navy-Blau ausgezogen hatte, meldete er sich auf der Polizeiakademie zur Ausbildung.

Am dem ersten Tag dort lernte er John X. Moffitt kennen, der gerade nach einer dreijährigen Dienstzeit beim Marine-Corps zurückgekehrt war. Sie waren im gleichen Alter, hatten vieles gemein und wurden Freunde. Nachdem sie die Abschlußprüfung bestanden hatten, wurden beide zum Dienst in der Innenstadt eingeteilt. Denny Coughlin kam zum Neunten Distrikt, Jack Moffitt zum Sechsten. Sie konnten ihre Dienstzeiten ohne Schwierigkeiten aufeinander abstimmen und hatten gemeinsame Freizeit, in der sie Bier tranken und hinter Mädchen her waren, abgesehen von den Dienstabenden, an denen Jack Moffitt zu Treffen der Reserve des Marine-Corps ging.

Er brauchte das Geld, argumentierte Jack Moffitt, und es würde ohnehin kein Krieg sein. Denny sollte sich auch zum Marine-Corps melden. Denny tat es nicht. Jack wurde im August 1952 zum Marine-Corps befohlen, eine Woche nachdem sie erfahren hatten, daß sie beide die Prüfung zum Kriminalbeamten bestanden hatten.

Jack war nach etwas über einem Jahr wieder zurück. Er war in der Nähe von Hangun-Ri, Nordkorea, verwundet und aus gesundheitlichen Gründen als Staff Sergeant entlassen worden. Er arbeitete wieder in der West Detective Division; Denny Coughlin war zu dieser Zeit in der Central Detective Division.

Aber die Dinge waren nicht mehr so zwischen ihnen wie früher, hauptsächlich wegen Patricia Stevens, die Jack kennengelernt hatte, als sie mit den Mädchen des St. Agnes-Chors die

Jungs im Marinekrankenhaus unterhalten hatte. Denny war Trauzeuge bei ihrer Hochzeit, und Pat lud ihn oft zum Abendessen ein und half ihnen beiden, sich auf die Prüfung zum Sergeant vorzubereiten.

Einen Monat nach Jack Moffitts Tod – er war im Dienst erschossen worden – und einen Monat vor Matts Geburt hatte Denny Coughlin einen seiner seltenen Besuche bei seiner Gemeindepfarre gemacht und ein vertrauliches Gespräch mit Monsignore Finn geführt. Es dauerte einige Zeit, bis Finn begriff, was Denny Coughlin wirklich mit ihm besprechen wollte, und das war nicht sein Seelenheil.

»Sie möchten die Frau nicht heiraten, Denny«, sagte Monsignore Finn, »weil Sie Mitleid mit ihr haben oder weil sie die Frau Ihres Freundes ist; oder einfach nur, um sich um das Baby zu kümmern, wenn es zur Welt kommt. Und Sie möchten sie bestimmt nicht heiraten, weil sie jemanden braucht, der sie und das Baby ernährt. Sie werden bemerkt haben, daß ich nicht sagte, Sie *wollen* die Frau nicht heiraten. Ich rate Ihnen, ein wenig Geduld zu haben. Die Zeit heilt die Wunden. Und es würde mich überhaupt nicht wundern, wenn Patricia Moffitt in Ihnen das gleiche sehen würde, was sie in Jack sah, er ruhe in Frieden. Aber Sie wollen sichergehen, Sohn. Eine Frau ist für immer. Sie sollten nichts übereilen. Ich rate Ihnen, zu bleiben, was Sie sind, ein guter Freund, bis Patty ihren Schmerz überwunden und das Baby zur Welt gebracht hat. Wenn Sie dann noch das gleiche empfinden . . .«

Ein halbes Jahr später hatte Dennis V. Coughlin das gleiche empfunden, und ein Jahr später, bevor er sich dazu durchringen konnte, es ihr zu sagen, hatte Patty Moffitt eine Arbeit angenommen, um sich zur Anwaltsgehilfin hochzuarbeiten, und dann hatte sie bei einem Spaziergang Matt mit dem Kinderwagen geschoben und Brewster Payne II. mit seinen mutterlosen Kindern kennengelernt, und es war für Coughlin zu spät gewesen.

Chief Inspector Dennis V. Coughlin hielt sich bereits ungefähr eine Stunde in der Leichenhalle von Marshutz & Sons auf, als er Matt Payne sah, der allein dastand. Er rief ihn zu sich. Er schüttelte ihm die Hand und legte einen Arm um seine Schultern.

»Ich möchte, daß du diese Leute kennenlernst, Matt«, sagte er. »Gentlemen, dies ist Matt Payne, Dutchs Neffe.«

Matt wurde zwei Chief Inspectors vorgestellt, zwei Captains und einem Corporal, der mit Dutch Moffitt zusammen die Polizeiakademie besucht hatte, weshalb ihm die Ranghöheren nachsahen, daß er jetzt ein wenig betrunken und eine Spur zu überschwenglich war.

»Wenn du einen Augenblick Zeit hast, Onkel Denny, kann ich dann mit dir sprechen?«

»Na klar«, sagte Denny Coughlin. »Entschuldigen Sie mich bitte, Gentlemen.« Er ergriff Matt am Arm und führte ihn über einen breiten Gang der Leichenhalle. Schließlich fanden sie einen leeren Winkel.

»Ich bin zur Polizei gegangen«, sagte Matt.

»Was soll das heißen?«

»Ich sagte, ich bin Polizist geworden«, bekräftigte Matt.

»Und wann ist das geschehen?«

»Heute.«

»Das kann doch nicht wahr sein!« sagte Dennis V. Coughlin. »Das muß ich erst einmal verarbeiten, Matt.«

»Bis jetzt weiß es nur mein Vater«, sagte Matt.

»Dein Vater ist tot«, sagte Coughlin und bereute es sofort. »Ah, warum habe ich das gesagt? Ich bin stolz, Brewster Payne als Freund zu betrachten, und du hättest keinen besseren Vater haben können.«

»Ich verstehe«, sagte Matt. »Ich habe auch Schwierigkeiten mit meinem richtigen Vater. Sie auseinanderzuhalten, meine ich.«

»Matt, ich sage dir jetzt etwas, das ich nicht böse meine, aber ich muß es einfach sagen . . .«

»Ich bin bei der ärztlichen Untersuchung vom Marine-Corps durchgerasselt«, sagte Matt. »Ich dachte schon daran, Cop zu werden, *bevor* Onkel Dick erschossen wurde.«

»Wenn du die ärztliche Untersuchung vom Marine-Corps nicht bestanden hast, wie kommst du dann auf den Gedanken, daß du die ärztliche Untersuchung für den Polizeidienst bestehen kannst?«

»Ich habe sie bestanden«, sagte Matt. »Und ich hatte sogar schon ein Gespräch mit dem Klapsdoktor. Heute.«

»Jesus, Maria und Josef! Was wird deine Mutter sagen?«

»Warum habe ich das Gefühl, daß du weit entfernt davon bist zu jubeln ›*Yippieeh, gut für dich*!‹?«

»Weil ich mir nicht ganz sicher bin, ob es eine gute Idee ist, für dich *und* für die Polizei«, sagte Coughlin ruhig.

»Warum?«

»Ich weiß es nicht«, sagte Coughlin. »Vielleicht ist es einfach ein ungutes Gefühl. Oder vielleicht liegt es daran, daß ich deinen Vater beerdigt habe und wir deinen Onkel beerdigen werden. Oder vielleicht befürchte ich, deine Mutter wird denken, ich habe dich dazu überredet.«

»Mein Vater, mein *Adoptivvater*, versteht es«, sagte Matt.

»Dann hat er mir einen Punkt voraus«, sagte Coughlin. »Matt, du tust das nicht, weil du dir aus Fernsehkrimis ein Bild über die Polizei gemacht hast, oder?«

»Nein, ich weiß, daß die Realität anders ist«, erwiderte Matt.

»Aber du wirst zugeben, daß du keine Ahnung hast, worauf du dich einläßt?«

»Ich wollte zu den Marines und hatte ebenfalls keine Ahnung, was mich erwarten würde.«

Sergeant Tom Lenihan und Staff Inspector George Kegley traten auf den Gang und warteten darauf, daß Coughlin auf sie aufmerksam wurde. Coughlin sah sie und winkte sie zu sich.

»Du hast Sergeant Lenihan gestern kennengelernt«, sagte Coughlin zu Matt. »Und dies ist Staff Inspector Kegley. George, dies ist Matt Payne. Dutchs Neffe.«

Sie schüttelten sich die Hände.

»Was haben Sie für mich, George?« fragte Coughlin.

Kegley wirkte überrascht, als Coughlin um einen Bericht bat, obwohl ein ›ziviler Verwandter‹ anwesend war, aber er gab einen kurzen, jedoch prägnanten Bericht über die Ereignisse bei der U-Bahn-Station, einschließlich der Details von Gerald Vincent Gallaghers Tod.

»Hat man Kontakt mit Peter Wohl aufgenommen?« fragte Coughlin. »Matt Lowenstein sagte, er soll Gallagher als Mann vom Waikiki Diner von der Fernsehfrau identifizieren lassen.«

»Anscheinend weiß keiner, wo die beiden sind, Chief«, sagte Kegley.

Coughlin schnaubte und blickte nachdenklich vor sich hin.

»Danke, George«, sagte er. »Tom, holen Sie den Wagen, wir fahren weg.«

»Jawohl, Sir«, sagte Sergeant Lenihan.

»Du kommst mit«, sagte Dennis Coughlin zu Matt Payne.

»Alles in Ordnung, Matt?« fragte Chief Inspector Dennis V. Coughlin, als Sergeant Tom Lenihan den Oldsmobile vor dem Reihenhaus an der Fitzgerald Street in South Philadelphia stoppte.

Matt hatte sich beim Leichenbeschauer übergeben, nicht als Coughlin damit gerechnet hatte, nämlich, als das Laken von Gerald Vincent Gallaghers Leiche gezogen worden war, sondern ein paar Minuten später, draußen, kurz bevor sie in den Oldsmobile gestiegen waren. Tom Lenihan war dann ein paar Minuten verschwunden, und Coughlin war sich nicht sicher, ob er das getan hatte, um die peinliche Situation für Matt zu mildern oder ob Lenihan hinter eine Reihe parkender Wagen gegangen war, um sich ebenfalls zu übergeben.

»Alles in Ordnung«, sagte Matt.

Sein Gesicht war totenbleich.

»Wirklich?«

»Mir geht's prima, danke«, sagte Matt mit fester Stimme.

»Soll ich mitkommen, Chief?« fragte Lenihan.

»Ja, das halte ich für angebracht«, sagte Coughlin, öffnete die Tür und stieg aus dem Wagen.

Die Tür vom Haus der McFaddens hatte eine Türglocke, ein

altmodisches, gußeisernes Ding. Man drehte daran, und ein Glockenton war zu hören. Coughlin erinnerte sich, daß es eine solche Glocke an der Tür des Reihenhauses gegeben hatte, in dem er aufgewachsen war. Jemand hatte vermutlich eine Million mit solchen Türglocken verdient, sagte er sich; an fast jedem Reihenhaus in Philly gab es so eine Glocke.

Agnes McFadden öffnete die Tür und schaute sie überrascht an, Coughlin zog seinen Hut.

»Guten Tag, Ma'am«, sagte er. »Ich bin Chief Inspector Coughlin. Ich möchte Officer McFadden besuchen, wenn es Ihnen paßt.«

»Was?« fragte Agnes McFadden.

»Wir möchten Charley besuchen«, sagte Lenihan. »Ich bin Sergeant Lenihan, und dies ist Chief Inspector Coughlin.«

»Er ist in der Küche, zusammen mit seinem Lieutenant«, sagte sie. »Lieutenant Pekach. Und mit meinem Mann.«

»Können wir zu ihnen?« fragte Coughlin.

»Selbstverständlich. Ich weiß nicht, wo meine Gedanken waren. Bitte, kommen Sie herein.«

Sie folgten ihr durch eine düstere Diele in die Küche, in der drei Männer am Tisch saßen. Eine Flasche Seagram's 7-Crown und Flaschen Cola und Bier standen auf dem Küchentisch.

Pekachs Miene spiegelte Überraschung wider, als er sie sah. Er wollte aufstehen.

»Behalten Sie Platz, David«, sagte Coughlin.

Officer Charley McFadden, der zusammengesunken auf einem Stuhl saß und ein Glas auf dem Schoß hielt, in dem einst Senf gewesen war und das jetzt Seagram's 7-Crown enthielt, erkannte schließlich, daß etwas geschah. Er schaute die drei Fremden in der Küche an.

Coughlin durchquerte die kleine Küche mit ausgestreckter Hand.

»McFadden, verzeihen Sie, daß ich so in Ihr Heim eindringe, aber ich wollte Ihnen persönlich für Ihre gute Leistung gratulieren. Ich bin überzeugt, Ihre Eltern sind sehr stolz auf Sie. Die Polizei ist es.«

Matt sah McFadden an, daß er keine Ahnung hatte, wer ihm die Hand schüttelte.

Charleys Vater kleidete es in Worte. »Wer sind Sie?«

»Mr. McFadden«, sagte Lieutenant Pekach, »dies ist Chief Inspector Coughlin. Und das ist Sergeant Lenihan. Den anderen Gentleman kenne ich leider nicht.«

»Ich bin Matthew Payne«, sagte Matt und reichte ihm die Hand.

»Matt ist Captain Moffitts Neffe«, erklärte Coughlin.

»Das mit Ihrem Onkel tut mir leid«, sagte Charley McFadden. Dann wurde ihm klar, daß er aufstehen sollte, und er erhob sich. Er schaute Coughlin an. »Sie sind Chief Inspector Coughlin?« sagte er mit einer Spur von Ungläubigkeit.

»So ist es«, erwiderte Coughlin.

»Darf ich den Gentlemen etwas zu trinken anbieten?« fragte Agnes McFadden.

»Ich habe leider nur Seagram's im Haus«, sagte Kevin McFadden.

»Nun, wir sind alle nicht im Dienst«, sagte Coughlin. »Ich denke, ein kleiner Seagram's würde uns guttun.«

Weitere einstige Senfgläser wurden geholt und dreiviertel mit Whisky gefüllt.

»Ich befürchte, im Haus sieht es schrecklich unordentlich aus«, sagte Agnes McFadden.

»Ich finde es hier prima.« Dennis Coughlin hob sein Glas. »Auf Officer McFadden, auf den wir alle sehr stolz sind.«

»Ich wollte nicht, daß ihm das widerfuhr«, sagte Charles McFadden leise. »Mein Gott, das hätte ich keinem gewünscht.«

»Charley«, entgegnete Coughlin eindringlich. »Was Gallagher widerfuhr, hat er sich selbst zuzuschreiben.«

Charley schaute ihn an und sagte schließlich: »Jawohl, Sir.«

»Lieutenant Pekach, kann ich Sie einen Moment sprechen?« fragte Coughlin und forderte Matt mit einer Geste zum Mitkommen auf.

Sie gingen in die Diele.

»Wo ist sein Partner?« fragte Coughlin leise.

»Er war hier, Chief. Sein Arzt gab ihm etwas zur Beruhigung, und es vertrug sich nicht mit dem Alkohol. Ich schickte ihn heim.«

»Hat McFadden Beruhigungsmittel genommen?«

»Nein, Sir«, sagte Pekach. »Er hat eine Abneigung gegen Pillen. Er nimmt nicht mal Aspirin.«

»Wie lange werden Sie hierbleiben?«

»So lange, wie es nötig ist«, sagte Pekach. »Der Whisky wird ihn früher oder später schaffen.«

»Hatten Sie geplant, eine Belobigung zu schreiben?«

»Daran hatte ich nicht gedacht«, bekannte Pekach. »Aber klar, die werde ich schreiben.«

»Und nicht nur ›mit großem Risiko für sein Leben‹,« sagte Coughlin. »Sondern ›setzte mit größter Tapferkeit sein Leben ein‹ et cetera, et cetera. Sie verstehen, was ich meine?«

»Jawohl, Sir.«

»Dies wird in allen Zeitungen stehen«, sagte Coughlin. »George Kegley sagte mir, daß Mickey O'Hara auf dem U-Bahn-Gleis war und Fotos machte. McFadden wird seine Arbeit auf den Straßen kaum fortsetzen können.«

»Nun, er wird uns nicht mehr viel nutzen, weil er zu bekannt wird«, sagte Pekach.

»Ich werde eine andere Verwendung für ihn finden«, sagte Coughlin. »Wenn man in diesem Alter ist und in Zivilkleidung arbeitet, und man wird wieder in eine Uniform gesteckt, dann denkt man, man hat etwas falsch gemacht. Ich möchte nicht, daß das geschieht.«

»Ich werde etwas für ihn finden, Chief«, sagte Lieutenant Pekach. Als sie zur Küche zurückkehrten, erbrach sich Officer McFadden über der Spüle. Coughlin hielt Matt mit einer Geste davon ab, die Küche zu betreten. Dann forderte er Sergeant Lenihan mit einem Wink auf, ihm und Matt aus dem Haus zu folgen.

Als sie im Wagen saßen und auf der South Broad Street nordwärts fuhren, neigte sich Coughlin aus dem Fond vor und berührte Matt Paynes Schulter. Matt wandte den Kopf und schaute ihn an.

»Willst du immer noch Cop sein, Matt?« fragte Coughlin.

»Ich fragte mich nur, wie ich in einer solchen Situation reagieren würde«, erwiderte Matt leise.

»Und?«

»Ich weiß es nicht«, sagte Matt. »Aber um deine Frage zu beantworten, ja, ich möchte immer noch Cop sein.«

Coughlin stieß einen Grunzlaut aus.

»Tom«, sagte er zu Lenihan, »wenn Sie ein Telefon sehen, rufen Sie Pekach an und sagen ihm, daß McFadden und sein Partner auf meinen Wunsch hin morgen an der Beerdigung teilnehmen. Und dann finden Sie heraus, wer zuständig für die Sitzordnung ist, und sorgen Sie dafür, daß die beiden gute Plätze in der Kirche erhalten.«

»Uniform oder Zivilkleidung?«

Coughlin dachte kurz nach. »Uniform«, sagte er dann. »Ja, Uniform. Sagen Sie Pekach, er soll dafür sorgen, daß sie sich die Haare schneiden lassen und baden.«

»Ich muß meinen Anrufbeantworter abhören«, sagte Peter, als er mit Louise vom Abendessen zurückkehrte und den Jaguar in der Garage parkte. »Es wird nur ein paar Minuten dauern.«

»Ich gehe mit«, sagte Louise. Sie ergriff seine Hand, als sie die Treppe hinaufgingen. In der Wohnung, als er das Licht einschaltete, sah er, daß sie dicht bei ihm stand und ihn erwartungsvoll anschaute.

Sie will geküßt werden, dachte er. *Wie schön.*

Aber als er sie in die Arme nahm, sie sich an ihn preßte und er sie küssen wollte, wandte sie das Gesicht ab.

»Ich habe Pfefferminzbonbons«, sagte Peter. Sie lachte.

»Nein«, sagte sie. »Das ist es nicht. Aber ich werde um dreiundzwanzig Uhr auf Sendung sein, und ich möchte nicht, daß jeder im Delaware Valley denkt: ›Die Frau sieht aus, als wäre sie soeben erst aus dem Bett gestiegen.‹«

»Meinst du wirklich, das sieht man?« sagte er und atmete tief den Duft ihres Haars ein.

»Nach *einer* Nummer vielleicht nicht«, sagte sie. »Aber wir haben anscheinend die Neigung zu Fortsetzungen.«

»Gott, fühlst du dich gut an«, sagte Peter und drückte sie fest an sich.

»Die Pflicht ruft«, sagte Louise und löste sich aus seinen Armen. »Deine und meine. Hör dir an, was dein Anrufbeantworter sagt.«

Es gab eine Reihe von Botschaften.

Barbara Crowley hatte angerufen.

»Peter, deine Mutter rief an und fragte mich, ob ich zu der Beerdigung komme. Ich sagte ihr, daß ich erwartete, das von dir zu hören. Ruf mich bitte an. Ich werde mit dir dorthin gehen, wenn du es willst.«

Und Detective Jason Washington hatte angerufen:

»Hier spricht Jason Washington, Inspector«, erklang seine Stimme vom Band. »Es ist siebzehn Uhr dreißig. Wir haben Gerald Vincent Gallagher sozusagen geschnappt. McFadden, der Junge vom Rauschgiftdezernat, der das Mädchen identifizierte, suchte nach ihm und fand ihn an der U-Bahn-Station Bridge Street. Ich sage ›*sozusagen* geschnappt‹, weil Gallagher von einer U-Bahn überfahren wurde. Nachdem er auf die Stromschiene fiel. Verdammte Sache. McFadden kannte Gallagher natürlich, und ein paar Jungs vom Fünfzehnten Distrikt kannten ihn ebenfalls. Aber unter den gegebenen Umständen finde ich – und auch Lieutenant Natali meint das –, daß man vielleicht die Leiche von Miss Dutton als die des Mannes identifizieren lassen sollte, den sie im Waikiki sah. Die Leiche wurde soeben zum Leichenschauhaus gebracht. Meinen Sie, Sie können Kontakt mit Miss Dutton aufnehmen und sie gegen neunzehn Uhr, neunzehn Uhr dreißig dorthin bringen? Ich wüßte es zu schätzen, wenn Sie mich anrufen. Ich werde entweder hier im Büro oder beim Leichenbeschauer oder zu Hause sein. Danke.«

Und Lieutenant Louis Natali hatte angerufen.

»Inspector, hier ist Lou Natali. Jason Washington sagte, er hat bei Ihnen angerufen und eine Nachricht auf Ihren Anrufbeantworter gesprochen. Vor ungefähr einer Stunde. Es ist jetzt sechzehn Uhr fünfundvierzig. Captain Quaire bittet Sie, Kontakt mit Miss Dutton aufzunehmen und sie zum Leichenbeschauer zu bringen, um Gallagher als den Mann zu identifizieren, den sie im Restaurant sah. Sie sollten Miss Dutton warnen, daß die Leiche in Stücken ist. Die Räder haben Gallagher den Kopf abgefahren, als Ganzes, meine ich. Ich werde versuchen, den Torso mit einem Laken abdecken zu lassen, aber der Anblick ist ziemlich hart. Und würden Sie mich bitte anrufen, wenn Sie das hier gehört haben? Danke.«

Und Chief Inspector Matt Lowenstein hatte angerufen:

»Peter, was, zum Teufel, ist los? Ich brauche diese Frau, um Gallagher identifizieren zu lassen. Keiner weiß anscheinend, wo Sie sind, und so rief ich beim Fernsehsender an. Ich wollte Miss Dutton sehr höflich fragen, ob ich sie persönlich zum Leichenbeschauer bringen kann, und man sagte mir, keiner weiß, wo sie ist, aber sie hat den Sender zusammen mit Ihnen verlassen. Menschenskind, es ist jetzt zwanzig Uhr dreißig, und ich muß zu Marshutz & Sons zu der verdammten Totenwache.«

Diese Nachricht endete abrupt. Peter war sich ziemlich sicher, daß Chief Inspector of Detectives Matt Lowenstein gegen Ende einen Blick auf seine Armbanduhr geworfen, laut gedacht und den Telefonhörer auf die Gabel geknallt hatte.

Der Anrufbeantworter erreichte das Ende der aufgezeichneten Nachrichten und spulte zurück.

»Was hatte das alles zu bedeuten?« fragte Louise.

»Nun, offenbar hat ein Undercoveragent . . .«

»Wer war *sie*?« unterbrach Louise.

Er brauchte einen Moment, um die Antwort zu formulieren.

»Vor drei Tagen hätte ich gesagt, das war meine Freundin.«

»Hübsches, nettes Mädchen?«

»Sehr hübsch und sehr nett«, sagte Peter. »Sie heißt Barbara Crowley, und sie ist Krankenschwester in der Psychiatrie.«

»Das kommt ja sehr gelegen«, sagte Louise.

»Jeder, der uns kennt – außer einem –, ist der Meinung,

daß Barbara und ich ein schönes Paar abgeben und heiraten sollten«, sagte Peter.

»Wer ist der eine Andersdenkende? Ihr Vater?«

»Ich«, sagte Peter. »Sie ist ein nettes Mädchen, aber ich liebe sie nicht.

»Seit wann nicht mehr?«

»Seit jeher. Ich habe nie soviel für sie empfunden.«

»Soviel wie?«

»Soviel, wie ich für dich empfinde«, sagte Peter.

»Ich nehme an, dir ist klar, daß nicht mehr für eine Beziehung zwischen uns spricht als die Tatsache, daß wir im Bett harmonieren, oder?«

»Das ist ein guter Start«, sagte Peter. »Darauf können wir aufbauen.«

Sie schaute ihm lange in die Augen. Dann sagte sie: »Ich werde mir heute abend keine kopflose Leiche ansehen.«

»Okay«, sagte er. »Aber du wirst es schließlich tun müssen.«

»Und wenn ich mich einfach weigere?«

»Das wirst du nicht tun«, wandte Peter ein.

»Und wenn ich es tue?«

»Dann wird es einen Gerichtsbeschluß geben. Wenn du dich dann weigerst, bist du wegen Mißachtung des Gerichts dran und wirst in Haft genommen, bis du dich anders besinnst. Du möchtest nicht in Haft. Im Knast sind wirklich nicht deinesgleichen.«

Sie sah ihn nur an.

»Ich werde Jason Washington anrufen und ihm sagen, daß er uns morgen früh beim Leichenbeschauer treffen soll. Sagen wir um acht Uhr.«

»Ich muß am Morgen arbeiten«, sagte Louise.

»Wir fahren dorthin, *bevor* du zur Arbeit fährst«, entgegnete Peter, und dann fügte er hinzu: »Ich dachte, du mußt erst um vierzehn Uhr zur Arbeit.«

»Für gewöhnlich«, sagte sie. »Aber morgen muß ich über eine Beerdigung berichten.«

»Davon hast du mir nichts erzählt.«

»Es ist meine Story«, sagte sie. »Ich war dabei, als es begann, erinnerst du dich?«

Er nickte. Sie sahen sich lange schweigend an.

»Warum schaust du mich so an?« fragte Louise. »Was denkst du?«

»Ich denke, daß du unglaublich schön bist und ich dich liebe«, sagte Peter.

»Ich weiß«, erwiderte sie. »Ich meine, daß du mich liebst. Und ich glaube, es macht mir mehr angst als das Betrachten einer kopflosen Leiche – oder eines leichenlosen Kopfes.«

»Warum macht es dir angst?«

»Ich befürchte, aufzuwachen«, sagte sie. »Oder vielleicht nicht aufzuwachen.«

»Ich kann dir nicht folgen.«

»Wir sollten besser von hier verschwinden«, sagte Louise. »Bevor wir wieder im Spielzimmer landen.«

»Laß mich Jason Washington anrufen«, sagte Peter.

»Ruf ihn aus meiner Wohnung an. Wir fahren dorthin, und ich steige in meinen Wagen und fahre zur Arbeit. Du wirst in meiner Wohnung bleiben.«

»*Werde* ich das?« fragte er lächelnd.

»Hm. Dort wirst du spülen und Staub wischen und dich dann für mich schön machen, damit du mir gefällst, wenn ich müde von der Arbeit nach Hause komme.«

»Wenn du müde sein wirst, dann kannst du selbst spülen.«

»*So* müde werde ich nicht sein, Peter, wenn es das ist, was du denkst, und davon bin ich überzeugt.«

»Es macht mir nichts aus, beim Studio auf dich zu warten«, sagte Peter.

»Aber mir. Ich hab' gesehen, wie du auf Sharons Titten gestarrt hast. Und obwohl ich weiß, daß ich es dir nicht sagen sollte, ich sah, wie sie dich anhimmelte.«

»Das klingt nach Eifersucht, hoffe ich.«

»Laß uns fahren, Peter«, sagte sie und ging zur Tür.

Mickey O'Hara saß in der Bar des Holiday Inn, an der Ecke Fourth und Arch Street, und nippte an seinem dritten John Jamison's.

Es war ihm oft genug widerfahren, und er erkannte, was los war. Er tat etwas, was ein Reporter ebensowenig wie ein Arzt oder Anwalt tun sollte: die Schwierigkeiten von Leuten, mit denen er beruflich zu tun hatte, sich persönlich zu Herzen zu nehmen. Und es war ihm oft genug widerfahren, um zu wissen, daß er auf die schlimmstmögliche Weise dagegen ankämpfte, mit doppelten John Jamison's und einem Bier.

Er hatte Mitleid mit dem jungen Undercoveragenten Charley McFadden bekommen. Der junge McFadden war losgezogen, um den einsamen Ranger zu spielen, auch wenn der treue braune Gefährte Che-sus Sowieso an seiner Seite war. Er war entschlossen gewesen, den Bösewicht zu stellen und der Justiz zu übergeben. Dann würde er sein Pferd tätscheln und in den Sonnenuntergang davonreiten.

Aber es war anders gekommen. Er hatte den Bösewicht nicht dazu bringen können, reuig und ruhig mitzugehen, nachdem er ihm mit einer silbernen Kugel einen Revolver aus der Hand geschossen hatte.

Der Bösewicht war erst gebraten und dann enthauptet worden, und an diesem Punkt hatte er aufgehört, ein Bösewicht zu sein, und war zu einem Jungen aus Philadelphia geworden, zu einem der Jungs um die Ecke, zu einem anderen Charley McFadden. Gerald Vincent Gallagher war mit offenen Augen gestorben, und als sein Kopf zwischen die Schienen gerollt und an einer Schwelle liegengeblieben war, hatte er himmelwärts geblickt. Als Charley McFadden auf das Gleis hinabgeschaut hatte, war er von Gerald Vincent Gallaghers toten Augen angestarrt worden.

Es war nicht viel Blut zu sehen gewesen. Die Stahlräder von U-Bahnwagen werden so heiß, daß sie beim Überrollen von Kehlen und Gliedmaßen sie sauber abtrennen und kauterisieren. Charley McFadden sah Gerald Vincent Gallaghers Kopf, Teile seiner Arme und Beine und des Torsos, als seien es Stücke einer gewaltigen Plastikpuppe, die jemand auseinandergerissen und dann auf das Gleis geworfen hatte.

Und dann, als sich Charley McFadden vor Gott, seinem Gemeindepriester, all den guten Priestern der Bishop Newman High School und natürlich seiner Mutter schämte, weil er gegen das Gebot ›Du sollst nicht töten‹ verstoßen hatte, kam die Kavallerie, zu spät wie üblich, und er schämte sich vor ihr. Ein großer, starker, über zwei Zentner schwerer Typ vom Rauschgiftdezernat kotzte sich voll, weil er getan hatte, was all die anderen Cops liebend gern getan hätten: Er hatte den verdammten Cop-Killer gebraten und der Stadt dadurch die Kosten für den Prozeß erspart.

Als Mickey O'Hara den dritten doppelten John Jamison's und das dritte Bier bestellte, begann er über die Tragödie des Lebens des verstorbenen Gerald Vincent Gallagher nachzudenken. Wie wurde ein netter irischer katholischer Junge zu einem Junkie auf der Flucht nach einem vermasselten Überfall? Was war mit *seiner* armen, todunglücklichen, guten Mutter, die jeden Morgen zur Messe ging? Was hatte sie getan, um einen miserablen Scheißer wie Gerald Vincent Gallagher zu verdienen oder zu gebären?

Mickey O'Hara war beim vierten doppelten John Jamison's und beim vierten Bier und noch vertiefter in seine philosophische Erforschung der Ungerechtigkeit des Lebens und der Unmenschlichkeit des Menschen gegenüber anderen Menschen, als er spürte, daß jemand auf dem Barhocker neben ihm Platz nahm. Er wandte den Kopf und sah Lieutenant Edward M. DelRaye von der Mordkommission.

»He, das ist ja Mrs. O'Haras kleiner Sohn Mickey!« sagte Lieutenant DelRaye.

»Hallo, DelRaye«, erwiderte Mickey.

Er mochte Lieutenant DelRaye nicht.

»Geben Sie meinem Freund noch einen von dem, was er trinkt«, sagte DelRaye zum Barkeeper.

Mickey O'Hara hatte einen unfreundlichen Gedanken: *Ich kann auch die Spendierhosen anhaben, wenn ich die Drinks, die ich Leuten kaufe, auf eine Rechnung schreiben lasse und nicht vorhabe, sie zu bezahlen.*

»Todschick sehen Sie aus. Was war denn los?« fragte Mickey.

»Ich war bei der Totenwache«, sagte DelRaye. »Es überrascht mich, daß Sie nicht dort waren.«

»Ich habe meine Aufwartung gemacht«, sagte Mickey. »Ich mochte Dutch.«

»Haben Sie gehört, daß wir den Scheißer erwischt haben, der aus dem Restaurant flüchtete?«

Mickey O'Hara nickte. Und er hatte seinen zweiten unfreundlichen Gedanken. *Wir? Wir haben den Scheißer erwischt? Wir haben gar nichts. Ein netter Junge namens Charley McFadden hat ihn erwischt, und es wurde ihm übel dabei, und du hast nicht das geringste damit zu tun, DelRaye. Aber es ist ja typisch für dich, daß du dich mit den Erfolgen der Jungs auf der Straße brüstest.*

»Ich hörte es«, erwiderte Mickey. »Sie waren dabei, nicht wahr?«

»Ich leistete meinen kleinen Beitrag«, sagte DelRaye.

»Tatsächlich?«

»Eigentlich stellte ihn ein Junge vom Rauschgiftdezernat, ich überlege gerade, wie er heißt . . .«

»Wie kommen Sie in dem Fall Nelson zurecht?« fragte Mickey O'Hara, als ein John Jamison's und ein Bier serviert wurden.

»Sie würden nicht glauben, wie viele schwule Nigger es in Philly gibt«, sagte DelRaye.

»Was hat das mit dem Fall zu tun?«

»Inoffiziell, Mickey?« fragte DelRaye.

»Nein«, entgegnete Mickey. »Lassen wir das offiziell, Ed. Oder wechseln wir das Thema.«

»Dann sollten wir besser das Thema wechseln.« DelRaye hob sein Glas. »Prost!«

»Ich arbeite an dieser Story, wissen Sie«, sagte Mickey. »Und wenn wir uns inoffiziell unterhalten, und Sie sagen mir etwas, das ich dann selbst herausfinde und benutze, wären Sie sauer, und ich könnte es Ihnen nicht verdenken. Verstehen Sie?«

»Klar, ich verstehe das völlig. Ich versuchte nur, hilfreich zu sein.«

»Ich weiß das und schätze es«, sagte Mickey. »Und ich weiß, daß Sie unter Erfolgsdruck stehen müssen, weil sein Vater so prominent ist und so.«

»Das kann man wohl sagen.«

»Was können Sie mir über Nelson und die Frau vom Fernsehen sagen?« fragte Mickey. »Offiziell, Ed.«

»Nun, sie kam von der Arbeit nach Hause, übrigens halb blau, ging in seine Wohnung und fand ihn«, sagte DelRaye.

»Sie war seine Freundin?«

DelRaye schnaubte höhnisch.

»Ist das ein Nein?«

»Da ist weder ein Nein noch sonstwas, wenn wir immer noch offiziell reden«, sagte DelRaye.

»Ich könnte schreiben, daß ich die Information von einem ›ungenannten Polizeibeamten habe, der an den Ermittlungen beteiligt ist‹«, bot Mickey an.

»Ich möchte nicht, daß Sie mich zitieren, ich hätte Nelson als schwul bezeichnet«, sagte DelRaye. »Denn das habe ich nicht gesagt.«

»Menschenskind, war er es?«

»Wenn wir immer noch offiziell reden, kein Kommentar«, sagte DelRaye. »Reden wir noch offiziell?«

»Ja. Tut mir leid.« Und dann setzte Mickey nach. »Wenn ich Sie offiziell frage, die Antwort aber als ›von einem ungenannten Polizeibeamten, der an den Ermittlungen beteiligt ist‹ zitiere, ob sie nach einem homosexuellen Schwarzen suchen, um ihm Fragen bezüglich der Ermordung Nelsons zu stellen, was würden Sie antworten?«

»Sie werden meinen Namen nicht nennen?«

»Pfadfinderehrenwort.«

»Dann würde ich sagen ›das stimmt‹.«

»Und wenn ich Sie fragen würde, warum Sie ihn nicht finden können, was würden Sie darauf antworten?«

»Es gibt eine Reihe von Verdächtigen, und wir glauben, daß der Name, den wir haben, Pierre St. Maury . . .«

»Wer ist das?«

»Das ist der Typ, den wir hauptsächlich befragen wollen. Er verkehrte mit Nelson. Wir bezweifeln, daß es sein richtiger Name ist.«

»Ein Schwarzer?«

»Ein großer Schwarzer. Diese Beschreibung paßt auf 'ne Menge Leute in Philadelphia. Sie paßt auch auf viele Leute in Philadelphia, die schwul sind. Aber wir werden ihn schnappen.«

»Aber er ist nicht der einzige, den Sie suchen?«

»Es gibt andere, auf die diese Beschreibung paßt. Der Sicherheitsmann vom Stockton Place sagte uns, daß Nelson viele große schwarze Freunde hatte.«

»Und Sie meinen, einer davon ist der Täter?«

»Wenn solche Leute ihresgleichen umbringen, ist für gewöhnlich Rache im Spiel«, sagte DelRaye.

»Sie meinen, wenn sie sich auf *diese Weise* umbringen?«

DelRaye gab keine Antwort. Er befürchtete, daß er zu weit gegangen war.

»Mickey«, sagte er, »ich fühle mich ein wenig unbehaglich bei dieser Sache. Lassen wir das Thema, ja?«

»Klar«, sagte Mickey O'Hara. »Ich muß ohnehin gehen.«

Zehn Minuten später betrat Mickey O'Hara die Redaktion, ging leicht schwankend an seinen Schreibtisch, setzte sich vor den Computer, rülpste und drückte auf die COMPOSE-Taste. Dann schrieb er:

MÖRDER HOMOSEXUELL?
Von Michael J. O'Hara

Laut eines Polizeibeamten, der an den Ermittlungen bezüglich der brutalen Ermordung von Jerome Nelson beteiligt war, wird ein ›großer Schwarzer‹, Mitte Zwanzig, namens Pierre St. Maury gesucht, der das Luxusapartment Stockton Place 6 mit Nelson geteilt haben soll.
Der Polizeibeamte, der mit diesem Reporter nur unter der Bedingung sprach, daß er anonym bleibt, erklärte, daß der Gesuchte sich den Namen Pierre St. Maury vermutlich als Pseudonym zugelegt hat, und der Polizeibeamte bezeichnete das als übliche Praxis in der ›großen, homosexuellen Schwarzen-Szene‹.

Mickey hielt im Tippen inne, zündete sich eine Zigarette an und las auf dem Monitor, was er geschrieben hatte.

Dann tippte er: »Haben Sie den Mumm, das zu bringen, oder verschwende ich meine Zeit?«

Dann bewegte er den Curser zum Beginn der Story und gab FLASH FLASH ein. Dadurch würde ein rotes Lämpchen auf dem Monitor des Lokalredakteurs aufleuchten und ihm anzeigen, daß es eine Story gab, entweder von den Nachrichtenagenturen oder von einem Reporter im Nachrichtenraum, der sie für wichtig genug hielt, um den Lokalredakteur sofort darauf aufmerksam zu machen. Dann drückte er auf die Taste SEND.

Keine Minute später kam der Lokalredakteur zu Mickeys Schreibtisch.

»Mensch, Mickey!« sagte er.

»Ja oder nein?«

»Sie werden mir vermutlich nicht sagen, wer der Polizeibeamte ist, von dem Sie das haben, oder?«

»Ich schütze stets meine Quellen«, sagte Mickey und rülpste.

»Ist die Quelle zuverlässig?«

»Der fragliche Gentleman ist ein Arschloch, aber er weiß, worüber er redet.«

»Die Cops werden wissen wollen, wer mit Ihnen sprach«, sagte der Lokalredakteur.

»Dieser Gedanke kam mir auch«, erwiderte Mickey O'Hara.

»Sie werden ihn verdammt in Schwierigkeiten bringen.«

»Mein Herz ist rein«, sagte Mickey O'Hara. »Ich hab' ihm deutlich gesagt, daß wir offiziell miteinander reden.«

»Es wird hart für Mr. Nelson sein«, sagte der Lokalredakteur.

»Würde uns das jucken, wenn er nicht der Besitzer vom *Ledger* wäre?« konterte Mickey.

Der Lokalredakteur atmete tief durch.

»Das würde Ihnen zwei Namensnennungen auf der Titelseite einbringen«, sagte er.

»Bescheidenheit ist nicht meine Stärke«, erwiderte Mickey. »Ja oder nein?«

»Okay, legen Sie los, O'Hara«, sagte der Lokalredakteur.

15

Lieutenant Robert McGrory von der New Jersey State Police – Chef der Abteilung G (Atlantic City) – hatte früh losfahren wollen, kurz nach acht, damit er kurz nach halb zehn in Philadelphia eintreffen und genügend Zeit haben würde, zur Leichenhalle Marshutz & Sons und zu Dutch Moffitts Beerdigung zu gehen.

Das hatte sich jedoch als unmöglich erwiesen. Einer seiner Beamten hatte einen Raser verfolgt, wobei ein Reifen geplatzt und der Streifenwagen im Straßengraben gelandet war. Es war nicht so schlimm, wie es hätte sein können; der Cop hätte ums Leben kommen können, und nach dem Aussehen des Wagens war es wirklich überraschend, daß er überlebt hatte. Er hatte nur einen Arm gebrochen, eine Schulter ausgekugelt und einige schlimme Schnitte im Gesicht. Es war fast neun Uhr, als Lieutenant McGrory alles geregelt hatte. Die Frau des Polizeibeamten war hochschwanger, und sie war hysterisch geworden, als er sie informiert und zum Krankenhaus zu ihrem Mann gefahren hatte. Er hatte befürchtet, daß sie jede Sekunde niederkommen würde.

Inzwischen hatten sich die anderen ranghohen Polizeibeamten, die zu Captain Dutch Moffitts Beerdigung fuhren, entschieden, nicht auf ihn zu warten. Man konnte von einem Major und zwei Captains nicht erwarten, daß sie auf einen Lieutenant warteten. Major Bill Knotts hatte für Lieutenant McGrory die Nachricht hinterlassen, daß Sergeant Alfred Mant (der von der Abteilung D in Toms River kam und Leute von dort und weiter nördlich mitbrachte), den Auftrag hatte, über Atlantic City zu fahren und bei der Abteilung G auf McGrory zu warten, bis er eintraf.

Die ranghohen Polizeibeamten in Knotts Wagen waren allesamt groß. Alle hatten kleine Handkoffer dabei; und sie waren natürlich in Uniform und mit allen Insignien. Im Kofferraum von Knotts Ford war das übliche Sortiment von Spezialausrüstung, und es war kein Platz mehr für zwei oder drei Handkoffer. Sie mußten auf dem Rücksitz transportiert werden. Als schließlich alle im Wagen waren, lag der vollbeladene Ford tief auf den Federn.

»Sie kommen vielleicht auf der Drei-zweiundzwanzig schneller voran«, sagte Knotts auf dem Beifahrersitz zu Captain Gerry Kozniski, der fuhr.

»Wie Sie meinen, Major«, sagte Captain Kozniski, dem bewußt wurde, daß er soeben die Erlaubnis erhalten hatte, ›schnell‹ zwischen Atlantic City und Philadelphia zu fahren. Es gab zwei Hauptrouten, 322 und 30, zwischen den beiden Städten. U. S. 30 war fast ganz von Atlantic City bis zum Insterstate 295 kurz vor Camden vierspurig. Nur einige Streckenabschnitte von U. S. 322 waren vierspurig. Folglich war auf dem U. S. 30 der meiste Verkehr, auf dem U. S. 322 würde wenig

Verkehr sein, und es würde sicherer sein, auf dieser Route schnell zu fahren ...

Sie würden trotzdem zu spät kommen, aber wenn nichts passierte, konnten sie sich wenigstens noch bei der Beerdigung sehen lassen.

»Ich hörte, daß Bob McGrory einer der Sargträger sein wird«, sagte Captain Kozniski.

»Ja. Mrs. Moffitt bat ihn darum«, sagte Knotts. »Dutch Moffitt und er besuchten zusammen die FBI National Academy.«

Er fügte nicht hinzu, daß Moffitt und McGrory die Freundschaft, die sie auf der FBI-Akademie in Quantico geschlossen hatten, weiterhin gepflegt hatten. Die Familien hatten sich gegenseitig besucht, die Moffitts und ihre Kinder hatten im Sommer im Haus der McGrorys nahe beim Strand in Absecon gewohnt, und die McGrorys waren im Haus der Moffitts in Philadelphia willkommen gewesen, wenn sie zu irgendeiner Feier oder einfach nur zu Besuch gekommen waren.

Die Frauen verstanden sich prima. Lieutenant Bob McGrory hatte Knotts erzählt, daß er von seiner weinenden Frau von Dutch Moffitts Tod erfahren hatte, noch bevor er es offiziell gehört hatte. Dutchs Jeannie hatte McGrorys Mary-Ellen sofort angerufen, als sie aus dem Krankenhaus zurückgekehrt war. Mary-Ellen hatte die Kinder zu ihrer Mutter gebracht und war nach Philadelphia gefahren.

»Ich habe ihn ein paarmal getroffen«, sagte Captain Stu Simons, der allein auf dem Rücksitz saß. »Personenschutz von VIPs und solche Dinge. Er war ein netter Kerl. Ein Jammer, daß das mit ihm geschah.«

»Das kann man wohl sagen«, pflichtete Bill Knotts ihm bei.

»Sie schnappen doch den Kerl, der entkommen ist?«

»Bestimmt«, sagte Captain Simons. »Ich habe da so etwas gehört.«

»Ich habe nichts mitbekommen«, sagte Knotts. »Es war eine arbeitsreiche Nacht.«

»Ich hoffe, sie grillen den Hurensohn«, entgegnete Captain Kozniski.

»Machen Sie sich keine zu großen Hoffnungen«, sagte Captain Simons. »Er wird sich irgendeinen verdammten Verteidiger nehmen, der alle Register zieht und Moffitt beschuldigt, die Bürgerrechte des Bastards verletzt zu haben.«

Major Bill Knotts bewegte sich plötzlich unbehaglich auf seinem Sitz und schaute aus dem Fenster. Captain Kozniski sah ihn neugierig an.

»Das sollte nicht dort sein«, sagte Knotts wie im Selbstgespräch.

»Was immer es war, es ist mir entgangen«, sagte Captain Kozniski.

»Da stand ein Jaguar auf einem Feldweg.«

»Vielleicht macht jemand eine Pinkelpause«, meinte Captain Kozniski.

»Oder eine Nummer«, sagte Simons.

»Soll ich es über Funk melden, Major?« fragte Captain Kozniski.

»Wir sind doch hier«, erwiderte Knotts.

Captain Kozniski bremste. Der Highway teilte sich hier durch einen Mittelstreifen, und er suchte nach einer Stelle, wo er wenden konnte. Der Ford ruckte auf und ab, als sie über den Mittelstreifen holperten.

»Mensch, Gerry!« rief Simons. »Fehlt uns nur noch, daß der Auspuff abreißt!«

Captain Kozniski ignorierte ihn. »Wo war es, Major?« fragte er.

»Noch ein Stück weiter«, sagte Major Knotts. »Wo, zum Teufel, sind wir hier? Hat jemand das bemerkt?«

»Drei, vier Meilen von State 54 entfernt«, sagte Captain Kozniski überzeugt.

Sie brauchten fünf Minuten, um den Wagen zu finden, und weitere zwei Minuten, um wieder eine geeignete Stelle zu finden, um den Mittelstreifen zu überqueren.

»Bleiben Sie auf dem Seitenstreifen«, sagte Knotts, als sie sich dem Feldweg näherten.

Captain Kozniski stoppte, und Knotts stieg aus. Kozniski

und Simons folgten ihm. Plötzlich flammte eine rote Lampe im Wagen auf, und Simons ging zum Wagen zurück und schaltete das Funkgerät ein.

Knotts achtete sorgfältig darauf, vom grasfreien Stück des Feldwegs fernzubleiben, um nicht die Reifenspuren zu zerstören. Er näherte sich dem Wagen, der ein Stück vom Highway entfernt mitten auf dem Feldweg stand.

Der Wagen war leer. Kozniski ging sehr langsam um ihn herum.

»Major!« rief Captain Simons vom Wagen her. »Das NCIC sagt, daß der Wagen in Philadelphia gestohlen gemeldet wurde.«

»Volltreffer«, sagte Captain Kozniski.

»Fordern Sie bitte über Funk einen Streifenwagen an. Und stellen Sie fest, ob Philadelphia mehr über den Jaguar hat.«

»Da war ein weiterer Wagen«, sagte Kozniski. »Hier sieht man, wo sie gewendet haben.«

»Wenn es Jungs waren, die sich den Jaguar ›geliehen‹ und es sich dann anders überlegt haben, warum haben sie ihn dann hier auf dem Land stehengelassen?« überlegte Knotts laut.

Kozniski untersuchte die Stoßstange. »Der Wagen wurde nicht hergeschoben«, sagte er. »Keine Spuren auf den Stoßstangen. Ich dachte, vielleicht hatten sie eine Panne und mußten ihn stehenlassen.«

»Wenn sie ihn ausschlachten wollten, hätten sie nur noch das Nummernschild zurückgelassen«, sagte Knotts.

Captain Simons kam zu ihnen.

»Wenn der Fahrer festgenommen ist, soll er in einem Mordfall verhört werden«, meldete er förmlich.

»Doppelter Volltreffer«, sagte Captain Kozniski. »Haben Sie telepathische Fähigkeiten, Major?«

»Natürlich«, erwiderte Major Bill Knotts. »Wußten Sie das nicht?«

Er ging zum Ford, schaltete die Funkfrequenz auf die landesweite Frequenz und stellte eine Verbindung mit dem Hauptquartier der State Police her. Er meldete die Entdeckung eines Wagens, der laut NCIC heiß war und an dem die Polizei von Philadelphia bei der Ermittlung in einem Mordfall interessiert war, und bat um ein rollendes Labor der Spurensicherung.

»Wir sollten von genügend Leuten die Gegend absuchen lassen«, sagte er. »Aber erst brauche ich jemanden, der den Wagen bewacht. Ich habe jemanden angefordert.«

Sie stiegen in den Ford und warteten.

Captain Kozniski schaltet den Radar ein, ohne sich dessen richtig bewußt zu sein. Ungefähr zwei Minuten später näherte sich ein Wagen mit stark überhöhter Geschwindigkeit auf dem Highway in Richtung Atlantic City.

»Wollen Sie ihm einen Strafzettel verpassen, Major?« fragte Kozniski.

»Um Himmels willen, nein. Wenn wir den Wagen stoppen, und ein Major und zwei Captains steigen aus, dann könnte der Major einen Herzanfall kriegen.«

Der Major und die beiden Captains lachten. Anderthalb Minuten später sah Kozniski im Rückspiegel die rotierenden Lichter auf einem Streifenwagen.

»Da kommt der Wagen«, sagte er. Knotts stieg aus dem Ford, erklärte der Streifenwagenbesatzung die Lage und stieg wieder ein.

Er blickte auf seine Armbanduhr, als Kozniski anfuhr.

»Wir sind verdammt spät dran«, sagte er. »Geben Sie Gas, Gerry.«

Der Sicherheitsmann an der Einfahrt zur Tiefgarage Stockton Place neigte sich vor und schaute in den Ford LTD. Er erkannte Louise Dutton, lächelte und ging in seine Kabine zurück. Er drückte auf den Knopf, und der Schlagbaum hob sich.

In der Garage parkte Peter Wohl den LTD neben Louise Duttons gelbem Cadillac Kabrio, und sie stiegen aus.

Sie traf ihn am Heck des LTD.

»Wenn du die Zeit findest, könntest du bügeln«, sagte Louise, als sie ihm die Schlüssel zu ihrem Apartment in die Hand drückte. »Aber überanstrenge dich nicht.«

»Ich glaube, ich werde lieber Sharon bestellen«, sagte Peter.

»Du Bastard!« Louise küßte ihn schnell und stieg in ihr Kabrio.

Er wartete, bis sie aus der Tiefgarage gefahren war, und ging dann durch den Tunnel zum Aufzug. Für den Aufzug brauchte er einen Schlüssel, und er mußte ein halbes Dutzend der Schlüssel ausprobieren, bis er den richtigen fand. Und dann hatte er das gleiche Problem bei der Wohnungstür.

Peter Wohl fühlte sich merkwürdig, als er in Louises Apartment war und das Licht anschaltete. Er war sich nicht sicher, ob er sich unbehaglich oder aufgeregt fühlte. Hier allein zu sein hatte etwas sehr Persönliches, sehr Intimes. Er zog sein Jackett aus und warf es auf einen Sessel, doch dann besann er sich anders und hängte es in einen Schrank. Darin hingen zwei Pelzmäntel, ein langer und ein kurzer, fast eine Jacke.

Das erinnerte ihn daran, daß seine Uniform und andere Dinge noch im LTD lagen, und so holte er sie. Er trug alles ins Schlafzimmer. Das Schlafzimmer duftete nach Louise. Ein Sortiment von Parfumflaschen stand auf ihrem Frisiertisch, und er ging hin und versprühte etwas Parfum aus einem Flakon, und dann duftete es erst recht nach Louise.

Er fand das Badezimmer, erleichterte seine Blase und schaute sich um. Die Badewanne sah wie ein kleiner Swimmingpool aus schwarzem Marmor aus. Er fragte sich, ob sie einen Whirlpool enthielt, suchte nach Knöpfen, fand jedoch keine. Also kein Whirlpool.

Er sagte sich, daß er etwas zu trinken brauchte. Im Wohnzimmer fand er Louises Vorrat an Alkoholischem. Er nahm eine Flasche Scotch, ging in die Küche und fand Eiswürfel. Als er einen Scotch getrunken hatte, sagte er laut: »Du verdammter Voyeur, Peter!« und ging wieder ins Schlafzimmer. Dort öffnete er den Kleiderschrank und zog die Schubladen von Kommoden auf. Er fand allerhand Reizwäsche, aber eine ziemlich sorgfältige – man konnte sagen professionelle – Suche ergab keinen

Hinweis darauf, wer mit der Wäsche gereizt wurde. Er fand weder ein Foto noch sonst ein Anzeichen auf irgendeinen anderen Mann, ob nun jung oder alt, gutaussehend oder häßlich oder sonstwie.

Das freute ihn. Er wollte sich noch einen Scotch genehmigen, doch dann entschied er sich anders. Dies war ein bedeutsames Ereignis. Das schönste Mädchen der Welt, die Liebe seines Lebens, hieß ihn in ihrem Bett willkommen, und da wäre es blöde von ihm, betrunken zu sein, wenn sie heimkam. Kein Alkohol mehr.

O Gott! Jason Washington!

Fünf Minuten später hatte er die Information an Detective Jason Washington übermittelt, daß er mit Miss Louise Dutton um acht Uhr am folgenden Morgen im Leichenschauhaus sein würde.

Champagner! Warum habe ich nicht eher daran gedacht? Ich werde zwei Flaschen auf Eis haben, wenn sie heimkommt.

Er zog sein Jackett an und begab sich auf die Suche nach Champagner. Er kaufte drei Flaschen statt zwei und einen Plastikbeutel Eiswürfel und kehrte damit in Louises Apartment zurück. Er fand keinen Sektkühler, und so nutzte er die Spüle in der Küche, legte Eis und die Flasche hinein und deckte alles mit einem Geschirrtuch ab. Dann stellte sich die Frage nach Sektgläsern, und nach einer weiteren sorgfältigen Suche fand er welche, die offenkundig seit Jahren nicht mehr gespült worden waren. Er spülte zwei Sektgläser und polierte sie mit einem Küchentuch.

Er war bereit. Aber sie würde erst in etwas über einer Stunde eintreffen.

Ihm kam eine Idee, die oberflächlich betrachtet lächerlich war, und er lachte laut.

Was soll's, warum nicht?

Er ging ins Badezimmer und ließ Wasser in den marmornen Mini-Swimmingpool ein. Dann sah er eine Plastikflasche mit der Aufschrift SCHAUMBAD. Auf der Anleitung stand, daß der Inhalt einer halben Verschlußkappe ein ›wunderbares‹ Schaumbad ergab. Er schüttete noch etwas mehr ins Wasser.

Dann machte er sich auf die Suche nach einem Rasierapparat, und er fand einen. Er betrachtete ihn genau. Es war ein Damen-Rasierapparat mit vergoldetem Kopf und einem langen, rosafarbenen gewölbten Griff. Aber das vergoldete Stück, der Kopf, war anscheinend identisch mit dem eines normalen Rasierapparats.

Er nahm die Steppdecke vom Bett, faltete sie sorgfältig und schlug die Bettdecke an einer Ecke auf. Dann kehrte er ins Badezimmer zurück. Inzwischen war der Mini-Swimmingpool voller Seifenblasen.

Er konnte offenbar nichts gegen den Berg von Seifenblasen tun, und so ließ er sich ins Wasser gleiten. Schaum und Seifenblasen hüllten ihn ein, und er mußte sie von seinem Mund wegschieben.

Hier ist Platz für zwei. Wie würde Louise auf einen solchen Vorschlag reagieren?

Er hörte, daß eine Tür geöffnet wurde. Dann das Klirren der Sicherheitskette.

Mann, kommt Louise früh heim! Und ich hab' aus purer Gewohnheit die Tür mit der verdammten Kette gesichert!

Er stieg aus der Badewanne, rief: »Moment, ich komme sofort!« und trocknete sich hastig ab. Er lief ins Schlafzimmer, schnappte sich seinen Bademantel vom Bett, wo er ihn zurückgelassen hatte, zog ihn schnell an und eilte zur Wohnungstür.

»Entschuldige«, sagte er, als er die Tür zuschob und schnell die Sicherheitskette löste. »Ich habe gebadet.«

Er öffnete die Tür.

Und er sah einen elegant gekleideten fremden Mann in mittleren Jahren.

»Ich wette, Sie sind Peter Wohl«, sagte Stanford Fortner Wells III.

Louise Dutton schloß die Tür ihres Apartments auf, trat ein und sicherte die Tür mit der Kette.

»Peter, nun sag nur nicht, du schläfst«, rief sie und ging in ihr

Wohnzimmer. Dort sah sie ihren Vater und Staff Inspector Peter Wohl. Sie standen bei der Sitzgarnitur und am Couchtisch. Auf dem Tisch standen eine Flasche Scotch und Gläser, eine einfache Glasschüssel, halbvoll mit Eiswürfeln gefüllt, und eine geöffnete Schachtel mit Ritz-Crackern. Beide Männer rauchten Zigarren.

»Hallo, Baby«, sagte ihr Vater.

»O *Gott*«, entfuhr es Louise.

»Du hast mich gerufen, und da bin ich«, sagte Stanford Fortner Wells III.

»Das sehe ich«, erwiderte Louise, lief zu ihm und warf sich in seine Arme. »O Daddy!«

Schließlich löste sie sich aus der Umarmung, nahm ein Taschentuch aus ihrer Handtasche und schneuzte sich laut.

Sie schaute zu Peter. »Verläuft meine Wimperntusche?«

Er schüttelte den Kopf.

Sie ging zu ihm, nahm ihm das Glas aus der Hand und trank.

»Peter und ich hatten eine nette Unterhaltung«, sagte Wells.

»Das kann ich mir denken«, sagte Louise und gab Peter das Glas zurück. Sie wies auf die Schüssel mit Eiswürfeln. »Was ist denn das?«

»Das ist eine Schüssel mit Eis darin«, sagte Peter.

»Und was ist *das*?« Sie wies auf eine große, viereckige Kristallschale auf einem Sideboard.

Sowohl Peter als auch ihr Vater zuckten mit den Schultern.

»*Das* ist eine Eisschale«, sagte Louise. »Ich bezahlte zweihundert Dollar dafür. Woher hast du das Ding da?«

»Wir fanden es unter der Spüle in der Küche«, sagte ihr Vater.

»Das ist klar.« Louise holte die Kristallschale, stellte sie auf den Couchtisch und schüttete die Eiswürfel aus der einfachen Glasschüssel in die Kristallschale. Dann brachte sie die Glasschüssel in die Küche. Sie kehrte bald darauf mit einer silbernen Schale mit Cashew-Nüssen und einem Glas zurück.

»Wo waren die?« fragte ihr Vater. »Wir fanden nur die Cracker.«

»In der Küche.« Louise schenkte sich Scotch ein und schaute sie an. »Gentlemen, nehmen Sie Platz.«

Sie setzten sich. Wells auf die Couch und Peter Wohl in einen Sessel.

»Nun, da wir alle beisammen sind, worüber sollen wir reden?« fragte Louise.

Wohl und Wells lachten.

»Ich dachte, das übliche Szenario in einer solchen Situation ist, daß der Vater mit einem Messer auf den Freund der Tochter losgeht«, sagte Louise. »Was war los, Daddy, hast du sein Schießeisen gesehen?«

»Nein«, sagte Wells. »Ich sagte mir einfach, ein Mann, der Schaumbäder nimmt, kann nicht so schlecht sein.«

»Schaumbäder?« fragte Louise.

»Als er die Tür öffnete, hatte er Seifenblasen auf dem ganzen Kopf. Man geht doch nicht auf einen Mann mit dem Messer los, der voller Seifenblasen ist.«

Peter schnitt eine Grimasse und lachte. Wells grinste ihn an. *Sie mögen sich*, dachte Louise, und das gefiel ihr.

»Erzähl mir, Daddy, was das mit dem Champagner in der Spüle zu bedeuten hat«, sagte Louise.

Ihr Vater hob die Hände in einer Geste der Unschuld.

»Ich bin Scotchtrinker«, sagte er.

»Oh«, gurrte Louise, »Champagner für mich, Peter?«

»Zu diesem Zeitpunkt hielt ich das für eine blendende Idee«, sagte Peter.

»Das war, bevor er die Tür öffnete«, bemerkte Wells. »Überraschung! Überraschung!«

Die beiden Männer lachten.

»Du hättest sein Gesicht sehen sollen«, sagte Wells.

»Wie lange bist du schon hier, in Philadelphia, meine ich?« fragte Louise.

»Seit heute nachmittag«, antwortete Wells. »Ich habe dich bei WCBL verpaßt.«

Das Telefon klingelte. »Wer mag das sein?« überlegte Louise laut. »O Gott! Meine Mutter?«

»Ich hoffe für Sie, Peter, daß das nicht der Fall ist«, sagte Wells.

Louise ging zum Telefon und nahm den Hörer ab. Dann verfinsterte sich ihre Miene. »Woher haben Sie diese Telefonnummer? Wer spricht da?«

Dann hielt sie Peter den Telefonhörer hin.

»Lieutenant DelRaye für *Inspector Wohl*«, sagte sie ein wenig boshaft.

Als Peter aufstand und zum Telefon ging, fragte Wells: »DelRaye? Ist das der Beamte, mit dem du Schwierigkeiten hattest?«

»Ja, das ist er«, sagte Louise.

»Wohl«, meldete sich Peter. Dann hörte er zu, stellte ein paar Fragen, die für Louise und Wells rätselhaft waren, und sagte schließlich: »Danke, Lieutenant. Wenn sich sonst noch etwas ergibt, erreichen Sie mich entweder unter dieser Telefonnummer oder zu Hause.«

Er legte den Hörer auf.

»Entweder unter dieser Telefonnummer oder zu Hause«, äffte Louise ihn nach. »Hast du meine Telefonnummer, meine *geheime* Telefonnummer, ans Schwarze Brett geheftet?«

»Ich kenne deine Telefonnummer nicht einmal«, gab Peter ein wenig scharf zurück. »Er muß sie sich von Jason Washington geholt haben.«

»Was wollte er?« fragte Louise hastig. Sie hatte gesehen, daß ihr Vater überrascht die Augenbrauen gehoben hatte, als er gehört hatte, daß Peter die Telefonnummer nicht kannte.

»Man fand Jerome Nelsons Wagen«, sagte Peter Wohl. »Genauer gesagt, ein Major der New Jersey State Police fand ihn, als er nach hierher unterwegs zu Dutchs Beerdigung war. Mitten in New Jersey auf einem Feldweg.«

»Was hat das zu bedeuten?« fragte Wells.

»Eines von Nelsons Autos, ein Jaguar, war aus der Tiefgarage verschwunden«, erklärte Peter. »Es ist möglich, daß der Täter den Wagen mitnahm.«

»Der Täter?« fragte Wells.

»Wer auch immer ihn zerhackt hat«, sagte Wohl.

»Ich liebe deine feinfühlige Wortwahl«, sagte Louise. »Also wirklich, Peter!«

»Bedeutet der Fund des Wagens irgend etwas?« fragte Wells.

»Bis jetzt verstärkt das nur die Theorie, daß der Täter ihn mitnahm. Im Gegensatz zu einem gewöhnlichen Autodieb«, sagte Wohl. »Die New Jersey State Police schickte ihr mobiles Labor zum Fundort des Wagens, und das Gebiet wird abgesucht. Mit etwas Glück springt etwas dabei heraus.«

»Zum Beispiel?« Wells sah Wohl fragend an.

Peter Wohl hob die Hände. »Das weiß man nie.«

»Warum siehst du so beunruhigt aus, Peter?« fragte Louise.

»Sehe ich beunruhigt aus?« Und bevor jemand antworten konnte, fügte Peter hinzu: »Ich überlege, ob ich Arthur Nelson anrufen soll oder nicht. Jetzt, meine ich, statt morgen früh.«

»Warum sollten Sie ihn anrufen?« fragte Wells.

»Commissioner Czernick hat mich beauftragt, ihn sozusagen zu streicheln«, sagte Peter. »Wir halten ihn über den Stand der Ermittlungen auf dem laufenden.«

»Bis jetzt dachte ich, man mag Sie bei der Polizei«, sagte Wells. »Weshalb hat man Ihnen einen solchen Auftrag gegeben?«

»Arthur Nelson kann sehr schwierig sein«, sagte Peter. »Kennen Sie ihn?«

»Sicher«, sagte Wells. »Was nicht heißt, daß er ein Freund von mir ist.«

»Er ist nicht bereit, den Tatsachen über seinen Sohn ins Auge zu sehen«, erklärte Peter. »Ich weiß nicht, ob er von mir erwartet, daß ich es glaube oder nicht, aber er behauptet sehr fest, daß Louise die Freundin seines Sohnes war.«

»Er weiß offenbar nichts über die Beziehung zwischen Ihnen und Louise«, sagte Wells.

»Keiner außer Ihnen weiß etwas davon.«

»Ihr beide habt die Angewohnheit entwickelt, über mich zu reden, als wäre ich nicht hier«, sagte Louises.

»Entschuldige.« Wells schaute Wohl an. »Werden Sie ihn anrufen, jetzt, meine ich?«

»Ja«, sagte Peter. »Ich halte das für besser.«

»Ich wollte das vorschlagen«, sagte Wells. »Besser, er ärgert sich über einen späten Anruf als über die Tatsache, daß Sie ihn nicht so schnell wie möglich informiert haben.«

Sie mögen sich, dachte Louise wieder. *Weil sie die gleiche Denkungsweise haben? Weil sie sich ähnlich sind? Ist es das, was zwischen mir und Peter los ist? Mag ich ihn, weil er in seiner Art so sehr meinem Vater ähnelt? Sogar noch mehr als Dutch?*

Peter wählte die Nummer der Information und fragte nach Arthur Nelsons privater Telefonnummer. Er erhielt eine Antwort und sagte offenbar ärgerlich »Danke«.

Er spürte, daß Louises Blick auf ihn gerichtet war, schaute sie an und grinste.

»Er hat ebenfalls eine Geheimnummer.«

Er wählte eine andere Nummer, stellte sich als Inspector Wohl vor und bat um die private Telefonnummer von Arthur J. Nelson.

Er schrieb die Nummer auf und drückte auf die Telefongabel.

»Du kannst eine geheime Nummer so leicht von der Telefongesellschaft erfahren?« fragte Louise.

»Das war nicht die Telefongesellschaft«, sagte Wohl und wählte. »Ich sprach mit dem Detective vom Dienst bei der Abteilung Nachrichten. Die Telefongesellschaft gibt keine Auskunft über Geheimnummern.«

Jemand meldete sich.

»Mr. Arthur J. Nelson, bitte«, sagte Wohl. »Hier spricht Inspector Wohl vom Philadelphia Police Department.«

Weder Louise noch ihr Vater konnten beide Seiten des Gesprächs hören, aber es war offenkundig, daß der Anruf gut verlief. Den Beweis erhielten sie, als Peter nach dem Auflegen des Hörers erleichtert aufatmete.

»Arthur war wie üblich ein Ekel, nehme ich an«, sagte Wells.

»Er wollte wissen, wo genau der Wagen gefunden wurde und wo er ist. Ich sagte ihm, daß ich das nicht weiß. Er machte klar, daß er mir das nicht glaubte. Ich war nahe dran, ihm zu sagen, daß ich es ihm nicht auf die Nase binden würde, wenn ich es wüßte. Ich will nicht, daß eine Meute von Reportern beim Wagen herumlungert, bevor die Spurensicherer mit der Arbeit fertig sind.«

»Vielen Dank im Namen der Reporter, du verdammter Polizist«, sagte Louise.

»Keine Ursache«, erwiderte Peter, und Wells lachte.

»Zum Teufel mit dir, du verdammter Kerl!«

»*Ich* habe ihr das Fluchen nicht beigebracht«, sagte Wells. »Hat sie das von Ihnen gelernt?«

»Ich erzähle Ihnen lieber nicht, was sie Lieutenant DelRaye an den Kopf geworfen hat«, sagte Peter.

»Ich kann es mir schon denken«, erwiderte Wells. »Wenn sie ein wenig jünger wäre, würde ich ihr den Mund mit Seife auswaschen.«

»Diese Idee werde ich vielleicht aufgreifen«, sagte Peter.

»Was, zur Hölle, ist mit euch beiden los?« fragte Louise. »Ist das eine Gemeinschaft gegenseitiger Bewunderer? Eine Vereinigung chauvinistischer gegenseitiger Bewunderer?«

»Kann sein«, gab Wells zurück. »Ich weiß nicht, wie das bei ihm ist, aber ich mag Peter sehr.«

Louise sah Freude und vielleicht Erleichterung in Peters Augen. Ihre Blicke trafen sich.

»Dann kann ich ihn haben, Daddy?« sagte Louise in überzeugender Nachahmung der Stimme eines kleinen Mädchens. »Ich verspreche, ihn zu füttern, ihn stubenrein zu machen und mit ihm Gassi zu gehen und so weiter. Bitte, Daddy?«

Wohl lachte. Wells wurde ernst.

»Ich glaube, er wird mehr Schwierigkeiten haben, dich stubenrein zu machen, als du bei ihm haben wirst«, sagte er. »Ihr kommt aus sehr verschiedenen Zwingern. Mein unverlangter Rat – für euch beide –, schöpft den vollen Vorteil einer Probezeit aus.«

»Ich dachte, du magst ihn«, erwiderte Louise und versuchte nicht ganz erfolgreich, es scherzhaft klingen zu lassen.

»Das stimmt. Aber wenn du an eine Ehe denkst, dann halte ich das für eine lausige Idee.«

»Aber wenn wir uns lieben?« fragte Louise jetzt fast kläglich.

»Ich bin seit langem der Meinung, die Gesellschaft wäre viel besser dran, wenn eine Eheschließung so schwer wäre wie eine Scheidung.«

»Du sprichst aus persönlicher Erfahrung?« stichelte Louise.

»Das war billig, Baby.« Wells stand auf. »Ich hatte einen langen Tag. Ich werde zu Bett gehen. Wir sehen uns morgen, bevor ich abreise.«

»Geh nicht, Daddy«, sagte Louise. »Es tut mir leid. Ich meinte es nicht so.«

»Klar meinst du das so. Und ich nehme es dir nicht übel. Aber nur für die Akten, wenn ich deine Mutter geheiratet hätte, dann wäre das ein noch größerer Fehler gewesen, als die andere Frau zu heiraten. Ich erwarte von dir nicht, daß du meinen Worten ein bißchen Aufmerksamkeit schenkst, aber ich fühlte mich verpflichtet, es trotzdem zu sagen.«

Er reichte Peter Wohl die Hand.

»Es war schön, Sie kennenzulernen, Peter«, sagte er. »Ich meinte, was ich sagte. Ich mag Sie. Nachdem ich das gesagt habe, warne ich Sie davor, daß ich alles in meiner Macht stehende tun werde, um Louise davon abzuhalten, Sie zu heiraten.«

»Das ist fair«, sagte Peter.

»Ich denke, Sie verstehen meine Beweggründe«, sagte Wells.

»Jawohl, Sir«, sagte Peter. »Ich glaube, ich verstehe Sie.«

»Und Sie halten sie für falsch?«

»Ich weiß es nicht, Mr. Wells«, sagte Peter Wohl.

Wells schnaubte, schaute Wohl einen Moment lang in die Augen und wandte sich dann an seine Tochter. »Kannst du um neun zum Frühstück im Warwick Hotel sein?«

»Nein«, sagte sie.

»Ah, komm schon, Baby!«

»Ich habe morgen einen vollen Terminplan«, sagte Louise. »Um acht Uhr schaue ich mir einen abgetrennten Kopf an, und um zehn gehe ich zu einer Beerdigung. Bliebe nur noch der Nachmittag zu einem Treffen. Kannst du so lange bleiben?«

»Ich werde so lange wie nötig bleiben«, sagte er. »Wir werden uns sehr ernsthaft unterhalten, Baby.«

»Kann ich Sie bei Ihrem Hotel absetzen, Mr. Wells?« fragte Peter. »Es liegt auf meinem Weg.«

»Na na, Peter«, sagte Wells. »Ruinieren Sie nicht einen ersten guten Eindruck, indem Sie jetzt den Scheinheiligen mimen. Außerdem wartet draußen ein Wagen auf mich.«

Er küßte Louise auf die Wange, winkte Wohl zu und verließ das Apartment.

16

Arthur J. Nelson hatte eine Abneigung gegen Pillen. Es gab verschiedene Gründe dafür, angefangen mit dem unangenehmen Gefühl, daß etwas grundsätzlich daran falsch war, die natürlichen Funktionen des Körpers mit Chemie zu täuschen, aber hauptsächlich, weil er gesehen hatte, was Pillen bei seiner Frau angerichtet hatten.

Sally hatte stets über sein Trinken gemeckert, und vielleicht nicht ganz zu Unrecht; vielleicht kippte er tatsächlich manchmal ein paar über den Durst, aber was das *Berauschen* anging, so hatte Sally seit Jahren auf einer chemischen Wolke geschwebt.

So war es jahrelang gewesen. Sally war nervös, als er sie heiratete, und einmal pro Monat, vor ihrer Periode, war sie wie eine gespannte Feder und wartete auf einen kleinen Vorwand, um in die Luft zu gehen. Da nahm sie Pillen, um damit fertig zu werden. Es klappte, und als sie schwanger wurde, war das Bedürfnis anscheinend vorüber. Doch noch vor Jeromes Geburt begann sie wieder Pillen zu nehmen, um sich zu beruhigen. Tranquilizer. Dann, nach Jeromes Geburt, als er noch ein Baby war, nahm sie weiterhin Tranquilizer, wann immer ihr *zum Schreien zumute war,* wie sie es bezeichnete.

Sie nahm die Pillen nicht ständig, sondern nur, wenn sie unter Streß stand. Im Laufe der Jahre verlor sie immer mehr die Kontrolle über sich. Der Streß wurde offenbar immer größer, und sie versuchte ihn zu bewältigen, indem sie Pillen schluckte, die das jeweils jüngste Wunder der Medizin waren.

In den vergangenen fünf Jahren war es wirklich schlimm geworden. Es hatte viel mit Jerome zu tun. Es war schlecht, als er noch im Elternhaus wohnte, und es wurde schlimmer, als er auszog. Es war so schlimm, daß er sie schließlich in ein Sanatorium bringen mußte, wo man ›Abhängigkeit von Medikamenten‹ diagnostizierte, ihr entzog, was sie nahm, und sie auf etwas anderes umstellte, das angeblich harmlos sein sollte.

Vielleicht war es das, aber Sally versuchte es nicht einmal richtig. Als sie nach Philadelphia zurückkehrte, wechselte sie sofort den Arzt und fand einen neuen, der ihr verschrieb, was sie zuvor genommen hatte. Das wahre Resultat der fünf Monate im Sanatorium war, daß sie jetzt zwei Sorten Pillen nahm statt einer.

Jetzt waren es vermutlich sogar dreierlei Pillen. Zu den bisherigen nahm sie neue längliche, blaue Pillen, die ihr der Arzt verschrieb, weil sie durchdrehte, als er ihr sagen mußte, was mit Jerome passiert war.

Die Pillen, sagte der Arzt, würden ihr helfen, damit fertig zu werden. Und der Arzt fügte hinzu, es wäre vermutlich eine gute Idee, wenn Arthur Nelson ein paar davon vor dem Schlafengehen nehmen würde. Sie würden ihm zu gutem Schlaf verhelfen.

Das kam verdammt nicht in Frage. Er wollte sich nicht in einen Zombie verwandeln, der wie betäubt herumging und grundlos vor sich hin grinste. Nicht, solange es Alkoholisches gab, besonders Cognac. Schnaps mochte schlecht für einen sein, aber man hatte am nächsten Morgen nur einen Kater davon. Und er hatte irgendwo gelesen, daß es mit Cognac anders war als zum Beispiel mit Scotch. Scotch wurde aus Getreide hergestellt, Cognac aus Wein. Er war chemisch anders, und wirkte sich verständlicherweise anders auf die Leute aus als Whisky.

Arthur J. Nelson war zu der Ansicht gelangt, daß ihm Cognac zu Ausgeglichenheit und Beruhigung verhelfen konnte, wenn er ihn nicht kippte, sondern nur langsam ein Glas Cognac trank oder einen kleinen Schuß in seinen Kaffee gab. Die richtige Menge Cognac diente dazu, den Schmerz zu töten, ihn von schmerzlichen Gedanken abzuhalten, nicht um ihn betrunken zu machen. Er konnte immer noch klar denken und nahm voll bewußt wahr, was los war. Er glaubte, daß er nur die nötige Willenskraft aufbringen mußte, um der Versuchung zu widerstehen, sich noch einen einzuschenken. Und für ihn stand fest, daß er genau das in den vergangenen vierundzwanzig Stunden getan hatte. Ein anderer wäre zusammengebrochen und hätte geheult oder sich bis zum Umfallen betrunken oder alles zusammen, und bei ihm war nichts dergleichen passiert.

Als Staff Inspector Peter Wohl anrief, hatte Arthur J. Nelson ein Drittel einer Flasche Hennessey V. S. O. P. getrunken, Schlückchen für Schlückchen, abgesehen natürlich von den paar Schlückchen, die er in seinen Kaffee gegossen hatte. Und er trank noch einen guten Schluck, leerte den Cognacschwenker, als er nach dem Gespräch mit Staff Inspector Wohl, diesem verdammten arroganten Hurensohn, den Hörer aufgelegt hatte.

Er füllte den Cognacschwenker zu dreiviertel, nahm ihn mit und ging von seinem Arbeitszimmer zum Schlafzimmer. Leise öffnete er die Tür und trat ein.

Sally lag auf dem Rücken im Bett und schlief. Er fand, daß sie alt, müde und bleich aussah. Obwohl er haßte, was die verdammten Pillen bei ihr angerichtet hatten, war er um Sallys willen froh, daß sie sie jetzt hatte. Und sie schnarchte. Er fand es erstaunlich, wie laut sie schnarchte. Es klang wie von einem Zweieinhalbzentner-Mann, und er schätzte, daß sie allenfalls fünfzig Kilo wog.

Er sah vor seinem geistigen Auge, wie er sie zum erstenmal nackt gesehen, sie nackt in den Armen gehalten hatte. Sie war so zierlich und zart gewesen, daß er befürchtet hatte, sie zu zerdrücken. Und er erinnerte sich, wie dick sie in den letzten Monaten der Schwangerschaft gewesen war. Er hatte es fast nicht glauben können, obwohl er es mit eigenen Augen gesehen hatte.

Eine Träne rann über seine Wange, und er vergaß, daß er einen Cognacschwenker in der Hand hielt, und wischte sie fort. Dabei verschüttete er ein paar Tropfen Cognac auf sein Hemd und fluchte, laut genug, um bis zu Sally durchzudringen, deren Schnarchen in ein Stöhnen überging.

Einen Moment lang verharrte er reglos, bis sie wieder regelmäßig und tief atmete und das Schnarchen wieder einsetzte. Dann verließ er das Schlafzimmer so leise, wie er es betreten hatte.

Arthur Nelson blieb auf dem Treppenabsatz stehen. Er hatte Hunger. Er hatte nichts gegessen. Das Haus war voller Leute gewesen, und obwohl Mrs. Dawberg, die Haushälterin, für ein großes kaltes Büfett gesorgt hatte, war er einfach nicht zum Essen gekommen.

Und jetzt waren die Haushälterin und seine Frau im Bett, und er wollte sie auf keinen Fall wecken, um sich etwas zu essen machen zu lassen. Sie brauchten so viel Schlaf, wie sie bekommen konnten, um für morgen bereit zu sein, wenn im Haus den ganzen Tag lang Betrieb wie in einer U-Bahn-Station um siebzehn Uhr dreißig sein würde.

Arthur Nelson ging die Treppe hinab und fragte sich, ob er wirklich in die Küche gehen und sich ein Eier-Sandwich oder sonst etwas machen sollte. Er ging zurück in sein Arbeitszimmer und trank aus, was noch im Cognacschwenker war, nachdem er – wie blöde von ihm!!! – sein Hemd mit Cognac bespritzt hatte, und dann schenkte er noch etwas Cognac ein.

Ich gehe nicht in die Küche, entschied er sich. *Ich werde in den Wagen steigen und eine Imbißhalle suchen.*

Die Idee war plötzlich reizvoll. Es wurde ihm klar, daß er wirklich etwas aus einem Imbiß haben wollte. Hamburger und Fritten. Nicht das, was man heutzutage bei McDonalds oder Burger King servierte, sondern die kleinen Hamburger, die es früher für einen Dime gab, dampfend vom Grill und mit kleingehackten Zwiebeln. In diesen weißgefliesten Imbißbuden ohne Sitznischen, nur mit Hockern vor der Theke, wo die Ausstattung aus rostfreiem Stahl war. Er konnte die kleinen Hamburger mit Zwiebeln und die Fritten förmlich riechen.

Arthur Nelson hatte ein wenig Probleme, sich zu erinnern, wo die Autoschlüssel waren. Er nahm an, daß er sie aus dem Zündschloß gezogen hatte, bevor er die Garage abgeschlossen hatte. Schließlich fand er ein Schlüsselbrett in einem kleinen Schrank im Anbau der Garage. Alle Schlüssel waren in kleinen, numerierten Etuis, bis auf den Schlüssel für den Rolls-Royce, der das Rolls-Firmenzeichen hatte.

Welcher Schlüssel paßte zu welchem Wagen?

Er wollte nicht den Rolls nehmen. Wenn man zu einer Hamburger-Bude ging, sich auf einen Hocker an der Theke setzte und eine Frikadelle mit Fritten aß, fuhr man nicht mit einen Rolls-Royce vor.

Er nahm einen Schlüssel und probierte ihn an einem Cadillac Coupé und einem Buick Kombi. Fehlanzeige. Schließlich paßte der Schlüssel ins Zündschloß eines Oldsmobile. Er konnte sich nicht erinnern, diesen Wagen jemals gesehen zu haben. Dann fiel ihm vage ein, daß Sally von einem neuen Wagen für Mrs. Dawberg geredet und er dem Kauf zugestimmt hatte.

Er glaubte in Erinnerung zu haben, daß ungefähr eine Meile entfernt ein Imbiß namens ›White Palace‹ oder ›Crystal Palace‹ war, aber als er dort war, sah er statt dessen eine Tankstelle, und so fuhr er weiter. Als er bei einer roten Ampel hielt, sagte er sich, daß er lange kein Schlückchen mehr gehabt hatte, und er zog den Korken aus der Hennessey-Flasche, die er wohlweislich mitgenommen hatte, und gönnte sich eins.

Eine halbe Stunde später hatte er immer noch keinen Imbiß gefunden. Er sagte sich, zum Teufel damit. Er würde zum *Ledger* fahren. Das war keine billige Hamburger-Bude, aber die Cafeteria war rund um die Uhr geöffnet, und er konnte dort auch einen Hamburger oder sonst etwas bekommen. Und es war immer eine gute Idee, unangekündigt in der Redaktion aufzutauchen und die Mitarbeiter auf Trab zu bringen.

Er fuhr zur Rückseite des Gebäudes und parkte den Oldsmobile mit der Schnauze vor einer Laderampe. Dann trank er noch ein Schlückchen. Er konnte kaum mit einer Flasche Cognac in der Hand in die Redaktion spazieren, und wer wußte schon, wie lange er dort bleiben würde.

Jemand klopfte ans Fenster, und er schaute hin und sah einen Sicherheitsmann, der ihn finster anstarrte. Mit etwas Mühe öffnete Arthur J. Nelson das Fenster.

»He, Buddy«, sagte der Sicherheitsmann, »du kannst hier nicht parken.«

»Weißt du was, Buddy?« sagte Arthur J. Nelson. »Ich bin der Besitzer dieser Zeitung, und ich kann verdammt parken, wo ich will!«

Der Sicherheitsmann starrte ihn mit großen Augen an, und dann erkannte er ihn.

»Verzeihung, Mr. Nelson, ich hatte Sie nicht erkannt.«

»Adlerauge«, knurrte Arthur Nelson und stieg aus. »Machen Sie weiter mit Ihrer guten Arbeit!«

Er betrat das Gebäude und ging über den Flur zu den Aufzügen. Durch Fenster zum Kellergeschoß konnte er in die Druckerei blicken. Die Maschinen standen still, und Drucker standen und saßen herum. Er blickte auf seine Armbanduhr.

Es war kurz vor ein Uhr. Der Druck der ersten Auflage begann um Viertel nach zwei. Gott allein wußte, was es ihn kostete, daß all diese Drucker über eine Stunde lang für einen Lohn von fast zwanzig Dollar pro Stunde herumgammelten. Er würde sich damit befassen müssen. Die verdammten Gewerkschaften machten einen bankrott, wenn man nicht aufpaßte.

Arthur Nelson fuhr mit dem Aufzug in den fünften Stock und betrat die Redaktion.

Er spürte Blicke auf sich gerichtet, als er die Redaktion durchquerte und zum Schreibtisch des Lokalredakteurs ging.

Klar, daß sie überrascht sind. Ich sollte öfter mal zu dieser Uhrzeit hier aufkreuzen.

Ein halbes Dutzend Männer und zwei Frauen waren in der Lokalredaktion. Der Lokalredakteur erhob sich, als er ihn sah.

»Guten Abend – äh, guten Morgen, Mr. Nelson«, sagte er. »Wie geht es Ihnen, Sir?«

»Sie dürfen dreimal raten, wie es mir geht!« blaffte Nelson.

»Ich möchte Ihnen mein Beileid aussprechen«, sagte der Lokalredakteur.

»Sehr freundlich von Ihnen«, erwiderte Arthur Nelson automatisch, und dann erinnerte er sich an diesen gottverdammten Cop, wie hieß er noch? *Wohl....*

»Ich habe etwas für Sie«, sagte Nelson. »Die Cops haben den Wagen meines Sohnes gefunden. Er wurde aus seiner Garage gestohlen, als... er wurde aus der Garage gestohlen.«

»Ja, Sir?«

»Haben Sie davon gehört?«

»Nein, Sir.«

»Nun, dann wissen Sie's jetzt«, sagte Nelson. »Und die Cops haben mich an der Nase herumgeführt. Sie haben den Wagen irgendwo in Jersey gefunden, aber man wollte mir nicht sagen, wo.«

»Ich bin überzeugt, daß wir das herausfinden können«, sagte der Lokalredakteur. »Wenn Sie das möchten, Sir.«

»Und ob ich das möchte! Setzen Sie jemanden darauf an. Es ist eine Nachricht, meinen Sie nicht auch?«

»Jawohl, Sir, natürlich ist das eine. Ich werde mich sofort darum kümmern.«

»Das wäre eine gute Idee«, sagte Nelson.

»Ich wollte gerade zum Umbruch gehen, Mr. Nelson«, sagte der Lokalredakteur. »Möchten Sie mich begleiten?«

»Warum nicht«, sagte Nelson. »Haben Sie jemanden hier, den Sie für mich zur Cafeteria schicken können?«

»Was möchten Sie haben?«

»Einen Hamburger und Fritten«, sagte Nelson. »Den Hamburger mit Zwiebeln. Gut gebraten, nicht halb roh. Und eine Tasse Kaffee. Schwarz.«

»Jawohl, Sir, kommt gleich«, sagte der Lokalredakteur.

Nelson durchquerte die Lokalredaktion und ging zur Schriftsetzerei. Die Zeitung hatte im vergangenen Jahr vom Linotype-System auf Lichtsatz umgestellt. Die Seiten der Morgenausgabe waren zum Filmen montiert. Hier und dort wurde noch montiert.

Nelson ging zur Titelseite. Der Aufmacher mit der Schlagzeile ›Tatverdächtiger im Polizistenmord von U-Bahn überfahren‹ sprang ihm förmlich ins Auge, und er las den Artikel interessiert.

Wenn alle verdammten Cops in der verdammten Stadt nicht diesen Kerl gesucht hätten, dann hätten sie vielleicht den Bastard erwischt, der meinen Jerome umgebracht hat. Unsereiner ist ihnen scheißegal, aber wenn es einen von ihnen trifft, legen sie sich ins Zeug. Dieser Hurensohn Wohl wollte mir nicht mal sagen, wo Jeromes Wagen gefunden wurde.

Der Lokalredakteur trat zu ihm.

»Nachdem die Polizei diesen Verbrecher gefunden hat, wird sie jetzt vielleicht, nur vielleicht, Zeit haben, den Mörder meines Sohnes zu suchen«, sagte Nelson.

»Jawohl, Sir.« Der Lokalredakteur fühlte sich sichtlich unbehaglich. »Mr. Nelson, ich glaube, Sie sollten sich dies ansehen.«

Er überreichte ihm die Nachtausgabe des *Bulletin.*

»Was ist das?« sagte Nelson. Dann fiel sein Blick auf die Schlagzeile. »Die Polizei sucht homosexuellen schwarzen Geliebten im Mordfall Nelson.« Darunter stand ein Artikel von Michael J. O'Hara.

»Ich dachte, O'Hara arbeitet für uns?« sagte Arthur J. Nelson sehr ruhig.

»Wir haben ihm vor ungefähr achtzehn Monaten gekündigt, Sir.«

»Oh.«

»Ja, Sir. Er hatte Probleme mit dem Alkohol«, sagte der Lokalredakteur.

»Rachsüchtiger Bastard, wie?« Nelson wartete nicht auf eine Antwort. Er wies auf die montierte Seite mit dem Leitartikel.

»Das stoppen«, sagte er. »Es wird einen neuen Leitartikel geben.«

»Sir?«

»Ich werde das den gottverdammten Cops nicht durchgehen lassen!« sagte Arthur J. Nelson.

Louise Dutton zog ihren Morgenmantel aus, legte ihn auf die Toilette und öffnete die Glastür zur Duschkabine. Sie kicherte bei dem Anblick, der sich ihr bot.

»Was machst du da?« fragte sie.

Peter Wohl, der sich mit Louises Damen-Rasierapparat rasiert hatte, hörte ihre Stimme, verstand jedoch nicht, was sie sagte. Er öffnete die Augen und schaute sie an.

»Was?«

»Was machst du?«

»Ich rasiere mich.«

»Unter der Dusche? Mit geschlossenen Augen?«

»Warum nicht?«

»Das sieht zum Lachen aus.«

»Und du siehst hinreißend aus«, sagte er mit einem lüsternen Blick auf ihren nackten Körper. »Kommst du zu mir unter die Dusche?«

»Da ist nicht genug Platz für uns beide«, sagte sie.

»Kommt darauf an, wie nahe wir beieinander stehen.«

»Beeil dich, Peter.« Louise schloß die Tür.

Sie wischte über den beschlagenen Spiegel und neigte sich

vor, um ihr Gesicht genau zu betrachten. Ihre Augen spiegelten Traurigkeit wider. Ja, sie fühlte sich traurig, und sie fragte sich, warum.

Peter verließ die Duschkabine.

»Ich habe das Wasser laufen lassen«, sagte er und nahm ein Handtuch. Aus einem Impuls heraus schlang Louise die Arme um ihn und schmiegte ihr Gesicht an seinen Rücken.

»Das Angebot von vorhin gilt noch«, sagte Peter.

»Was ist das?« fragte sie und strich leicht mit einem Finger über eine Vertiefung in seinem Rücken.

»Nichts.«

»Was ist es, Peter?« fragte sie.

»Man nennt es eine vernarbte Einschußwunde«, sagte er.

»Jemand hat auf dich geschossen?« Louise ließ ihn los und zog ihn dann herum, damit sie ihm ins Gesicht sehen konnte.

»Vor vielen Jahren«, sagte er.

»Vor vielen Jahren? So alt bist du noch nicht. Erzähl mir davon.«

»Da gibt es nicht viel zu erzählen. Ich arbeitete im Neunten Distrikt als Streifenbeamter, und eine Frau rief die Polizei. Ihr Mann sei betrunken und gewalttätig und verprügele sie und die Kinder. Als ich dort eintraf, war es so. Ich legte ihm Handschellen an und verfrachtete ihn auf den Rücksitz des Streifenwagens, und da schoß die Frau auf mich.«

»Warum?«

»Sie wollte, daß die Polizei ihren Mann stoppte«, sagte Peter, »aber daß ich die Liebe ihres Lebens und den Vater ihrer Kinder festnahm, gefiel ihr gar nicht.«

»Sie hätte dich umbringen können«, sagte Louise.

»Ich nehme an, das hatte sie vor.«

»Hast du sie erschossen?«

»Ich wußte nicht mal, daß ich getroffen wurde – es war ein Gefühl, als hätte mich jemand mit einem Baseballschläger geschlagen. Und als ich zu mir kam, rollte man mich in die Notaufnahme eines Krankenhauses.«

»Wie lange warst du im Krankenhaus?«

»Ungefähr zwei Wochen.«

»Aber du bist völlig genesen? Ich meine, es war kein bleibender Schaden?«

»Alle wichtigen Teile funktionieren prima«, sagte Peter. Er schob den Unterkörper näher an sie heran, um es ihr zu demonstrieren. »Siehst du?«

»Du Lüstling!« Louise wandte sich um und ging in die Duschkabine.

Als sie die Dusche verließ, roch sie gebratenen Speck und Kaffee. Sie lächelte.

Peter Wohl, dachte sie, *der perfekte Liebhaber, so meisterhaft in der Küche wie im Schlafzimmer.*

Louise ging in ihr Schlafzimmer und sah, daß sein Uniformrock, die Mütze und seine Waffe auf dem Bett lagen.

Sie nahm zuerst die Mütze, betrachtete das Abzeichen darauf und legte sie wieder hin. Dann neigte sie sich über das Bett und schaute sich das Abzeichen an seinem Uniformrock an. Und schließlich sah sie auf die Waffe.

Die Dienstwaffe steckte in einem ledernen Schulterholster, das oft benutzt worden war. Der elastische Gurt war verknittert, und das Leder des Holsters hatte Schweißflecken.

Sie zog die Waffe heraus und hielt sie in Augenhöhe.

Es war kein neuer Revolver. Er war oft benutzt worden und abgegriffen. Sie schnüffelte daran und roch Öl.

Es ist ein Werkzeug, dachte sie, *wie der Hammer eines Zimmermanns oder der Schraubenschlüssel eines Mechanikers. Es ist das Werkzeug, das er zur Arbeit mitnimmt. Der Unterschied besteht darin, daß dieses Werkzeug dazu dient, auf Leute zu schießen, anstatt Nägel einzuschlagen oder Maschinen zu reparieren.*

Sie schob den Revolver ins Holster zurück und wischte sich die Hände am Bettlaken ab.

Dann zog sie sich an.

Peter hatte Speck und Spiegeleier gebraten. Er tunkte ein Stück Brötchen in den Rest eines Eigelbs und aß zu Ende. Ihre Spiegeleier mit Speck warteten auf sie.

»Deine Eier sind vermutlich kalt geworden«, sagte Peter.

»Ich mußte duschen«, erwiderte Louise etwas schnippisch.

»Nicht für mich«, sagte er. »Für mich hast du wunderbar geduftet.«

»Sei nicht albern!« Ihr Tonfall war jetzt schnippischer, und das entging ihm nicht.

»Kaffee?« fragte er ein wenig kühl.

»Bitte.«

Er ging zur Kaffeemaschine und kehrte mit der Kanne zurück. »Hast du jemals einen getötet, Peter?«

Er hob die Augenbrauen.

»Hast du es?«

»Ja«, sagte er. »Nettes Thema für eine Unterhaltung beim Frühstück.«

»Warum hast du jemanden getötet?«

»Weil ich sonst von ihm erschossen worden wäre«, sagte Peter. »Schönes Wetter heute, nicht wahr?«

»Im Schlafzimmer kam mir ein interessantes Szenario in den Sinn«, sagte Louise.

»Das passiert mir immerzu«, erwiderte er. »Ist dir tatsächlich etwas eingefallen, was wir noch nicht gemacht haben?«

Er lächelte, und sie wußte, daß er sich freute, weil er dachte, sie hätte das Thema gewechselt, aber sie konnte sich jetzt nicht zurückhalten.

»Da bin ich, sitze in meinem Schaukelstuhl und stricke Babyschuhe in unserem kleinen Häuschen auf dem Lande, während unsere drei allerliebsten Kinder – du weißt, was ich meine.«

»Klingt prima für mich«, sagte Peter.

»Und es klingelt an der Tür, ich öffne, und da steht der ehrenwerte Bürgermeister Carlucci. ›Verzeihen Sie, Mrs. Wohl‹, sagt Carlucci, ›aber Ihr Gatte, Inspector Wohl, wurde soeben von einer wütenden Hausfrau erschossen. Oder war es ein Gangster? Eigentlich egal. Er ist tot. Er ist jetzt im Großen Präsidium im Himmel.‹«

Peter brauchte einen Moment, bis er Worte fand, und dann sagte er: »Bist du immer so fröhlich am Morgen?«

»Nur wenn ich auf dem Weg bin, mir einen abgetrennten Kopf anzusehen, bevor ich eine Beerdigung besuche«, sagte Louise. »Aber ich meinte das ernst, Peter.«

»Dann werde ich dir ernst antworten«, sagte er. »Ich bin Staff Inspector. Ich fahre nicht zu Leuten, die die Polizei rufen. Leitende Beamte leiten. Die Cops auf der Straße befassen sich mit den Problemen der Öffentlichkeit. Und die meisten Polizeibeamten, die ihre zwanzig Jahre Dienst auf der Straße leisten, feuern mit ihren Waffen nur auf dem Schießstand.«

»Und deshalb trägst du immer eine Waffe, wie?« entgegnete Louise.

»Ich kann mich nicht erinnern, wann ich sie zum letztenmal außer zum Reinigen aus dem Holster genommen habe«, sagte Peter.

»Aber *ich* kann mich erinnern«, sagte Louise. »Als ich dich zum erstenmal sah, Peter, sprangst du aus einem Wagen und hattest deine Waffe in der Hand.«

»Das war eine Ausnahme. Daß Dutch erschossen wurde, war anormal. Er war vermutlich der erste Captain, der im Laufe von zwanzig Jahren von der Schußwaffe Gebrauch machte.«

»Das mag sein, aber Dutch wurde erschossen«, sagte Louise. »Er wurde getötet. Und da warst du. Mit deinem Revolver in der Hand eiltest du zur Schießerei am OK Corral.«

»Was hast du gedacht, als du mich aus dem Wagen springen sahst?«

»Woher kommt dieser gutaussehende Mann?«

»Wie wäre es mit ›Gott sei Dank, die Polizei ist da‹?« fragte Peter.

Sie schaute ihm lange in die Augen.

»Touché«, sagte sie schließlich.

»Das ist mein Job, Baby«, sagte Peter. »Ich bin Polizist. Und ich mache meine Arbeit gut. Und statistisch gesehen habe ich vermutlich keinen riskanteren Beruf als – sagen wir mal – ein Pilot oder Börsenmakler.«

»Sag das Mrs. Moffitt.«

»Iß die Eier, bevor sie kalt werden«, sagte Peter.

»Nein, ich möchte sie nicht.« Louise schob den Teller von sich. »Ich esse lieber etwas, *nachdem* ich den Kopf gesehen habe.«

»Es tut mir leid, aber das ist nötig«, sagte Peter.

»Peter, ich weiß nicht, ob ich den Rest meines Lebens mit der Frage leben kann, ob ich am Ende des Tages Witwe sein werde.«

»Du übertreibst das Risiko.«

»Ist es irgendwo in Stein gemeißelt, daß du dein ganzes Leben lang Polizist sein mußt?«

»Es ist mein Beruf, Louise. Und er gefällt mir.«

»Ich habe befürchtet, daß du es sagst.« Louise stand auf. »Zieh deinen Polizistenanzug an und bring mich zu dem abgetrennten Kopf.«

»Wir können noch einmal in aller Ruhe darüber reden«, sagte Peter.

»Ich denke, daß alles über dieses Thema gesagt worden ist«, erwiderte Louise. »Das war es, was mein Vater meinte, als er sagte, es wäre eine lausige Idee, wenn wir heiraten.«

»Na na, Baby«, sagte Peter. »Ich verstehe, warum du aufgeregt bist, aber . . .«

»Halt die Klappe, Peter«, unterbrach Louise. »Halt *bitte* die Klappe.«

Antonio V. ›Big Tony‹ Amarazzo, Besitzer von ›Tonys Barbershop‹, stand hinter seinem Kunden und drehte den Stuhl hin und her, damit der Mann darauf sein Werk im Spiegel betrachten konnte. Er hatte dem großen Mann unter dem gestreiften Umhängetuch zum erstenmal vor zwanzig Jahren die Haare geschnitten, am Tag bevor der damals kleine Mann in den Kindergarten gegangen war.

Officer Charles McFadden schaute in den Spiegel. Der Spiegel war zum Teil verdeckt von der Titelseite der vierten Ausgabe des *Bulletin*, die der Friseur darauf geklebt hatte. Die Titelseite zeigte sein Foto unter der Überschrift: UNSER HELD CHARLEY MCFADDEN.

»Sieht gut aus, Mr. Amarazzo«, sagte Charley. »Danke.«

»*Mister* Amarazzo?« entgegnete Big Tony. »Bist du sauer auf mich oder was? Sind wir nicht Gott weiß wie lange Freunde?«

Charley, dem keine Antwort einfiel, lächelte Big Tonys Spiegelbild an.

»Und jetzt werde ich dich rasieren, daß dein Kinn glatt wie ein Babypopo wird«, sagte Big Tony.

»Oh, ich will keine Rasur«, wandte Charley ein.

»Du kannst nicht unrasiert zu der Beerdigung gehen«, sagte Big Tony und drückte Charley auf den Stuhl zurück. »Und keine Sorge, das geht auf meine Kosten. Ist mir eine Ehre.« Er bedeckte Charleys Gesicht mit einem feuchten, heißen Tuch.

Anderthalb Minuten später, als Charley sich fragte, wie lange Big Tony das Tuch auf seinem Gesicht lassen würde (er hatte sich noch nie von einem Friseur rasieren lassen), betrat jemand den Friseurladen.

»Weißt du, wer da unter dem Tuch auf dem Stuhl sitzt?« hörte Charley Big Tony sagen. »Charley McFadden ist das. Hast du die Zeitung gelesen?«

»Ja, habe ich«, sagte eine unbekannte Stimme. »Das ist ein Hammer!«

Charley hatte die Hände auf dem Schoß verschränkt. Er erschrak, als seine rechte Hand hochgerissen und heftig von zwei Händen geschüttelt wurde.

»Gut für Sie, Charley«, sagte die unbekannte Stimme. »Ich sagte soeben zu meiner Frau, als wir die Zeitung sahen, wenn es mehr Cops wie Sie gäbe und mehr Scheißer gekillt würden wie der, den Sie gekillt haben, dann wäre Philadelphia verdammt besser dran. Wir sind alle stolz auf Sie, Charley. Sie sind ein Teufelskerl!«

»Ich wußte die ganze Zeit, daß Charley ein Cop ist«, hörte Charley Big Tony sagen. »Aber ich konnte natürlich nichts sagen.«

Als Big Tony das Tuch fortzog und Charleys Gesicht einzuseifen begann, standen drei andere Männer aus der Gegend hinter dem Stuhl und warteten darauf, Charley die Hand zu schütteln.

Es war ein schöner Frühlingsmorgen, und die Familie Payne frühstückte draußen auf der Terrasse. Seit langer Zeit war wieder einmal die ganze Familie versammelt. Foster J. Payne, fünfundzwanzig, der sehr seinem Vater ähnelte, war von Cambridge nach Hause gekommen, wo er soeben sein zweites Semester Jura studiert hatte. Amelia Alice ›Amy‹ Payne, siebenundzwanzig, die vor drei Jahren den Titel Doktor der Medizin erhalten hatte, war nach dem Ende ihrer Assistenzzeit in der Psychiatrie des Louisiana State University Medical Center heimgekehrt, um sich eine Stelle in Philadelphia zu suchen. Brewster C. Payne, achtzehn, hatte sein Abitur gemacht und würde nach dem Sommer, den er in Europa verbrachte, in Dartmouth studieren. Patricia Payne war sich darüber im klaren, daß dann das Nest für immer leer sein würde.

Amy war klein und zierlich, keine Schönheit, aber attraktiv und natürlich. Bei der intellektuellen (und natürlich geheimen) Einschätzung seiner Kinder hatte Brewster Payne seine Tochter an die erste Stelle gesetzt, dann Matt, dann Foster und schließlich Brewster junior. Ebenfalls geheim hatte Patricia ihre Rangliste aufgestellt und war fast zu dem gleichen Ergebnis gelangt; nur Brewster hatte sie vor Foster gesetzt.

Amy war sehr intelligent, vielleicht sogar außergewöhnlich. Sie war erstaunlich frühreif gewesen und ebenso erstaunlich zielstrebig schon von Kindheit an. Patricia hatte befürchtet, daß sie vielleicht Probleme haben würde, wenn sie heiratete, bis sie lernte, sich ihrem Mann anzupassen oder dem mehr allgemeinen Prinzip, daß es manchmal weitaus klüger ist, den Mund zu halten, als zu versuchen, jemanden bei seinen irrigen Ansichten zu korrigieren.

Matt war gescheit. Er hatte nie Schwierigkeiten mit dem Lernen gehabt, und seine Lehrer und die Schulleitung hatten in mindestens einem Dutzend Briefen weitgehend übereinstimmend erklärt, daß er ein hervorragender Schüler sein könnte, wenn er sich mehr bemühte. Er hatte sich nie mehr bemüht (Patricia war überzeugt, daß er nie auch nur eine Stunde für Hausaufgaben aufgewandt hatte), und er war nie ein hervorragender Schüler geworden.

Foster war das geworden, aber er hatte hart dafür gearbeitet. Eigentlich war Foster der einzige Eifrige von den dreien. Amy blätterte selten in einem Buch, Matt war nie bereit dazu, und Foster war ständig in Bücher vertieft. Brewster junior war ein mittelmäßiger Schüler mit der Note 3,5 gewesen und hatte nie ein Buch von der Schule heimgebracht.

Auf der Terrasse standen ein langer schmiedeeiserner Tisch und acht schmiedeeiserne Stühle mit Sitzkissen. Zwei kleinere, dazu passende Tische standen an der Hauswand auf der Terrasse. Auf einem der Tische standen auf einem Elektrokocher zwei Bratpfannen und daneben eine Platte mit Eiern und Taylor-Schinken. Auf dem anderen Tisch standen eine Kaffeemaschine, ein Krug mit Milch, ein Toaster, ein Korb mit Toastbrot und Brötchen und ein Krug Orangensaft.

Patricia Payne hatte sich damals, als die Kinder aufgewachsen waren, gesagt, daß es die beste Lösung war, wenn jeder zu seiner eigenen Zeit zum Frühstück eintrudelte. Ein Buffett mit Selbstbedienung war besser, als ständig Einladungen und Drohungen aus der Küche zu rufen. Die Kinder kamen von ihren Zimmern herunter, wann sie wollten, und brieten sich selbst Eier. Früher hatten auch zwei Zeitungen bereitgelegen, was zumindest teilweise das Problem gelöst hatte, wer welchen Teil wann erhielt.

Patricia fand, daß das heutige Frühstück etwas Bittersüßes hatte: liebevolle Erinnerungen an vergangene Frühstücke, die Freude, daß alle mal wieder zusammen frühstückten, und die Besorgnis, daß heute oder zumindest in der nächsten Woche alle zum letzten Mal beisammen waren.

»Das ist absoluter *Scheiß!*« sagte Matthew Payne wütend.

Alle schauten ihn an. Er saß auf der rechten Seite am Ende des Tisches und neigte sich über ein Exemplar der Zeitung *Ledger.*

»Matt!« sagte Patricia Payne.

»Hast du das gesehen?« fragte Matt rhetorisch.

»Nein«, sagte Brewster Payne trocken. »Als ich runterkam, waren nur noch die Immobilienanzeigen von der Zeitung übrig.«

»Sag uns, was die verdammten Liberalen diesmal angestellt haben«, sagte Amy.

»Du hütest auch deine Zunge, *Doktor*«, sagte Patricia Payne.

Matt erhob sich, ging zu Brewster Payne und legte die Zeitung vor ihn auf den Tisch. Er wies auf den Leitartikel.

»Wir wollen in Philadelphia keine Selbstjustiz«, zitierte Matt. »Lies nur diesen Schund!«

Brewster Payne las den Leitartikel und schob die Zeitung zu seiner Frau hin.

»Vielleicht wissen sie etwas, das dir nicht bekannt ist, Matt«, sagte er.

»Ich lernte den Cop gestern kennen«, sagte Matt.

»Du kennst ihn?« fragte Amy.

»Ja, Denny Coughlin nahm mich zu ihm mit. Zuerst brachte er mich zum Leichenschauhaus und zeigte mir die Leiche, und dann fuhr er mit mir nach South Philadelphia zu dem Cop.«

»Warum tat er das?« fragte Amy.

»Er teilt deine Meinung, *Doktor*, daß ich nicht zur Polizei gehen sollte. Er versuchte mir einen Schrecken einzujagen.«

»Ich nehme an, sogar ein Polizist kann offenkundigen Irrsinn erkennen, wenn er ihn sieht«, sagte Amy.

»Amy!« mahnte Patricia Payne.

Foster Payne stand auf und las über Patricia Paynes Schulter hinweg den Leitartikel.

»Wer auch immer das schrieb, hat es so vorsichtig formuliert, daß er nicht wegen Verleumdung dran ist«, sagte Foster.

»Es ist Blödsinn«, sagte Matt. »Es ist – gemein. Ich sah den Cop. Er stand fast unter Schock. Er war so durcheinander, daß er nicht mal wußte, wer Denny Coughlin ist. Es ist ein netter einfacher irischer und katholischer Junge, der ebensowenig jemanden vor eine U-Bahn werfen könnte, wie unsere Mutter das tun könnte.«

»Aber das *steht* da nicht, Matthew«, erklärte Foster Payne geduldig. »Der Verfasser *sagt,* er trieb diesen Mann auf die Gleise. Da *steht,* diese Anschuldigung wurde erhoben, und da sie nun mal erhoben wurde, hat die Stadt die Pflicht, zu ermitteln. Es gibt Beispiele dafür, daß die Polizei überreagiert hat, wenn einer der Ihren ums Leben kam.«

Matthew starrte ihn angewidert an. Dann wandte er sich an Brewster Payne. »Was sagst du, Dad, nachdem du das von unserem Harvard-Juristen gehört hast?«

»Ich weiß nicht genug über das, was wirklich geschah, um ein Urteil abgeben zu können«, sagte Brewster Payne. »Aber ich nehme an, daß Arthur J. Nelson, der seinen Sohn auf diese schreckliche Weise verlor, nicht sehr erfreut über die Polizei ist.«

»Daddy, hast du gelesen, daß die Polizei den homosexuellen Geliebten von Nelsons Sohn sucht?« fragte Amy. »Seinen *schwarzen* homosexuellen Geliebten.«

»O nein!« sagte Patricia Payne. »Wie schrecklich!«

»Nein, das habe ich nicht gelesen«, sagte Brewster Payne. »Aber wenn es stimmt, dann würde es meinem Argument ein wenig mehr Gewicht verleihen, nicht wahr?«

»Du willst doch nicht behaupten, Brew«, sagte Patricia Payne, »daß Mr. Nelson so etwas veröffentlichen würde, etwas Unwahres, wie Matt sagt, einfach – um sich an der Polizei zu rächen?«

»Willkommen im wirklichen Leben, Mutter«, sagte Amy.

17

Jason Washington erwartete sie im Büro des Leichenbeschauers. Sein Gesicht spiegelte Überraschung und, wie Peter Wohl fand, auch eine Spur von Belustigung wider, als er Wohl in Uniform sah.

»Guten Morgen, Miss Dutton«, sagte Washington. »Ich bedaure, daß ich Ihnen das zumuten muß.«

»Ist schon in Ordnung«, sagte Louise.

»Man führt ein System für Fernsehübertragung ein, um diese Art von Identifizierung den Leuten ein wenig leichter zu machen«, sagte Washington. »Aber es ist noch nicht in Betrieb.«

»Ich kann ja in einem Monat wiederkommen«, sagte Louise. Sie lachten. Washington lächelte Wohl an.

»Und darf ich sagen, daß Sie heute todschick aussehen?«

»Ich werde einer der Sargträger sein«, sagte Wohl.

»Können wir das hinter uns bringen?« fragte Louise.

»Ja, Ma'am«, sagte Washington.

»Miss Dutton, ich bringe Sie hinein und zeige Ihnen einige Überreste. Dann werde ich Sie fragen, ob Sie diese Person jemals gesehen haben und wenn, wo, wann und unter welchen Umständen.«

»In Ordnung«, sagte Louise.

»Möchtest du, daß ich dich begleite?« fragte Peter.

»Nur wenn du es willst«, antwortete Louise.

Louise wich unwillkürlich zurück, als Jason Washington das Laken von Gerald Vincent Gallaghers Leiche anhob, aber sie wurde nicht ohnmächtig, und es wurde ihr auch nicht schlecht. Als Peter Wohl sie stützen wollte, schüttelte sie ungeduldig seine Hand ab.

»Ich weiß nicht, wie er heißt«, sagte sie ruhig. »Aber ich habe diesen Mann schon gesehen. Im Waikiki Diner. Er ist der Mann, der das Restaurant überfallen hat und den Captain Moffitt zu stoppen versuchte.«

»Sie haben keinerlei Zweifel?« fragte Washington.

»Aus irgendeinem Grund ist das in meiner Erinnerung geblieben«, erwiderte Louise sarkastisch, wandte sich um und verließ schnell den Raum.

Wohl holte sie ein.

»Alles in Ordnung?«

»Ja, alles prima«, sagte Louise.

»Möchtest du eine Tasse Kaffee? Oder sonstwas?«

»Nein, danke.«

»Du mußt etwas essen, Louise«, sagte er.

»Sprach der Praktiker«, sagte sie spöttisch.

»Du ißt etwas. «

»Also gut«, sagte sie.

Sie gingen in ein kleines Restaurant, in dem Büroarbeiter vor der Arbeit frühstückten. Die Leute starrten sie neugierig an. Sie erkannten Louise. Sie erinnerten sich vielleicht nicht, daß sie die Fernseh-Lady war, aber sie wußten, daß sie diese Frau schon irgendwo gesehen hatten.

Louise aß Toast mit Schinken und war sehr wortkarg.

»Ich habe das Gefühl, daß ich etwas falsch gemacht habe«, sagte Peter.

»Sei nicht albern«, erwiderte Louise.

Als sie zu seinem Wagen gingen, kamen sie an einem Verkehrspolizisten vorbei, der schneidig grüßte. Peter, der so etwas nicht erwartet hatte, erwiderte den Gruß ein wenig linkisch. Dann bemerkte er, daß der Verkehrspolizist einen Trauerflor an seinem Abzeichen trug. Das hatte er völlig vergessen. Den Trauerflor schnitt man vom Band alter Uniformmützen. Er besaß keine alte Uniformmütze. Er hatte keine Ahnung, was aus seiner alten Mütze des Streifenpolizisten oder seiner Mütze des Sergeant der Highway Patrol geworden war. Und es war nie nötig gewesen, seine derzeitige Mütze zu ersetzen; er hatte sie höchstens zwanzigmal getragen.

Er hoffte, daß jemand eine bei Marshutz & Sons haben würde, für den Fall, daß jemand wie er ohne Trauerflor auftauchte.

Peter Wohl fuhr Louise zurück zum Stockton Place und hielt vor Nummer sechs.

»Was ist mit später?« fragte er.

»Was ist mit später?« äffte sie ihn nach.

»Wann werde ich dich sehen?«

»Ich muß arbeiten, und dann besuche ich meinen Vater, und danach muß ich wieder arbeiten. Ich werde dich anrufen.«

»Ruf nicht an, ich werde dich anrufen.«

»Dräng mich nicht, Peter«, sagte Louise und stieg aus. Dann ging sie vorne um den Wagen herum zu seinem Fenster und forderte ihn mit einer Geste auf, die Scheibe herunterzulassen. Er tat es, und Louise neigte sich zu ihm und küßte ihn. Es begann als schneller, flüchtiger Kuß, doch es wurde bald ein intimer.

Nicht leidenschaftlich, dachte Peter, *intim*.

»Das war vielleicht unklug«, sagte Louise, schaute ihm einen Moment in die Augen und ging dann schnell ins Haus, ohne zurückzublicken.

Intim, dachte Peter Wohl, *und ein wenig traurig wie bei einem Abschiedskuß.*

Er schaute einen Augenblick lang auf die geschlossene Haustür, und dann wendete er und fuhr weg.

Er war ohne zu denken in Richtung Marshutz & Sons gefahren, doch dann entschied er sich anders und fuhr statt dessen zum Polizeipräsidium. Vielleicht gab es eine neue Entwicklung, man hatte etwas durch Jerome Nelsons Wagen herausgefunden, oder sonst etwas hatte sich ergeben. Wenn es etwas Konkretes gab, würde er vielleicht Arthur J. Nelson informieren. Sein Auftrag lautete, ihn zu ›streicheln‹, und nicht, ihn sich zum Feind zu machen.

Und irgendwo im runden Haus konnte er vielleicht jemanden finden, der ihm einen Trauerflor geben konnte; er wollte sich nicht darauf verlassen, daß er einen in der Leichenhalle finden würde.

Er ging zur Mordkommission.

Captain Henry C. Quaire saß auf der Kante von einem der Schreibtische und telefonierte. Und er erwartete ihn anscheinend; als er ihn sah, wies er zu dem Zimmer, das an einen der Vernehmungsräume grenzte. Dann deckte er die Sprechmuschel mit der Hand ab und sagte: »Ich bin gleich bei Ihnen.«

Wohl nickte und betrat das Zimmer. Durch den Einwegspiegel konnte er drei Männer im Vernehmungszimmer sehen. Einer war Detective Tony Harris. Der zweite Mann war ein großer, gutaussehender Schwarzer Anfang Dreißig, den Wohl nicht kannte.

Handschellen an seinem Gürtel ließen darauf schließen, daß er Polizist war. Der dritte Mann war ein sehr großer Schwarzer, der mit Handschellen an den Vernehmungsstuhl gefesselt war und sich sichtlich unbehaglich fühlte. Er paßte auf die Beschreibung von Pierre St. Maury.

Als Peter auf den Knopf drücken wollte, der das verborgene

Mikrofon aktivieren würde, über das er mithören konnte, betrat Captain Quaire in das Zimmer. Peter zog die Hand von dem Knopf fort.

»Was ist los?« fragte Peter. »Ist das Pierre St. Maury?«

»Nein«, sagte Quaire.

»Sein Name ist Kostmayer. Aber Porterfield dachte, er sei es, und er brachte ihn her.«

»Porterfield ist der andere Schwarze?«

Quaire nickte. »Vom Rauschgiftdezernat. Guter Mann. Er steht hoch oben auf der Liste der Detectives und will hier rüberkommen, wenn er befördert wird. Kostmayer war so aufgeregt, als Porterfield ihn für Pierre St. Maury hielt, daß Porterfield meint, er weiß etwas über den Fall Nelson.«

»Und, weiß er etwas?«

»Das wollen wir herausfinden«, sagte Quaire und drückte auf den Knopf, der das Mikrofon einschaltete. »Er nannte uns bereits Pierre St. Maurys richtigen Namen – Errol F. Watson – und seine Adresse. Ich schickte schon Leute los, um zu sehen, ob sie ihn zu Hause erwischen.«

Wohl verfolgte die Vernehmung eine Viertelstunde lang. Mit Bewunderung. Tony Harris und Porterfield arbeiteten gut zusammen, als wären sie ein eingespieltes Team. Er fragte sich, ob sie schon einmal zusammengearbeitet hatten. Sie entlockten Kostmayer eine kleine Einzelheit nach der anderen, sprachen ihn manchmal streng mit dem Nachnamen und manchmal freundlich mit ›Peter‹ an und wechselten sich mit den Fragen ab.

Es war eine langsame Prozedur. Kostmayer redete nur widerwillig. Es war offenkundig, daß er mehr Angst vor anderen Leuten als vor dem Gesetz hatte.

»Was haben Sie über ihn?« fragte Wohl.

»Ein paar Festnahmen wegen kleinerer Delikte«, sagte Quaire. »Er ist ein Stricher. Das übliche. Besitz von verbotenen Substanzen. Beischlafdiebstahl.«

Kostmayer sagte schließlich etwas Interessantes.

»Ich habe *dies* gehört«, sagte er, anscheinend den Tränen

nahe. »Ich habe es nur *gehört*; ich weiß nicht, ob es stimmt oder nicht.«

»Wir verstehen, Peter«, sagte Tony Harris freundlich. »Was haben Sie gehört?«

»Nun, da war Gerede, und Sie wissen, wie die Leute quatschen, daß zwei gewisse Männer, die Pierre kannten und wußten, was er war, Sie wissen schon, *Freunde* von Jerome Nelson, sich die Schlüssel von seinem Apartment besorgen würden.«

»Warum hätten sie das tun sollen, Peter?« fragte Tony Harris.

»Welche zwei gewisse Männer, Kostmayer?« fragte Detective Porterfield.

»Nun, sie wollten sich dort etwas *holen*«, sagte Kostmayer.

»Wie lauten ihre Namen, Kostmayer?« fragte Porterfield, ging zu ihm und neigte sich zu seinem Gesicht hin. »Ich verliere langsam die Geduld.«

»Ich weiß nicht, wie sie heißen«, sagte Kostmayer.

Er lügt, dachte Peter Wohl, und im nächsten Moment kleidete Porterfield das in Worte: »Das kaufe ich Ihnen nicht ab, Mann!«

Wohl schaute zu Quaire, der nachdenklich an der Unterlippe nagte.

Dann blickte Wohl auf seine Armbanduhr.

»Ich muß weg«, sagte er. »Ich muß in einer Viertelstunde in der Leichenhalle sein.«

»Sie sind einer der Sargträger? Tragen Sie deshalb die Uniform?«

»Ja. Und, Henry, ich brauche einen Trauerflor. Können Sie mir einen besorgen?«

»Ich habe einen«, sagte Quaire, ergriff Wohl am Arm und führte ihn in sein Büro. Dort nahm er ein kleines Stück schwarzes Hutband aus einem Kuvert und befestigte es an Wohls Abzeichen.

»Danke, Henry. Ich werde ihn zurückbringen.«

»Warum behalten sie ihn nicht?« sagte Quaire. »Wenn wir dann beim nächstenmal, Gott behüte, einen Trauerflor brauchen, haben Sie einen.«

Peter Wohl nickte.

»Ich informiere Sie über das, was wir sonst noch herausfinden, Peter«, sagte Quaire.

»Bitte so schnell wie möglich, Henry. Sogar bei Dutchs Beerdigung.«

»In Ordnung«, sagte Quaire.

Peter Wohl schüttelte ihm die Hand und ging.

Brewster Cortland Payne II. hatte einige Schwierigkeiten, Amy, Foster und Brewster junior zu überreden, an der Beerdigung von Captain Richard C. Moffitt teilzunehmen.

Amy hatte schnell nachgegeben, als ihr Vater ihr klar gemacht hatte, daß ihrer Mutter Moffitts Tod mehr zu schaffen machte, als sie zeigte, und sie zwar nicht darum bitten, aber es sehr schätzen würde, wenn sie eine Begleitung hätte.

Foster und Brewster junior ließen sich nicht so leicht überreden. Als Brewster Payne das Thema zur Sprache brachte, suchten seine Söhne nach Ausreden, weshalb sie nicht an der Beerdigung teilnehmen konnten.

Schließlich protestierte Brewster junior ehrlich. »Ich habe den Mann doch nur ein- oder zweimal in meinem Leben gesehen.«

»Er war der Onkel deines Bruders, Brew«, sagte Brewster Payne. »Und der Schwager deiner Mutter.«

»Weißt du«, sagte Foster nachdenklich, »mir fällt nur ein, daß Mutter nicht meine – wie sagt man? – *natürliche* Mutter ist, wenn so etwas anliegt.«

»Ich bin überzeugt, sie würde das als Kompliment betrachten«, sagte Brewster Payne.

»Oder daß Matt nicht mein richtiger Bruder ist«, fuhr Foster fort. »Ich nehme an, du hast versucht, ihm auszureden, so blöde zu sein, Polizist zu werden?«

»Immer der Reihe nach«, sagte Brewster Payne. »Matt ist dein Bruder, und ich bin mir sicher, daß du ihm so etwas nicht sagst.«

»Natürlich nicht«, sagte Foster.

»Ich habe ihm schon gesagt, daß er nicht mehr alle Tassen im Schrank hat«, erklärte Brewster junior.

Kindermund, dachte Brewster C. Payne. Er sagte: »Um deine zweite Frage zu beantworten, nein, ich habe nicht wirklich versucht, Matt auszureden, Polizist zu werden. Zum einen erfuhr ich davon erst nach vollendeten Tatsachen, und zum anderen ist er der Sohn deiner Mutter, und wie du weißt, gibt es Zeiten, an denen beiden nichts ausgeredet werden kann, was sie sich in den Kopf gesetzt haben. Und schließlich, mein Sohn, stimme ich dir nicht zu, daß es blöde von ihm ist. Ich sagte ihm, und das glaube ich, daß es eine sehr wertvolle Erfahrung für ihn sein kann.«

»Amy sagt, daß er psychologisch kastriert war, als er die ärztliche Untersuchung für das Marine-Corps nicht bestand, und daß er Polizist wird, um seine Männlichkeit zu beweisen«, sagte Brewster junior.

»So hat sie mit dir geredet? Als *ich* ein Junge war . . .«

». . . waren alle Mädchen, die du kanntest, Jungfrauen, die nicht mal wußten, was ›kastriert‹ ist«, sagte Foster lachend. »Aber Amy kennt sich aus und ist wirklich besorgt.«

»Ich verstehe nicht ganz«, sagte Brewster Payne.

»Was ist, wenn Matt es als Polizist nicht schafft? Er weiß wirklich nicht, worauf er sich einläßt. Was ist, wenn er scheitert? Dann ist das sozusagen eine doppelte Kastration.«

»Ich vertraue darauf, daß Matt alles schaffen kann, was er sich in den Kopf setzt«, sagte Brewster Payne. »Und ich frage mich allmählich, ob es eine gute Idee war, deine Schwester Medizin studieren zu lassen. Ich befürchte, fortan müssen wir damit rechnen, daß sie bei allem, was wir tun, Freudsche Motive dahinter sieht, von der Teilnahme an einem Tennisturnier bis zu einer Eheschließung.«

Patricia und Amelia Payne kamen die Treppe herunter. Sie waren fast gleich gekleidet: schwarzes Kleid, Perlenkette, schwarzer Hut, schwarze Handschuhe.

Brewster Payne hatte das, was er einen Augenblick später als unfreundlichen Gedanken bezeichnete. Er fragte sich, wie viele Männer so glücklich waren, eine Frau zu haben, die besser aussah als ihre Tochter.

»Wo ist Matt?« fragte Patricia Payne.

Die Männer zuckten mit den Schultern.

Amelia Payne wandte sich um und rief zur Treppe hinauf: »Matt, um Himmels willen, kommst du endlich?«

»Mach dir nicht ins Höschen, verdammt!« rief Matt zurück.

»Es ist eine Freude für einen Vater, zu sehen und zu hören, welch kultivierte und wohlerzogene Kinder er großgezogen hat«, bemerkte Brewster C. Payne II.

Matt kam einen Augenblick später die Treppe herunter. Er nahm zwei Stufen auf einmal und streifte ein Jackett über. Seine Krawatte, noch nicht gebunden, hing um seinen Hals.

Brewster Payne fand, daß Matt wie ein Achtzehnjähriger aussah. Und er fragte sich, ob Matt wirklich begriff, worauf er sich einließ, indem er zur Polizei ging, und ob er tatsächlich damit zu Rande kommen würde.

»Da wir so viele sind, sollten wir mit dem Kombi fahren«, sagte Patricia.

»Ich bat Newt, den schwarzen Wagen aus der Garage zu fahren und uns zu chauffieren«, sagte Brewster Payne und schaute seine Frau in die Augen.

»O Brew!« sagte sie.

»Ich dachte auch an den Kombi«, sagte Brewster Payne. »Aber schließlich sagte ich mir, daß der schwarze Wagen die beste Lösung des Problems ist.«

»Welches Problem?« fragte Matt.

»Alles zu vermeiden, was vielleicht deine Großmutter aufregen könnte«, sagte Patricia Payne. »In Ordnung, Brew. Wenn du so denkst, dann laß uns fahren.«

Sie riefen Foster und Brewster junior von der Terrasse und verließen das Haus. Newt, das Mädchen für alles, das man meistens in alter und fleckiger Kleidung sah, stand frisch rasiert, mit gutem Anzug und einer grauen Chauffeursmütze bei der offenen Fondtür eines schwarzen Cadillac Fleetwood.

Als Peter Wohl bei der Leichenhalle von Marshutz & Sons eintraf, standen sechs Motorräder der Highway Patrol auf dem Zufahrtsweg, und ihre Fahrer waren beisammen. Hinter ihnen stand Chief Inspector Dennis V. Coughlins Oldsmobile. Dahinter eine Cadillac-Limousine, mit einer Flagge ›BESTATTUNG‹ auf dem rechten Kotflügel. Dann parkten ein Cadillac-Leichenwagen und schließlich zwei Ford der Highway Patrol.

Als Peter heranfuhr, stieg Sergeant Tom Lenihan, Denny Coughlins Assistent, aus dem Oldsmobile und hob die Hand, um Peter zu stoppen.

»Sie werden drinnen erwartet, Inspector«, sagte er. »Parken Sie Ihren Wagen. Nach der Beerdigung werden Wagen bereitstehen, um Sie alle hierher zurückzubringen.«

Peter parkte den Wagen hinter dem Gebäude neben anderen Polizeifahrzeugen und ein paar Privatwagen und betrat dann die Leichenhalle. Auf dem Flur wimmelte es von uniformierten Polizeibeamten, und einer davon war ein Lieutenant der New Jersey State Police mit blaugrauer Uniform. Wohl fragte sich, wer der Mann war.

Auf dem Weg zu ihnen sah Wohl, daß der Blaue Raum, in dem Dutch Moffitt aufgebahrt und der voller Blumen und Kränze gewesen war, jetzt leer bis auf den Sarg war, den man geschlossen und mit einer amerikanischen Flagge bedeckt hatte.

»Wir machten uns schon Sorgen Ihretwegen, Peter«, sagte Chief Inspector Dennis V. Coughlin. »Die Moffitts sind vor ein paar Minuten gegangen. Ich glaube, Jeannie erwartete Sie hier, als der Sarg geschlossen wurde.«

»Ich brachte Miss Dutton zur Identifizierung von Gallagher«, sagte Peter. »Und ich komme gerade von der Mordkommission. Das Rauschgiftdezernat hat einen Verdächtigen ausfindig gemacht, der anscheinend etwas darüber weiß, warum Nelson ermordet wurde.«

»Ich dachte mir, Sie sind vielleicht dem Commissioner über den Weg gelaufen«, sagte Coughlin.

Er ist sauer, weil ich mich verspätet habe, dachte Peter. *Verdammt, ich konnte nichts dafür.*

»Hat mich der Commissioner gesucht?« fragte Peter.

»Ich glaube, das kann man wohl sagen«, erwiderte Coughlin sarkastisch.

»Chief, ich habe hier anscheinend etwas versäumt«, sagte Peter. »Wenn ich die Dinge aufgehalten habe, tut es mir wirklich leid.«

Coughlin schaute ihn lange an. »Sie wissen wirklich nicht, wovon ich rede?«

»So ist es, Sir.«

»Sie haben nicht Nelsons Zeitung *Ledger* gelesen? Niemand hat sie Ihnen gezeigt? Oder etwas darüber erzählt?«

»Nein, Sir.«

»Wann haben Sie Mickey O'Hara zum letztenmal gesehen? Oder mit ihm gesprochen?«

»Ich sah ihn vor einer Woche – nein vor zehn Tagen«, sagte Peter nach kurzem Nachdenken. »Ich begegnete ihm bei Wanamaker's.«

»Nicht in den letzten zwei, drei Tagen? Sie haben ihn nicht gesehen oder mit ihm geredet?«

»Nein, Sir«, sagte Peter und setzte zu einer Frage an. »Chief . . .«

»Nun, da wir alle hier sind«, unterbrach ihn ein tadellos gekleideter Repräsentant von Marshutz & Sons, »möchte ich ein paar Worte über unsere Rollen bei der Zeremonie sagen.«

»Sie fahren von hier mit mir zur Kirche«, sagte Chief Inspector Coughlin zu Staff Inspector Peter Wohl, was ihm einen ärgerlichen Blick von dem Mann des Bestattungsinstituts einbrachte.

»Mit einer Ausnahme werden die Positionen der Sargträger ihren Rang widerspiegeln«, sagte der Mann von Marshutz & Sons. »Chief Inspector Coughlin wird rechts vorne am Sarg sein und Staff Inspector Wohl links vorne. Gleich hinter Chief

Inspector Coughlin – die eine Ausnahme, die ich erwähnte – wird Lieutenant McGrory von der New Jersey State Police sein. Danach sind links, rechts, links, rechts die Positionen dem Rang entsprechend. Ich habe eine Liste tippen lassen . . .«

Streifenwagen vom Siebten Distrikt standen bereit, um die Kreuzungen zwischen der Leichenhalle und der römisch-katholischen Kirche zu sperren.

Als man den mit der Nationalflagge geschmückten Sarg mit Dutch Moffitts sterblichen Überresten in den Leichenwagen geschoben hatte, gingen Dennis Coughlin und Peter Wohl zu Coughlins Oldsmobile. Die Motorradfahrer der Highway Patrol starteten ihre Maschinen. Dann setzte sich der kleine Konvoi sehr langsam in Bewegung und fuhr von der Leichenhalle fort.

Die Beamten vom Siebten Distrikt salutierten, als der Leichenwagen an ihnen vorbeirollte.

»Tom, haben Sie ein *Ledger*-Exemplar bei sich?« fragte Denny Coughlin vom Rücksitz des Oldsmobile.

»Jawohl, Sir«, sagte Lenihan. »Und eins vom *Bulletin*.« »Geben Sie die Zeitungen bitte Inspector Wohl, Tom? Er hat sie noch nicht gesehen.«

Peter Wohl neigte sich vor und nahm von Sergeant Lenihan die Zeitungen entgegen.

»Sie hatten nichts davon bisher gesehen, Peter?« fragte Coughlin, als Peter Mickey O'Haras Artikel im *Bulletin* und den Leitartikel im *Ledger* gelesen hatte.

»So ist es, Sir. Ich wußte nichts davon«, sagte Peter. »Ist etwas dran? Wurde Gallagher vor die U-Bahn geworfen?«

»Nein, und es gibt Zeugen, die alles beobachtet haben. Leider handelt es sich um einen Polizisten – Martinez, McFaddens Partner – und den Fahrer der U-Bahn. Beide könnten lügen, um einen Polizisten zu schützen.«

»Warum erscheint dann im *Ledger* so ein Blödsinn?«

»Commissioner Czernick glaubt, weil Staff Inspector Peter

Wohl Dünnschiß aus dem Mund hatte – das ist zitiert, Peter –, als er mit Mr. Michael J. O'Hara sprach . . .«

»Ich habe nicht mit Mickey O'Hara gesprochen . . .«

»Lassen Sie mich ausreden, Peter«, unterbrach Coughlin. »Zuerst hatten Sie Dünnschiß aus dem Mund bei Mr. O'Hara, und dann bewiesen Sie Ihre – wieder ein Zitat – unglaubliche Blödheit, indem Sie Arthur J. Nelson verärgerten, obwohl Sie Ihren Charme bei ihm spielen lassen sollten. Ist da was dran?«

»Noch einmal, ich habe Mickey O'Hara in den letzten zehn Tagen weder gesehen noch mit ihm gesprochen.«

»Aber vielleicht haben Sie Arthur J. Nelson verärgert?«

»Ich rief ihn gestern am späten Abend an und sagte ihm, daß der Jaguar gefunden wurde. Er fragte mich, wo, und ich sagte ihm – wahrheitsgemäß –, daß ich es nicht wußte. Er war ein bißchen sauer, aber ich bezweifle, daß man das als *verärgert* bezeichnen kann.«

»Sie haben keine Bemerkungen über Homosexualität gemacht – und sagen Sie es um Himmels willen, wenn Sie es getan haben. Sie haben nicht gesagt ›Ihr Sohn, der Schwule‹ oder so was?«

»Sir, eine solche Frage verdiene ich nicht«, sagte Peter.

»So sieht es für den Commissioner aus, Peter«, erwiderte Coughlin. »Und für den Bürgermeister, was noch schlimmer ist. Er wird natürlich wieder für die Wahl kandidieren, und er will, daß ihn der *Ledger* unterstützt.«

Peter schaute aus dem Fenster. Sie waren noch ein gutes Stück von der St.-Dominic-Kirche entfernt, aber die Straße war gesäumt von parkenden Polizeiwagen.

Dutch wird stilvoll beerdigt, dachte Peter.

»Chief, ich kann nur wiederholen, was ich gesagt habe. Ich habe Mickey O'Hara seit über einer Woche weder gesehen noch mit ihm gesprochen. Und ich habe kein Wort zu Arthur Nelson gesagt, das ich nicht hätte sagen sollen.«

Coughlin stieß einen Grunzlaut aus.

»Und ich habe sogar den Mund gehalten, als er behauptete, sein Sohn wäre Louises Freund gewesen.«

»*Louises* Freund?« äffte Coughlin ihn nach. »Seit wann ist sie nicht mehr Miss Dutton für Sie?«

Peter wandte den Kopf und schaute ihm in die Augen.

»Wir sind Freunde geworden«, sagte er. »Vielleicht ein wenig mehr.«

»Sie haben bei ihr nicht gesagt, daß der junge Nelson schwul war, oder? Könnte Nelson es auf diese Weise erfahren haben?«

»Sie wußte, daß er homosexuell war«, sagte Peter. »Ich lernte ihn in ihrem Apartment kennen.«

»Wann war das?«

»Als ich dorthin fuhr, um sie zum Präsidium zu bringen«, sagte Peter. »Am Tag, an dem Dutch starb.«

Peter blickte aus dem Fenster und sah, daß die Polizeiwagen jetzt in Doppelreihen parkten. Als er durch die Windschutzscheibe schaute, sah er, daß sie sich der Kirche näherten. Dort herrschte viel Aktivität, obwohl der Trauergottesdienst erst in einer knappen Stunde beginnen würde.

»Ich weiß nur, daß Sie im Augenblick in der Scheiße stecken, Peter«, sagte Coughlin. »Sie mögen unschuldig sein – und ich glaube das –, aber das Problem besteht darin, Czernick und den Bürgermeister davon zu überzeugen. Im Augenblick stehen Sie ganz oben auf ihrer schwarzen Liste.«

Der kleine Konvoi fuhr an der Kirche vorbei und stoppte schließlich neben einem Seiteneingang. Die Sargträger stiegen aus der Limousine und gingen zum Leichenwagen. Coughlin und Wohl schlossen sich an, nahmen den Sarg aus dem Leichenwagen und trugen ihn durch die Seitentür in die Kirche. Unter Anleitung des Mannes von Marshutz & Sons trugen sie ihn durch den Mittelgang und stellten ihn ab.

In der prunkvollen Kirche im viktorianischen Stil waren bereits viele Leute. Peter sah Jeannie Moffitt und Dutchs Kinder und Mutter und drei Reihen hinter ihnen seine Eltern. Platzanweiser – Polizisten – begleiteten Leute durch den Gang.

»Rechts um kehrt!« befahl Chief Inspector Dennis V. Coughlin leise, und die Sargträger machten kehrt. Auf ›Vorwärts – marsch‹ hin marschierten sie zurück in Richtung Altar und bogen nach links ab, um die Kirche durch die Seitentür zu verlassen. Vor dem Beginn des Trauergottesdienstes würden sie die Kirche wieder betreten und ihre Plätze in der ersten Reihe links einnehmen.

Das Mittelschiff der Kirche war voller Blumen.

Peter fragte sich, wieviel dieses Blumenmeer gekostet hatte und ob es nicht sündhaft war, all dieses Geld für Blumen auszugeben.

Newt Gladstone stoppte den Payne-Cadillac vor der Kirche. Ein junger Polizeibeamter mit Trauerflor am Abzeichen öffnete die Tür, und Brewster, Patricia und Foster Payne stiegen hinten aus, während Amy und Matt vorne ausstiegen.

Der junge Polizist neigte sich durch die offene Vordertür.

»Biegen Sie bei der nächsten Straße rechts ab«, wies er Newt an. »Dort wird Ihnen jemand einen Platz bei der Prozession zuweisen.«

Patricia Payne hakte sich bei Matt ein, und sie gingen die Treppe zum Kirchenportal hinauf. Beide Seiten der Treppe waren von Polizisten gesäumt.

Ein Lieutenant, der beim Portal stand und ein Klemmbrett hielt, näherte sich ihnen.

»Darf ich bitte Ihre Einladungen sehen?«

»Wir haben keine Einladungen«, sagte Matt.

»Wir heißen Payne«, sagte Patricia. »Dies ist mein Sohn Matthew. Er ist Captain Moffitts Neffe.«

»Jawohl, Ma'am«, sagte der Lieutenant. »Sie gehören zur Familie.«

Er blätterte in den Seiten der Liste auf dem Klemmbrett und fuhr mit dem Finger an den Namen entlang. Seine Miene nahm einen sorgenvollen Ausdruck an.

»Ma'am«, sagte er mit sichtlichem Unbehagen, »ich habe nur einen Payne auf meiner Liste.«

»Dann ist Ihre Liste falsch«, sagte Matt frei heraus.

»Lassen Sie mich sehen.« Patricia blickte auf die Liste. Ihr

Name stand nicht bei ›FAMILIE – Reihe zwei bis sechs rechts‹. Ebensowenig die Namen Brewster, Foster, Amy oder Brewster junior. Nur Matts Name stand dort.

»Nun, kein Problem«, sagte Patricia. »Matt, du setzt dich zu deiner Tante Jean und deiner Großmutter, und wir suchen uns woanders Plätze.«

»Du gehörst zur Familie wie ich«, sagte Matt.

»Nein, Matt, nicht richtig«, wandte Patricia Payne ein.

»Gibt es ein Problem?« fragte Brewster Payne, als er näher herantrat.

»Nein«, sagte Patricia. »Man hat nur Matt einen Platz bei den Moffitts zugeteilt. Wir werden woanders sitzen.«

Der Lieutenant fühlte sich noch unbehaglicher.

»Ma'am, ich befürchte, daß alle Plätze reserviert sind.«

»Was soll das heißen?« fragte Patricia ruhig.

»Ma'am, sie sind reserviert für Leute mit Einladungskarten.«

»Mutter, laß uns gehen!« sagte Amy.

»Vielleicht wäre es das beste, Pat«, meinte Brewster Payne.

»Seid still, ihr beide«, sagte Patricia. »Lieutenant, ist Chief Inspector Coughlin hier irgendwo?«

»Jawohl, Ma'am, er ist einer der Sargträger. Ich bin überzeugt, daß er hier ist.«

»Holen Sie ihn«, verlangte Patricia.

»Ma'am?«

»Ich sagte, holen Sie ihn. Sagen Sie ihm, daß ich hier bin und mit ihm reden will.« Patricia hob nur ein wenig die Stimme.

»Pat . . .«, begann Brewster Payne.

»Brewster, halt den Mund!« Patricia wandte sich an den Beamten. »Tun Sie, was ich sage, Lieutenant. Matt, du sollst reingehen und dich zu Tante Jean setzen.«

»Tu, was sie sagt«, wies Brewster Payne ihn an.

Matt schaute ihn an, zuckte mit den Schultern und ging in die Kirche.

»Würden Sie bitte zur Seite treten?« sagte der Lieutenant. »Ich befürchte, wir halten den Ablauf der Dinge auf.«

»Dies ist demütigend«, flüsterte Amy.

Der Lieutenant sah einen Sergeant und winkte ihn zu sich.

»Sehen Sie zu, ob Sie Chief Coughlin finden können«, wies der Lieutenant ihn an. »Sagen Sie ihm, daß eine Mrs. Payne ihn hier sprechen will.«

Vier andere Trauernde zeigten dem Lieutenant ihre Einladungskarten und gingen in die Kirche.

Dann stiegen zwei füllige, grauhaarige Frauen, ganz in Schwarz gekleidet und mit schwarzen seidenen Kopftüchern langsam die Treppe zur Kirche hinauf, begleitet von einem teuer gekleideten muskulösen jungen Mann mit langem, kunstvoll gestyltem Haar. »Darf ich bitte Ihre Einladungskarten sehen?« fragte der Lieutenant höflich.

»Keine Einladungskarten«, sagte der muskulöse junge Mann. »Freunde der Familie. Dies ist Mrs. Turpino, und das ist Mrs. Savarese.«

Der Lieutenant schaute sich jetzt den teuer gekleideten jungen Mann genauer an.

»Und Sie sind Angelo Turpino, richtig?«

»Richtig, Lieutenant«, sagte Turpino. »Ich sah Captain Moffitt, nur Minuten bevor diese schreckliche Sache passierte, und ich bin gekommen, um ihm die letzte Ehre zu erweisen.«

Der Lieutenant hatte sichtlich Mühe, die Beherrschung zu behalten. Er blätterte in den Seiten der Liste auf seinem Klemmbrett.

»Sie stehen hier drauf«, sagte er. »Würden Sie bitte eintreten? Sagen Sie dem Platzanweiser ›Freunde der Familie‹.«

»Vielen Dank«, sagte Angelo Turpino. Er ergriff die Frauen an den Armen. »Komm, Mama.« Er führte sie in die Kirche.

Der Sergeant, den der Lieutenant auf die Suche nach Chief Inspector Coughlin geschickt hatte, kehrte zurück. »Er wird gleich hier sein, Lieutenant. Er telefoniert gerade.«

Der Lieutenant nickte.

»Habe ich da soeben Turpino in die Kirche gehen sehen?« fragte der Sergeant.

»Ja, das war Angelo Turpino«, antwortete der Lieutenant. »Und seine Mutter. Und eine Mrs. Savarese. ›Freunde der Familie‹.«

»Vermutlich Vincenzos Frau«, sagte der Sergeant. »Sie stehen auf der Liste?«

»Ja, sie stehen drauf.«

»Das darf doch nicht wahr sein!«

»*Mutter*«, sagte Amy Payne heftig, die all dies gehört hatte und wußte, daß Vincenzo Savarese allgemein als Kopf des organisierten Verbrechens in Philadelphia bekannt war. »Ich weigere mich, hier herumzustehen und zuzusehen, wie du gedemütigt wirst . . .«

Chief Inspector Dennis V. Coughlin kam um die Ecke der Kirche. Er küßte Patricia auf die Wange und gab Brewster Payne die Hand.

»Was kann ich für dich tun, Pat?«

»Du kannst dafür sorgen, daß wir in die Kirche hineingelassen werden«, sagte Patricia Payne. »Ich stehe nicht auf der Familienliste, und wir haben keine Einladungskarten.«

»Mein Gott!« sagte Coughlin und wandte sich dem Lieutenant zu, der ihm das Klemmbrett hinhielt.

»Behalten Sie das«, sagte Coughlin. »Und Sie persönlich begleiten die Paynes hinein und führen sie zu jedem Platz, an dem sie sitzen möchten.«

»Jawohl, Sir. Chief . . .«

»Tun Sie's, Lieutenant«, unterbrach Coughlin. »Brewster, ich bedaure . . .«

»Wir wissen, was passiert ist, Dennis«, sagte Brewster Payne. »Danke für Ihre Höflichkeit.«

Die Sargträger warteten hinter der Kirche auf einem kleinen Rasen zwischen Gotteshaus und Friedhof.

Wohl nutzte die Gelegenheit, um mit dem Lieutenant der New Jersey State Police zu sprechen.

»Ich bin Peter Wohl«, sagte er und reichte ihm die Hand.

»Bob McGrory«, sagte der Lieutenant. »Ich hörte von Dutch über Sie.«

»Nur Schlechtes?«

»Er sagte, Sie hatten das Zeug zu einem guten Cop der Highway Patrol und wurden dann verrückt und machten die Prüfung für den Lieutenant.«

»Dutch liebte die Highway Patrol«, sagte Peter Wohl. »Und sie liebte ihn. Einer seiner Sergeants hörte mit, als ein Polizist um Unterstützung bat, fand heraus, daß Dutch darin verwickelt war, und informierte über Funk alle Streifenwagen der Highway Patrol.«

»Dutch war ein guter Kerl. Dies ist eine verdammte Schande«, sagte McGrory.

»Ja«, stimmte Wohl zu. »Darf ich noch etwas anderes fragen?«

»Nur zu.«

»Wir haben einen Mordfall. Sohn eines Prominenten. Sein Wagen, ein Jaguar, war verschwunden. Dann hörte ich, daß er in Jersey gefunden wurde. Wissen Sie etwas darüber?«

»Major Knotts fand ihn«, sagte McGrory. »Gestern auf dem Weg hierhin. Der Wagen stand auf einem Feldweg abseits der Drei-zweiundzwanzig.«

»Wissen Sie, ob etwas zutage gefördert wurde? Außer dem Wagen, meine ich.«

»Knotts sagte mir, daß er ein mobiles Labor bestellte, als er erfuhr, daß der Jaguar im NCIC registriert war, und dann von euch Jungs hörte. Und heute sollen Leute dort draußen das Gebiet durchkämmen.«

»Machen Sie das für gewöhnlich, wenn Sie einen heißen Wagen finden?«

»Nein, aber es war die Rede von einem Mordfall«, erwiderte McGrory. Dann fügte er hinzu: »Inspector, wenn irgend etwas Interessantes gefunden wurde, hätte man es Ihnen bestimmt mitgeteilt. Und vielleicht auch mir. Ich meine, Sie kannten Dutch, und ich war mit ihm befreundet.«

»Ich bin überzeugt, daß man die Informationen weitergegeben hätte.« Wohl wollte noch etwas hinzufügen, als jemand seinen Namen nannte.

Er wandte den Kopf und sah Sergeant Jankowitz, Commissioner Czernicks Assistent.

»Hallo, Jank«, sagte Wohl. »Dies ist Lieutenant McGrory. Sergeant Jankowitz, Commissioner Czernicks unentbehrliche rechte Hand.«

Die beiden schüttelten sich die Hände.

»Inspector Wohl«, sagte Jankowitz förmlich. »Commissioner Czernick möchte Sie heute um vierzehn Uhr in seinem Büro sehen.«

»Okay«, sagte Wohl. »Ich werde dort sein.«

Jankowitz wollte noch etwas sagen, entschied sich jedoch dagegen. Er lächelte, nickte McGrory zu und ging davon.

Wohl schaute ihm nach, und sein Blick fiel auf die Straße. Er sah ein mit Trassierband abgesperrtes Gebiet, auf dem Wagen von Fernsehgesellschaften parkten. Und er sah Louise. Sie stand auf einem Transporter und schaute durch ein Fernglas. Als sie in seine Richtung blickte, hob er die Hand in Schulterhöhe und winkte. Er fragte sich, ob sie ihn sah.

Eine Hand berührte seine Schulter. Er wandte sich um und sah seinen Vater. Und dann seine Mutter und Barbara Crowley.

»Guten Tag, Dad«, sagte Peter. »Lieutenant McGrory, dies ist mein Vater, Chief Inspector Wohl im Ruhestand. Und dies sind meine Mutter und Miss Crowley.«

Barbara überraschte ihn mit einem Kuß.

»Als wir hörten, daß du einer der Sargträger sein wirst, fragte ich Barbara, ob sie mitkommen will«, sagte Peters Mutter. »Gertrude Moffitt gab uns drei Plätze, bevor sie wußte, daß du Sargträger bist, und da du deinen Platz nicht brauchst, lud ich Barbara ein. Ich meine, Sie gehört ja fast zur Familie, du weißt schon, was ich meine.«

»Das war eine gute Idee«, sagte Peter.

»Hast du einen Moment Zeit?« fragte Chief Inspector im Ruhestand August Wohl und führte Peter zur Seite außer Hörweite der anderen.

»Du steckst in Schwierigkeiten«, sagte Peters Vater. »Willst du mit mir darüber sprechen?«

»Ich bin nicht in Schwierigkeiten«, erwiderte Peter. »Ich habe nichts Falsches getan.«

»Was hat das denn mit deinen Schwierigkeiten zu tun? Es heißt, daß der Polacke und der Bürgermeister hinter deinem Skalp her sind.«

»Sie denken, ich habe mit Mickey O'Hara gesprochen und etwas gesagt, das ich nicht hätte sagen sollen. Ich habe O'Hara seit über einer Woche nicht gesehen. Ich weiß nicht, wer da etwas ausgeplaudert hat, aber ich war es nicht. Und ich kann nichts dafür, wenn Nelson sauer auf mich ist. Ich habe ihm ebenfalls nichts gesagt, was ich nicht hätte sagen sollen.«

»Der Bürgermeister wird dich fertigmachen, wenn er denkt, du hast den *Ledger* verärgert. Und auch der Polacke wird dich fertigmachen. Du solltest das klären, und zwar schnell.«

Aus der Kirche erklang Orgelmusik. Der Mann von Marshutz & Sons begann die Sargträger zu sammeln.

Als Staff Inspector Peter Wohl neben Chief Inspector Dennis V. Coughlin angetreten war, blickte er von neuem über die Straße zu den Fernsehwagen. Er sah wieder Louise und war überzeugt, daß sie ihn durch das Fernglas beobachtet und gesehen hatte, wie er von Barbara geküßt worden war.

Sie winkte langsam, als wüßte sie, daß er sie sah. Es war wie ein Winken zum Abschied.

18

Einer der Ihren war in Erfüllung seiner Pflicht gestorben, und Polizeibeamte von praktisch jedem Polizeipräsidium im Umkreis von hundert Meilen um Philadelphia waren erschienen, um ihm die letzte Ehre zu erweisen. Sie waren in Uniform und mit ihren Streifenwagen gekommen, und das Ergebnis war ein gewaltiges Verkehrschaos, obwohl über zwanzig Beamte der Verkehrspolizei von Philadelphia ihr Bestes taten, um die Ordnung aufrechtzuerhalten.

Als Chief Inspector Dennis V. Coughlin und Staff Inspector Peter Wohl vorsichtig die Treppe der St. Dominic Kirche hinabstiegen (der Sarg war überraschend schwer) und zum Leichenwagen schritten, parkten drei Reihen Wagen Stoßstange an

Stoßstange, bereit, Captain Moffitt zu seiner letzten Ruhestätte zu eskortieren.

Der Weg zur Straße war gesäumt mit Beamten der Highway Police, die salutierten. Auf der Straße standen zusätzlich Polizisten Spalier, und die Polizeikapelle und die Fahnenträger waren bereit. Rechts, hinter der Absperrung, waren die Reporter. Peter hielt nach Louise Ausschau, sah sie jedoch nicht.

Sowohl Peter als auch Dennis Coughlin ächzten vor Anstrengung, als sie das Ende des Sargs in den Leichenwagen hoben. Sie setzten ihn auf die Rollen und schoben ihn in den Wagen, und ein Mann von Marshutz & Sons sicherte den Sarg, damit er auf dem Weg zum Friedhof nicht verrutschen konnte.

Vor dem Leichenwagen würde die Limousine mit dem Erzbischof von Philadelphia und seinem Gefolge fahren, einschließlich Dutch Moffitts Gemeindepriester, dem Pfarrer der St.-Dominic-Kirche, und dem Polizeigeistlichen. Davor fuhr ein Polizeiwagen mit einem Captain der Verkehrspolizei. Und an der Spitze des Konvois fuhren zwanzig Cops der Highway Patrol auf Motorrädern.

Hinter dem Leichenwagen stand Dennis V. Coughlins Oldsmobile, gefolgt von einer Limousine mit den restlichen Sargträgern. Dann kamen die Wagen mit den Kränzen und Blumen. Es waren so viele Kränze, Gestecke und Grabsträuße, daß man entschieden hatte, ein halbes Dutzend Lieferwagen mit Blumen und Kränzen der Prozession voraus zum Friedhof zu schicken, damit die Prozession nicht zu lang wurde und die Blumen und Kränze schon an Ort und Stelle waren, wenn die Prozession eintraf. Mit dem halben Dutzend Blumenwagen waren andere Fahrzeuge vorausgefahren, überwiegend Busse mit der Kapelle, der Ehrengarde, dem Ehrensalutkommando und den Polizeibeamten, die den Weg säumen würden, wenn die Sargträger den Sarg zum Grab trugen.

Hinter den Blumenwagen in der Prozession fuhren die Limousine mit den Angehörigen, der Cadillac des Bürgermeisters, zwei Autos voller Würdenträger, der Wagen des Polizeichefs und die der Chief Inspectors. Als nächstes folgten die

Wagen der ›offiziellen‹ Freunde (die auf der Einladungsliste standen), dann die Autos anderer Freunde und schließlich die Wagen von Polizeibeamten, die gekommen waren, um Dutch Moffitt die letzte Ehre zu erweisen.

Es würde lange dauern, bis alle Familienangehörigen, Würdenträger und offiziellen Freunde in den Fahrzeugen saßen. Wenn der letzte Wagen mit offiziellen Freunden beladen war, würde die Prozession von der Kirche fortfahren.

»Tom«, sagte Chief Inspector Coughlin vom Rücksitz des Oldsmobile, »ist was über Funk gekommen?«

»Ich werde es überprüfen, Sir«, sagte Sergeant Lenihan. Er nahm das Mikrofon aus dem Handschuhfach.

»C-Charlie-One«, sagte er.

»C-Charlie-One«, erwiderte die Funkzentrale.

»Wir sind bei Saint Dominic und fahren gleich zum Friedhof«, sagte Lenihan. »Irgend etwas für uns eingegangen?«

»Nichts, C-Charlie-One.«

»Überprüfen Sie bitte für mich, Tom«, sagte Wohl. »Siebzehn.«

»Irgend etwas für Isaac Siebzehn?« fragte Lenihan.

»Ja, warten Sie einen Moment. Man versuchte ihn vor ein paar Minuten zu erreichen.«

Wohl neigte sich auf dem Sitz vor, um den Sprecher besser zu hören.

»Isaac siebzehn soll Kontakt mit der Mordkommission aufnehmen«, sagte der Mann in der Funkzentrale.

»Danke«, erwiderte Lenihan.

»Dort ist ein Telefon.« Coughlin wies zu einem Münzfernsprecher an der Wand eines Blumengeschäfts auf der anderen Straßenseite. »Sie haben Zeit.«

Peter ging zu dem Münzfernsprecher, warf einen Dime ein und rief die Mordkommission an. »Hier spricht Inspector Wohl«, sagte er, als sich ein Kriminalbeamter meldete.

»Ah, ja, Inspector. Augenblick bitte.« Es folgte eine Pause, und dann las der Beamte offenbar einen notierten Text ab: »Die New Jersey State Police hat uns die Entdeckung eines Mordopfers mitgeteilt, auf das die Beschreibung von Pierre St. Maury paßt, auch als Errol F. Watson bekannt. Die Leiche wurde in der Nähe des Fundorts des gestohlenen Jaguars gefunden. Die Identifizierung ist noch nicht bestätigt. Fotos und Fingerabdrücke von St. Maury werden nach New Jersey geschickt. Haben Sie das?«

»Lesen Sie noch einmal vor«, bat Wohl, und danach sagte er: »Wenn sich in der nächsten Stunde oder so sonst noch etwas ergibt, erreichen Sie mich über C-Charlie-One.«

Er hängte den Hörer ein, ohne auf eine Antwort zu warten, und eilte zu Coughlins Oldsmobile.

»Die New Jersey State Police fand eine Leiche in der Nähe von Nelsons Jaguar, die vermutlich die von St. Maury ist«, meldete er Chief Inspector Coughlin.

»Interessant«, sagte Coughlin.

»Der Verdächtige, den sie in der Mordkommission hatten, sagte, es war Gerede auf den Straßen, daß sich zwei Typen von Nelsons Freund die Schlüssel zu Nelsons Wohnung beschaffen wollten«, sagte Peter Wohl. »Um etwas zu stehlen.«

Coughlin stieß nur einen Grunzlaut aus.

Der Oldsmobile setzte sich in Bewegung.

Als sie langsam an den Reportern vorbeirollten, sah Wohl Louise. Sie sprach mit gesenktem Kopf in ein Mikrofon, nicht vor einer Kamera, sondern als spreche sie Notizen auf Band.

Oder sie will mich nicht sehen, dachte Peter.

Über dreihundert Polizeiwagen bildeten den Schluß der Prozession bei Captain Richard C. Moffitts Beisetzung. Alle hatten die rotierenden Lichter eingeschaltet. Als der letzte Trauernde anfuhr, war die Spitze der Prozession bereits über anderthalb Meilen voraus von ihm.

Die lange Kolonne von Limousinen, Blumenwagen und Polizeiautos folgte dem Leichenwagen und Seiner Eminenz, dem Erzbischof, über die Torresdale Avenue zur Rhawn Street, dann zur Oxford Avenue, nach rechts auf die Hasbrook und wieder nach rechts auf die Central Avenue. Dann ging es weiter zum Tookany Creek Parkway, zur Cheltenham Avenue und schließlich zum Haupteingang des Friedhofs Holy Sepulchre an der Cheltenham und Easton Road.

Jede Kreuzung entlang der Route war für die Prozession abgesperrt und blieb blockiert, bis der letzte Wagen (einer der Verkehrspolizei) vorüber war. Dann sprangen die Polizeibeamten, die die Kreuzung abgesperrt hatten, in ihre Wagen (oder später im Gebiet Cheltenham auf ihre Motorräder) und rasten neben der langsamen Prozession vorbei, um eine andere Kreuzung abzusperren.

Dennis V. Coughlin zündete sich auf dem Rücksitz des Oldsmobile eine Zigarre an, als sich die Prozession in Bewegung setzte, und paffte nachdenklich vor sich hin.

Er sagte kein Wort, bis der Zaun des Friedhofs zu sehen war, mit anderen Worten, er schwieg über eine halbe Stunde lang. Dann drückte er den Zigarrenstummel im Aschenbecher hinten am vorderen Sitz aus.

»Peter, wie ich das mitbekommen habe, stellen wir den Sarg auf das Ding, wie auch immer es heißt, mit dem er in die Grube gesenkt wird. Dann marschieren wir fort und gehen weit genug von der Spitze der Prozession entfernt in Position, damit der Erzbischof und die anderen Priester Platz haben.«

»Jawohl, Sir«, sagte Peter.

»Wenn wir unsere Position eingenommen haben, gibt es nichts mehr für uns zu tun. Ich meine, wenn alles vorüber ist, werden wir zu Jeannie und Gertrude Moffitt gehen und ein paar Worte sagen, aber als Sargträger haben wir nichts mehr zu tun, richtig?«

»Ich glaube, so ist es, Sir«, sagte Peter.

»Wenn wir vom Grab fortgehen, Peter, sind Sie beurlaubt.«

»Sir?«

»Sie gehen zum nächsten Streifenwagen, der abfahren kann, und lassen sich zu Marshutz & Sons zurückfahren. Dann steigen Sie in Ihren Wagen, dessen Funkgerät außer Betrieb ist, fahren heim, packen ein paar Sachen und fahren nach Jersey, in Zusammenhang mit der Ermordung des Verdächtigen im Mordfall Nelson. Und Sie bleiben dort, Peter, bis ich Sie zurückrufe.«

»Commissioner Czernick ließ mir durch Sergeant Jankowitz ausrichten, daß er mich um vierzehn Uhr in seinem Büro sehen will.«

»Ich regele das mit Czernick«, sagte Coughlin. »Sie tun, was ich Ihnen sage, Peter. Ich kann wenigstens etwas Zeit für Sie gewinnen, damit er sich abkühlt. Mit Czernick geht manchmal das Temperament durch, und er vergißt den gesunden Menschenverstand. Wenn er erst eine Dummheit gemacht hat, zum Beispiel Sie wieder in eine Uniform gesteckt und zu ständigem Nachtdienst in der letzten Schicht verdonnert hat . . .«

»Mein Gott, ist es so schlimm?« fragte Peter.

»Wenn Carlucci die Wahl verliert, wird der neue Bürgermeister einen neuen Polizeichef haben wollen«, sagte Coughlin. »Und wenn Nelsons *Ledger* Carlucci nicht unterstützt, wird er vielleicht die Wahl verlieren. Sie sind entbehrlich, Peter. Was ich sagen wollte, ist folgendes: Wenn Czernick erst etwas Dummes getan und dann erkannt hat, daß es ein Fehler war, ist er zu dickköpfig, um das zuzugeben. Und er braucht sich wirklich keine Sorgen zu machen, daß sich die Cops hinter Sie stellen und für Sie eintreten. *Ich* halte Sie für einen guten Cop. Ich *weiß*, daß Sie ein guter Cop sind. Aber es gibt viele fünfundvierzig- und fünfzigjährige Lieutenants und Captains, die der Ansicht sind, daß sie nicht befördert wurden wie Sie, weil *ihr* Vater kein Chief Inspector war.«

»Ich werde nicht den Dienst quittieren«, sagte Peter. »Auch nicht, wenn ich wieder in Uniform arbeiten und Nachtdienst schieben muß . . .«

»Na na, Peter«, sagte Coughlin. »Sie sind nicht erst seit einer Woche in dem Job. Sie wissen, was man mit jemandem machen kann, wenn man ihn loswerden will. Wenn Czernick Sie nicht mit Uniform und Nachtdienst loswerden kann, dann wird er sich sonst was einfallen lassen.«

Peter schwieg.

»Es würde vermutlich etwas helfen, wenn sie den Täter finden können, der Nelson umbrachte und seinen Freund erschoß«, sagte Coughlin.

Sie waren jetzt vor dem Friedhof und fuhren langsam über die Zufahrtsstraße. Coughlin sah Dutch Moffitts Grabstätte. Polizisten der Highway Patrol standen bereits Spalier auf dem Weg, über den der Sarg getragen werden würde.

Vielleicht war das mein Fehler, dachte Peter. *Vielleicht hätte ich bei der Highway Patrol bleiben sollen, auf einem Motorrad herumfahren und glücklich sein sollen, mit fünfundvierzig Lieutenant zu werden. So wäre mir diese gottverdammte Politik erspart geblieben.*

Aber dann erkannte er, daß er sich irrte.

Es ist immer Politik im Spiel. Bei der Highway Patrol geht es zum Beispiel darum, wer ein neues Motorrad erhält und wer nicht. Wem die interessanten Aufgaben zugeteilt werden oder wer im Regen über die Landstraße fährt und Temposündern Strafzettel verpaßt. Das gleiche Spiel. Nur auf einer anderen Ebene.

»Danke, Chief«, sagte Peter. »Ich weiß Ihr Vertrauen zu schätzen.«

»Ich schulde Ihrem Vater einen Gefallen«, sagte Chief Inspector Dennis V. Coughlin sachlich. »Er rettete mir mal das Leben.«

»Hallo?«

Peters Herz schlug schneller, als er Louises Stimme hörte.

»Hallo«, erwiderte er.

»Ich dachte mir, daß du es vielleicht bist«, sagte sie.

»Du klingst nicht gerade begeistert«, sagte Peter.

»Ich erhalte nicht sehr viele Anrufe um Mitternacht«, entgegnete sie, ohne auf seine Bemerkung einzugehen.

»Ich brauchte so lange, um Mut für den Anruf zu sammeln.«

»Wo bist du, zu Hause? Oder draußen auf den Straßen, um die Bürger zu schützen?«

»Ich bin in Atlantic City.«

»Was machst du da?«

»Ich arbeite am Fall Nelson.«

»Heute nachmittag rief man mich von WCTS-TV, Channel four, Chicago, an«, sagte Louise. »Man will mich als Moderatorin für die Abendnachrichten.«

»Oh.«

»Man ist so scharf auf mich, daß man mir zwanzigtausend pro Jahr mehr zahlt, als ich jetzt verdiene, und man wird mich aus meinem Vertrag hier herauskaufen«, sagte Louise. »Das mag daran liegen, daß ich sehr gut bin und die richtige Erfahrung habe, oder daran, daß mein Vater der Besitzer von WCTS-TV ist.«

»Was wirst du tun?«

»Ich möchte mit dir darüber reden«, sagte Louise. »Vorzugsweise irgendwo in der Öffentlichkeit. Ich möchte mich nicht von deinem Argument schwach machen lassen.«

Er schwieg.

»Das sollte ein Scherz sein«, sagte sie. »Ein Doppelsinn des Wortes ›Argument‹.«

»So was habe ich schon gehört«, sagte Peter.

»Aber wenn du versprichst, nur zu reden, kannst du herkommen. Wie lange dauert die Fahrt von Atlantic City hierher?«

»Ich kann nicht kommen«, sagte Peter.

»Warum nicht?«

»Ich kann es einfach nicht, Louise.«

»Ist deine Freundin dort bei dir? Schnuppert sie Seeluft? Ich sah heute morgen, wie sie dich küßte.«

»Nein, sie ist nicht hier. Ich sagte dir, daß ich arbeite.«

»Um Mitternacht?«

»Ich kann im Augenblick nicht nach Philadelphia kommen«, sagte er.

»Hat jemand deiner Freundin von mir erzählt? Wartet sie mit einem Hackmesser auf dich?« Louise erkannte, daß sie zu weit gegangen war. »Das war ziemlich geschmacklos, nicht wahr? Ich bin aufgeregt, Peter.«

»Warum?«

»Mein Vater ist ein Überredungskünstler«, sagte sie. »Und dann krönte er nach anderthalb Stunden seine verdammt kaum zu widerlegenden Argumente, warum aus uns beiden niemals ein Paar werden kann, mit diesem hübschen Köder, dem Job bei WCTS-TV. Und daß ich sah, wie deine liebe Sowieso dich abküßte, half auch nicht gerade. Ich halte es für eine sehr gute Idee, daß du so bald wie möglich herkommst und einige sehr überzeugende Gegenargumente vorbringst.«

»Wärst du glücklich mit dem Köder? Mit dem Wissen, daß es ein Köder ist?«

»Ich denke, man wird bei WCTS-TV sehr angenehm überrascht sein, wenn man feststellt, wie gut ich bin. Da ich dem dortigen Nachrichtenchef praktisch aufgezwungen werde, erwartet er bestimmt irgendeine dumme Gans. Und das bin ich nicht, Peter. Ich bin gut. Und Chicago ist ein weiterer Schritt nach New York und den ganz großen Sendergruppen.«

»Ist es das, was du willst? New York und die ganz großen Sender?«

»Ich weiß im Augenblick noch nicht, was ich will, abgesehen davon, daß ich mit dir reden will.«

»Ich kann heute nacht nicht nach Philadelphia kommen, Louise.«

»Warum nicht? Darauf willst du mir anscheinend keine Antwort geben.«

»Ich habe Probleme bei der Dienststelle«, sagte Peter.

»Was für Probleme?«

»Es geht um Interessenpolitik.«

»Besteht die Chance, daß man dich feuert? Ich hoffe es, ich hoffe es!«

»Vielen Dank«, sagte er.

»Entschuldige. Ich vergaß, wie wichtig es für dich ist, Polizist zu sein«, sagte Louise sarkastisch.

Es folgte eine lange Pause.

»Wir kämpfen und werfen uns Dinge an den Kopf, die wir

nicht mehr zurücknehmen können«, sagte sie dann. »Das wollte ich nicht.«

»Ich liebe dich«, sagte Peter.

»Einer der interessanten Gedanken, die mein Vater vorbrachte, war das Argument, daß die Leute Liebe mit sexueller Begierde verwechseln. Sexuelle Begierde kommt schnell und vergeht schließlich von selbst. Liebe muß langsam aufgebaut werden.«

»Okay«, sagte Peter. »Ich begehre dich, und ich bin bereit, an der anderen Sache zu arbeiten.«

Louise lachte, verstummte jedoch schnell.

»Ich weiß nicht, warum ich lache«, sagte sie. »Ich bin mir nicht sicher, ob ich heulen oder Dinge an die Wand werfen soll, aber ich weiß, daß ich nicht lachen sollte. Ich möchte, daß du herkommst, Peter. Ich möchte dir in die Augen sehen, wenn wir miteinander reden.«

»Ich kann nicht kommen«, sagte er. »Es tut mir leid.«

»Wann kannst du kommen?«

»Ich weiß es nicht. Vielleicht in drei, vier Tagen.«

»Warum nicht jetzt?«

»Weil ich wahrscheinlich meinen Job verliere, wenn ich jetzt nach Philadelphia zurückkehre.«

Es folgte langes Schweigen. Als Louise schließlich sprach, klang ihre Stimme ruhig.

»Du weißt natürlich, was du soeben gesagt hast? Daß dir dein verdammter Job wichtiger ist als ich.«

»Sei nicht albern, Louise«, sagte Peter.

»Ganz richtig, ich werde nicht mehr albern sein.«

Es klickte, und die Leitung war tot.

Als er von neuem wählte, schaltete sich der Anrufbeantworter ein. Er versuchte es noch dreimal und gab dann auf.

Am nächsten Morgen rief er bei WCBL-TV an. Louise war entweder nicht da oder konnte nicht ans Telefon gerufen werden. »Möchten Sie eine Nachricht hinterlassen?«

Staff Inspector Peter Wohl legte ein Lippenbekenntnis zu der Vorstellung ab, daß er in Atlantic City war, um an dem Mordfall Nelson zu arbeiten. Er ging zu der Leichenhalle, wo die Autopsie von Errol F. Watson, alias Pierre St. Maury, durchgeführt worden war, schaute sich die Leiche an und las den Bericht des Leichenbeschauers. Errol F. Watson war an der Zerstörung von Gehirnmasse gestorben, die durch drei Projektile Kaliber .32 hervorgerufen worden war, des Kalibers, das für gewöhnlich einer Colt-Halbautomatik zugeordnet wurde.

Das hieß nicht, daß er mit einer Colt-Pistole erschossen worden war. Es gab zig Arten Pistolen, die .32 ACP verschossen. Es waren keine Patronenhülsen gefunden worden, obwohl man das Gebiet, in dem die Leiche entdeckt worden war, sorgfältig abgesucht hatte. Man hatte Blut, Knochensplitter und Gehirnmasse gefunden. Wer auch immer Errol F. Watson alias Pierre St. Maury erschossen hatte, er hatte ihn höchstwahrscheinlich vom Jaguar fortgehen lassen und ihm dann in den Hinterkopf geschossen. Und dann noch zweimal, aus noch kürzerer Distanz. Gott allein wußte, was aus den ausgeworfenen Patronenhülsen geworden war. Wenn sie ausgeworfen worden waren. Es gab auch einige Revolver, die keine Patronenhülsen auswarfen, die .32 ACP-Munition verschossen. Was auch immer die Tatwaffe war, es war fast sicher, daß sie auf dem Meeresgrund vor Atlantic City oder in einem Sumpf von New Jersey lag, und die Chancen, sie zu finden, waren praktisch gleich Null.

Peter Wohl schaute auch mit beruflicher Bewunderung den Labortechnikern bei der Arbeit an dem Jaguar zu. Sie verstanden ihren Job, und sie fanden Fingerabdrücke und nahmen Erdproben und taten all die cleveren Dinge, die Bürger erwarten, nachdem sie unzählige Krimis im Fernsehen gesehen haben.

Lieutenant Bob McGrory, der ihn zu der Garage gebracht hatte, holte ihn dort nach der Arbeit ab und bestand darauf, daß er mit zu ihm nach Hause zum Abendessen kam. Peter Wohl nahm das Angebot widerstrebend an und fühlte sich unbehaglich, aber McGrorys Frau, Mary-Ellen, gab ihm das Gefühl, willkommen zu sein. McGrory holte eine Flasche wirklich guten Scotch aus dem Schrank, und sie tranken zusammen und erzählten sich Geschichten über Dutch Moffitt. Und schließlich lockerte der Scotch Peters Zunge, und er erzählte McGrory, warum er in Wirklichkeit nach Atlantic City geschickt worden war.

Dann verabschiedete er sich, denn es war ihm klar, daß er ein bißchen betrunken war und Bob McGrory nicht die schmerzlichen Einzelheiten seiner Romanze mit Miss Louise Dutton anvertrauen wollte.

Bei seiner Ankunft in Atlantic City hatte er in übermütiger Stimmung ein Zimmer in der Chalfonte-Haddon-Hall – Wahrzeichen an der Strandpromenade mit tausend Zimmern – genommen, statt in einem kleineren Hotel oder einem Motel. Er hatte sich gesagt, daß er seine Zeit im Fegefeuer wenigstens in Luxus verbringen würde.

Es war, wie er festgestellt hatte, mehr *verblichene Pracht* als *Luxus.* Aber es gab eine Bar, und er besuchte sie, um einen Schlummertrunk zu nehmen. Dann ging er auf sein Zimmer. Er hatte gerade eine weitere einseitige Unterhaltung mit Louise Duttons Anrufbeantworter gehabt – der Apparat hatte die Unterhaltung allein geführt –, als es an seine Tür klopfte.

Als er öffnete, stand eine aufgedonnerte Mieze vor ihm.

»Hi«, sagte sie. »Ich sah dich unten in der Bar und dachte mir, du hättest vielleicht gern ein bißchen Gesellschaft.«

Er lachte.

»Was ist so lustig?«

»Ich bin ein Cop«, sagte er.

»O *Scheiße!*«

Er schaute ihr nach, als sie über den Gang flüchtete. Dann schloß er lächelnd die Tür und ging zu seinem Bett.

Das Telefon klingelte.

Bitte, lieber Gott, laß es Louise sein. Tugendhaftigkeit sollte belohnt werden.

»Habe ich Sie geweckt?« fragte Lieutenant Bob McGrory.

»Kein Problem, ich mußte ohnehin den Hörer abnehmen«, sagte Wohl und freute sich über seinen witzigen Einfall.

»Ich erhielt soeben einen Anruf von einem Freund beim Sittendezernat«, sagte McGrory. »Zwei Gentlemen waren am frühen Abend in einem Etablissement namens ›Black Banana‹. Sie bezahlten mit einer Visa-Kreditkarte, die auf Jerome Nelson ausgestellt war. Der Manager meldete es. Ich kann mir denken, daß er einen Freund – Freunde – bei der Polizei braucht.«

»Black Banana?« fragte Peter. »Wenn es das ist, wie es klingt, dann haben wir so was auch in Philly.«

»Vielleicht ist es eine Filiale«, sagte McGrory und lachte.

»Sind sie noch dort?«

»Nein. Die Cops überprüften die Hotels und Motels. Sie haben vom Manager des Black Banana einen Namen, der vielleicht der richtige ist, und sie überprüfen auch, ob jemand als Jerome Nelson eingetragen ist. Sie überwachen auch das Black Banana.«

»Interessant«, sagte Peter.

»Ich sagte meinem Freund, daß ich zurückrufe und ihm sage, ob Sie geweckt werden wollen, wenn die beiden Typen gefunden werden.«

»O ja, das möchte ich«, sagte Peter Wohl. »Danke, Bob.«

An seinem fünften Tag in Atlantic City, als Peter Wohl Lieutenant McGrorys Büro betrat, sagte ihm McGrory, daß er soeben mit Chief Inspector Dennis V. Coughlin telefoniert hatte.

»›Fast alles ist verziehen, komm heim‹, lautet die Botschaft, Peter«, sagte Lieutenant McGrory.

»Danke«, erwiderte Peter. »Danke für alles.«

»Keine Ursache. Kehren Sie gleich zurück, Peter?«

»Ja«, sagte Peter. »Meine Freundin hat mich vermutlich bereits aufgegeben.«

»Die in der Kirche war? Sehr hübsch.«

»Die auch«, sagte Peter.

Vor Stockton Place 6 parkte ein Mayflower-Möbelwagen auf dem Kopfsteinpflaster.

Na, paßt ja prima, dachte Peter Wohl, *daß ich genau in dem Moment hier eintreffe, in dem sie Louises Bett aus dem Haus tragen.*

Er stieg trotzdem aus dem LTD aus, betrat das Haus und fuhr mit dem Aufzug hoch. Die Tür zu Louises Apartment war offen, und er trat ein.

Zwei Männer mit einer Liste standen in der Wohnung.

»Wohin bringen Sie die Möbel?« fragt Peter.

»Was geht Sie das an?«

»Ich bin Polizeibeamter«, sagte Peter und zückte seinen Ausweis.

Der Möbelpacker überreichte ihm ein Klemmbrett mit Formularen. Die aufgelisteten Möbel und Haushaltsdinge sollten nach Chicago, Illionois, Lake Shore Drive 2710, Apartment 1805 geliefert werden.

»Danke«, sagte Peter.

»Stimmt was nicht?«

»Nein, alles in Ordnung«, sagte Peter. Er verließ die Wohnung und das Haus, stieg in den LTD und fuhr zum runden Polizeipräsidium. Als er dort auf dem Weg zu den Aufzügen war, machte er kehrt und ging zum Empfang.

»Darf ich bitte telefonieren?«

Er kannte die Telefonnummer von WCBL-TV inzwischen auswendig.

Man sagte ihm mit Bedauern, daß Miss Louise Dutton nicht mehr für WCBL-TV arbeite.

Er gab dem Beamten vom Dienst den Telefonhörer und ging zu den Aufzügen.

Als sich die Aufzugstür öffnete, traten Commissioner Taddeus Czernick und Sergeant Jankowitz aus der Kabine. Jankowitz starrte Peter Wohl mit großen Augen an.

»Guten Tag, Commissioner«, sagte Peter.

»Haben Sie eine Minute Zeit, Peter?« Czernick ergriff Peter am Arm und führte ihn zur Seite.

»Ich denke, ich muß mich bei Ihnen entschuldigen«, sagte Czernick.

»Sir?«

»Ich hätte wissen sollen, daß Sie nicht derjenige waren, der Dünnschiß aus dem Mund hatte«, sagte Czernick.

»Sie brauchen sich nicht zu entschuldigen, Commissioner.«

Czernick schaute ihm einen Moment lang in die Augen und nickte dann.

»Nun, ich nehme an, Sie sind bereit, an Ihre normalen Aufgaben zurückzukehren, nicht wahr, Peter?«

»Jawohl, Sir.«

»Grüßen Sie Ihren Vater von mir, wenn Sie ihn sehen.«

Czernick lächelte Peter an, klopfte ihm auf die Schulter und ging davon.

Peter stieg in den Aufzug und fuhr zu Chief Inspector Coughlins Büro hinauf.

»Guten Tag, Inspector«, sagte Sergeant Tom Lenihan im Vorzimmer und lächelte ihn breit an. »Wie schön, Sie wiederzusehen. Ich werde dem Chief sagen, daß Sie hier sind.«

Dennis V. Coughlin begrüßte ihn mit den Worten: »Ich hatte gehofft, daß Sie jetzt jeden Augenblick eintrudeln. Sie können mir ein Mittagessen spendieren. Sie schulden mir eins, denke ich.«

»Jawohl, Sir. Das ist keine Frage.« Sie gingen mit Tom Lenihan ins Bookbinder's Restaurant. Coughlin aß ein Dutzend Venusmuscheln und trank eine Flasche Bier, bevor er zur Sprache brachte, was er sagen wollte.

»Commissioner Czernick begegnete zufällig Mickey O'Hara«, sagte Coughlin. »Und irgendwie kam die Sprache auf den Artikel, in dem Mickey einen nicht genannten Polizeibeamten zitiert, daß wir in Zusammenhang mit dem Mordfall Nelson einen schwarzen Homosexuellen suchten.«

»Sie haben das arrangiert, Chief, nicht wahr?« fragte Peter.

»Mickey wollte ihm nicht sagen, wer der Polizeibeamte war, der anonym bleiben wollte, aber er schwor bei allem, was ihm heilig ist, daß Sie es nicht waren.«

»Und der Commissioner glaubte ihm?«

»Das nehme ich an. An Ihrer Stelle würde ich ihm trotzdem für eine Weile aus den Augen bleiben.«

»Ich lief ihm beim Aufzug in die Arme«, sagte Peter.

»Und?«

»Er entschuldigte sich, ich sagte, daß das nicht nötig sei, und er sagte, ich solle wieder meine normalen Aufgaben erledigen und meinen Vater von ihm grüßen.«

»Okay«, sagte Coughlin. »Das lief sogar noch besser, als ich hoffte.«

»Ich bin also aus dem Schneider?«

»Sie haben nicht zugehört. Ich sagte, an Ihrer Stelle würde ich ihm eine Weile aus den Augen bleiben.«

»Jawohl, Sir.«

»Wenn Sie es nicht waren, wer hatte das große Maul? Das war leicht herauszufinden. DelRaye. So wurde DelRaye von der Mordkommission zum Zweiundzwanzigsten Distrikt versetzt – in Uniform –, und er kann seine Beförderung zum Captain für lange Zeit vergessen. Und dann rief der Bürgermeister Mr. Nelson an und erklärte ihm, was geschehen war, daß er herausgefunden hatte, wer das große Maul gehabt hatte, daß er für seine Versetzung gesorgt hatte und wir als Beweis unserer hingebungsvollen Bemühungen, die Mörder seines Sohns zu finden, Sie nach Atlantic City geschickt haben, wo Sie tatsächlich die dortige Polizei bei der Festnahme der Männer unterstützten, die nach unserer Überzeugung die Mörder seines Sohns sind. Und der Bürgermeister sagte: ›Können wir nicht wieder Freunde sein?‹ Woraufhin Nelson es dem Bürgermeister gab. Ich weiß aus zuverlässiger Quelle, daß sie sich gegenseitig ein paar äußerst unangenehme Dinge sagten.«

»O Gott!«

»Ich weiß nicht, was das für den Bürgermeister bei der Wahl bedeuten wird, aber im Augenblick hält er Nelson für verrückt. Ich meine, für wirklich irre. Er denkt, Nelson hat den Verstand verloren, und dadurch sind Sie bei Carlucci aus dem Schneider. Ich meine, es heißt Sie und er gegen den Irren beim *Ledger*.«

Peter Wohl hob nachdenklich die Augenbrauen, sagte jedoch nichts.

Coughlin hielt nach der Kellnerin Ausschau, entdeckte sie und bestellte noch ein Bier und gedünsteten Schwertfisch.

»Das gleiche für mich, bitte«, sagte Peter.

»Ich denke, ich nehme nur den Schwertfisch«, sagte Lenihan. »Ich versuche, ein wenig abzunehmen.«

»Die zerlassene Butter dazu wird Ihnen gewiß dabei helfen, Tom«, sagte Coughlin lächelnd und wandte sich dann an Peter. »Ihre Freundin Louise Dutton hat die Stadt verlassen.«

»Ich weiß.«

»Macht Ihnen das zu schaffen, Peter?« fragte Coughlin.

»Ja«, sagte Peter. »Das macht mir sehr zu schaffen. Woher wußten Sie davon?«

Coughlin lachte leise, antwortete jedoch nicht.

»Sie werden darüber hinwegkommen«, sagte Coughlin. »Das passiert jedem, und jeder kommt früher oder später darüber hinweg.«

»Wie spät ist später?« fragte Peter.

»Suchen Sie sich ein nettes Mädchen, eine Krankenschwester zum Beispiel, und führen Sie es aus. Sie werden überrascht sein, wie schnell man über etwas hinwegkommt, wenn man ein nettes Mädchen bei sich hat.«

Staff Inspector Peter Wohl erwiderte nichts darauf. Aber er nahm sein Bierglas, prostete Chief Inspector Dennis V. Coughlin zu, lächelte und trank ausgiebig.

ENDE